国家出版基金项目
NATIONAL PUBLICATION FOUNDATION

国家社科基金重点项目

文类理论基础

An Introduction to Theories of Literary Genre

从柏拉图到德里达

from Plato to Derrida

陈军 著

江苏凤凰教育出版社
Phoenix Education Publishing, Ltd

图书在版编目(CIP)数据

文类理论基础:从柏拉图到德里达/陈军著.—
南京:江苏凤凰教育出版社,2023.5
ISBN 978-7-5743-0143-6

Ⅰ.①文… Ⅱ.①陈… Ⅲ.①文学理论—研究 Ⅳ.
①I0

中国版本图书馆 CIP 数据核字(2022)第 175301 号

书　　名	文类理论基础:从柏拉图到德里达
作　　者	陈　军
策划编辑	周敬芝
责任编辑	吴文昊　戎文敏
装帧设计	陈　也
出版发行	江苏凤凰教育出版社(南京市湖南路 1 号 A 楼　邮编 210009)
苏教网址	http://www.1088.com.cn
照　　排	南京开卷文化传媒有限公司
印　　刷	苏州市越洋印刷有限公司
厂　　址	苏州市吴中区南官渡路 20 号(邮编:215104)
开　　本	787 毫米×1092 毫米　1/16
印　　张	21.5
版　　次	2023 年 5 月第 1 版
印　　次	2023 年 5 月第 1 次印刷
书　　号	ISBN 978-7-5743-0143-6
定　　价	88.00 元
网店地址	http://jsfhjycbs.tmall.com
公 众 号	苏教服务(微信号:jsfhjyfw)
邮购电话	025-85406265,025-85400774
盗版举报	025-83658579

序　一

最近在做德里达，虽已几近完成，但还有一些积存在脑中的疑惑尚未解决，文类问题就是其中之一，引起我兴趣的是德里达题为《类型的法则》的专文。

德里达晚年在访问中国进行学术交流时，曾总结过他对西方传统的逻各斯中心主义的解构批评，他认为，从柏拉图、亚里士多德、笛卡尔到黑格尔等已经形成了一种根深蒂固的等级观念。譬如理性高于感性，积极高于消极，男人高于女人等等。这种等级观念并不仅仅存在于学校和图书馆中，而且还存在于社会、政治当中。而解构批评的提出就是旨在改变这些既定的等级结构，并通过不同的人、不同的语言、不同的文化、不同的记忆来改变这些等级观念。不过他也进一步强调："解构并不是纯粹的否定，它里面包含肯定，就是回到源头寻找原初的'是'(yes)。去掉传统的'中心'主义。"①

在德里达看来，逻各斯中心主义谋求的是这样一种二元对立，它"所处理的不是面对面的和平共处，而是一个强暴的等级制。在两个术语中，一个支配着另一个……或者有着高高在上的权威"②。要消除这种二元对立，首先必须推翻其等级制，它必须经历一个翻转阶段，努力改变那种相互冲突、相互从属

① 杜小真、张宁主编《德里达中国讲演录》，北京：中央编译出版社2003年版，第157页。

② [法]德里达著《多重立场》，余碧平译，北京：三联书店2004年版，第48页。

的对立结构而达成一种简单的“中和”状态，但假如仍然跳不出那种“非此即彼”或“非彼即此”的惯习的话，便可能坠入在推翻旧的等级制的同时又建立一种新的等级制的怪圈，那就是复辟旧制，又回到老路上去了。德里达认为，这种循环往复的简单翻转的要害，在于它并未提炼出“第三个术语”，因此不可能为以辩证法来解决问题留下余地。所谓“第三个术语”，即在“非此即彼”或“非彼即此”两极之间确立一个“非此亦非彼”的第三者。德里达对之作了如下说明：

> “药”既非补药，也非毒药，既非善又非恶，既非内也非外，既非声音也非文字；“替补”既非加也非减，既非对外也非对内的补充，既非偶然也非本质，等等；……“书写物”既非能指也非所指，既非符号也非事物，既非在场也非缺失，既非肯定也非否定，等等；“间隔”既非空间也非时间；“切入”既非一个开端或一个简单裂口的整合，也非简单的次要性。既非/又非同时是或是/或是；标记也是边缘的界限、边界，等等。[①]

在德里达看来，该第三者类似黑格尔所说的“扬弃”，它对相持不下的矛盾进行升华和理想化，将其提升为新的东西即第三个术语。当然这“第三个术语”与黑格尔的“扬弃”二者之间也不能完全画等号。

值得注意的是，在德里达所说的等级观念中也包括了文类划分的等级结构。西方从古希腊起就流行一种传统观念，即对不同文类分出高低贵贱不同的级别，譬如认为史诗和悲剧是高贵的文类，模仿帝王将相等高贵人物，培养人高尚的情操；喜剧是平庸的文类，模仿中产阶级和普通人物，趣味就等而下之了；讽刺诗和闹剧则是低俗的文类，只是模仿下层民众和小人物，迎合人卑

---

① ［法］德里达著《多重立场》，佘碧平译，第49—50页。

劣的情欲。在中国也如此，历来习惯将诗视为“大道”，将词视为“小道”，而戏剧曲艺则被贬为“贱艺”了。在两本较早出版的文学批评术语辞典的“文类”(Genre)词条中就将其总结为“文类等级”、“文类偏见”之类概念。[①] 而这种逻各斯中心主义，正是德里达力图予以解构的，而他采用的办法，即对于“非此亦非彼”的第三者的确立。

正是在这个意义上，德里达宣称：“不同的类型存在是可能的”[②]，但具体做法却是另辟蹊径、另起炉灶，主张抛弃陈旧的文类划分，取消小说(长篇小说、中篇小说、短篇小说)、诗歌(史诗、抒情诗、叙事诗)、戏剧、散文等等传统类型。德里达以法国作家莫里斯·布朗肖的短篇小说《白日的疯狂》为例说明之。他指出，该小说没有做任何关于类型或模式的转述，但在该作品的最后两页，“叙述”一词出现了至少五次，其目的是为了点明它的主题、它的意义或情节以及它的全部内容或部分内容。简言之，点明它的关键性的故事发展和其重要意义，指出它是一个没有主题的叙述，一个没有发自外部动因的叙述，一个没有内在属性的叙述，同时也是一个不可能进行叙述的叙述。但是，它的“叙述生产”[③]又促成了所发生的一切，或者说促成了所保留的一切。因此，这种“叙述”“似乎并不意指一种文学体裁，而是指一种话语类型或话语模式。这也就是说，它在所产生的表达效果上只是一种表征”[④]。必须肯定的是，这种通过叙述所作的展示和表现是在《白日的疯狂》这个更广阔的文本中进行的，其内容却只是一个主题、一个目标、一种标识。显而易见，这种叙述的类型却属于另外一种秩序，只是一种话语类型、话语模式或话语表征，不过就其本身而言，它并不可能覆盖《白日的疯狂》这一小说所有属性的普遍本质。

---

① [美]M.H.艾布拉姆斯著《欧美文学术语辞典》，朱金鹏等译，北京：北京大学出版社 1990 年版，第 127 页；[英]罗杰·福勒编《现代西方文学批评术语辞典》，周永明等译，沈阳：春风文艺出版社 1988 年版，第 130—131 页。

② [法]德里达著《文学行动》，赵兴国译，北京：中国社会科学出版社 1998 年版，第 163 页。

③ [法]德里达著《文学行动》，赵兴国译，第 170 页。

④ [法]德里达著《文学行动》，赵兴国译，第 171 页。

不言而喻，德里达以上关于文类问题的论述带有很强的尝试性、探索性和实验性，对于这一千古难题的破解是否合理、到位、清晰、周延，仍可作两说。但他的探讨有三点是值得肯定的：一是能够结合具体文学作品来为文类问题提出新见，而不是只在理论和概念的圈缋中讨生活、谋出路；二是能够结合作者、读者、批评者等多方面来为“叙述者”打开广阔的叙述空间，进而为“叙述”这一新文类求解；三是新的“文类法则”的建立，旨在通过“叙述生产”展现文学作品意义的无限性。

日前陈军教授发来他系统探讨“文类研究”的第二本专著《文类理论基础：从柏拉图到德里达》，托我为之写一序言。该著的压轴之篇即关于德里达文类思想，展卷之间，不由得来了兴趣，逼得我对近期心里一直在琢磨的德里达《类型的法则》认真思考了一下，于是有了以上想法。照实写上，愿与陈军分享之。

是为序。

姚文放

2022年6月1日

序　二

让哲学进入到文类研究之中
——读陈军《文类理论基础：从柏拉图到德里达》一书

陈军学友通过多年努力，对西方学术史上关于文类的理论进行了系统的历史梳理，成就了这一本大书，读后受益匪浅。文类问题是文学理论研究中的一个重要问题，也与美学有着密切的关系。这部书从文类的角度进到西方美学史之中，考察一些在西方美学史上具有代表性的人物对文类的思考，以及在文类问题上的处理方式，其间又有什么发展规律。

文类问题原本是对现成事实的归类分析。这原本是事实研究，但本书却尝试将之转化成哲学研究。为什么要分类？是否可以不分类？根据什么标准来分类？分类后各类的特点是什么？分类有什么用处？类的历史形成和变迁过程以及新的类出现的机理是什么？这些问题，都向原本是文学史和文学评论中常常出现的将类看成是既定传统或既定现实的做法注入了哲学的思考。

1. 文类研究的性质

文学作品有种种类别的区分，这是人所共知的常识。但是，对为什么文学要分类，很多人却缺乏深入思考。局限于对既有文类的认定和遵从，人们会认为，这是前代圣人所确定的。荷马吟颂了史诗，于是就有了史诗，但荷马只是一个传说人物。各种文体都由伟大的人物所创制，后来就有人继承发展。将艺术的创造归结为某个圣人、伟人、神人，所有的艺术制作者，所有的文本制作者都是在模仿，即“知者创物，巧者述之守之，世谓之工，百工之事，皆圣人作也”（《周礼·考工记》）。其实，不仅是中国人，古代欧洲人也这么认为。

这种传说的立场似乎是自然而然地形成的。一方面，所有的艺术和文字工作的从业者，最初都是学习者。他们要模仿前人所作，向既有的艺类和文类中的优秀典范作品学习，学会制作上的技能技巧，学会从篇章结构的谋划到行文措辞等各方面的能力。另一方面，一种艺类或文类如果能追溯到某个古代的神仙圣人，则会极大地加强这种艺类和文类的权威性，使从业者获得自我神圣感。这种传说的立场也使相应的文艺评论有所依托。评论者也要辨类辨体，依类进行评论，并给各种文类和艺类制定出各自的批评标准。

然而，考察文类的历史，就会发现，许多文类并不是古已有之，古今一贯，而是随着时代的发展而不断发展的。一方面，在古代就已经奠定了一些文类的基本类型；另一方面，不同的时代又有着属于自己时代的代表性文类。希腊人有悲剧，英国文艺复兴时期有悲剧，法国新古典主义时期也有悲剧，悲剧这种文类，在现代也有着继承和发展，然而，不同时代的悲剧很不相同。古希腊式的以命运为线索的悲剧，后来就被放弃了。莎士比亚的戏剧重视人物性格和心理的冲突，他的戏后来还在演，但不同时代有不同的莎剧呈现。法国布瓦洛等人所尊崇的“三一律”，对后人就成为束缚，此后的悲剧就以突破束缚为荣。昨天去人艺看契诃夫的《海鸥》，真是大开眼界，一部原本现实主义的戏，获得了表现主义的呈现。

史诗是通过行吟诗人说唱的形式流传的，在没有文字的时代就有，后来被人们用文字记录下来。我们读到的荷马两大史诗，实际上是文字时代整理的结果，与原貌有很大的区别。史诗本身并不是文字时代的宠儿，只是在文字时代被记录下来而已。印刷时代出现以及相应的国民教育普及以后，长篇小说就取代了史诗。这时，听人讲述故事是低等的享受，而读书才成了高等享受。

由此可见，生活、时代、人们的意识，以及媒介的变化，都影响文类的发展。

一些文类似乎从古到今，一以贯之，其实内涵不同；另一文类随着种种变化而应运而生，实现着文类间的新陈代谢。

当我们简述中国文学史时，一般都说，诗经、楚辞、汉赋、唐诗、宋词、元曲、明清小说。有人说，这将中国文学史简单化了，实际情况要复杂得多。例如汉代有民歌，唐代有小说，宋代也有许多好诗，明清远远不是只有小说。在各朝各代，各种文类都在发展，也形成各自的历史。然而，一个时代常会有一个时代的代表性文类，它们也特别能引起后世的关注。

对于文类的研究，应该是文学研究的重要内容。文学理论、文学史和文学批评的研究家们都要关心文类。文学理论要接触文学实际，避免泛泛而谈，文学史研究者要分类叙述，从大量的作品中找出代表性的作品，文学批评家要依类而评。离开文类，就没有文学研究。

2. 美学研究中的分类与反分类

如果进一步说文类或艺类与美学的关系，就不那么简单了。美学研究者中，有着两种倾向，即解说文类或艺类如何可能和论证分类如何不可能。

这两种倾向，表现为对文学和艺术共同本质的确定和文类或艺类的具体特征的认定之争，也体现在文学和艺术中的统一的精神性与各具体的文类和艺类的所具有的物质性之争。

一般说来，在学术界，美学研究者与文学理论研究者是一个相互联系紧密、研究者常常兼类的群体，许多美学研究者同时也研究文学和艺术的理论，在国外是如此，在中国也是如此。然而，在形成机制上，美学与文学理论有着很大的不同。美学是从哲学出发的，许多美学家常常同时也是哲学家，或者说，他们是从哲学走向了美学。本书所列举的一些人，从柏拉图、亚里士多德，经康德、黑格尔，到克罗齐、德里达都是如此。在从哲学到美学的发展中，如何为文类和艺类研究留下空间，这是一个存有许多争议的问题。

当美学是哲学的一个部门时，研究者致力于以超文类的立场来思考艺术与文学,从而思考艺术与美、艺术与生活、艺术与自然和社会的关系。在这种思考中,研究者所看到的是一般艺术,一般文学,即将艺术和文学当作整体来考察。

当然,在美学家们讨论艺术是模仿还是表现,艺术中的精神性因素与物质性因素这一类问题时,已经隐含着对艺类和文类的思考。例如,某些艺类再现性强,另一些艺类表现性强,还有一些艺类只具有抽象的形式。

从总体上讲,美学家关心的是什么是艺术或什么是文学,从而将艺术与文学中的共性问题作为思考的重点。康德的美学从审美出发,重视精神性,从各文类和艺类的共性作为切入点,论述了审美无功利性、天才和趣味等概念。康德全面接受巴托关于"美的艺术"的组合,不着重探讨各门艺术的不同的特点,而是致力于从整体上看艺术。

黑格尔以理念与感性显现之间的关系为纲,将艺术区分为"象征型"、"古典型"、"浪漫型",对不同的艺术门类作了分别的叙述。他依照物质性与精神性的关系,从低到高,分别研究了建筑、雕刻、绘画、音乐和诗,并在诗里又区分了史诗、抒情诗和戏剧体诗。黑格尔的这种研究方式,实现了物质性与精神性的结合,也为艺术和文学的类别之分提供了哲学根据。

在关于艺术和文学分类的理论中,最为极端的是克罗齐。正如本书所认为的,尽管克罗齐被人称为新黑格尔主义者,但他受康德的影响更深。他认为,艺术是不可分类的,同样,文学也是不可分类的。艺术即直觉,而直觉即表现,即抒情的表现,即美。艺术是一种心理的活动。克罗齐用这样一种简明的公式,像剃刀一样,剃去了所有的艺术与物质的关联、所有的物质性的特点,因而所有的分类,都被放置至"传达"这一层面上讨论。表现与传达是两种不同层面的活动。艺术是表现,而分类只与传达有关。

然而,艺术的"物"性总是很麻烦的,剃不掉、割不断,会不断地回来。其实,艺术中的所有的表现,都是借助于"物"的表现,或者说是具有物质性的表现。因此,分类是不可避免的。与克罗齐同时代的美国哲学家约翰·杜威,则重视艺术的物质性，重视“各门艺术的不同实质”。他谈到空间与时间的区分，谈到再现与表现之分，更重要的是，讲这种“类”存在于“心”与“物”之间。“心”本身并无区分，“物”本身也无所谓谱系，然而，艺术和文学的分类则有谱系，这是“心”与“物”相互作用的结果。

由此可见，文类问题具有实践性，各种文类构成自己的传统，但它们之间又有着相互的联系，有共同性，也有互补性。这是我们理解文类的基础。

3. 文类的区别和层次

在文学理论著作中，文类是一个必不可少、无法绕过的问题。但不同的文论著作，对文类的区分有不同的表述。

中国文论著作，一般说来将文学作品分成四类，即诗歌、散文、戏剧、小说。这种四分法，是面对习惯上被归属于文学的作品所作的习惯上的分类，在逻辑上存有一定的问题。一些从哲学上提出的分类强调逻辑性，如将文学用时间与空间、表现性与再现性这样的标准进行区分，或者具体到文学作品中，以抒情与叙事、故事的讲述与戏剧性呈现、记实与虚构等标准来区分，这些区分也有着各自的问题，并且也太抽象。文艺评论家可以在具体的讨论中对这些区分有所吸收，但一般说来，不能接受这些纯逻辑的划分法。四分法仍是人们常用的划分方法。

在国外，小说与散文的区分被调整为虚构与非虚构，以实现更大的概括性，从而形成虚构文学、非虚构文学、诗歌和戏剧四类。虚构文学包括各种由作者想像而写成的文字，包括各种各样和各种类型的小说，以及神话传说和一些民间故事和儿童文学。非虚构文学包括各种根据真实发生的事而写成的文字，如传记、自传、回忆录和记实性散文。诗歌以韵文为特点，包括叙事诗、抒情诗。戏剧分为悲剧、喜剧以及各种悲喜结合的戏剧。

这种四分法是粗略的、大类的区分，是接下来进一步区分的基础。其中的各个类，也可作进一步的区分。例如虚构文学中的小说，可能是最发达的文类了。小说依其长度分为长篇、中篇和短篇小说,其形成和规范,与出版形态(如单本出版,杂志或报纸刊登或连载的状况)以及读者群的状况、读者的一般受教育程度、印刷技术的发展状况等等,都有着密切的关系。除了这三种长度的小说外,还有超长篇的多卷本小说和超短篇的微型小说,各自依其需要而应运而生。

一些当代批评家们,更重视的是这样一些文类区分,即将小说区分为历史小说、科幻小说、爱情小说、成长小说、惊悚小说、奇幻小说、魔幻现实主义小说、反乌托邦小说以及其他一些类型小说,如侦探和推理小说、中国的武侠小说、美国的西部牛仔小说。在网络小说中,则有穿越、玄幻、灵异,等等。

其实,从某种意义上讲,每一部真正具有创新性的文学作品,都属于一个新的类。这些作品不是拘泥于既有的文类,并在一个文类中既有的无数作品之外,再加上一部。康德说艺术家是天才,而天才是不遵从任何规则,而又形成让人服从的规则。这种对原创性的强调,意味着文学和艺术的本性就是反分类,突破分类的。一部作品要进入一个类,成为一个类中的一分子,而真正伟大的作品,又要溢出这个类,改变既有的类,使一个类有了新的性质或特点,或者突破一个类,形成兼类或新类。这是文类研究的辩证法。

将哲学的思考引入到文类的区分之中,就有了许多新的话题,出现许多有趣的思考。这是文类问题的艰难之处,也是文类问题的迷人之处。这方面的研究之路很长,这方面的研究很重要,这是文艺理论研究的一个大课题,是研究者们心仪的一个大目标。谢谢陈军提供了这部书,使我们朝向这一巨大的目标迈出了坚实的一步。

2022 年 10 月 3 日于北京

目录

CONTENTS

引　言 ······ 001

第一章　“上天灌注到我心里各样诗歌”

——前柏拉图时期文类理论探析 ······ 005

第二章　真实高于一切

——柏拉图文类理论研究 ······ 018

第三章　亚里士多德文类理论研究 ······ 047

第四章　界限与纷争:古典主义文类理论的反思

——文艺复兴和新古典主义时期文类理论研究 ······ 072

第五章　自然:真善美的源泉

——狄德罗与文类理论传统的重建 ······ 097

第六章　审美自律与近代文类理论哲学化

——德国古典文类理论研究 ······ 126

第七章　克罗齐与古典文类理论的终结 ······ 162

第 八 章 历史性程序诗学与现代文类理论新变

——俄国形式主义文类思想研究 …………………… 178

第 九 章 在神话原型的穹顶之下

——原型批评文类思想研究 …………………………… 203

第 十 章 自由哲学与文类规则:萨特文类思想初探

——演绎读者重心的文类理论新景观 ……………… 222

第十一章 文类作为程式化期待

——乔纳森·卡勒结构主义诗学与文类 …………… 246

第十二章 蹚过期待视野之流

——接受美学的文类理论之维 ……………………… 255

第十三章 文类作为世界观影响文学的中介

——卢卡契文类理论研究 …………………………… 268

第十四章 解构主义漩涡中的文类

——德里达文类思想探析 …………………………… 291

结　　语 ……………………………………………………… 308

主要参考文献 ………………………………………………… 317

后　记 ………………………………………………………… 328

引 言

以20世纪70年代末80年代初为节点，当代西方文艺理论开始在中国产生影响，并逐渐演变为显学，受到学界的高度推崇。四十多年来，学界对于整个西方文论的研究，丰富深入，成绩斐然，引介与利用并举，批判与借鉴偕行。文类(literary genre)作为西方一个“最古老的文艺学的问题”(W.凯塞尔)，文类理论作为“文学研究中一个最古老，也是最纯正的秩序理论”[①]，源远流长，积淀深厚，业已凝定为重要的学术传统，一直以来，学界高度重视，研究方兴未艾。

现有研究主要体现在三个方面：一是关于具体理论家的文类理论研究，例如《狄德罗戏剧理论的历史地位》(朱立元，1984)、《论瓜里尼的悲喜剧理论及其意义》(赵康太，1992)、《黑格尔和席勒对小说体裁的早期看法》(王京平，1997)、《论亚里士多德共时态体裁理论》(王毓红，2003)、《巴赫金的体裁诗学》(程正民，2009)、《席勒的戏剧美学思想》(张玉能，2014)等；二是个案文类的理论研究，例如《西方悲剧理论的发展历程》(田俊武等，2006)、《作为模仿、技艺与知识的悲剧》(唐珂，2017)等；三是涉及西方文类理论的一般文类学问题研究，例如《文类，文体及在“话语”中书写》(黄卓越，2014)、《回归文类》(高树博，

---

① Joseph P. Strelka, "*Preface*", in *Theories of Literary Genre*, ed. Joseph P. Strelka, University Park and London: the Pennsylvania State University Press, 1978, p.vii.

2014）以及有如《文类基本问题研究》（2013）等专门研究文类学基本问题的少量专著。

就国外而言，19世纪末20世纪初，随着比较文学的兴起，文类学日益引起世人关注。尤其是20世纪中叶，《批评的解剖》（弗莱，1957）的出版重新推动和激发了人们对于文类理论研究的兴趣，至20世纪80年代形成高潮，出版了如下一些主要成果：

属于文类性质研究的有《文类的起源》（T. Todorov，1976）、《文类》（H. Dubrow，1982）、《文类法则》（J. Derrida，1980）、《文类作为社会活动》（C.R. Miller，1994），属于具体时段或文类个案的理论研究有《类型理论和中世纪文学》（H. R. Jauss，1970）、《类型资源：文艺复兴时期的文类理论》（R. Colie，1973）、《后现代文类》（M. Perloff，1989）、《抒情诗理论》（J. Culler，2015），属于文类划分研究的有《超越文类》（P. Hernadi，1972）、《文类划分：何以形成？》（D. Perkins，1991），属于文类等级研究的有《高贵文类》（I. Opacki，1963），属于文类功能研究的有《文类与作家创造》（ A. Bawarshi，2003 ）、《文类功能》（A. Rosmarin，1985）、《文类意识》（T.O. Beebee，1994），属于文类问题综合性研究的有《文类》（S. Neale，1980）、《文学种类》（A. Fowler，1982）、《文类》（J. Frow，2006）、《文类》（A. S. Bawarshi & Mary Jo Reiff，2010）等等，并有两本专题论文集引起较大反响：《文类理论》（J. P. Strelka，1978）与《现代文类理论》（D. Duff，2000），两者共收录29篇欧美著名学者对于文类理论问题研究的力作。

综上所述，学界已有研究成果为本研究奠定了较为坚实的基础，但仍有待进一步完善与拓展之处表现在：

第一，缺乏相对完整与系统的知识谱系，已有研究成果不免分散有余，研究对象面不宽，对西方文类理论发展缺乏全局性理论观照与逻辑把握。

第二，文类理论研究范围有待拓宽，已有研究成果与西方文类理论实际存在的丰富情形不相协调，亟须改善；就文学理论教材建设情形而言，虽都设有

“文学体裁或文类”的专门章节，但是对于西方文类理论的绍介，内容单一，大多仅仅停留于“三分法”这样简单的文类划分观点；具体理论家的文类理论及其典籍研究，随着文学理论研究不断向纵深推进，也存在进一步校正纠错和重新认识的必要和可能。

第三，研究过程中的互动贯通意识有待加强，已有成果由于过分强调文类理论的内部研究，导致文类问题与整个诗学理论体系之间的贯通互动性不够，不免影响论证的缜密性、结论的周延性与科学性。

为此，本研究以从柏拉图到德里达之间的众多流派或个人为对象域，开展西方文类理论源起与发展研究，纵贯古典主义、现代主义与后现代主义，囊括文类起源论、文类性质论、文类发展论、文类划分论、文类界限论、文类等级论、文类规则论、文类杂糅论、缺类现象论、文类偏长论等文类学基本问题，以期比较完整准确地呈现西方文类理论在各主要逻辑节点上的理论内涵及其特征评价，构建相对系统清晰的西方文类理论知识谱系，为重建中国文类理论研究提供参照，并注重以文类视角深化和拓展文学理论其他相关问题的研究。

本研究相对于已有研究的学术价值体现为：

一是为重建中国文类理论研究提供西学参照。文类理论研究是中国文论传统的重要组成部分，但是近代以来被严重忽略，本研究可以裨益于学术传统的传承与创新。

二是系统建构西方文类理论发生发展的知识谱系。较为系统地梳理从柏拉图到德里达两千多年来西方文论发展过程中，主要文学理论流派、思潮及其代表人物深厚、丰富、复杂的文类理论知识谱系，展现文类理论在西方文论史上多样化的存在形态，勾勒文类理论发生发展的逻辑嬗变轨迹。

三是深化西方文论以及文学理论其他问题研究。“所有诗学道路都通向体裁”（达维德·方丹），立足文类理论问题，触类旁通，以点带面，贯彻文类理论与诗学思想、文类理论与其他文论问题、诗学与政治哲学思想之间作为有机整体的原则，强调三者之间的互动与映照，进一步深化西方文论研究、文类学研究以及文学理论基本问题研究。

本研究相对于已有研究的应用价值体现为：

一是鉴古知今，为传统的文学体裁观纷争、后现代主义语境中的文类身份危机、文学性研究等诸多具体问题的研究，提供西方文类理论的历史参照。二是有助于为重写文学理论教材提供理论参照，提高西方文论典籍笺注质量，丰富和充实西方文学理论史编写。三是为我国当下文类理论研究及其知识创新、构建有中国特色哲学社会科学话语体系提供可资借鉴的理论资源，为西方文论中国化积极探索有益的崭新经验。

第一章 “上天灌注到我心里各样诗歌”

——前柏拉图时期文类理论探析

古希腊文明是烛照西方文明长路的第一盏耀眼的明灯。古希腊文学艺术更是被誉为人类“高不可及的范本”[①]，在西方文学滥觞之际即在全人类面前傲然竖立起一座难以逾越的险峰！

前柏拉图时期的文学跨越了古希腊文学的上古及古典两个阶段。

上古时期的古希腊文学，创作虽谈不上多么丰富，但是文类意识已然非常清晰。众人皆知的人类瑰宝——古希腊两大史诗《伊利亚特》和《奥德赛》就诞生于此，时间大概在公元前 8 到前 7 世纪。史诗还有《赫拉克勒斯故事》、《神谱》等，悲剧诗人如卡利努斯、忒斯庇斯等，抒情诗人如库里亚、提尔泰奥斯、阿尔基洛科斯、米姆奈尔摩斯、阿尔克曼、梭伦、泰尔潘德罗斯、阿那克里翁、阿尔凯奥斯、泰奥格尼斯、萨福、塞诺法涅斯、斯特西科罗斯、品达罗斯等。

就抒情诗而论，其中描绘自然的如《暮色》、《夜》、《太阳神》，讴歌英勇作战的如《劝诫诗》、《战歌》、《赞勇士》、《号召》，抒发内心爱情的如《我的心，你要沉着》、《没有爱情便没有欢乐》、《在我看来那人有如天神》、《致安那托利亚》，又如表达人生沉思的《我们都是绿叶》、《知人难》、《正义》、《进酒歌》等都已流传至今。还有诸如《看人心肠》、《恋歌》、《幸福四要素》、《蟹与蛇》等抒情诗作的

---

① [德]马克思著《〈政治经济学批判〉导言》，《马克思恩格斯选集》（第一卷），北京：人民出版社 1972 年版，第 114 页。

作者惜已阙如。不妨兹引一首女诗人萨福写作的《在我看来那人有如天神》[①]（节选）以管窥：

你迷人的笑声，我一听到，
心就在胸中怦怦跳动。我只要看你一眼，
就说不出一句话，

我的舌头像断了，一股热火
立即在我周身流窜，
我的眼睛再看不见，
我的耳朵也在轰鸣，
我流汗，我浑身打战，
我比荒草显得更加苍白，
我恹恹的，眼看就要死去。

不过，毕竟由于时间久远，这一时期的文学作品存世数量难言其多，但是并不妨碍得出这一判断，即"希腊人开始思考美和艺术的时候，他们已经有了各种各样的诗歌"[②]；"荷马已经知道歌的不同体裁。它们有赞歌（Paiēon）、哀歌（linos）、婚礼歌曲（hymenaios）、挽歌（thrēnos）"[③]。就是在以上分属各种不同文类的作品的具体行文中间，也可以进一步确定上古时期人们创作实践中显现出的清晰的文类意识。例如《伊利亚特》和《奥德赛》两大史诗的诗行显示，当时文学创作深受社会欢迎，文学创作者在社会中拥有很高地位。在《奥德赛》中，可见包括文学创作在内的艺术活动和公众生活联系得异常紧密，人们把音乐和歌曲这些娱乐视为"宴会的冠冕"。借牧猪奴尤迈奥之口，还把"能

① 《古希腊抒情诗选》，水建馥译，北京：人民文学出版社1988年版，第120—121页。
② ［波兰］塔塔尔凯维奇著《古代美学》，理然译，南宁：广西人民出版社1990年版，第12—13页。
③ 凌继尧、徐恒醇著《西方美学史》（第一卷），北京：中国社会科学出版社2005年版，第32—33页。

用诗歌给人娱乐的天才乐师”奉为“在茫茫大地上到处受人欢迎”的人之一。文中奥德修自己也说:“在世间凡人当中,乐师是受到尊荣礼敬的,因为诗歌女神宠爱他们,教给他们歌唱的艺术。”[①]不难想见,这些有利社会条件从客观上无疑极大调动了文学创作者内在的积极性,自然也就为此时期文类数量的不断新生奠定了坚实基础。故而在史诗《伊利亚特》中,会看到“阿开奥斯人的儿子们整天唱悦耳的颂歌,/赞美远射的神”,会闻见“人们在火炬的闪光照耀下正把新娘们/从闺房送到街心,唱起响亮的婚歌”,会有感于“那白臂的安德罗马克双手抱住那杀敌的/赫克托尔的头,在她们当中领唱挽歌”[②],等等。

除了众多作品的创作表征出清晰的文类意识之外,文类起源、文类划分等问题也在这一时期有所酝酿并予以发明,且带有鲜明的人类早期文明的特征。比如就探讨文类问题的历史文化语境而言,“艺术”一词在当时具有非常特殊的内涵和外延:

> 我们译为“艺术”的“techne”一词,……希腊人对这个词的理解,比我们如今对“艺术”的理解要宽泛。他们认为任何精细的生产都属于这个词的范围。在他们看来,不仅仅建筑师的工作,而且木匠和纺织工的劳动也都算艺术。凡是属于创造性的(相对于认识性的)、利用技能(而不是灵感)的、有意识地依靠共同的规范(而不仅是经验)的人类劳动(相对于自然之创造),他们都归之为“techne”。[③]

正由于这种对“艺术”概念在“操作技艺”层面上的泛义理解,“古希腊人根据是否需要体力而把艺术分为自由艺术和辅助性艺术。他们称不需要体力的

---

① 参见[古希腊]荷马著《奥德修纪》,杨宪益译,上海:上海译文出版社 1979 年版,第 5、222、100 页。

② 参见[古希腊]荷马著《荷马史诗·伊利亚特》,罗念生、王焕生译,北京:人民文学出版社 1994 年版,第 21、495、650—651 页。

③ [波兰]塔塔尔凯维奇著《古代美学》,理然译,第 19—20 页。

艺术为自由艺术，需要体力的为辅助性艺术。希腊人认为前者是至高无上的艺术，还把一部分美的艺术（如音乐）划为自由艺术，而把另一部分（如建筑和绘画）则划为辅助性艺术”[①]。当时虽然“希腊人不把诗歌当成艺术，因为它不符合他们关于艺术是以知识和规范为基础的物质生产的观念。他们认为诗歌是灵感的产物而不是技能的产物”[②]，但是结合上古时期舞蹈与诗歌、音乐合为一体的事实，诗歌与音乐具有同源关系：“希腊人没有用来阅读的诗歌，而只有口头诗歌，也就是用来唱的诗歌。”“正如没有不需要唱的诗一样，也没有不属于声乐的音乐”，“用四音步节奏合唱的酒神颂既是诗歌又是音乐”[③]。正因如此，作为声乐的“音乐”范畴中的“声”即诗歌，是被归入到自由艺术这一高等级艺术类别之中的。至此，可以见出三点：一是因为诗歌是灵感而非技能的产物，故而诗歌反对文类规范；二是诗歌不是从理论定义上而是从艺术实体的物质或现实存在层面进入当时的“艺术”观照视阈的；三是化入音乐的诗歌因为属于自由艺术而高于属于辅助性艺术的绘画，即诗高于画。

人类早期文明的特征还显著地体现在各种文类的起源、发生观念上。“希腊神话不只是希腊艺术的武库，而且是它的土壤。”[④]且不论《伊利亚特》《奥德赛》两大史诗这众所周知的例子，上古时期的抒情诗中也常洒落着一些关乎神明的句子，例如：

人是不会死的，除非命运女神/纺完这人的命线；

在百花盛开的短促青年时代自在玩耍，/哪管它诸神降下来的是祸是福；

赫利奥斯每日真够辛劳；

黄昏时，火神制造的工具——/那宝贵的带翼金湾船；

① ［波兰］塔塔尔凯维奇著《古代美学》，理然译，第20—21页。

② ［波兰］塔塔尔凯维奇著《古代美学》，理然译，第22页。

③ ［波兰］塔塔尔凯维奇著《古代美学》，理然译，第22、10页。

④ ［德］马克思著《〈政治经济学批判〉导言》，《马克思恩格斯选集》（第一卷），北京：人民出版社1972年版，第113页。

> 缪斯声高亢，塞壬声悠扬；
>
> 有的人得奥林波斯缪斯之赐学到本领，/精通了人们喜闻的巧妙格律；
>
> 朋友心中如果暗藏着虚伪，/心胸中存有尔虞我诈的思想，/这是天神在人间制造的最大赝品……①

在此氤氲于文学创作的浓郁的神话氛围中，文类起源、发生上的“神赋”说应运而生，亦不足为怪了。《奥德赛》中的乐师菲弥奥就说“上天灌注到我心里各样诗歌”，“乐师在天神指示下表演他的艺术，开始歌唱”。② 诸神在创造了文学之际，亦自然创造了诸种不同文类的文学。与《奥德赛》中“上天灌注到我心里各样诗歌”有所不同，《伊利亚特》里还立足神赋说启示了“文非一体，鲜能备善”(曹丕语)的观点。波吕达马斯对赫克托尔说：

> 可是你怎么也不可能做到事事躬亲。
> 神明让这个人精于战事，让另一个人
> 精于舞蹈，让第三个人谙于竖琴和唱歌，
> 鸣雷的宙斯又把高尚的智慧置于
> 第四个人的胸中，使他见事最精明……③

就众生来说，各人的所能与所不能皆神明赐予；就此似可引申，就文学创作主体而言，擅长此文类而非彼文类，亦可谓神赋的观念了。与此神赋说相关，希腊神话中本就有九位女神来分管世间的九门文学艺术：

> 司喜剧女神塔利亚，司悲剧女神墨尔波墨涅，司悲歌女神厄拉

---

① 参见《古希腊抒情诗选》，水建馥译，第59、63、64、70、77、99页。
② 参见[古希腊]荷马著《奥德修纪》，杨宪益译，第287、101页。
③ 参见[古希腊]荷马著《荷马史诗·伊利亚特》，罗念生、王焕生译，第349页。

托,司抒情诗女神波吕许谟尼亚,司演说术和英雄诗女神卡利俄珀,司音乐女神欧忒耳珀,司舞蹈女神忒耳普西科瑞,司历史女神克利俄,司天文女神乌拉尼亚。

从中不难发现,艺术的外延比较庞杂,各种文学艺术类型之间尚缺乏足够的逻辑统一性,例如悲歌与抒情诗之间的分属关系。关乎喜剧、悲剧、悲歌、抒情诗、英雄诗,还未有一个类似“文学”的更高一层的概念来指称,仍旧停留于早期人类意识中的具象思维倾向之中,个别区分有余而整体统括不足,不免支离繁琐破碎之相。或为此故,上古时期的希腊人习称竖笛学(吹奏竖笛的艺术)和竖琴学(弹奏竖琴的艺术)而罕见“音乐”的概念,喜言雕石艺术、铸铜艺术而难道“雕刻”一词。[①]

约在公元前 5 世纪,古希腊文学从上古进入了古典时期。古典时期是古希腊文化极其光辉灿烂的时代。就前柏拉图时期而言,具有清晰文类意识的文学创作在已有的基础上日趋繁盛,尤其是戏剧创作更可谓蔚然大观;更为重要的是,随着一群为冥思宇宙而来、为感悟人生而作的哲学家的出现,对各种文类问题的理性思考成为可能。因而可以如此认为,古希腊文化的古典时期是书写西方文类理论史的真正嚆矢!

这一时段的文学创作成就集中体现在悲剧和喜剧这两大文类上。号称古希腊“三大悲剧诗人”的埃斯库罗斯、索福克勒斯、欧里庇得斯在此阶段先后奉献了 300 多部作品!就是在他们三人之后,比如阿斯提达摩斯写下了 240 个悲剧和讽刺剧,卡尔基诺斯写下了 160 个剧本,安提法奈斯写下了 245 个喜剧,阿莱克西斯写过 280 个喜剧。[②] 而就如许戏剧作品本身而言,作为有机组成部分,也同样夹杂、点缀着大量的“歌队”演唱的“哀歌”、“抒情歌”这样的抒情诗作。有“喜剧之父”美誉的阿里斯托芬在《云》、《蛙》、《马蜂》、《地母节妇女》、《预赛》、《阿卡奈人》等喜剧作品中不时出现“酒令歌”、“酒神颂歌”、“赞

① 参见[波兰]塔塔尔凯维奇著《古代美学》,理然译,第 21 页。

② 参见[波兰]塔塔尔凯维奇著《古代美学》,理然译,第 40 页。

歌”、“哀歌”、“饮酒歌”、“挽歌”、“悲剧”、“抒情诗”等文类的明确字眼，例如：“所有的妓女歌、墨勒托斯的饮酒歌、卡里亚的双管乐，以及挽歌、舞曲”、“他会写悲剧”、“他正在写抒情诗”、“你们要用另一些赞歌来歌唱水果丰登的女神”、“唱着夜莺的哀歌”等[①]。更与上古时期不同的一个重要现象是，智者派中的一群人不仅寄心于抽象的哲学思索，而且亦情牵感性的文学创作，兼具哲人与诗人的双重身份。如希庇阿斯就擅长各种文类作品的创作，普罗狄科是欧里庇得斯的老师，安提丰写过抒情诗和悲剧，克里底亚则以悲剧和讽刺剧著称。

正是越来越丰富多样的各种文类作品的大量涌现，为文类问题的理论思考提供了鲜活的感性材料基础和厚实的言说依凭。德谟克利特曾指出说：“荷马，赋有神圣的天才，曾作成了惊人的一大堆各色各样的诗。”[②]由“一大堆各色各样的诗”可以想见的是，随着创作的日渐丰富，作品数量日益增多，对作品分类以及对分类的研究也就日益变得紧迫和必要。所以这一时期在文类理论上的贡献也主要集中在对文类划分的诸种思考成果上。

一种是喜剧诗人阿里斯托芬提出的“文如其人”的立足文学风格的作品类型划分思想。阿氏在其剧作《地母节妇女》中借阿伽同与涅西罗科斯之口议论说：

> 阿伽同　一个诗人蓬首垢面，也不雅观。试看著名的诗人伊彼科斯、忒俄斯人阿那克瑞翁和阿尔开俄斯，他们使歌曲变得很柔和；他们头缠发带，像我这样步步轻移。还有佛律尼科斯——你该久闻大名，——他相貌漂亮，衣着漂亮，因此他的戏也漂亮。此所谓文如其人。
>
> 涅西罗科斯　所以菲罗克勒斯相貌丑陋，他的戏也丑陋；塞诺克

① 《阿里斯托芬喜剧六种》，《罗念生全集》（第四卷），上海：上海人民出版社 2004 年版，第 455、314、337、420、431 页。

② 伍蠡甫主编《西方文论选》（上卷），上海：上海译文出版社 1979 年版，第 4 页。

> 勒斯相貌卑鄙，他的戏也卑鄙；忒俄格尼斯相貌冷酷，他的戏也冷酷。①

这里诗人直观性地把抒情诗人、悲剧家的作品又从风格上进行二次归类。其特殊性在于，把这种原本应建立于具体作品美感之上的划分直接同作品作者的形体外貌相契合，极其素朴简单地将人相与文风直接相连。创作主体成为文类划分的核心元素，故不妨名之曰“主体说”。

再一种是德谟克利特提出的立足模仿客体对象不同的文类划分说，亦即“客体说”。作为哲学家的德谟克利特是文学艺术起源上“模仿说”的较早主张者。他说：

> 在许多重要的事情上，我们是模仿禽兽，做禽兽的小学生的。从蜘蛛我们学会了织布和缝补；从燕子学会了造房子；从天鹅和黄莺等歌唱的鸟学会了唱歌。②

在此思想影响下，德谟克利特似乎有意将文学作品划分为“赞美好事”与“赞美坏事”、“模仿好人”与“模仿坏人”之属别的“美的作品”与“不美或丑的作品”两大类型。因为在为数不多的文字残片中，他不停地强调说：

> 赞美好事是好的，但对坏事加以赞美则是一个骗子和奸诈的人的行为。
>
> 模仿坏人而甚至不愿模仿好人，是很恶劣的。
>
> 大的快乐来自对美的作品的瞻仰。③

---

① 《阿里斯托芬喜剧六种》，《罗念生全集》（第四卷），上海：上海人民出版社2004年版，第340页。
② 伍蠡甫主编《西方文论选》（上卷），上海：上海译文出版社1979年版，第4—5页。
③ 伍蠡甫主编《西方文论选》（上卷），上海：上海译文出版社1979年版，第4—5页。

另一种是智者派基于审美感受提出的文类划分思想，不妨名之曰“主—客体说”。智者派是其时最富于审美意识的派别，他们认为：“美是通过视听给人以愉悦的东西。”故而把愉悦、快感与有益、功用视作两端而加以截然对立，进而区分出“有益的艺术”、“快感的艺术”以及“兼具有益和快感的艺术”三种。佚名《论辩集》认为：“诗人并不是为了真理而是为了给人以愉悦才写作的。”阿尔希德玛斯认为雕像也与诗歌一样，“它们给观看者以快乐，却没有任何实用目的”。艾农认为，建筑属于“有益的文学艺术”，而音乐属于兼而有之的文学艺术：“（任何一门艺术）都要达到三种目的中的一种：或是娱乐，像绘画；或是功用，如建筑；或是二者兼而有之，如音乐。”①这种艺术类型划分说把诗歌、绘画、音乐都纳入“愉悦”范畴，从而归为其所界定的美的对象范围，显露出现代意义上“艺术”概念的最初萌芽，难能可贵，值得重视。

智者派提出的“主—客体说”的文类划分思想还有另外一种表现形式，即高尔吉亚建立在文学语言审美效果之上的功能分类。高尔吉亚对语言之价值和魅力非常推崇，认为它是“万能的统治者”②、“伟大的主宰”，具有神奇非凡的审美效果，并把所有诗歌都称为“有诗格的言语”。而文学语言审美效果的获得又是借助于语言文字在接受主体意识里的形象转换而实现的，亦即这种虚拟性的形象转换是否成功到位决定着最终语言文字的审美效果。所以高尔吉亚首先从形象设置与转换区分出两类优劣分明的文学作品：“善于制造欺骗（幻觉）的诗人/诗”与“未能这样做的诗人/诗”：

> 制造这种欺骗的（诗人）比未能这样做的诗人更出色地完成自己的任务；（被这种幻觉）欺骗的观众比没有被它欺骗的观众更聪明。欺骗人的诗人所以更有道理，因为他实现了他的许诺；而被欺骗的观众之所以更聪明，因为他们对语言的享受很敏感，而不是麻木不仁。

① 陆梅林、李心峰主编《艺术类型学资料选编》，武汉：华中师范大学出版社1997年版，第18页。

② [波兰]塔塔尔凯维奇著《古代美学》，理然译，第96页。

> 在悲剧和绘画中，最优秀的作者是通过创作真实的类似物最能够欺骗人的人。

其次才就文学作品语言构筑的整体美感性质划分出五种风格类型的作品，即认为诗歌作为“有诗格的言语”，其中“一些言语使人悲戚，另一些言语使人喜悦，第三种言语使人恐惧，第四种言语使人兴奋，还有些言语毒害和迷惑灵魂，使它变坏”①。

除此而外，同期的大哲学家苏格拉底也很关注艺术类型的划分，例如他说：“哪种画看起来使人更愉快呢：一种画的是美的善的可爱的性格，另一种画的是丑的恶的可憎的性格？”与德谟克利特的“模仿说”的旨趣颇为接近。而就苏格拉底而言，重要的是他在论美的字里行间常常提供一些有助于文类理论思考的启示。例如色诺芬《回忆录》中记载，当亚里士底浦②问苏格拉底是否承认有什么美的东西的时候，苏格拉底回答说：“是的，有许多美的东西。”接下来两人为此继续对话：

> 亚　它们都是相同的吗？
>
> 苏　不，它们有的很不相同。
>
> 亚　然而，一件东西不同于一件美的东西，怎么能够是美的呢？
>
> 苏　喔，这就因为一个美的赛跑者，不同于一个美的拳击家；一个在防御上是美的东西的盾牌，不同于一个在轻快和力量上是美的东西的矛。③

这里苏格拉底实质揭示出了“美是什么”答案的唯一性与“什么东西是美的”答

① 转引自凌继尧、徐恒醇著《西方美学史》（第一卷），北京：中国社会科学出版社 2005 年版，第 74—78 页。

② 今译作亚里斯提卜。——编者注

③ 转引自伍蠡甫主编《西方文论选》（上卷），上海：上海译文出版社 1979 年版，第 8 页。

案的无限性之间呈现出的“一”与“多”的辩证统一关系。投射到文类理论之上，它极自然地昭示出文学世界中文类多样化的必然性和必要性问题。文学世界的繁荣兴盛非同质维度上的重复叠加，而是多元异质的衍射，故而必然显现为文类的多样；而文类的多样性又表征着文学世界充满无限生气与旺盛活力的气象。

综上所述，前柏拉图时期的文类理论及其发生、发展的特点可以概括为如下几点：

第一，前柏拉图时期的古希腊文学艺术类型理论在横向上为我们奉献了如下理论观点和资源：类型划分上提出了“有益的艺术”、“快感的艺术”、“兼具有益和快感的艺术”，自由艺术与辅助性艺术以及“主体说”、“客体说”、“主—客体说”，并从中寓有“诗高于画”以及基于人相美丑、模仿对象好坏、是否形成审美幻觉等标准决定作品优劣高低的文类等级观念。在文类发生起源观上主张神赋说，由神赋说还进一步引申得出“文非一体，鲜能备善”的关乎文学创作中文类兼善与偏长问题的看法。从纵向层面来说，前柏拉图时期横跨的两个文学发展阶段里，文类问题探讨在一直受到神学影响的同时，文学自身的审美独立性随着时间推移逐渐引起关注，因而文类理论阐发的主体性、纯粹性亦随之增强。例如第二个阶段出现的文类划分诸说可为证，又如诗画关系上，第一个阶段时因为需要体力缘故而认为“诗高于画”，而在第二个阶段时，已经都把诗和画、雕像这样的曾经认为是需要体力的艺术纳入为愉悦、为娱乐而作的范畴。因而，对于诗人（文学）只为愉悦而创作的偏执之说在当时历史条件下应可喜地视作是对过去停留在操作技艺层面的艺术观的有力反动。

第二，文类理论的发生、发展与文学创作的丰富繁盛密切相关，前者是后者历史进程的必然。前柏拉图时期的古希腊文学若无一批史诗、戏剧、抒情诗等作品作为物质基础，文类理论探讨就必定无发生之土壤条件。文学创作数量规模的急剧膨胀必然导致对作品之间关系、分类的关注与思考。也因此，从荷马史诗中流淌在文字间的感性描述到德谟克利特、苏格拉底、智者派抽象而独立的理性思考，从文类起源的“神赋”说到古典时期分类的“主体说”、“客体说”以及“主—客体说”等思想主张，无论是在探讨的媒介、方式上，还是在具体的观点成果上，都预示了下一阶段文类理论发展非常值得期待。

第三，文类划分与日常社会生活联系紧密。这一特点从一般意义上说，早期文学的产生都与人们日常社会生活之实用性具有较强的关联，文类亦应日常社会生活之需而被逐渐明确固定下来。从此期古希腊史诗、戏剧、抒情诗作品中的“赞歌”、“颂歌”、“挽歌”、“婚歌”、“哀歌”等类型字眼出现的语境可以见出，它们无不紧贴文中人物的情节故事。文学表现于日常社会生活中的现实功能构成了最初文类划分的原动力。另外，如是否需要体力的划分标准的设定、人相与文风的直接对应、好人与坏人的客观对象选择等，亦都极其明显地透露出日常生活中的直观体验性。从个别意义上说，受古希腊社会民主政治的影响，整个古希腊文学的社会参与性尤其积极主动，文学的“公众的、集体的、国家的性质”[①]突出，因而也必然使得当时的文类划分与文学在日常社会生活中发挥的具体角色作用密不可分。

第四，文类问题探讨的历史语境呈现出鲜明的杂糅浑整性，自觉独立性不足。这可以从两个方面见出：一是文学置身的“艺术”概念在当时还只是泛义上的原始层面，这一前提客观上决定了文类问题的探讨在理论的草创阶段必然稍显庞杂，作为讨论对象的文学的主体性凸显不够。往往首先需要我们从艺术存在的物质形态来间接离析出文学对象，而非理论认识层面直接进入研究程序。二是具体文类理论的爬梳与作品、与神话、与哲学等不可机械割裂，必须将它们全部视作一个圆融性较强的文化整体来通观、提炼文类理论观点，故而时常是间接启发性远胜于直接的内涵呈现。而历史语境的杂糅浑整性使得文类理论研究自然难免自我龃龉矛盾之处。例如智者派基于快感与功用的对立认为诗歌属于“快感的艺术”，音乐属于兼具快感与功用的艺术。那么音乐中除了曲调、旋律之外的文字创作部分的功能，与诗歌只为愉悦而作的观念

---

① ［波兰］塔塔尔凯维奇著《古代美学》，理然译，第13页。

是否和洽一致呢？再如文类起源发生观上的神赋说，既是像荷马一样的诗人能创作出各式各样不同文类的诗作的缘由，又是“文非一体，鲜能备善”、创作不可兼善各种文类的根据。总而言之，这种浑整性、复杂性、矛盾性是前柏拉图时期文类理论发生发展特征的投射，无损于此一时期在文类理论跋涉征途上的筚路蓝缕之功！

第二章　真实高于一切

——柏拉图文类理论研究

英国学者斯塔斯在其《批评的希腊哲学史》一书中指出："在柏拉图之前，没有一个人曾建立了一个具体的系统。他们所产生的不过是巨量的哲学的观念、学说、暗示和意见，都是庞杂而不相联系的。在世界史上，柏拉图是头一个人，创立了一个伟大的包罗一切的体系，……所以他的哲学实在是希腊思想的集大成。"①与哲学发展情况相仿的是，古希腊时期的文类理论发展到柏拉图时，也进入了一个崭新阶段。从形式上看，正如斯塔斯的哲学史论见一样，曾经的片言只语、零散琐碎状态，到了柏拉图这里，我们第一次无比兴奋地要面对可谓"巨量"的文献资料；从内容上看，作为诗人的哲学家，柏拉图在其政治学说、伦理学说、教育学说等理论体系中可以说是横亘着一道不可或缺的文学的翩然风影。这就预示着在柏拉图纷繁复杂的众多理论体系的涵括之下，必然隐伏着一个丰富而特别的文类理论体系有待去挖掘、追寻与建构。

一

柏拉图是个多情的诗人，仰望过天空密缀着的《星》，弹奏过美妙的《乡间

---

① ［英］斯塔斯著《批评的希腊哲学史》，庆泽彭译，上海：华东师范大学出版社 2006 年版，第 129 页。

的音乐》，也深情咏叹过《厄瑞特里亚人》的迁徙史。但是他终是位信奉理性与德行的哲学家并以之为人生最高目标："我这一生尽我所能，做我应做的一切以求努力使我自己成为一个真正大彻大悟的哲学家。"[①]甚至在他精心构筑的社会乌托邦"理想国"里，理性之王的哲学家也是屹立于国王这一社会统治权力之巅："除非真正的哲学家获得政治权力，或者出于某种神迹，政治家成了真正的哲学家，否则人类就不会有好日子过。"[②]柏拉图对哲学如此之倚重与其理念说关系甚密。他认为，如果说世间万象是"多"，那么在万象之上客观存在着一个属于"一"的绝对真实体或"理念"。前者皆由后者而来，是后者在世间的"摹本"、"仿影"，只有后者才是绝对真实的存在，对应于真知、真理、事物本体、神明等的本体范畴。在芸芸众生中，哲学家以其纯粹的理智常专注于直接观照"理念"、真知这一绝对真实的存在；而其他人的灵魂因为受到喜怒哀乐等感性层面的牵累而无法轻易实现。那么，作为少数人的或是一国之王的哲学家，面对多数无法轻易观照到真知的人们如何作为呢？这又不得不关乎他的灵魂学说、政治学说。柏拉图提出，未曾观照过理念或真理的灵魂是无法附着到人的肉体的，因此，凡生而为人，皆曾在九天之外一睹过诸如理念、真理、真知、绝对真实等之光彩。要想再度如此，方法即在于以正义、高尚、勇敢等以"善"为核心的道德伦理教化来给灵魂净化，借充盈的理性之光完全遏止感性对灵魂的腐蚀、污染与败化。于是经受过灵魂净化的个人在作为最高绝对真实体的理念或真知等的人间仿影中，就能够顿时回忆起似曾相识的理念或真知，于是失去理智而陷入迷狂，在迷狂中伴随着灵魂羽翼的升腾，与神明、事物本体复相交合，变作美德化身、神明代言。此亦著名的"迷狂说"、"回忆说"。而唯有这样的受过教育的富有"美德"之人方才堪当理想国城邦的真正合格的护卫者。

以上简要勾勒出了柏拉图整个学说的大致关系脉络。不明乎此，实在无法真正明了包括文类理论在内的柏拉图的整个诗学思想及其特征。

---

① ［古希腊］柏拉图著《辩护词》，水建馥译，西安：西安出版社 1998 年版，第 100 页。

② ［古希腊］柏拉图著《书信·第七封》，《柏拉图全集》（第四卷），王晓朝译，北京：人民出版社 2003 年版，第 80 页。

二

分类，是柏拉图学说体系中的关键词之一。诸如《斐德若篇》对迷狂种类的区分、《理想国》对技术种类与政体类型的划分、《法篇》对两种预见和两种歌曲的划分以及《智者篇》对技艺、生产、净化、邪恶的种类的区分等，品相杂多，不胜枚举。在文学分类上，柏拉图注意到了“诗有韵律”与“散文没有韵律”之别、“口说的或是笔写的”文章之分。[①] 柏拉图认为，文章可以分为“说出来的文章”(演讲词)与“写出来的文章”，后者包括文学作品与哲学著作。[②] 其中，哲学著作是最高等级的文章，正如他所说的：“哲学就是最高级的诗。”[③]这是因为，柏拉图仍然承袭了之前时代的文学创作神授观，只不过丰富以迷狂的灵感说：“优美的诗歌本质上不是人的而是神的，不是人的制作而是神的诏语；诗人只是神的代言人，由神凭附着。”[④]而哲学家是最易直接观照到神明、本体、真知等系列本体存在的人群，哲学家永远和真理、真知相伴相随，因而哲学著作最适宜担当“神的诏语”。而就诗/文学创作而言，是否凭借迷狂中的灵感而作又成为划分和批评的重要标准：

> 若是没有这种诗神的迷狂，无论谁去敲诗歌的门，他和他的作品都永远站在诗歌的门外，尽管他自己妄想单凭诗的艺术就可以成为一个诗人。他的神志清醒的诗遇到迷狂的诗就黯然无光了。[⑤]

这里就诗而论，就划分出“神志清醒的诗”与“迷狂的诗”两大类，而且优劣自

① [古希腊]柏拉图著《斐德若篇》，《文艺对话集》，朱光潜译，北京：人民文学出版社 1963 年版，第 139、141 页。

② [古希腊]柏拉图著《斐德若篇》，《文艺对话集》，朱光潜译，第 173—174 页。

③ [古希腊]柏拉图著《辩护词》，水建馥译，西安：西安出版社 1998 年版，第 85 页。

④ [古希腊]柏拉图著《伊安篇》，《文艺对话集》，朱光潜译，第 9 页。

⑤ [古希腊]柏拉图著《斐德若篇》，《文艺对话集》，朱光潜译，第 118 页。

明。个中缘故还是因为后者比前者更接近神明之类的绝对真实体。

柏拉图认为,“说出来的文章”也可分为若干类别。因为这类文章的要紧处是说服和影响听众,所以有多少种听众特征就有多少种文章类别,亦即柏拉图所说的“文章的类别”与“心灵的类别”之间的一一对应关系,应针对不同的“心灵的类别”选用多样的文章风格,这才是“按照艺术去处理文章”的不二法门。柏拉图如此说道:

> 文章的功能既然在感动心灵,想做修辞家的人就必须知道心灵有哪些种类。这些种类的数目既不同,每种类的性质就不一致,因此,人的性格也就随人而异。这些区别既然厘定明白了,就要厘定文章的种类数目,每种也有每种的确定的性质。某种性格的人,受到某种性质的文章的影响,由于某种原因,必然引生某种信念。至于另样性格的人就不易被说服,虽然其他情况相同。……还要有锐敏的感觉力,知道随风转舵,临机应变,……等到他不但能够辨明某种人会受某种文章说服了,而且碰到一个人,一眼就能看出他的性格了,……到了这步功夫,我说,到了他掌握住这些知识,再加上能辨别哪时应该说话,哪时应该缄默,哪时应该用简要格,悲剧格,愤怒格,以及原先学过的一切风格,哪时不应该用,只有到了这步功夫,他的艺术才算达到完美,否则就不能算。①

音乐在柏拉图思想体系中是教育城邦护卫者的重要措施之一。他以地点命名了由于模仿对象不同而导致的风格迥异的音乐,如模仿勇敢作战的激昂的多利亚调、佛里其亚调和挽歌式的吕底亚调。既如此,他对作为教化工具的音乐的文字叙事部分也提出了严格要求,即所谓“真故事”与“假故事”之分。“真故事”是最优美高尚的故事,描写的对象是“神之所以为神,即神的本质”,亦即作

① [古希腊]柏拉图著《斐德若篇》,《文艺对话集》,朱光潜译,第163页。

为理念存在的最高本体“善”;反对在对神的描写中随意掺入感性的具体因素,如诸神之间或诸神与英雄之间的争斗、冤仇等,认为这是对神的丑化,因而这类故事就是“丑恶的假故事”[①]。只有前者才大有裨益于城邦的美德养成。

在文类划分上,柏拉图留给后人影响最大的可能还是“三分法”的发明。最清晰的提法如下:

> 诗歌与故事共有两种体裁:一种完全通过模仿,就是你所说的悲剧与戏剧;另外一种是诗人表达自己情感的,你可以看到酒神赞美歌大体都是这种抒情诗体。第三种是二者并用,可以在史诗以及其他诗体里找到……
>
> 但是如果诗人处处出现,从不隐藏自己,那么模仿便被抛弃,他的诗篇就成为纯纯粹粹的叙述。[②]

柏拉图从文学的表现方式出发,区分出以完全模仿为表现方式的悲剧和喜剧文类、纯粹叙述为表现方式的抒情诗文类以及模仿兼叙述为表现方式的史诗文类。换用柏拉图在他处的表述方式,戏剧和抒情诗都是采用“单纯体裁”:模仿或叙述,而史诗则是采用“混合体裁”[③]。于此,久盛不衰、风靡至今的西方“三分法”浮出水面,展现于世人面前。对此,有三点需要注意:一是封闭性问题。柏拉图认为一切文学创作在表现方式上都无外乎这三种情形,但是三种表现方式与三分文类之间是否具有封闭的对应则没有明确结论。柏拉图也只是在提出表现方式后列举出了体现这一表现方式的具体文类名称,而且从“在史诗以及其他诗体里找到”的表述中可见,史诗与“混合体裁”之间绝非封闭的对应关系。这就是需要注意的第二点:对立性问题。柏拉图把模仿与叙述两

---

① [古希腊]柏拉图著《理想国》,郭斌和、张竹明译,北京:商务印书馆 1986 年版,第 71—74 页。

② [古希腊]柏拉图著《理想国》,郭斌和、张竹明译,第 96—97 页。“戏剧”一词当为“喜剧”之误。

③ [古希腊]柏拉图著《理想国》,郭斌和、张竹明译,第 101 页。此处的“体裁”同表现方式,也有译作“模式”。

种“单纯体裁”看作是对立的两端，“模仿便被抛弃，他的诗篇就成为纯纯粹粹的叙述”的表述开启了后世辩证演绎三分法关系的源头。三是三分法称呼问题。设若表现方式与具体文类之间并无封闭性的对应包含关系，那么表现方式是一定的，而具体的文类反映上则应该是历史的、开放性的，因为柏拉图自己也没有把“混合体裁”与史诗完全对应。因此，随着文学发展和时代变迁，体现三种表现方式的文类名称上是可以而且必须予以新变的，否则无法适应文学自身发展要求。这就又产生一个问题：西方“三分法”是该作为文学表现方式的指称呢？还是代表具体文类呢？其实在柏拉图这里，两者是互为表里，相互依存的。指称文学表现方式稍嫌笼统，而指称具体文类比较直观。这就又埋伏了后世在“三分法”称呼上淆乱的种子。

对此论说的“三分法”思想雏形，有学者持有异议。埃米尔·施塔格尔(Emil Staiger)在所著的《诗学的基本概念》(1946)中就引述伊雷尼·贝伦斯《诗学分类学》(1940)中的观点，认为“这种三元组合的说法是18世纪末才在德国出现的”[1]。约翰·福柔(John Frow)也在所著《文类》(2006)一书中比较详细认真地表达了对这一问题的看法：一方面，认可“对这三种蕴含特定文类的言语再现模式的确认，迈出了奠定西方文类理论基石的关键一步”。另一方面则又似乎抹煞这三种再现模式的存在，认为“透过苏格拉底处理的这个文类三部曲而产生的二分法(角色模仿/作者叙述)，与后来通行的文类三分法之间有着千丝万缕的关联，后者源于前者，并倾向于将抒情诗定为它们的第三类。尽管如此，有一点是清楚明白的，即：上述苏格拉底的论说，不是诗歌分类的系统性表达，而只是当时根据两种再现故事和人物的方法的根本区别而列出的一系列普通文类范例而已”。不仅如此，他还对柏拉图列举“酒神颂”作为“单纯叙述”(pure narration)的范例提出质疑：“这节文字带来的许多问题中，我仅列举其中涉及的酒神赞美诗(dithyramb)：一种送给酒神狄俄尼索斯的合唱赞美诗(hymn)，它现存的诗歌残片很难被视为‘单纯叙述’(pure narration)的情

---

① [瑞士]埃米尔·施塔格尔著《诗学的基本概念》，胡其鼎译，北京：中国社会科学出版社1992年版，第4页。

形,更遑论是现代意义上的抒情诗(lyric poem)了。”①

稍微归纳总结一下福柔的核心观点:一是出现了两种或三种再现模式的自相矛盾的表达,二是柏拉图三分模式的构建是否有系统性,三是“酒神颂”这种文类是否属于“单纯叙述”。

关于再现模式的种类,基于福柔自身的论述,他也认可诗人直陈的“单纯叙述”即“作者叙述”、代言转述性质的“模仿性叙述”(a narrative that is effected through imitation)亦即“角色模仿”以及并用(by both)两种方式的“混合”(mixed)模式。这里有必要进一步解释说明的就是“角色模仿”或“模仿性叙述”模式,此模式以悲剧、喜剧为代表文类。柏拉图既将此模式与“单纯叙述”合为“叙述”这一大类进行论说,又在行文中经常有这样的表述:

> (1)“那么,我们将怎么做?”我说,“是把所有这些人收纳入我们的城邦中呢,还是只接纳采用<u>单一风格</u>的人,或只接纳采用混合风格的人?”
>
> “假如我的主张能得胜,”他说,“我们接纳正直之士的<u>纯粹模仿</u>者。”
>
> (2)“有一类诗歌和故事<u>完全通过模仿</u>来表述,正如你所说,悲剧和喜剧就是这样……”
>
> (3)“这就是我刚才所说的意思,我们必须取得一致的看法,是否允许我们的诗人<u>完全以模仿者的身份叙述故事</u>,或时而模仿,时而又不,各自的对象是什么,或完全不允许他们模仿。”
>
> “我有个预感,”他说,“你将会探讨我们将欢迎<u>悲剧和喜剧</u>进入我们的城邦呢,还是不欢迎。”②(注:下划横线为引者加)

---

① John Frow, *Genre*, New York: Routledge, 2006, pp.55 - 56.

② [古希腊]柏拉图著《理想国》,王扬译,北京:华夏出版社 2008 年版,第 101、97 页。第一条据郭斌和、张竹明译文为:“我们的城邦将接受所有这些体裁呢?还是只接受两种单纯体裁之一呢?还是只接受那个混合体裁呢?”(《理想国》,北京:商务印书馆 1986 年版,101 页)亦通,更为直接地点出了“两种单纯”体裁或模式的存在。

相参而言，这就无比清晰地揭示出：柏拉图所谓“模仿性叙述”或“角色模仿”也就是两种“单纯”模式之中的“单纯模仿”（pure imitation）模式，尽管他没有单列出此词。所以亚里士多德[①]后来也是说：悲剧“它的模仿方式是借助人物的行动，而不是叙述”[②]。在这种意义上，福柔归纳出“角色模仿”（figural imitation）与“作者叙述”（authorial narration）的二分法倒与柏拉图所谓的两种“单纯”模式非常吻合对应。可是令人匪夷所思的是，福柔为何要将并用的混合模式弃之不顾、置若罔闻，而不认可存在三种模式？再者，柏拉图还有对两种单纯模式的看法：

> ……我说，“我的伙伴，就产生了不带模仿的纯粹叙述。”
>
> “我懂了，”他说。
>
> “请你再搞懂这一点，”我说，“某种和这相反的东西就会产生，当某人删除了夹在对话之间的诗人的叙述，留下纯粹的交谈。”
>
> “这，”他说，“我也懂，如同在悲剧中采用的那种形式。”
>
> “你理解得非常正确，”我说，……[③]（注：下划横线为引者加）

于是，柏拉图不仅提出了三种模式，而且视两种“单纯”模式为正反相对关系。设若真切承认柏拉图的确提出了上述三种模式，那么在“单纯叙述”、“单纯模仿”以及“混合”模式三者之间构成的“正—反—合”的平面组合关系应该是非常明了的。而对此作出没有任何“系统性”的判断，着实让人难以苟同。

而影响福柔判断的障碍正是他对酒神颂的认识。他无法理解将酒神颂作为“单纯叙述”模式的代表文类，认为酒神颂不属于抒情诗范畴。福柔在解释

---

① 亚里士多德也译作亚理斯多德、亚里斯多德，后文不再说明。——编者注

② ［古希腊］亚理斯多德著《诗学》，《诗学·诗艺》，罗念生等译，北京：人民文学出版社1962年版，第63页。

③ ［古希腊］柏拉图著《理想国》，王扬译，第96—97页。

酒神颂时，使用的宾语中心语是"赞美诗"（hymn）。而学者们在认定抒情诗文类的外延时，明确将"hymn"列入其间。[①] 因此至少在简单从属关系上而言，酒神颂无疑该属于抒情诗范畴。

另外，尼采对于悲剧起源的论说也有助于正确认识酒神颂的形态特征：

> 起初，在悲剧的最古老阶段，狄奥尼索斯作为真正的舞台英雄及幻影中心，并不真正存在，而只是在想像里存在而已：这意味着，悲剧最初只是"歌队"而非"戏剧"。后来人们才尝试让神真正在舞台上现身，让每一只眼睛都看得到这个幻影及环绕在他身边的光辉。狭义的"戏剧"由是发端。现在，酒神颂歌队有了新任务：将听众的情绪激发到酒神的迷醉境界，以便在悲剧英雄登上舞台时，他们见到的不是一个奇形怪状、戴着面具的人，而好像是见到了从自己的恍惚迷醉状态中产生的一个幻影……与此相应，我们在悲剧中看到十分鲜明的矛盾对立：语言、情调、说话的灵活与声带分别属于完全不同的表达领域——一边是酒神歌队的抒情诗，另一边是梦神式的戏剧场景。[②]

于此可见，作为悲剧起源的"酒神颂"在漫长历史进程中存在过只有歌队直陈叙述而无角色模仿代言的形态阶段，此形态后来又演化为尼采所说的悲剧舞台上的"一边是酒神歌队的抒情诗"。亚里士多德也说："悲剧起源于狄苏朗勃斯歌队领队的即兴口诵。"[③]法国文学批评家萨莫瓦约（Tiphaine Samoyault）在研究文类的互文性问题时，也将悲剧的源头界定为"传统上的口述神话"[④]。这些都为柏拉图将酒神颂列为"单纯叙述"模式的代表提供了充分

---

① ［瑞士］埃米尔·施塔格尔著《诗学的基本概念》，胡其鼎译，第 2 页。

② ［德］尼采著《悲剧的诞生》，周国平译，北京：三联书店 1988 年版，第 33—34 页。

③ ［古希腊］亚里斯多德著《诗学》，陈中梅译注，北京：商务印书馆 1996 年版，第 48 页。罗念生译本作："悲剧是从临时口占发展出来的（悲剧如此，喜剧亦然，前者是从酒神颂的临时口占发展出来的……）。"（人民文学出版社 1962 年版，第 14 页）

④ ［法］蒂费纳·萨莫瓦约著《互文性研究》，邵炜译，天津：天津人民出版社 2003 年版，第 65 页。

依据。

或许福柔是误解了概念的属种之分。就小概念而言，抒情诗在狭义上是指“琴歌”，与叙事谣(Balladen)、歌(Lieder)、赞歌(Hymnen)、颂歌(Oden)、十四行诗(Sonette)和铭文诗(Epogramme)等并列；后来人们将抒情诗又提升为大概念，涵括上述诸种文类。故而就小概念层级来说，酒神颂自然与“琴歌”意义上的抒情诗相异。其次，抒情诗作为大类名称，其归属衡量的标准最初并不是叙述或模仿模式，而是“语言的音乐性”，即“最初是由于它们都是可以唱的，由于它们的语言的音乐性才被归入同一类的”[①]。如此一来，就可以理清酒神颂与“单纯叙述”、抒情诗它们之间的正常关系。

另外，值得注意的是，酒神颂“单纯叙述”模式基因对于悲剧发展的影响在文学发展史上也不免有迹可循，例如，古罗马塞内加悲剧“是写来朗诵的，而不是为了舞台表演”[②]。也因此基因的效应，自亚里士多德以降，对于案头剧与场上曲之争，人们总是能够显现出一种冷静平和的独特态度，且不论歌德、黑格尔等人的评论态度[③]，亚里士多德在《诗学》中屡屡强调阅读接受而非剧院观演之于悲剧审美的正当合法性：

> 悲剧跟史诗一样，不倚靠动作也能发挥它的力量；因为只是读读，也可以看出它的性质。
>
> 一出悲剧，即使不通过演出和演员的表演，也不会失去它的潜力。
>
> 不论阅读或看戏，悲剧都能给我们很鲜明的印象……[④]

---

① [瑞士]埃米尔·施塔格尔著《诗学的基本概念》，胡其鼎译，北京：中国社会科学出版社1992年版，“译者序”第3页。

② [美]M.H.阿伯拉姆著《简明外国文学词典》，曾忠禄等译，贺祥麟校，长沙：湖南人民出版社1987年版，第374页。

③ 可参见拙著《文类基本问题研究》，北京：北京大学出版社2013年版，第95—97页。

④ [古希腊]亚理斯多德著《诗学》，《诗学·诗艺》，罗念生等译，第104、65、105页。

或许也正是缘于此基因,在欧洲悲剧发展早期阶段会出现作者与演员身份的重合,悲剧诗人作为舞台构成元素的标配,与其他演员一道承担完成戏剧演出。[①]

同时,酒神颂作为"单纯叙述"模式代表的基因也作用于抒情诗本身的发展与面貌,使得抒情诗不仅有习见的纯情感宣发类型,以致不敢朗诵、不能翻译、不需翻译,[②]也夹杂"叙述"的身影,进而建立对于抒情诗题材多元化的科学全面的认知。例如阿伯拉姆介绍说,虽然抒情诗现在是指"非叙事形式的诗歌",但是也存在一种"戏剧性的抒情诗":"作者把抒情人描绘在一种特定的情景中向另外一个人讲话,如在多恩的《谥圣》和在华兹华斯的《听潭寺》里。……抒情人的性格也被安排得很适应特定的抒情环境和效果,整个叙述被安排成一个艺术整体。"[③]再如,抒情诗作为大类名称,除了包括歌(Lieder)、赞歌(Hymnen)、颂歌(Oden)、十四行诗(Sonette)和铭文诗(Epogramme)之外,还包括叙事谣(Balladen),而它的主要艺术特征即在于"不仅叙述一个短故事,而且含有戏剧式的紧张与高潮"[④],同样体现出显著的叙述性。

综合上述意见,柏拉图的"三分法"思想不妨图示如下:

模仿体裁/模式(悲、喜剧)→混合体裁/模式(史诗/叙事诗[⑤])←叙述体裁/模式(酒神颂)

---

① [古希腊]亚理斯多德著《诗学》,《诗学·诗艺》,罗念生等译,第55页注释35。

② 参见[瑞士]埃米尔·施塔格尔著《诗学的基本概念》,胡其鼎译,第5—7页。

③ [美]M.H.阿伯拉姆著《简明外国文学词典》,曾忠禄等译,贺祥麟校,长沙:湖南人民出版社1987年版,第186页。

④ 参见[瑞士]埃米尔·施塔格尔著《诗学的基本概念》,胡其鼎译,"译者序"第4页以及正文第2页相关内容。

⑤ 外国文学研究学者指出:"Epos译作'长篇叙事诗'而不再沿用'史诗'这一译法。……咏史的不一定叫Epos,而Epos也不见得非咏史不可。"("译者序",[瑞士]埃米尔·施塔格尔著《诗学的基本概念》,胡其鼎译,第6页。)著名文学理论家阿伯拉姆也指出:史诗"它是一首描写伟大严肃的主题的长篇叙事诗"。([美]M.H.阿伯拉姆著《简明外国文学词典》,曾忠禄等译,贺祥麟校,湖南人民出版社1987年版,第98页。)可见,在柏拉图时使用"史诗",到后世三分法定型时易称"叙事诗",是切实可行的。

三

在柏拉图文类理论中，文类的兼善与偏长问题也是饶有趣味的重要内容之一。柏拉图认为，就文学创作而言，作家只能各随所长，偏长于某一种文类的创作，各种文类兼善是坚决不可能也是不允许的事。在此之前，史诗《奥德赛》中的乐师曾经说道："上天灌注到我心里各样诗歌。"[①]似乎一个人做到文类兼善是可能的，至少没有明确反对之意。为何柏拉图以如此鲜明的态度反对文类兼善呢？他又是如何论证他的这一观点的呢？

柏拉图至少从三个层面论证了创作中文类只能偏长而无法兼善的道理。

一是从文学创作的实质出发，认为文学创作并非一种技艺，而是一种得自神力凭附的灵感。换言之，在柏拉图眼中，人"只是被创造出来作为神的玩偶"[②]，也因此诗人在文学创作中根本起不了主导作用，陷入迷狂的他只是神的代言人，诗作即神的诏语。而柏拉图又认为，并非附着到肉体之上的任何一个灵魂都可以再次见到事物本体或真知、真理，只有极少数人能够从世间的仿影中陷入迷狂状态，进入上界复窥真知：

> 每个人的灵魂，我前已说过，天然地曾经观照过永恒真实界，否则它就不会附到人体上来。但是从尘世事物来引起对于上界事物的回忆，这却不是凡是灵魂都可容易做到的，凡是对于上界事物只暂时约略窥见的那些灵魂不易做到这一点，凡是下地之后不幸习染尘世罪恶而忘掉上界伟大景象的那些灵魂也不易做到这一点。剩下的只有少数人还能保持回忆的本领。这些少数人每逢见到上界事物在下界的摹本，就惊喜不能自制，他们也不知其所以然，因为没有足够的

---

① [古希腊]荷马著《奥德修纪》，杨宪益译，第287页。

② [古希腊]柏拉图著《法篇》，《柏拉图全集》(第三卷)，王晓朝译，北京：人民出版社2003年版，第561页。

审辨力。①

这种文学创作观的实质于是就从源头上拉开了与作为一种技艺的机械生产的距离：后者可以依靠各种技艺的规矩进行多样化生产，而前者却受灵魂性质的制约而带有很大的拘囿。正为此故，诗人们只能偏长于某种文类而无法很好地实现兼善。柏拉图这样说道：

> 诗人们……并非凭技艺的规矩，而是依诗神的驱遣。因为诗人们制作都是凭神力而不是凭技艺，他们各随所长，专做某一类诗，例如激昂的酒神歌、颂神诗、合唱歌、史诗，或短长格诗，长于某一种体裁的不一定长于他种体裁。假如诗人可以凭技艺的规矩去制作，这种情形就不会有，他就会遇到任何题目都一样能做。②

二是可以追溯到灵魂在附着到下界肉体之前的特殊经历。柏拉图认为，灵魂在上界与事物本体或真知、真理、神明在一起的时刻，是和它们具有相对应的关系的："每个人曾经站在那个神仙队里，就尽力尊敬那个神，模仿那个神，……按照他所追随的神的性格。因此，每个人选择爱的对象，都去气味相投的，那被选择的对象仿佛就是他的神。"③而文学创作又只是神的代言，那么当灵魂附着到肉体之后，每个人也就只能为自己曾经追随、模仿的"那个神"来代言、作诗，来作某种类型的诗。因此，也只能是做到偏长于某一种文类。

三是从创作主体的性格层面出发，柏拉图认为，"各人性格不同，适合于不同的工作"；"只要每个人在恰当的时候干适合他性格的工作，放弃其他的事情，专搞一行，这样就会每种东西都生产得又多又好"。④ 因而文学创作亦然，

① ［古希腊］柏拉图著《斐德若篇》，《文艺对话集》，朱光潜译，第125—126页。
② ［古希腊］柏拉图著《伊安篇》，《文艺对话集》，朱光潜译，第8—9页。
③ ［古希腊］柏拉图著《斐德若篇》，《文艺对话集》，朱光潜译，第129页。
④ ［古希腊］柏拉图著《理想国》，郭斌和、张竹明译，第59—60页。

不同文类的特征也暗合着某些个人的性格倾向。在文学创作中,创作主体从自身性格特征出发,选择适宜的文类,就会从客观上为创作的顺利圆满完成提供必要的外在保障。在这一点上,柏拉图的见解颇有些令现代心理学研究产生共鸣的预见性。不止于此,柏拉图在讨论“我们的护卫者应该不应该是一个模仿者”的问题时,再次提出并论证了“专搞一行”的文类偏长与兼善的命题:

> 苏:……每个人只能干一种行业而不能干多种行业,是不是?如果他什么都干,一样都干不好,结果一事无成。
>
> 苏:同样的道理不是也可以应用于模仿问题吗?一个人模仿许多东西能够像模仿一种东西那样做得好吗?
>
> 苏:……既然同一模仿者无论如何也不能同时搞好两种模仿,哪怕是一般被认为很相近的两种模仿,譬如搞悲剧与喜剧。你不是刚才说它们是两种模仿吗?
>
> 阿:……你说得很对,同一人不可能两者都行。①

以上三个论证层面,角度迥异,各个不同,找寻不出任何的理论体系性,显然无法作为柏拉图坚决反对文类兼善的最终根由。那么,有无囊括上述三者的一个更高层次的答案来更好地帮助我们进行统筹把握呢?有,那就是“正义”说。正义,不仅是灵魂学说的重要范畴,也是政治学说的核心理念之一。就灵魂学说而言,柏拉图认为,附着到肉体的灵魂为了能够继续窥见事物本体、神明、真知一类的绝对理念的存在,必须加强道德伦理的教化,从中汲取养料,实现去芜存菁、扬善禁邪之旨归,方才有可能成为具有“回忆”能力的“少数人”,由迷狂入睹上界精妙。而正义作为真知和美德之一,就是灵魂的重要的滋养物。柏拉图指出:美德“正义”作为“神圣的好事物”之一,是智慧、节制和勇敢诸美

① [古希腊]柏拉图著《理想国》,郭斌和、张竹明译,第97—98页。

德相结合的产物。[①]"所谓神灵的就是美、智、善以及一切类似的品质。灵魂的羽翼要靠这些品质来培养生展。"[②]正义在柏拉图政治学说中的具体内涵表现为,"正义"是理想国立法者追求的"最高的美德",所有对城邦护卫者开展的以"与理智和正义无关的事物为宗旨的训练,都是粗俗的、不高雅的,完全不配称作教育"[③]。理想城邦中的每个人、每一社会阶层都恪守其责,不僭越其位,才是正义之举、国家福祉。故而,一如文学创作中的"各随所长,专做某一类诗"的偏长,全社会"正确的分工乃是正义的影子"。柏拉图写道:

苏:现在请你考虑一下,你是不是同意我的下述看法,假定一个木匠做鞋匠的事,或者一个鞋匠做木匠的事,假定他们相互交换工具或地位,甚至假定同一个人企图兼做这两种事,你想这种互相交换职业对国家不会有很大的危害,是吧?

格:我想不会有太大的危害。

苏:但是我想,如果一个人天生是一个手艺人或者一个生意人,但是由于有财富,或者能够控制选举,或者身强力壮,或者有其他这类的有利条件而又受到蛊惑怂恿,企图爬上军人等级,或者一个军人企图爬上他们不配的立法者和护国者等级,或者这几种人相互交换工具和地位,或者同一个人同时执行所有这些职务,我看你也会觉得这种交换和干涉会意味着国家的毁灭吧。

格:绝对是的。

苏:可见,现有的这三种人互相干涉互相代替对于国家是有最大害处的。因此可以正确地把这称为最坏的事情。

格:确乎是这样。

苏:对自己国家的最大危害,你不主张这就是不正义吗?

---

① [古希腊]柏拉图著《法篇》,《柏拉图全集》(第三卷),王晓朝译,第 374 页。

② [古希腊]柏拉图著《斐德若篇》,《文艺对话集》,朱光潜译,第 121 页。

③ [古希腊]柏拉图著《法篇》,《柏拉图全集》(第三卷),王晓朝译,第 373、389 页。

格:怎么会不呢?[①]

此外在《法篇》中同样也可见到柏拉图对于不“专搞一行”的非正义行为的担忧:

> 我们可以正确地说,人的能力决不适宜同时从事两种职业或手艺。……这一点作为我们社会的一条原则。……城防官必须竭尽全力执行这条法律。如果有本国人走上歧途,为了追求钱财而从事别的行业或职业,那么城防官要通过申斥和降级的办法来对他进行矫正,使他返回正道……[②]

由此可见,正义说把上述分散的三个层面的论证紧紧归纳进它的理论语域之内。正义赋予文学创作中的神启灵感以源源不断的动力,正义颁赐附着到肉体之前的各个灵魂在上界追随众神的威严秩序,正义勾画出一幅人人安守本分的具有良好社会秩序的理想国度。一言以蔽之,正义说奠立了柏拉图文类偏长思想的坚实的理论基石。

四

“我们完全有理由拒绝让诗人进入治理良好的城邦”、“它绝对拒绝任何模仿”、“我们是只许可歌颂神明的赞美好人的颂诗进入我们城邦的”之类宣言是柏拉图留给世人印象较深的观点之一。不仅屡屡令文学创作者为之皱眉,也时常让文学理论研究者不得其解,莫明其理。其实就文类理论而言,这里面涉及文类界限与文类等级诸如此类的问题。

---

① [古希腊]柏拉图著《理想国》,郭斌和、张竹明译,第172、155—156页。
② [古希腊]柏拉图著《法篇》,《柏拉图全集》(第三卷),王晓朝译,第607页。

柏拉图论述文类等级问题,是不乏其例的。例如前面提及的“神志清醒的诗遇到迷狂的诗就黯然无光了”,“哲学就是最高级的诗”胜于“说出来的文章”(演讲词)与“写出来的文章”,以及在“真故事”与“假故事”之间,“首先必须痛加谴责的,是丑恶的假故事”。然而最吸引我们注意力的则是柏拉图对悲剧、喜剧、史诗、抒情诗这些文类所发表的“许可”或是“拒绝”进入理想国的系列观点,从中显露出来的文类等级、文类界限观新奇独特,耐人寻味。

柏拉图曾经非常自负地说:“我们在建立这个国家中的做法是完全正确的,特别是(我认为)关于诗歌的做法”,亦即“绝对拒绝任何模仿”[①]。“模仿”一词在柏拉图理论体系中具有不同的涵义,设若不指出此,也就无法真正厘清其诗学思想。

一种涵义是指秉承自德谟克利特、智者派的对客观对象的描绘学习,如“模仿坏人而甚至不愿模仿好人,是很恶劣的”[②];“(雕像)是对真实的人体的模仿”[③]等。而第二种涵义则是此处的用法,其与柏拉图哲学思想中的理念说密不可分。正如上述,柏拉图认为在世间万象之上客观存在一个上界,所有事物的本体,所谓的真知、真实、真理、神明、理念等皆存在于此。它们是永恒不变、无始无终的“一”,由此“一”始有自然之一切。最耳熟能详的例子就是“床”:柏拉图阐释说,上界有一个叫“床的理念”,由此才造出日常使用的“现实的床”,而艺术家笔下的“床”是对“现实的床”的模仿。而“现实的床”是“床的理念”的模仿,是后者在世间的“仿影”,那么艺术家笔下的“床”则和“床的理念”隔了“现实的床”这一层,可以说是“床的理念”的“影子的影子”。正是在这个意义上,柏拉图提出,一切文学艺术作为理念的“影子的影子”,距离理念这一最高本体委实太远,所以对于“影像的创造者”文学创作者应该实施全然的否定:因为他们“全然不知实在而只知事物外表”,作为“模仿者对于自己模仿的东西没有什么值得一提的知识。模仿只是一种游戏,是不能当真的”。而且“关于自

① [古希腊]柏拉图著《理想国》,郭斌和、张竹明译,第387页。

② 伍蠡甫等编《西方文论选》(上卷),上海:上海译文出版社1979年版,第4页。

③ 陆梅林、李心峰主编《艺术类型学资料选编》,武汉:华中师范大学出版社1997年版,第18页。

己模仿得优还是劣，就既无知识也无正确意见了”。这样一来，包括悲剧、喜剧、抒情诗等在内一切文学在本质上就等同于了无知、虚假、不真实、谎言之类的贬词，“从荷马以来所有的诗人都只是美德或自己制造的其他东西的影像的模仿者，他们完全不知道真实”①。所以柏拉图指出说：

> 当有人告诉我们说，他遇到过一个人，精通一切技艺，懂得一切只有本行专家才专门懂得的其他事物，没有什么事物他不是懂得比任何别人都清楚的。听到这些话我们必须告诉他说：“你是一个头脑简单的人，看来遇到了魔术师或巧于模仿的人，被他骗过了。你之所以以为他是万能的，乃是因为你不能区别知识、无知和模仿。”②

关于此文学本质观，还可以从另外一个角度得以印证。柏拉图在批判“假故事”时说，必须描写“神之所以为神，即神的本质”，“神在言行方面都是单一的、真实的，他是不会改变自己，也不会白日送兆，夜间入梦，玩这些把戏来欺骗世人的”。也因此，“讲故事、写诗歌谈到神的时候，应当不把他们描写成随时变形的魔术师，在言行方面，他们不是那种用谎言引导我们走上歧途去的角色”③。文学在柏拉图眼中与“假故事”同重等轻。也正是在这个意义上，有学者研究指出：实质上，柏拉图关于文学艺术“有自己的一套出色而积极的理论”，“柏拉图告诉我们，只要作品是对某个或某套恰当理式的模仿（mimesis），就会成为伟大的艺术作品，这些作品反过来还会在受其感染的人的灵魂中催生德性和智识”。④

需要提及的一点是，如果对“模仿”具体涵义不加区分，就会得出不能自洽的结论或观点。例如有学者提出：“抒情诗在理论上被他视为真正的诗（因为

① ［古希腊］柏拉图著《理想国》，郭斌和、张竹明译，第397、399、396页。
② ［古希腊］柏拉图著《理想国》，郭斌和、张竹明译，第393页。
③ ［古希腊］柏拉图著《理想国》，郭斌和、张竹明译，第80—81页。
④ 王柯平、［澳］本尼特兹主编《柏拉图诗学新探》，北京：北京大学出版社2016年版，第29—30页。

抒情诗不模仿外物,而表现诗人的内心),然而他也很少评价抒情诗。”这里就是用第一种涵义作前提而以第二种涵义为标准得出的难以自圆其说的结论。所谓柏拉图“他对艺术模仿的态度是矛盾的”说法只是表象而已。[①] 因为如果抒情诗真的是柏拉图心目中的“真正的诗”,至少在理论逻辑上怎么可能“很少评价抒情诗”呢?其实柏拉图是崇尚悲剧而抵制喜剧和抒情诗的,这点下文将予以详细揭示。

与此由理念论而来的文学本质观相关,文学的另一大罪过就是,文学的谎言的不真实性对应的是与理念、真知等理性范畴相悖逆的感性这一“无益的部分”。按柏拉图的话说,文学艺术这一“模仿术乃是低贱的父母所生的低贱的孩子”。因为“它的作用在于激励、培育和加强心灵的低贱部分毁坏理性部分”,所以“我们完全有理由拒绝让诗人进入治理良好的城邦”。[②]

既有如此文学本质观,又何来“许可”文学之说呢?除了理念说之外,这又与柏拉图的政治学说不无联系。恰如有学者指出的那样,“柏氏对诗人与诗歌的种种谴责与控告,正好从反面证明诗歌的重要以及他对诗歌的关注,特别是对哲理诗或诗化哲学的关注”[③]。柏拉图不仅承认自己是诗人,也作诗,而且也无法否定文学巨大的审美功能。柏拉图自陈“我本来就作诗”[④],而且不止一次地表白过对荷马的无限崇敬之情:“荷马真是一位最伟大,最神圣的诗人”[⑤],“荷马确是最高明的诗人和第一个悲剧家”[⑥]。还借苏格拉底之口质问:“我的朋友,你说是这样吗?你自己没有感觉到它的诱惑力吗,尤其是当荷马本人在进行蛊惑你的时候?”[⑦]而且在谈到理想国中需要哪些人员时,在“加进许多必要的人和物”的名单中仍旧列入了“模仿形象与色彩的艺术家,一大群搞音乐

① 凌继尧、徐恒醇著《西方美学史》(第一卷),北京:中国社会科学出版社 2005 年版,第 140、154 页。

② [古希腊]柏拉图著《理想国》,郭斌和、张竹明译,第 404、401 页。

③ 王柯平著《〈理想国〉的诗学研究》,北京:北京大学出版社 2005 年版,第 288 页。

④ [古希腊]柏拉图著《辩护词》,水建馥译,第 85 页。

⑤ [古希腊]柏拉图著《伊安篇》,《文艺对话集》,朱光潜译,第2 页。

⑥ [古希腊]柏拉图著《理想国》,郭斌和、张竹明译,第 407 页。

⑦ [古希腊]柏拉图著《理想国》,郭斌和、张竹明译,第 408 页。

的，诗人和一大群助手”。[①] 此外，柏拉图还从文学的神的起源上充分肯定了文学对于人类生活不可或缺的审美功能：

> 当初神们哀怜人类生来就要忍受的辛苦劳作，曾定下节日欢庆的制度，使人可以时而劳动，时而休息；并且把诗神们和诗神领袖阿波罗以及酒神狄俄尼索斯分派到人间参加人类的欢庆，使人们在跟神们一起欢庆之中，借神们的帮助，可以提高他们的教育。[②]

综上所述可见，柏拉图的理念说“拒绝”文学，而他的政治学说又“许可”文学存在的必要性。文学从理念说的窗口被逐出，而又从政治学说的大门请进来。

类似的矛盾龃龉在柏拉图诗学体系中并不鲜见，且以诗人被逐为例。众所周知，柏拉图的灵感磁石说不仅解释了文学创作，而且还解决了对美感的认识：

> 听众是最后的一环；像我刚才所说的，这些环都从一块原始磁石得到力量；你们诵诗人和演戏人是些中间环，而诗人是最初的一环，你知道不？通过这些环，神驱遣人心朝神意要他们走的那个方向走，使人们一个接着一个悬在一起。[③]

也就是说，听众如痴如醉的欣赏表现也来源于神意，而神又即善，柏拉图又何苦以己之信仰反对信仰的对象呢？又如，柏拉图既认为“我心目中的教育就是把儿童的最初德行本能培养成正当习惯的一种训练，让快感和友爱以及痛感和仇恨都恰当地植根在儿童的心灵里，这时儿童虽然还不懂得这些东西的本质，等到他们的理性发达了，他们会发现这些东西和理性是谐和的。整个心灵

---

① ［古希腊］柏拉图著《理想国》，郭斌和、张竹明译，第 64 页。
② ［古希腊］柏拉图著《法律篇》，《文艺对话集》，朱光潜译，第 301 页。
③ ［古希腊］柏拉图著《伊安篇》，《文艺对话集》，朱光潜译，第 11 页。

的谐和就是德行”[①]，理性和感性是和谐的，代表着德行，又为何大肆抨击文学对人心灵感性部分的浇灌之过呢？再如，柏拉图认为：“舞台演出时诗人是在满足和迎合我们心灵的那个（在我们自己遭到不幸时被强行压抑的）本性渴望痛哭流涕以求发泄的部分。而我们天性最优秀的那个部分，因未能受到理性甚或习惯应有的教育，放松了对哭诉的监督。”[②]文学审美功能之所以在主体实现是因为理性放松了对感性因素的管束与控制，因此必须要通过加强道德伦理教化来进一步实现理性的提炼、巩固，而他又无法绕开文学这一天然具有审美属性的教育方式，他又必须返回到出发点寻找路径，他自己所反对的对象反而成了救赎的工具。所以有学者指出：“如果柏拉图把诗人从他的理想国中驱逐出去，引起了我们的反感，那末，他对艺术的实际效果的信赖，则可能同样使我们大为震惊。柏拉图所驱逐的，正是他所喜爱、赞美和信任的。”[③]

那么，又是哪些文类的文学可以得到“许可”进入理想国城邦呢？无疑，柏拉图的第一选择是悲剧。在柏拉图政治学说中有着强烈而显著的贵族情结，他认为：“与每个人相关的事物从来都有两类：一类是优秀的，从事统治；另一类是低劣的，服从统治。所以，每个人都应当始终喜爱那些光荣的优秀事物，胜过喜爱那些低劣的事物。”[④]也因为这种贵族气息，他反对群众对艺术品评的权威，厌恶“邪恶的剧场政体”来代替“贵族政体”[⑤]。基于此，柏拉图认为悲剧与喜剧在主体模仿对象上就存在着质的区别：悲剧应该是那些“高贵身体和宽宏心灵”去“模仿那些勇敢、节制、虔诚、自由的一类人物”，他们不应该模仿女人、奴隶、坏人、鄙夫等“凡与自由人的标准不符合的”“丑恶的事情”，总之“模仿了最优美最高尚的生活，这就是我们所理解的真正的悲剧”。而喜剧则与之

---

① ［古希腊］柏拉图著《法律篇》，《文艺对话集》，朱光潜译，第 300 页。

② ［古希腊］柏拉图著《理想国》，郭斌和、张竹明译，第 405 页。

③ ［美］凯瑟琳·埃弗雷特·吉尔伯特、［德］赫尔穆特·库恩著《美学史》（上下），夏乾丰译，上海：上海译文出版社 1989 年版，第 61 页。

④ ［古希腊］柏拉图著《法篇》，《柏拉图全集》（第三卷），王晓朝译，第 485 页。

⑤ ［古希腊］柏拉图著《法律篇》，《文艺对话集》，朱光潜译，第 311 页。

相对立，它“旨在逗笑”，应该让那些没有什么德行的“奴隶们和雇来的异邦人来模仿这类可笑的事物”，来模仿“丑恶的人物和思想”，以此作为“叫做喜剧的那一类逗笑的娱乐的规章”。[①]

必须承认，柏拉图在著作中没有明确彰明自己崇尚悲剧的等级观，但是统观其诸多内在相关的表述是可以得到证明的。关于文类等级观，柏拉图最集中典型的表述如下：

> ……你自己应当知道，实际上我们是只许可歌颂神明的赞美好人的颂诗进入我们城邦的。如果你越过了这个界限，放进了甜蜜的抒情诗和史诗，那时快乐和痛苦就要代替公认为至善之道的法律和理性原则成为你们的统治者了。[②]

通过上述已经知道，在柏拉图灵魂学说、政治学说中，强调高尚道德品质的教化是共通的，它有助于净化受到感性污染的灵魂，有助于理想国良好秩序的建立。所以他“只许可歌颂神明的赞美好人的颂诗进入我们城邦”。而真正的悲剧的写作要求和他这里“许可”的内容在本质上是完全吻合、毫无二致的。至于为何用“颂诗”而不写“悲剧”，是因为所谓“颂诗”，看重的是对内容的严格要求，绝非一般的文类名称，与“真正的悲剧”之意并无分歧。[③] 再有，柏拉图在论说模仿、叙述和模仿兼叙述三种体裁时还说过这样一段话：

> 苏：那么，我们怎么办？我们的城邦将接受所有这些体裁呢？还是只接受两种单纯体裁之一呢？还是只接受那个混合体裁呢？
>
> 阿：如果让我投票选择的话，我赞成单纯善的模仿者的体裁。

---

① [古希腊]柏拉图著《法律篇》，《文艺对话集》，朱光潜译，第312—313页。

② [古希腊]柏拉图著《理想国》，郭斌和、张竹明译，第407页。

③ 也有学者持相异观点，认为：“柏拉图赞成间接叙述的颂诗等形式，反对直接叙述的戏剧等形式”，“柏拉图从其建立‘理想国’的政治需要出发是肯定颂诗而否定悲喜剧的”。（曾繁仁著《西方美学论纲》，济南：山东人民出版社1992年版，第25、38页。）

> 苏：可是，亲爱的阿得曼托斯，混合体裁毕竟是大家所喜欢的；小孩和小孩的老师们，以及一般人所最最喜欢的和你所要选择的恰恰相反。
>
> 阿：它确是大家喜欢的。
>
> 苏：但是也许你要说这与我们城邦的制度是不适合的。因为我们的人既非兼才，亦非多才，每个人只能做一件事情。[①]

这段话至少证明两个问题：一是"单纯善的模仿者的体裁"非悲剧莫属，这又再次印证了柏拉图崇尚悲剧的等级观；二是有助于回答为何"甜蜜的抒情诗和史诗"被柏拉图禁止。就史诗来说，很简单的理由，因为史诗非单纯体裁，尽管大家喜欢，但是联系柏拉图的正义说和文类偏长观，"这与我们城邦的制度是不适合的"。至于抒情诗以及喜剧，还要引出另外一段话：

> 苏：……然而我们仍然申明，如果为娱乐而写作的诗歌和戏剧能有理由证明，在一个管理良好的城邦里是需要它们的，我们会很高兴接纳它。因为我们自己也能感觉到它对我们的诱惑力。但是背弃看来是真理的东西是有罪的。……
>
> 格：的确是的。
>
> 苏：那么，当诗已经申辩了自己的理由，或用抒情诗格或用别的什么格律——它可以公正地从流放中回来吗？
>
> 格：当然可以。
>
> 苏：我们大概也要许可诗的拥护者——他们自己不是诗人只是诗的爱好者——用无韵的散文申述理由，说明诗歌不仅是令人愉快的，而且是对有秩序的管理和人们的全部生活有益的。我们也要善意地倾听他们的辩护，因为，如果他们能说明诗歌不仅能令人愉快而且也有益，我们就可以清楚地知道诗对于我们是有利的了。[②]

---

① [古希腊]柏拉图著《理想国》，郭斌和、张竹明译，第 101 页。
② [古希腊]柏拉图著《理想国》，郭斌和、张竹明译，第 407 页。

这里是为部分文类作品预留了继续进入理想国城邦的可能想像，也可以说是柏拉图个人思想矛盾的外在体现：自智者派那里而来的教与乐、审美与教化的对立思潮中，柏拉图实在还无法走出对立的时代氛围，或许他很矛盾甚至苦恼，但是作为柏拉图的他无法明确认识到教与乐还有统一的可能性。“为娱乐而写作的诗歌和戏剧”正是为抒情诗和喜剧而言的。“娱乐”一词本身就出现于柏拉图对喜剧制作规章之中：“作为关于叫做喜剧的那一类逗笑的娱乐的规章”；此外还使用在他对“假故事”的论述里：

> (假故事)这些作品不适宜于给年轻人听到，使他们失掉自我克制。要是作为一种娱乐，我觉得还勉强可以。[①]

可见，“娱乐”既有对模仿对象的要求之意，又有停留于非理性的反理性之旨。而所有这些都是难以符合柏拉图政治学说要义的，所以只能作为有待进一步考察的文类对象了。正为此故，柏拉图提出了“删诗”，即要把那些专门浇灌培育感性情感因素的诗句删去，“应该删去著名作者所作的那些挽歌”[②]，因为它们于城邦护卫者教育无益。

在崇尚悲剧的文类等级观上，柏拉图在《法篇》中的论说还可进一步为证。该文一方面指出“荒唐、滑稽、粗俗的表演”不仅要严格加以检查，而且任何自由人“都不要去学习这种表演”，“这些表演应当留给奴隶或雇来的外国人”；另一方面认为“至于悲剧诗人和他们的所谓的严肃作品，我们可以接受其中的一部分”。虽然在自由进入理想国问题上，柏拉图似乎并没有对悲剧格外眷顾，仍然需要经过执政官批准，但是城邦的守卫者是以“我们自己就是悲剧作家”自居的，并自以为在“真正的法典”的治辖下的理想国的整个政治制度和社会生活就是“一种高尚完美生活的戏剧化，我们认为这是所有悲剧中最真实的一

---

① [古希腊]柏拉图著《理想国》，郭斌和、张竹明译，第89页。

② [古希腊]柏拉图著《理想国》，郭斌和、张竹明译，第84—85页。

种”[①]。不难试想，设若悲剧写作要求与城邦政治学说内容之间没有共同之处，城邦护卫者们怎会选择悲剧文类以自况呢？正是写善、向善、扬善的相近主旨使得悲剧文类在柏拉图的政治学说中寻找到了支撑其成为等级之王的重要理论依凭。所以，有学者单就某篇文献得出“史诗高于悲剧”[②]，此结论的合理性、科学性令人存疑。

尽管在众多文类中崇尚悲剧，柏拉图似乎并没有把悲剧和喜剧截然对立，他至少认为在美感特征上，两者存有相通之处：在悲剧里和喜剧里，“痛感都是和快感混合在一起的”[③]。而这又为他崇尚悲剧说埋下了解构的种子。因为悲剧主观上要求以最高尚最优美的生活为模仿对象，但是客观上还是产生了痛感夹杂快感的审美感受。柏拉图曾经说过：“每一种悲痛或欢乐都是一根钉子，把灵魂钉在肉体上，牢牢钉住，使灵魂变成如同肉体，肉体说什么是真实的，它就以为什么是真实的。”[④]悲剧因此与其灵魂学说、理念说、政治学说之间出现了鲜明裂纹。不过，柏拉图诗学从整体上说，应该还是倾向于坚持文类之间界限的：

> ……从前在我们希腊人中间，音乐分成若干种类和风格，一种是对神的祷祝，叫做颂歌；另一种和这对立的叫做哀歌；此外还有阿波罗的颂歌以及庆祝狄俄尼索斯诞生的颂歌，叫做“酒神歌”。从前人还另有一种歌，就叫做“法律”，上面还冠上“竖琴调”的字眼，这一切和其他歌调都区分得很清楚，不准演奏者把这种音乐风格和另一种音乐风格混淆起来。……不过随着时代的推移，诗人们自己却引进来庸俗的漫无法纪的革新。他们诚然是些天才，却没有鉴别力，认不出在音乐中什么才是正当的合法的。于是像酒神信徒们一样如醉如

① ［古希腊］柏拉图著《法篇》，《柏拉图全集》(第三卷)，王晓朝译，第575—576页。
② 《诗学·诗艺》，罗念生等译，第103页注释2。
③ ［古希腊］柏拉图著《斐利布斯篇》，《文艺对话集》，朱光潜译，第297页。
④ ［古希腊］柏拉图著《辩护词》，水建馥译，第126页。

> 颠，听从毫无节制的狂欢支配，把哀歌和颂歌，阿波罗颂歌和酒神颂歌都不分皂白地混在一起，在竖琴上模仿笛音，这样就弄得一团糟；他们还狂妄无知地说，音乐里没有真理，是好是坏，都只能凭听者的快感来判定。①

在倡导正义的哲学家为王的理想国里，柏拉图不仅反对社会革命，也不允许文艺创新，文类之间应该保持清晰的界限。此外，柏拉图还从社会审美接受上注意到了各种文类的区别界限。例如在讨论到庆祝会上各种文艺活动谁会取胜的问题时，他写道：

> 雅　如果让小孩子们来裁判，他们会把锦标判给傀儡戏。
>
> 克　那当然。
>
> 雅　较大的孩子们会拥护喜剧，受过教育的妇女和年轻人乃至一般人都会投悲剧的票。
>
> 克　很可能。
>
> 雅　我相信我们老年人感到最大乐趣的是听一位诵诗人朗诵《伊利亚特》和《奥德赛》，或是一篇赫西俄德的诗，我们会判定他为胜利者。但是究竟谁才是胜利者就成为问题了。
>
> 克　是有问题。
>
> 雅　很显然，你和我得宣布：凡是由我们老年人评判为胜利者就应该是胜利者，因为我们的见解远比现在世上任何人的都高明。
>
> 克　当然。
>
> 雅　我在这一点上也同意多数人的意见：音乐的优美要凭快感来衡量。但是这种快感不应该是随便哪一个张三李四的快

① ［古希腊］柏拉图著《法律篇》，《文艺对话集》，朱光潜译，第310—311页。

> 感;只有为最好的和受到最好教育的人所喜爱的音乐,特别是为在德行和教育方面都首屈一指的人所喜爱的音乐,才是最优美的音乐。[①]

傀儡戏与小孩、较大的孩子与喜剧、受过教育的妇女和年轻人与悲剧以及老年人与史诗等之间表现出来的文类与接受主体的对应关系,说明柏拉图对于日常审美经验是有专门考察的,对各种文类在审美特点上的差异也是有朦胧的潜在意识的。然而就是在这个日常审美经验孰胜的例子中,柏拉图还是从其灵魂学说、政治学说出发,把道德伦理高置于审美之上,认为:“在德行和教育方面都首屈一指的人所喜爱的音乐,才是最优美的音乐。”

五

综上所述,柏拉图以其灵魂学说中的迷狂说为标准,认为“神志清醒的诗”不如“迷狂的诗”;依据理念说判定“真故事”高于“假故事”。基于“模仿”的两种涵义,一方面从文学表现手法出发,认为模仿和叙述对立,作为单纯体裁分别体现为戏剧和抒情诗两大文类,模仿兼叙述的混合体裁体现为包括史诗在内的叙事诗文类。发明了著名的西方文类“三分法”,同时也预示了后世的分歧和演绎模型。另一方面,作为理念的“影子的影子”说,一切文学艺术作为模仿,都是虚假的,远离真知、神明和事物本体。以理想国的政治学说为基,提出了悲剧位于众多文类等级之巅。以正义说作为文类偏长思想的深层的理论基石。柏拉图虽注意到悲剧和喜剧在美感特征上的一致性以及不同文类在审美接受中的主体差异性特征,但仍倾向于坚持文类之间的清晰界限。不难觉察出,奉哲学为最高级文章的柏拉图,一心立足自身的理念说、灵魂学说、政治学说等理论解说和推演包括文类思想在内的整个诗学思想。文学是哲学的附

---

① [古希腊]柏拉图著《法律篇》,《文艺对话集》,朱光潜译,第 308 页。

庸，文学因为哲学而存在。波兰著名美学理论家塔塔尔凯维奇在论述柏拉图美学思想时曾经指出:“离开了他的理念、灵魂和理想国的学说，就不可能了解他的美学。”[①]英国学者斯塔斯关于柏拉图也指出过:“就因为他是一个哲学家的艺术家，所以他自己便专以文艺为手段，而表达哲学的观念。因此，所以他的艺术的见解染上了特殊的色彩。在他自己，艺术实在只不过是哲学的手段。这的确便是他的全部艺术见解的根源。”[②]诸如此类，通过柏拉图文类思想的全面剖析已经充分予以证明。另外包括斯塔斯、罗念生等在内的一些中外学者认为柏拉图的文艺理论“不成体系”[③]，这一观点至少在其文类思想上是值得进一步商榷的。

德国著名哲学家雅斯贝尔斯曾经评价说，柏拉图在哲学史上的地位是独一无二的:他站在历史的转折点上，处于前苏格拉底时期和希腊化时期之间。从柏拉图开始，西方哲学家拥有了自己的形态。而且柏拉图给哲学家提供了最广阔的领域，所有的后来人都在钻研由柏拉图开始的问题。[④] 由上小结不难见出，相比此前阶段，柏拉图文类思想无疑显得更为集中、整饬和具体系统。这不仅因为文类思想渗透于众多著作文献之间，更在于如许著作皆出自柏拉图一人之手。这是前无古人之举。其次，柏拉图文类思想中蕴涵了无比丰富的文类基本命题，如西方文类三分法、文类界限、悲剧等级等，而且重要的在于，柏拉图不仅提出斯，也建构了富于特色的问题域。这就使得他成为后世所有论说所无法绕开的关键点。所以，从某种程度上而言，柏拉图诗学的哲学化亦使得其文类思想在西方文类理论史上占据着一个不可小觑的历史高度。

然而，就柏拉图文类思想的存在和显现本身来说，因为受到灵魂学说、理念学说、政治学说等整个哲学观的规约，文类思想置身其间极容易“被体系化”，似乎只要了解了柏拉图关于灵魂学说、理念学说、政治学说等，就不难推

---

① [波兰]塔塔尔凯维奇著《古代美学》，理然译，第 107 页。

② [英]斯塔斯著《批评的希腊哲学史》，庆泽彭译，第 182 页。

③ 罗念生著《诗学・译后记》，《诗学・诗艺》，罗念生等译，第 110 页。

④ [德]卡尔・雅斯贝尔斯著《大哲学家》(修订版，上册)，李雪涛等译，北京:社会科学文献出版社 2010 年版，第 267 页。

导和知悉其文类思想。后者成为前者的自然延伸,在诗学与其他学说之间缺乏足够的学科距离,使得包括文类思想在内的整个诗学缺乏一定的自主独立性,这也就成为柏拉图文类思想特征的不足之处。文类思想始终无法在文学范围内得到深入而全面的探讨。柏拉图在理性与感性关系、诗人被逐等问题上无法避免的矛盾和犹豫的态度就是此不足之处的典型症状。美国学者佛朗·霍尔曾经指出:"在柏拉图以前,除去诗中有一两句和哲学论著中有些断片以外,在一种文学理论的意义上来说,没有真正的文学批评。"①因此,如果说此前阶段尚属于文类思想、文类意识的萌动期的话,那么,柏拉图的文类思想不可谓不是奠立西方文类思想发展基石的、具有筚路蓝缕之功的草创期。

柏拉图认为,自色诺芬、赫拉克利特、阿里斯托芬、智者派直到他自己,"哲学和诗歌的争吵是古已有之的"②。在经过柏拉图对哲学与诗歌关系的充分而热烈的酝酿、阐说之后,理性与感性激烈碰撞而起的火花必将启迪人们更科学更全面地摆正哲学与诗歌的关系。为此,有理由相信,包括文类理论在内的古希腊诗学随之也将要翻开新的一页。

---

① [美]佛朗·霍尔著《西方文学批评简史》,张月超译,南京:南京大学出版社1987年版,第1页。

② [古希腊]柏拉图著《理想国》,郭斌和、张竹明译,第407页。

第三章　亚里士多德文类理论研究

如果说神学化是前柏拉图时期文类理论的特征，哲学化是柏拉图文类理论的特征，在二者那里文类理论皆未摆脱附庸的色彩，而当文类理论发展到亚里士多德，其面貌可谓焕然一新。亚氏一生著作等身，卷帙浩繁，门类众多，"差不多和古代所知道的科学，全有关系"①，而且"他在各门各类的知识上，都达到了超群轶伦的地位"②。其著作"总括起来，组成公元前4世纪人类知识的百科全书"③。亚里士多德宣称："在各种科学之中，每一门都有自己所独有的研究对象，这就是它固有的目的。"所以，《诗学》作为他广博学问之一翼，是西方文论史、美学史上首部文学研究专著④，亚氏遂有"试图为诗辩护第一人"之美誉⑤。正为此故，他的文类理论在西方文类理论史上第一次以独立、自觉的本体化形态存在，继承创新、述作并举，建立了古典主义文类理论的基本架构，影响巨大，意义深远。

---

① [德]艾尔弗雷德·韦伯著《西洋哲学史》，詹文浒译，上海：华东师范大学出版社2007年版，第82页。

② [英]斯塔斯著《批评的希腊哲学史》，庆泽彭译，第198页。

③ [德]艾尔弗雷德·韦伯著《西洋哲学史》，詹文浒译，第83页。

④ [英]鲍桑葵在《美学史》中写道：在美学中，"亚里士多德是给我们留下一部专著的最早的作家"。（张今译，北京：商务印书馆1985年版，第75页）

⑤ [德]恩斯特·卡西尔著《语言与神话》，于晓等译，北京：三联书店1988年版，第181页。

一

众所周知,《诗学》开篇即指出研究文类及其构成成分等问题的必要性。亚里士多德认为,一种文类伴随着其构成成分的逐渐完善到位,该文类也就会固定不再变化。亚氏是在谈及悲剧的发生时,提出这种封闭的文类发展观的。他说:

> 总之,悲剧是从临时口占发展出来的(悲剧如此,喜剧亦然,前者是从酒神颂的临时口占发展出来的,后者是从下等表演的临时口占发展出来的……),后来逐渐发展,每出现一个新的成分,诗人们就加以促进;经过许多演变,悲剧才具有了它自身的性质,此后就不再发展了。①

这种封闭的文类发展观古往今来受到不少人的诟病与批评。例如波兰美学家塔塔尔凯维奇就指出:"亚里士多德的思想对艺术发展所产生的影响基本上是积极的,不过也不尽然。他有一个艺术观念就起了相当消极的作用,这既要归咎于他本人,更要归咎于他那些继承了这一观念的后世信徒。这一观念是:亚里士多德认为,任何发展都有它的终点,因此艺术和诗歌也有终点。"②塔塔尔凯维奇把封闭的文类发展观甚至扩展到了整个文学艺术发展观上。那么,为何亚里士多德会提出这种封闭的文类发展观呢?这是与亚氏的哲学观、美学观密不可分。在《形而上学》中,他提出,"美的最高形式是秩序、对称和确定性","善永远居于实践之中,美则是在不运动的东西中"③,所以,"应该从永

---

① 《诗学·诗艺》,罗念生等译,第14页。
② [波兰]塔塔尔凯维奇著《古代美学》,理然译,第158页。
③ 苗力田主编《亚里士多德全集》(第七卷),北京:中国人民大学出版社1993年版,第295—296页。

远保持同一的东西中，从不作任何变化的东西中探索真理”[1]。在亚氏眼中，“确定性”是美的最高表现之一，“保持同一”、“不作任何变化”是真理探讨对象的重要特征。所以悲剧文类要求封闭性的发展观自然也就具有了比较充足的理论前提。

由此哲学观和美学观的理论基础，封闭的文类发展观不可被简单否定，必须予以历史的科学考察。作为柏拉图的弟子，亚里士多德并没有遵从老师的唯心主义理论宗旨，而是坚持唯物主义的信念，“遍探知识的全宇，彻底审查所有已存的科学”[2]，在科学萌芽的时代贡献自己对于伦理学、哲学、修辞学、诗学、生物学、政治学、物理学等众多学科的思考和认识。所以，就专题论述文学艺术学问的《诗学》而言，亚氏对悲剧文类知识的探讨是一次可贵的历史总结。加之以埃斯库罗斯、欧里庇得斯、索福克勒斯三大悲剧诗人的创作为代表的诸多经典作品的有力支撑，比如在论说“完美的结局”与“最完美的悲剧”关系时，亚氏赞扬“欧里庇得斯实不愧为最能产生悲剧效果的诗人”[3]；在讨论何种事件安排方式最能产生怜悯与恐惧之情时，亦举例欧里庇得斯《克瑞斯丰忒斯》剧为最好；再如分析对情节中“发现”的最好处理方式时，又是以索福克勒斯《俄狄浦斯王》剧为典范。从“完美”、“最好”等词不难见出，诸如此类的经典悲剧作品成为亚氏悲剧理论绝佳的演绎模型。理论与实践之间的完美统一——时间把当下凝定为永恒。故而，处于这一历史节点的亚氏得出封闭的文类发展观也就不足为怪了。除此之外的一点是，亚氏的理论总结既是对前人探索的一个归纳与扬弃，同时不可避免地会成为当时人以及后来人了解、学习悲剧的重要资料来源。继往开来可谓一切历史存在的不由自主的使命。所以，客观而言，封闭的文类发展观亦在一定历史时期有利于实现和完成这种了解与学习的历史使命。或许恰如英国学者巴恩斯所言：“《诗学》的主要目的不是告诉我们如何评判一件艺术作品，而是如何生产出一件艺术作品。”“亚里士多德并非

① 苗力田主编《亚里士多德全集》(第七卷)，北京：中国人民大学出版社 1993 年版，第 250 页。

② [英]斯塔斯著《批评的希腊哲学史》，庆泽彭译，第 198 页。

③ 《诗学・诗艺》，罗念生等译，第 41 页。

想提出一个永远都正确的悲剧理论。他只是在告诉那些在希腊的舞台传统下工作的同代人,如何写一个剧本。"[①]吉尔伯特和库恩也认为:"亚里斯多德的《诗学》,在一定的意义上讲,是作为指导年轻人从事诗歌艺术的教本而写的。"[②]不言而喻,固定不变的文类模型是学习如何写作的再好不过的对象。

然而,理论的假设虽然可以构筑一个完美的乌托邦,但是终究还要面对现实历史的检验。亚里士多德从哲学观、美学观以及写作学角度,提出封闭的文类发展观,可是当他回顾和总结文类发展历史时却又下意识地解构了封闭的文类发展观。柏拉图曾经评论"荷马确是最高明的诗人和第一个悲剧家"[③],或许此论在柏拉图诗学世界里,我们还不解其理,亚氏在《诗学》里对此作了清晰的注释:

> 荷马从他的严肃的诗说来,是个真正的诗人,因为唯有他的模仿既尽善尽美,又有戏剧性,并且因为他最先勾画出喜剧的形式,写出戏剧化的滑稽诗,不是讽刺诗;他的《马耳癸忒斯》跟我们的喜剧的关系,有如《伊利亚特》和《奥德赛》跟我们的悲剧的关系。[④]

可见,柏拉图说荷马是"第一个悲剧家"正是基于文类发展过程中文类之间关系而言的。在师徒二人看来,是荷马在史诗写作中首先孕育出喜剧性、悲剧性成分,为后来的喜剧、悲剧文类的诞生奠定了必要的物质基础。亚氏从文类之间关系的层面继续推崇荷马的文学史地位,在此之际,亚氏走到了自己理论观点的对立面。从史诗中演化出戏剧的文类发展关系表明,某一发展成熟的文类绝不会在文学发展史上机械地固定化为一个封闭体,它必定会成为后生新型文类的重要基点和发酵母体,从中生发出其他新型文类。否则,该文类本身

① [英]巴恩斯著《亚里士多德的世界》,史正永等译,南京:译林出版社 2010 年版,第 130,133 页。

② [美]凯瑟琳·埃弗雷特·吉尔伯特、[德]赫尔穆特·库恩著《美学史》(上下),夏乾丰译,第 133 页。

③ [古希腊]柏拉图著《理想国》,郭斌和、张竹明译,第 407 页。

④ 《诗学·诗艺》,罗念生等译,第 12—13 页。

亦无由产生。中国古代文论有诸如"'赋'也者，受命于诗人，拓宇于《楚辞》也"[①]，"四六为古文之变；律赋为古赋之变；律诗杂体为古诗之变；词曲为古乐府之变"[②]等论，斯之谓也。

二

在亚里士多德看来，要想认识文学，进行划分是必然之举，他说："划分是保证不忽略任何事物的内在因素的唯一途径。"[③]尽管柏拉图形容这个学生是"马驹"[④]，责怪其对老师学说承续不够，可是在西方文类三分的传统上，亚里士多德的师承痕迹还是难得的清晰。亚氏因为在文学（诗）本质及起源问题上，从"神"回到了"人"，为其师的神学化的唯心主义理论祛魅，所以使得亚氏的文类理论回归到文学本体层面，基于模仿的媒介、对象和方式三个维度对史诗、戏剧、抒情诗予以仔细甄别比较，比较有代表性的论述文字有：

关于模仿媒介方面：

> 像前面所说的几种艺术，就都用节奏、语言、音调来模仿，对于后二种，或单用其中一种，或兼用二种，……而另一种艺术则只用语言来模仿，或用不入乐的散文，或用不入乐的"韵文"，若用"韵文"，或兼用数种，或单用一种……[⑤]
>
> 史诗和悲剧相同的地方，只在于史诗也用"韵文"来模仿严肃的行动，规模也大；不同的地方，在于史诗纯粹用"韵文"，而且是用叙述体……[⑥]

---

① 陆侃如、牟世金著《文心雕龙译注（上）·诠赋》，济南：齐鲁书社1981年版，第88页。

② [明]吴讷、徐师曾著《文章辨体序说·文体明辨序说》，北京：人民文学出版社1962年版，第10页。

③ 苗力田主编《亚里士多德全集》（第一卷），北京：中国人民大学出版社1990年版，第336页。

④ [英]巴恩斯著《亚里士多德的世界》，史正永等译，第33页。

⑤ 《诗学·诗艺》，罗念生等译，第4页。

⑥ 《诗学·诗艺》，罗念生等译，第17页。

关于模仿对象方面:

显然,上述各种模仿艺术也会有这种差别,因为模仿的对象不同而有差别。甚至在舞蹈、双管箫乐、竖琴乐里,以及在散文和不入乐的“韵文”里,也都有这种差别(例如荷马写的人物比一般人好,克勒俄丰写的人物则恰如一般人),首创戏拟诗的塔索斯人赫格蒙和《得利阿斯》的作者尼科卡瑞斯写的人物却比一般人坏。酒神颂和日神颂也有这种差别;诗人可以像提摩忒俄斯和菲罗克塞诺斯模仿圆目巨人那样模仿不同的人物。悲剧和喜剧也有同样的差别:喜剧总是模仿比我们今天的人坏的人,悲剧总是模仿比我们今天的人好的人。①

喜剧是对于比较坏的人的模仿,然而,“坏”不是指一切恶而言,而是指丑而言,其中一种是滑稽。②

关于模仿方式方面:

这些艺术的第三点差别,是模仿这些对象时所采用的方式不同。假如用同样媒介模仿同样对象,既可以像荷马那样,时而用叙述手法,时而叫人物出场,……也可以始终不变,用自己的口吻来叙述,还可以使模仿者用动作来模仿。③

有些艺术,例如酒神颂和日神颂、悲剧和喜剧,兼用上述各种媒介,即节奏、歌曲和“韵文”;差别在于前二者同时使用那些媒介,后二者则交替着使用。④

---

① 《诗学·诗艺》,罗念生等译,第7—9页。
② 《诗学·诗艺》,罗念生等译,第16页。
③ 《诗学·诗艺》,罗念生等译,第9页。
④ 《诗学·诗艺》,罗念生等译,第6页。

综上诸种关系不妨图示如下：

	史诗	戏剧		抒情诗[①]（酒神颂、日神颂）
		悲剧	喜剧	
模仿媒介	节奏、语言（不入乐的韵文）	节奏、语言、音调（交替使用）		节奏、语言、音调（同时使用）
模仿对象	好、丑	好	丑	好、丑
模仿方式	叙述、动作	动作		叙述

由上可见，亚氏一方面仍然借鉴了其师三分文类的框架进行论说，一方面吸收了作为文学表现手法的“模仿”与叙述概念及其逻辑关系，纳入其“模仿方式”的分析，亦即在柏拉图那里导引出三分文类的全部依据，在此仅作为依据之一。这种做法无疑使得亚氏关于文类三分的论证更加全面、科学和立体化，提升、丰富和完善了其师的学说。需要补充说明的是，“亚里士多德论述模仿的手段、对象和方式，不是为了对艺术作技术性分类”[②]，而是重在针对列举出的文类进行差异识别，虽说开宗明义明确提到“关于诗的艺术本身、它的种类”，理论上应该有专门文字论说文类划分，特别是如何划分，可是就现存《诗学》内容而论，最多只是可以见到“史诗和悲剧、喜剧和酒神颂以及大部分双管箫乐和竖琴乐”这样笼统地交待三部分文类对象范围的表述而已，而这文类对象范围并未超出柏拉图那里的范围，着实缺乏系统性文类划分体系的构建痕迹，且其动机远不如其师柏拉图那么明白直接。

在此模仿媒介、对象、方式的大背景下，亚氏又从六个成分来进一步具体探究三大文类（着重是史诗和悲剧）之间的界限以及它们内部的再划分，即：情节、性格、言词、思想、形象、歌曲。其中，言词和歌曲属模仿媒介，形象属模仿方式，而情节、性格、思想属于模仿对象。关于文类的内部再划分，因为涉及另

① 此处“抒情诗”概念是只为研究之便利而作的概括。罗念生先生的意见是：抒情诗当时是属于音乐，故而在《诗学》中未及；就后世文学发展而论，酒神颂、日神颂是属于抒情诗范畴的。（《诗学·译后记》第110—111页）

② 姚介厚著《论亚里士多德的〈诗学〉》，《中国社会科学院研究生院学报》2001年第5期，第18页。

外一个问题,且留下一部分再专论。这里先单一聚焦于史诗和悲剧两者的界限问题。与上面图表显示内容不同,亚氏主要是就内容长短和格律用字问题展开对于史诗和悲剧两文类界限的讨论的。

亚氏认为,史诗和悲剧具有相同之处,表现在成分上,即同具情节、性格、言词、思想四者,而为悲剧独有的是形象和歌曲二者,亦即亚氏所谓的"至于成分,有些是两者所同具,有些是悲剧所独有","史诗的成分,悲剧都具备,而悲剧的成分,则不是都在史诗里找得到的"①。因为亚氏把形象和歌曲这两个悲剧独有的成分的重要性视为最末,甚至认为"形象"成分"最缺乏艺术性,跟诗的艺术关系最浅"②,故而他并未惰性地从独有成分入手探讨史诗与悲剧之别,而是从共有成分"情节"这一核心因素出发。在《诗学》全书中,亚氏数次指出情节成分的关键性地位:"六个成分里,最重要的是情节,即事件的安排";"情节乃悲剧的基础,有似悲剧的灵魂";"事件应如何安排,因为这是悲剧艺术中的第一事,而且是最重要的事"。③ 从研究方法层面来说,众所周知,比较共有因素,方才使比较更见深度。

在亚氏看来,史诗和悲剧在情节上的区别在于长度,而长度又与另外的关键词"穿插"相关。因为正是靠"穿插"之法方才使得作为历时艺术的史诗可以自由容纳许多事件,从而让长度分外增加;而作为空间叙事艺术,"悲剧不可能模仿许多正发生的事,只能模仿演员在舞台上表演的事",故而"戏剧中的穿插都很短,史诗则因这种穿插而加长"。④ 但是尽管如此,这种穿插之于长度的关系,不是任意为之的,必须遵循一个共同的原则,即"情节整一性"。对此,亚氏有许多相似的论说:

有人认为只要主人公是一个,情节就有整一性,其实不然;因为

① 《诗学·诗艺》,罗念生等译,第 18 页。
② 《诗学·诗艺》,罗念生等译,第 24 页。
③ 《诗学·诗艺》,罗念生等译,第 21、23、25 页。
④ 《诗学·诗艺》,罗念生等译,第 86、59 页。

> 有许多事件——数不清的事件发生在一个人身上，其中一些是不能并成一桩事件的；同样，一个人有许多行动，这些行动是不能并成一个行动的。[①]
>
> 在诗里，正如在别的模仿艺术里一样，一件作品只模仿一个对象；情节既然是行动的模仿，它所模仿的就只限于一个完整的行动，里面的事件要有紧密的组织，任何部分一经挪动或删削，就会使整体松动脱节。要是某一部分可有可无，并不引起显著的差异，那就不是整体中的有机部分。[②]
>
> 史诗有一个非常特殊的方便，可以使长度分外增加。悲剧不可能模仿许多正发生的事，只能模仿演员在舞台上表演的事；史诗则因为采用叙述体，能描述许多正发生的事，这些事只要联系得上，就可以增加诗的分量。这是一桩好事……，用不同的穿插点缀在诗中，可以使史诗起变化……[③]
>
> （戏剧）但须注意各个穿插须联系得上……[④]
>
> 史诗的情节也应像悲剧的情节那样，按照戏剧的原则安排，环绕着一个整一的行动，有头，有身，有尾，这样它才能像一个完整的活东西，给我们一种它特别能给的快感；……[⑤]（注：横线为引者加）

从上不难见出，所谓“情节整一性”是指各部分之间具有紧密联系的、作为一个有机整体的完整行动。无论史诗，还是悲剧，穿插的前提是围绕某一个“整一的行动”而展开，从而让“长度”具有切实的审美意义。上引诸论中的“不能并成”与“须联系得上”、“整体中的有机部分”等词就是从正反两个方向论证了何谓“情节整一性”原则。与此同时，“情节整一性”原则的内涵还可以“合乎必然

① 《诗学·诗艺》，罗念生等译，第 27 页。
② 《诗学·诗艺》，罗念生等译，第 28 页。
③ 《诗学·诗艺》，罗念生等译，第 86—87 页。
④ 《诗学·诗艺》，罗念生等译，第 59 页。
⑤ 《诗学·诗艺》，罗念生等译，第 82 页。

律或可然律”概括之,可以下引为据:

> 刻画“性格”,应如安排情节那样,求其合乎必然律或可然律:……①
>
> 在简单的情节与行动中,以“穿插式”为最劣。所谓“穿插式的情节”,指各穿插的承接见不出可然的或必然的联系。②

所谓“合乎必然律或可然律”的事件安排,即各部分之间具有紧密的内在联系,而非松散的“偶然的联系”③,这种紧密的内在联系使得情节发展具有可能性,情节内容具有可信度,尽管并非是现实已然的事件。而当情节各部分之间具有了紧密的内在联系,也就实现了上面所述的情节具有整一性,成为有机整体。

正是因为史诗和悲剧皆要追求情节的整一性,都以某个整一的行动为写作核心旨归,也就不难理解下面的说法:

> 因此《伊利亚特》或《奥德赛》只足供一出,至多两出悲剧的题材,而《库普里亚》和《小伊利亚特》则可供好几出……④

因为后两者在情节整一性上处理不够完善、到位,在降低自身作为史诗的审美效果的同时,也自然影响了从史诗题材到悲剧题材的处理方式和结果。

史诗和悲剧两大文类在“情节整一性”这个作为前提的原则的指导下,“穿插”使得两者的长度出现不同:“就长短而论,悲剧力图以太阳的一周为限,或者不起什么变化,史诗则不受时间的限制。”⑤值得注意的是,只有切实领悟亚

① 《诗学·诗艺》,罗念生等译,第 49 页。
② 《诗学·诗艺》,罗念生等译,第 31 页。
③ 《诗学·诗艺》,罗念生等译,第 82 页。
④ 《诗学·诗艺》,罗念生等译,第 83 页。
⑤ 《诗学·诗艺》,罗念生等译,第 17 页。

氏"情节整一性",方可提供理解论者总结的"时间整一性"、"地点整一性"这两大原则的理论基础。正是因为情节是悲剧最重要的成分,正是因为情节需要做到整一性,所以参照其对于悲剧的定义"悲剧是对于一个严肃、完整、有一定长度的行动的模仿"①,此处所说的"力图以太阳的一周为限,或者不起什么变化",也就自然而然是从情节角度对时间的规定,即情节涉及的事件的时间范围不可太大,否则悲剧无法像史诗那样自由运用穿插手段,把较长时间段里发生的事件稳妥有效地安排进剧本。而在"情节整一性"为"时间整一性"提供保证的同时,也就自然使得"地点整一性"成为可能。如果认可亚氏提出了"三一律",那么,正确全面地理解"情节整一性",是理解其他两个"整一性"的根本前提。没有"情节整一性"的前提,其他两者皆是妄言,更无法在实践中予以实现。换言之,情节不光是悲剧之基础,也是"三一律"之灵魂。② 无怪乎一两千年后的保守派文学批评家明屠尔诺、塔梭以及德国莱辛、黑格尔等人单将"情节整一性"置为至高而唯一的、亘古不变的"真正的诗艺"③;其他如德国"狂飙突进"运动的领袖赫尔德(J. G. Herder)、英国文学批评家约翰孙(S. Johnson)、柯勒律治(S. T. Colerodge)以及法国19世纪浪漫主义运动领袖雨果(V. Hugo)等人,也都认为在古希腊戏剧中"情节的整一性占优势"④,只有

① 《诗学·诗艺》,罗念生等译,第19页。

② 例如明屠尔诺说:"在一切事物中,艺术都要服从一种规律,根据它来调节自己的工作,也根据它来控制一切事物";诗艺也是如此,尽管它有很多的种类,但"这许多种类的诗并不因此就放弃用为模仿对象的题材的整一性","寻遍一切艺术和一切学问,你也不会发现一种写的作品违反这个规律,就是情节整一,一切部分都归这个情节统辖,一切都指向作品所要达到的这个独一目的"。(伍蠡甫主编《西方文论选》(上卷),北京:人民文学出版社1964年版,第189—190页。)莱辛也指出:"行动整一律是古人的第一条规则;时间整一律和地点整一律仿佛只是它的延续。"(《汉堡剧评》,上海:上海译文出版社1998年版,第241页。)黑格尔经过一番论述而得出结论说:"真正不可违反的规则却是动作的整一性。"(《美学》第三卷下,北京:商务印书馆1981年版,第251页。)也有少数学者例外,如狄德罗则认为是地点整一性更为重要:"如果我违背了时间统一和行动统一这些总原则的话,我会感到十分不快,至于地点统一,则无论如何严格我都认为不过分。要是没有这个统一,一出戏的安排大约一定是杂乱无章、模糊不清的。"(《狄德罗美学论文选》,人民文学出版社1984年版,第45页。)又如俄国形式主义学派的鲍里斯·托马舍夫斯基则甚至认为情节整一性"此为最空洞的规则"。(什克洛夫斯基等著《俄国形式主义文论选》,方珊等译,三联书店1989年版,第154页。)此外还如18世纪美学家休谟(D. Hume)也对"情节第一"提出异议(参见吉尔伯特、库恩著《美学史》,夏乾丰译,第309页)。

③ 伍蠡甫主编《西方文论选》(上卷),北京:人民文学出版社1964年版,第189—190页。

④ 杨周翰编选《莎士比亚评论汇编》(上),北京:中国社会科学出版社1979年版,第272页。

"情节整一性"方才"算得上是一条规则"[①],是"唯一正确而有根据的"[②]。

另外,对照《诗学》他处所论:

> 情节有简单的,有复杂的;因为情节所模仿的行动显然有简单与复杂之分。所谓"简单的行动",指按照我们所规定的限度连续进行,整一不变,不通过"突转"与"发现"而到达结局的行动;所谓"复杂的行动",指通过"发现"或"突转",或通过此二者而到达结局的行动。[③]
>
> 长度的限制一方面是由比赛与观剧的时间而决定的……另一方面是由戏剧的性质而决定的。[④]

又不难可知,亚氏所谓"力图以太阳的一周为限"以及"不起什么变化"是分别指戏剧情节中的"复杂的行动"和"简单的行动"而言的。而第二段引文中与此相关的根据"戏剧的性质"来决定长度,实质也还是模仿"复杂的行动"抑或"简单的行动"之谓。所以,亚氏批评了两种对情节时间控制不好的做法:

> 拙劣的诗人写这样的戏,是由于他们自己的错误;优秀的诗人写这样的戏,则是为了演员的缘故,为他们写竞赛的戏,把情节拉得过长,超过了布局的负担能力,以致各部分的联系必然被扭断。[⑤]

正如上述,亚氏是在史诗和悲剧两者的共有成分上比较两大文类的界限的,而其中"情节整一性"是两者最为关键、最为核心的共同目标。这就不禁使

① 杨周翰编选《莎士比亚评论汇编》(上),北京:中国社会科学出版社 1979 年版,第 142 页。
② [法]雨果著《论文学》,柳鸣九译,上海:上海译文出版社 1980 年版,第 48 页。
③ 《诗学·诗艺》,罗念生等译,第 32 页。
④ 《诗学·诗艺》,罗念生等译,第 26 页。
⑤ 《诗学·诗艺》,罗念生等译,第 31 页。

得“情节整一性”的要求具有了超越具体文类的个别意义，而上升为“文学（诗）”的更为普遍的意义层面，[①]成为把握“文学性”内涵的重要所在。《诗学》中透露出来的证据如下：

一是由否认格律不是文学与非文学的根本界限标志出发，[②]把文学创作者（诗人）的身份认同与是否遵守“情节整一性”相联。于是，“情节整一性”具有了作为区分是否是文学的标准的地位：

> 即便是医学或自然哲学的论著，如果用“韵文”写成，习惯也称这种论著的作者为“诗人”，但是荷马与恩拍多克利除所用格律之外，并无共同之处，称前者为“诗人”是合适的，至于后者，与其称为“诗人”，毋宁称为“自然哲学家”……[③]
>
> 与其说诗的创作者是“韵文”的创作者，毋宁说是情节的创作者；……即使他写已发生的事，仍不失为诗的创作者；因为没有东西能阻挠，不让某些已发生的事合乎可然律，成为可能的事；既然相合，他就是诗的创作者。[④]

如果说，第一段引文只是明确否定了格律作为文学与非文学（哲学、医学）的标准的话，那么，第二段引文直接从情节入手，定义了“诗的创作者”就是“情节的创作者”，阐释了作为文学创作者（诗人）的情节处理要求（情节整一性、合乎必然律或可然律）。

---

① ［英］鲍桑葵在《美学史》中就认为，亚里士多德《诗学》所论及的叙事诗、悲剧和喜剧三种主要艺术体裁，他“可以万无一失地说，它们本质上是被当做文学看待的”。（张今译，北京：商务印书馆 1985 年版，75 页）别林斯基在《诗歌的分类和分科》里也曾说过：“长篇史诗必须具有完整性，情节的统一，各部分的配合，——这一点，构成着每一部艺术作品的必要的条件，而并不是长篇史诗的独有的属性。”（［俄］别林斯基著《别林斯基文学论文选》，满涛等译，上海译文出版社 2000 年版，第 348 页。）这明显也把“情节整一性”视为文学艺术的标志。诸如此类，亦可进一步参证。

② 亚氏虽然认为格律不是文学与非文学的根本区分标志，却认为其是诗与散文的区分标志，他说：“辞章或散文须有节奏，但不应有格律，否则就会成为一首诗。”

③ 《诗学·诗艺》，罗念生等译，第 5—6 页。

④ 《诗学·诗艺》，罗念生等译，第 30—31 页。

二是以“情节整一性”为核心,直接将文学(诗)与非文学(如历史)对举比较,论说迥异之处。“情节整一性”无疑也扮演着“文学性”内涵的角色:

历史家与诗人的差别不在于一用散文,一用“韵文”;希罗多德的著作可以改写为“韵文”,但仍是一种历史,有没有韵律都是一样;两者的差别在于……诗所描述的事带有普遍性,历史则叙述个别的事。所谓“有普遍性的事”,指某一种人按照可然律或必然律会说的话、会行的事,诗要首先追求这目的,然后才给人物起名字;至于“个别的事”则是指亚尔西巴德所做的事或所遭遇的事。①

史诗的情节也应像悲剧的情节那样,按照戏剧的原则安排,环绕着一个整一的行动,……显然,史诗不应像历史那样结构,历史不能只记载一个行动,而必须记载一个时期,即这个时期内所发生的涉及一个人或一些人的一切事件,它们之间只有偶然的联系。②

字里行间,“只有偶然的联系”的一切事件与“环绕着一个整一的行动”形成了鲜明对比。亚氏将“情节整一性”作为文学与非文学区分的“文学性”内涵的内在冲动,已经异常显著。

三是以“情节整一性”为批评标准,区分文学(诗)与政治及其他艺术的不同性质的正确与错误。例如:

衡量诗和衡量政治正确与否,标准不一样;衡量诗和衡量其他艺术正确与否,标准也不一样。在诗里,错误分两种:艺术本身的错误和偶然的错误。如果诗人挑选某一件事物来模仿……,而缺乏表现力,这是艺术本身的错误。但是,如果他挑选的事物不正确,例如写马的两只右腿同时并进,或者在科学(例如医学或其他科学)上犯了

① 《诗学·诗艺》,罗念生等译,第28—29页。
② 《诗学·诗艺》,罗念生等译,第82页。

错误，或者把某种不可能发生的事写在他的诗里，这些都不是艺术本身的错误。

先谈对艺术本身的指责。如果诗人写的不可能发生的事，他固然犯了错误；但是，如果他这样写，达到了艺术的目的……能使这一部分或另一部分诗更为惊人，那么这个错误是有理由可辩护的。……不知母鹿无角而画出角来，这个错误并没有画鹿画得认不出是鹿那样严重。

如果有人指责诗人所描写的事物不符实际，也许他可以这样反驳："这些事物是按照它们应当有的样子描写的……"①

亚氏从批评标准的角度再次指出了文学(诗)与政治及其他艺术的不同，"艺术本身的错误"属于表现能力或水平的问题，暂且不论；而他所说的"偶然的错误"即是"情节整一性"要求的事件安排合乎必然律或可然律。亚氏对于文学中为了达到审美目的而违反医学或其他科学的种种"不可能发生的事"的认可态度，与他处所说的"为了获得诗的效果，一桩不可能发生而可能成为可信的事，比一桩可能发生而不能成为可信的事更为可取"②的观点，一脉相承。情节安排具有整一性，合乎必然律或可然律，是文学立身艺术之林的独特身份标识。

因此，综上可见，"情节整一性"在亚氏诗学思想中也就具有了第三种意义，即"情节整一性"是"文学性"内涵之重要维度。

当然，格律虽然无法作为文学与非文学区分标志，在文学内部的使用上，还是可以作为文类界限标志物的。亚氏认为英雄格与叙事诗，短长格与戏剧之间存有较好的写作对应关系：

至于格律，经验证明，以英雄格最为适宜。如果用他种格律或几种格律来写叙事诗，显然不合适。……叙事诗和其他诗体形式也不

① 《诗学·诗艺》，罗念生等译，第92—94页。
② 《诗学·诗艺》，罗念生等译，第101页。

同;短长格与四双音步长短格很急促,前者适合于表现行动,后者适合于舞蹈。[①]

另外,亚氏还从言词用字、美感等角度简要论述了文类之间的界限。例如,从言词用字上来说,认为双字复合字最适合写抒情诗,借用字最适合写史诗,而隐喻字则比较适合写戏剧。再比如,亚氏认为戏剧中出现善恶有报、因果报应的结局,"这种快感不是悲剧所应给的,而是喜剧所应给的"[②]。又如,因为情节需要符合整一性或可然律的要求,那么,在这一点上,史诗和悲剧也是有分别的:悲剧"情节中最好不要有不近情理的事",而史诗比悲剧"比较能容纳不近情理的事"[③],等等。

三

如果说,刚才论说亚氏的文类划分理论,主要指向"文学性"问题的话,那么,接下来将要探讨的是,文类划分带来的文类等级现象。尽管亚氏仍不免其师思想的痕迹,如"诗由于固有的性质不同而分为两种:比较严肃的人模仿高尚的行动,即高尚的人的行动;比较轻浮的人则模仿下劣的人的行动,他们最初写的是讽刺诗,正如前一种人最初写的是颂神诗和赞美诗"[④],也是直接从创作主体和表现主体来机械地确定两种诗的高下优劣,但更多的还是立足文学本体,解释其文类等级思想。这一点首先可以从史诗和悲剧两大文类的等级观上见出。

亚氏不像其师柏拉图那样,对于文类间等级问题表现出模糊性甚至矛盾性,而是在专题(《诗学》第二十六章)中回答了人们的疑问。亚氏在申明

① 《诗学·诗艺》,罗念生等译,第 87 页。
② 《诗学·诗艺》,罗念生等译,第 42 页。
③ 《诗学·诗艺》,罗念生等译,第 90,88 页。
④ 《诗学·诗艺》,罗念生等译,第 12 页。

自己观点之前，驳斥了时人以为的悲剧演员表演时动作忸怩作态，是借动作姿势给下等人看的庸俗艺术的指责，认为“这不是对诗的艺术的指责，而是对演唱者的艺术的指责”，与悲剧文类本身无关，属于两个层面的问题；再退一步说，就是悲剧需要动作模仿，而史诗也需要动作，悲剧演员的表演动作亦非全部“作得过火”①。

接着，亚氏开始立论，服务于他自己认为的“悲剧高于史诗”的观点。一是从审美接受角度来说，悲剧尽管是舞台艺术，但是悲剧和史诗一样，同样可以通过书面阅读来实现其美学效果和审美价值。亚氏说道：“悲剧跟史诗一样，不倚靠动作也能发挥它的力量；因为只是读读，也可以看出它的性质。”②这和亚氏在《诗学》中对于情节成分的高度强调与重视遥相呼应。情节作为叙事艺术的核心要素，在悲剧这一舞台艺术中加以高度的重视，这就为悲剧和史诗的比较奠定了同样的理论平台，从而自然导引出悲剧靠案头阅读也能同样实现审美效果，而并非要靠动作与姿势这一环节。所以亚氏在此前就指出说：“情节的安排，务求人们只听事件的发展，不必看表演，也能因那些事件的结果而惊心动魄，发生怜悯之情。”③甚至于反对借力悲剧成分中的“形象”因素来达到这样的审美效果：

> 诗人若是借“形象”来产生这种效果，就显出他比较缺乏艺术手腕；这个办法要倚靠装扮者的帮助。有的诗人借“形象”使观众只是吃惊，而不发生恐惧之情，这种诗人完全不明白悲剧的目的所在。我们不应要求悲剧给我们各种快感，只应要求它给我们一种它特别能给的快感。既然这种快感是由悲剧引起我们的怜悯与恐惧之情，通过诗人的模仿而产生的，那么显然应通过情节来产生这

① 《诗学·诗艺》，罗念生等译，第104页。
② 《诗学·诗艺》，罗念生等译，第104页。
③ 《诗学·诗艺》，罗念生等译，第43页。

种效果。[①]

亚氏通过强调"读读"悲剧也能同样实现审美效果,提供了解读这段话深意的钥匙。一是为何他置"形象"成分于诸种之末,原因在于这种舞台表演形象与阅读剧本无关。而且,如果考虑到"过火"的表演动作与下等观众的因素,反而不利于史诗与悲剧孰高孰低的论证。二是清晰回答、印证了何为"悲剧的目的所在",即:仅仅是凭借情节安排本身产生怜悯与恐惧之情,与舞台表演几无干系。因为亚氏曾直截了当地指出过:"悲剧艺术的目的在于组织情节(亦即布局)。"[②]

二是从文学构成成分角度而言,悲剧包括了史诗具有的所有成分。其意义有二。第一,恰如亚氏所言:"能辨别悲剧的好坏的人,也能辨别史诗的好坏;因为史诗的成分,悲剧都具备,而悲剧的成分,则不是都在史诗里找得到的。"[③]成分的差异,带来审美批评的难易,而审美批评的难易,又折射出文类等级的高低。第二,悲剧所独有的成分又为其增添了史诗难以企及的美感。亚氏指出:史诗所没有的"音乐(歌曲)"成分,"它最能加强我们的快感"[④]。

三是就情节长短而言,尽管史诗因穿插而分外增长,但是悲剧却因为长度适中而使得审美接受时,印象更为集中、鲜明。亚氏认为,"比较集中的模仿比被时间冲淡了的模仿更能引起我们的快感",因此"悲剧能在较短时间内达到模仿的目的"。[⑤]

综上,亚氏得出结论说:"显而易见,悲剧比史诗优越。"[⑥]同样显而易见的是,亚氏对于等级问题的讨论,完全基于文学内部规律,全然摆脱了其师柏拉

---

① 《诗学·诗艺》,罗念生等译,第 43 页。
② 《诗学·诗艺》,罗念生等译,第 21 页。
③ 《诗学·诗艺》,罗念生等译,第 18 页。
④ 《诗学·诗艺》,罗念生等译,第 105 页。
⑤ 《诗学·诗艺》,罗念生等译,第 105 页。
⑥ 《诗学·诗艺》,罗念生等译,第 107 页。

图论说文类等级问题时的政治学、伦理学色彩。当然,即便是从《诗学》全书对于文类论说的排列顺序上也可以觉察到作者潜在的文类等级感:“用六音步格来模仿的诗和喜剧,以后再谈。现在讨论悲剧。”[①]将“悲剧”文类置为首先探讨的对象,这一写作体例从习惯上也可告知关于文类等级的答案。

除史诗、悲剧之外,还有熟悉的抒情诗和喜剧两种文类,那么,后两者与前两者的关系又是如何呢?综观《诗学》以及亚氏现存其他著作,可以发现,亚氏在抒情诗问题上仍是踵步其师,甚至有过之而无不及,绝少提及;就是在逐个文类分析之始,只是说“用六音步格来模仿的诗和喜剧,以后再谈。现在讨论悲剧”,似乎抒情诗都不在其《诗学》规划内容之列。再有,亚氏以情节等叙事成分作为主导展开论说,似乎亦非抒情诗这一文类之胜场。一言以蔽之,抒情诗之等级位置可想而知。当然,喜剧的等级也比抒情诗高出无几,在亚氏著作中,喜剧及其创作者常与“放荡”、“乡巴佬”[②]、“讲人坏话和向人张扬的人”、“搬弄是非”[③]等词相关,而且亚氏曾直接指出说“悲剧的演变以及那些改革者,我们是知道的,但喜剧当初不受重视,没有人注意”[④],一语道破悲剧与喜剧之间的等级高下。

不过,亚氏提及另一个与喜剧等级有关的问题。他说:

> 自从喜剧和悲剧偶尔露头角,那些从事于这种诗或那种诗的写作的人们,由于诗固有的性质不同,有的由讽刺诗人变成喜剧诗人,有的由史诗诗人变成悲剧诗人,因为这两种体裁比其他两种更高,也更受重视。[⑤]

---

① 《诗学·诗艺》,罗念生等译,第18—19页。
② 苗力田主编《亚里士多德全集》(第八卷),北京:中国人民大学出版社1992年版,第393页。
③ 苗力田主编《亚里士多德全集》(第九卷),北京:中国人民大学出版社1994年版,第431页。
④ 《诗学·诗艺》,罗念生等译,第16页。
⑤ 《诗学·诗艺》,罗念生等译,第13页。

这里，一方面再次申明悲剧高于史诗，一方面告诉我们喜剧相对于讽刺诗，[①]却是“更高，也更受重视”。因为上文刚刚指出，喜剧相对于悲剧“不受重视”的事实，如何理解这样一个看似矛盾的现象呢？其实，后者说喜剧“不受重视”是相对于悲剧而言的。众所周知，亚氏怀抱贵族情结，继承了其师鲜明的阶级贵贱论，认为“妇女比较坏，奴隶非常坏”[②]、“天生的统治者和被统治者为了得以保存而建立了联合体。因为能够运筹帷幄的人天生就适于做统治者和主人，那些能够用身体去劳作的人是被统治者，而且是天生的奴隶”[③]、“一个有智慧的人，应该发命令而不被命令，不是这个有智慧的人服从别人，而是智慧低下的人服从于他”[④]等等，表现于文类等级，就是模仿对象决定论，认为“喜剧总是模仿比我们今天的人坏的人，悲剧总是模仿比我们今天的人好的人”；“现在最完美的悲剧都取材于少数家族的故事”[⑤]。那么，喜剧相对于讽刺诗为何又变得更高了呢？这里至少有两个证据可加以说明：

一个表现为模仿主体决定论：

> 诗由于固有的性质不同而分为两种：比较严肃的人模仿高尚的行动，即高尚的人的行动，比较轻浮的人则模仿下劣的人的行动，他们最初写的是讽刺诗，正如前一种人最初写的是颂神诗和赞美诗……[⑥]

讽刺诗是和“比较轻浮的”模仿主体与“下劣的人的行动”这一模仿对象相联系的，这就决定了讽刺诗的文类等级不可能高，至多与喜剧相仿。那么又为何喜

---

① 有学者将此段话笼统地理解为“悲剧和喜剧高于诗歌（史诗和抒情诗）”（《论亚里士多德共时态体裁理论》，《思想战线》2003年第4期，第50页），我们认为系误解。简言之，若果真喜剧高于史诗，而悲剧高于喜剧，那么，悲剧与史诗孰高孰低一目了然，就无须再专章加以论证了。

② 《诗学·诗艺》，罗念生等译，第47页。

③ 苗力田主编《亚里士多德全集》（第九卷），北京：中国人民大学出版社1994年版，第4页。

④ 苗力田主编《亚里士多德全集》（第七卷），北京：中国人民大学出版社1993年版，第30页。

⑤ 《诗学·诗艺》，罗念生等译，第8—9，40页。

⑥ 《诗学·诗艺》，罗念生等译，第12页。

剧高于讽刺诗呢？请看第二个证据：

> 写诗这种活动比写历史更富于哲学意味，更被严肃地对待；因为诗所描述的事带有普遍性，历史则叙述个别的事。所谓“有普遍性的事”，指某一种人，按照可然律或必然律，会说的话，会行的事，诗要首先追求这目的，然后才给人物起名字；至于“个别的事”则是指亚尔西巴德所做的事或所遭遇的事。在喜剧，这一点已经是很明显的了，喜剧诗人先按照可然律组织情节，然后给人物任意起些名字，而不是像写讽刺剧的诗人那样，写个别的人。[1]

不难发现，此段主旨还是回到了“情节整一性”或合乎可然律这一核心主张或原则上来了，可见“情节”成分在亚氏诗学体系中的灵魂地位。故而喜剧高于讽刺诗的缘故即在于，前者的整一性事件安排合乎可然律，显现为一种普遍性美学价值；而讽刺诗则相反，是个别性的。[2]

迄今为止，一直讨论的是悲剧、史诗、喜剧、抒情诗之间的划分及等级、界限问题，在它们的内部，也还存在着文类的再划分。再划分过程中体现出来的文类等级，在《诗学》中论说得也非常具体细致，一目了然。

例如就悲剧而言，以情节结构为标准，“最完美的悲剧”，其情节模仿的不是“简单的行动”，而是“复杂的行动”，所谓“复杂的行动”是指采用了作为“情节”两个成分的“突转”、“发现”的情节安排。因为“发现”如与“突转”同时出现是情节安排中最好的“发现”，所以，“最完美的悲剧”就是“完全靠‘突转’与‘发现’构成”的“复杂剧”这一类型。[3] 其次依次为苦难剧、“性格”剧、穿插剧。其依据主要是悲剧成分的重要性：“苦难”是情节自身继“突转”、“发现”之后所包

① 《诗学·诗艺》，罗念生等译，第 29 页。

② 罗念生先生在引文中的“讽刺剧”一词处加注曰：“或解作‘讽刺诗’。”现在由此喜剧与讽刺诗的等级问题来看，应该就是解作“讽刺诗”方才合理。

③ 《诗学·诗艺》，罗念生等译，第 35—37，60 页。

含的第三个成分，故而紧随复杂剧之后；而“性格”在悲剧六大成分中仅次于“情节”，所以排第三。至于穿插剧，依前文所引而论，应是作为模仿“简单的行动”的悲剧中最劣的一类，即：“在简单的情节与行动中，以‘穿插式’为最劣。所谓‘穿插式的情节’，指各穿插的承接见不出可然的或必然的联系。”若以结局为标准，亚氏认为最完美悲剧的“完美的布局应有单一的结局”，而非善恶有报的“双重的结局”[①]，其只能算是第二等悲剧所为。与悲剧内部划分相仿，亚氏认为史诗也可以分为四类：简单史诗、复杂史诗、“性格”史诗以及苦难史诗。还是立足情节（及其本身的成分）、“性格”这样的成分为标准，不复赘述。值得一提的是，亚氏注意到了文学作品的多重文类属性的现象，他说：“《伊利亚特》是简单史诗兼苦难史诗，《奥德赛》是复杂史诗（因为处处有‘发现’）兼‘性格’史诗。”[②]根据文学成分的不同着眼点，亦即根据不同划分标准，同一个文学作品会归入不同的类型。这是前所未有的对文学作品的类属性特征的认知，当然这跟对文学作品成分的高度关注是密不可分的。诸种成分的有效揭示，提供了多重类型属性区分的客观基点。

四

综上所述，亚里士多德从认知哲学和美学观出发，提出封闭的文类发展观；但又在尊崇荷马伟大传统的过程中，自我解构了这种封闭的文类发展观。立足文学本体，借鉴、发展、完善了肇始于其师的三分文类模式，并对此从模仿媒介、对象和方式三个层面予以了详细而充分的论证说明；在以成分“情节”为核心区分标准的前提下，史诗与悲剧两大文类的异同使得“情节整一性”或可然律这一安排事件的最高原则，既成为“三一律”的灵魂因素，更是在“文学”概念尚未得到自觉独立的历史语境里，让文类与文类之间的共同特点升华为文学与非文学即“文学性”的重要内涵。从审美接受及构成成分层面，亚氏专门

① 《诗学·诗艺》，罗念生等译，第39，41页。
② 《诗学·诗艺》，罗念生等译，第85页。

论证了“悲剧高于史诗”的等级观；同时也是以情节为批评依据，提出了“喜剧高于讽刺诗”的等级观。而随着对文学本体的聚焦，文学成分的独立性与重要性得以彰显，又自然滋生出文学作品具有多重类型属性的重要特点，显示出《诗学》文学本体探讨的深度。

通过对于亚里士多德文类思想的研究与总结，还有下列几点值得关注。

首先，亚氏能开天辟地为文学（诗）辩护，不为其师的唯心主义所囿，坚决走出文学的政治化、伦理化、哲学化等附庸地位，与此科学的研究理念和方法密不可分。虽然在阅读亚氏《诗学》之外的论著时，还能强烈感受到其师学说的明显影响，例如认为“把哲学称之为真理的知识是正确的”①，“哲学以其纯洁和经久而具有惊人的快乐”②；因为“灵魂优于肉体”③、“灵魂就是生命的本原”，故而“我们有理由把研究灵魂的学问放在第一重要的位置上”④，诸如此类。甚至有研究指出：“凡是真正了解亚里士多德的人，决不会把他的体系认为和柏拉图的相反，……他的体系实际上就是柏拉图哲学的发展。”⑤那么，为何《诗学》里却是呈现给我们令人耳目一新的思想气息呢？个中缘由，不仅与亚里士多德比其师“在诗的特性上具有更为出众的理解力”⑥有关，更与亚氏对于众多学科的关注与研究密不可分。百科全书式的探究，养成了其科学健全的学术研究理念与方法，例如他就曾指出：“在各种科学之中，每一门都有自己所独有的研究对象，这就是它固有的目的。”⑦“只有在我们认识了根本原因、最初本原而且直到构成元素时，我们才认为是认识了每一事物。”⑧其中对于独有的研究对象、事物的构成元素等方面的强调与恪守，就从研究工作的源头

---

① 苗力田主编《亚里士多德全集》（第七卷），北京：中国人民大学出版社 1993 年版，第 59 页。

② 苗力田主编《亚里士多德全集》（第八卷），北京：中国人民大学出版社 1992 年版，第 227 页。

③ 苗力田主编《亚里士多德全集》（第五卷），北京：中国人民大学出版社 1997 年版，第 249 页。

④ 苗力田主编《亚里士多德全集》（第三卷），北京：中国人民大学出版社 1992 年版，第 3 页。

⑤ ［英］斯塔斯著《批评的希腊哲学史》，庆泽彭译，第 199 页。

⑥ Gary Day, *Literary Criticism: A History*, Edinburgh: Edinburgh University Press, 2010, p.39.

⑦ 苗力田主编《亚里士多德全集》（第七卷），北京：中国人民大学出版社 1993 年版，第 255 页。

⑧ 苗力田主编《亚里士多德全集》（第二卷），北京：中国人民大学出版社 1991 年版，第 3 页。

处为对文学本体的观照提供了方法论的保证。此时,不由让人联想到《诗学》开篇那段耳熟能详的文字,两相参读,意味不同寻常。总之,亚氏对于众多自然与人文科学的开创性研究,推动了其成为"试图为诗辩护第一人"的历史步伐。

其次,对于亚氏"为诗辩护第一人"的美誉在《诗学》中的实践的评价,需要注意两面性。一方面,前无古人地深化了对文学内部的认识,集中体现为以"情节"这一成分为核心和灵魂的诸多论点,具有极强的启发价值。例如"情节整一性"的原则的提出,切中叙事艺术的肯綮,并极富理论延展力地升华到"文学性"的高度,这在西方文论上是独树一帜、罕见其匹的。又如,"情节"与"穿插"的关系论述之于现代剧论中的矛盾学说以及"诗与画"等命题都有较强相关性,提供了绝好的思想理论资源。但是另一方面,又必须看到,对于文学内部构成成分的高度重视与梳理挖掘,深化认识的同时又不禁出现了遮蔽。例如悲剧、喜剧这样的文类论说,它们既是叙事艺术,又是舞台空间表演艺术,要求既要重视文字剧本,又要兼顾空间表演。但是不无遗憾的是,戏剧文类在《诗学》中的案头化分析倾向非常显著和突出。悲剧文类里的"形象"成分被歧视性对待,把表演视为剧本的附庸;在史诗与悲剧比较优劣之际,悲剧更是只给予了阅读与表演这两翼中"阅读"存在的合法性。这种对于原本作为综合艺术的戏剧的处理与评论,对后世歌德等人的莎士比亚观不无影响。

最后,应该全面认识和科学继承古典主义文类理论。从前柏拉图时期的神学化色彩到柏拉图的哲学化附庸,再到亚里士多德的本体化,西方文类理论进入了独立自觉的发展阶段。古典主义文类理论的主要内容大致可以归纳为:戏剧、史诗、抒情诗的文类三分观,悲剧至上的文类等级观,崇尚不相逾越的文类界限观,自萌芽到成熟的封闭的文类发展观。它们切实构成了西方文类理论发展史的真正起点。它们将在此后肯定或取消文类的风云激荡中永续它们的生命。同时也必须要以开放、发展、辩证的眼光来认识和继承这份理论传统,切不可机械刻板、教条僵化,脱离文学历史语境。譬如,弗莱认为:"大多数悲剧理论都是奉某一部杰出悲剧为规范的，例如，亚里士多德的理论主要以《俄狄浦斯王》为基础。”①随着文学创作进程的变迁，创作实践必将推动文学理论的嬗变，故而，亚氏文类理论或古典主义文类理论被质疑、被更新，是历史之必然。所以，世间万物，相反相成。没有“固守”，没有对“固守”的超越，没有对“超越”带来的阵痛的承受，文类理论自不会破“古典”之茧而重生。这不仅是自然，也是文论史不变之规律。

① [加]诺思罗普·弗莱著《批评的剖析》，陈慧等译，天津：百花文艺出版社 1998 年版，第 306 页。

第四章　界限与纷争：古典主义文类理论的反思

——文艺复兴和新古典主义时期文类理论研究

延续近千年的中世纪像一道沉重的铁栅，使柏拉图、亚里士多德等人开创的古典主义文类理论戛然而止。文学及诗学蜷伏于神学的淫威之下，文类批评与理论“几乎是一片空白”，“文类意识似乎陷入停顿”。[①] “除了简单的区分之外，中世纪没有清晰的文类观念。例如，悲剧经常和史诗混淆。”[②]文艺复兴又像一记重锤，砸开了宗教神学的锁链，拂去了古希腊古罗马诗学经典封面上厚厚的尘埃，文类的种种规则与法规“在文艺复兴达至全面成熟并被欧洲整个新古典主义严格界说”[③]。“古典主义文类理论”的金字在久违的曙光照耀之下熠熠生辉。然而，历史绝非过往的简单重现。具有共同理论来源且思想轮廓大体一致这一历史特征的文艺复兴时期和新古典主义时期[④]，虽说是古典主义文类理论的重新在场，但是历史发展规律注定了这种在场必然与纷

---

① ［英］阿拉斯泰尔·福勒著《文学的类别：文类和模态理论导论》，杨建国译，南京：南京大学出版社 2018 年版，第 30、158 页。

② Gary Day, *Literary Criticism: A History*, Edinburgh: Edinburgh University Press, 2010, p.94.

③ Adrian Marino, “*A Definition of Literary Genres*”, in *Theories of Literary Genre*, ed. Joseph P. Strelka, PA: Pennsylvania State University Press: 1978, p.50.

④ ［美］凯瑟琳·埃弗雷特·吉尔伯特和［德］赫尔穆特·库恩在合著《美学史》（上下）中，点评意大利文艺复兴和法国新古典主义两时期美学发展特点时说道：“两国批评家的思想，不仅大致轮廓是一致的，而且来源也是共同的。”（夏乾丰译，第 264 页）

争、喧嚣同行，而这种纷争与喧嚣，也构成了对于古典主义文类理论的反思、检讨与解构。

一

伴随着文艺复兴时期伊始的各文类作品创作的兴盛与繁荣[①]，古典主义文类理论的重新在场必然面临一个问题：两者之间的历史和洽性是否仍然还存在？古典主义文类理论对于新时期文学创作的指导作用安在与何在？而这些无不涉及文类发展观。在这个问题上，无论是文艺复兴时期，抑或是新古典主义时期，尽管涉及叙事诗（史诗）、骑士文学（小说）、戏剧（悲剧和喜剧）众多文类，但是都呈现出类似的两种相反意见：一种倾向是认为古典主义文类理论各项规范应当继承并坚持，至多是作微调；一种倾向是认为古典文类理论有其现实针对性和适用性，文类理论在新时期应当发展创新、与时俱进。

文类发展观问题表现于叙事诗（史诗）上，基拉尔底·钦提奥和明屠尔诺成为针锋相对的一组论敌，引发了西方文论史上第一次"古今之争"。针对当时意大利作家阿里奥斯陀创作的新型的传奇体叙事诗《罗兰的疯狂》，钦提奥给予积极首肯，原因在于，他认为包括荷马、亚里士多德、维吉尔等人的理论和实践都是围绕"单一情节为纲的诗，而不是遵照历史方式叙述的诗"。因而亚氏"对于写这类诗的诗人所规定的一些界限并不适用于写许多英雄的许多事迹的作品。"他提出："在我看来，如果一个诗人要用传奇体写古时材料，他最好不限于一个人物的单一动作，毋宁使用一个人物的许多动作。我认为这种方法比只写一种动作的方法较适宜于传奇体叙事诗。"[②]在此基础上，他进一步从

① 莎士比亚著名悲剧《哈姆莱特》第二幕第二场，作者借波洛涅斯之口介绍戏伶时，说道："他们是全世界最好的伶人，无论悲剧、喜剧、历史剧、田园剧、田园喜剧、田园史剧、历史悲剧、历史田园悲喜剧、场面不变的正宗戏或是摆脱拘束的新派戏，他们无不拿手；……无论在演出规律的或是自由的剧本方面，他们都是唯一的演员。"（《莎士比亚著名悲剧六种》，朱生豪译，济南：山东文艺出版社1992年版，第303—304页）文学创作的兴盛以及古典文类法则的因素从此处不难窥见一斑。

② 伍蠡甫主编《西方文论选》（上），北京：人民文学出版社1964年版，第185页。

宏观角度指出,今人和古人使用不同语言、不同写作方式,各有其优秀作家和作品,故而叙事诗这种文类的规范内涵"应该遵照用我们自己语言写作的最好的诗人所指点的路径走,他们在我们语言里的权威也不亚于希腊拉丁诗人们在他们语言里的权威",而不应该"受亚理斯多德和贺拉斯所定的规则约束",它"会妨碍诗超出前人所界定的范围,只能沿着老祖宗们所指的那条老路走"。如果这样做,不仅是可笑的,也是"辜负自然所给的资禀"[①],与作家应有的判断力和创作才能背道而驰。

明屠尔诺则厚古薄今,几乎是无比坚决地抨击了这种文类发展观[②],认为古典主义文类理论的缔造者享有无上的绝对权威,他们是根据"希腊人和拉丁人当中最高尚的诗人"的作品制定出叙事诗(史诗)文类规范的、"用希腊和拉丁写作的最优秀的作家",而当下所谓"传奇体叙事诗的发明者却是些野蛮人",他们与前者的声望可谓霄壤之别,无法做到"使我们宁可相信他们而不相信亚理斯多德和贺拉斯"[③]。同时,明屠尔诺又认为尽管文类众多,但指导它们的规范与原则是唯一的,古典主义文类理论是亚氏和贺拉斯创立的"真正的诗艺","真理只有一个","曾经有一次是真的东西在任何时代也会永远是真的。各时代的差异尽管可以改变生活习惯,却不能把真的改变成为不真的。时代尽管推移,真理总永远是真理"[④]。这就否决了文类规范内涵发展创新的可能性与必要性。

这里有必要略加补充说明的是,与明屠尔诺既有联系又相区别,同时期的意大利文学理论家斯卡利格提出一种以史诗为文类代表的、比较特别的原型规范理论,认为史诗文类的规范内涵是源头,是原型性标准,一切其他文类的规范内涵都源于此:"各种事物都有一个美满的原型,可以作为其余一切的模范或标准。史诗……具有其余种种诗歌的标准,所以它们可以以它为规范的

---

① 伍蠡甫主编《西方文论选》(上),北京:人民文学出版社 1964 年版,第 186 页。

② 因为明屠尔诺也建议过"我们不妨扩大适合于悲剧的主题之范围,……至于亚里士多德说最好的悲剧是甚少的",崇古的立场亦显现出一点点的灵活性。见周靖波主编《西方剧论选》(上),北京:北京广播学院出版社 2003 年版,第 66 页。

③ 伍蠡甫主编《西方文论选》(上),北京:人民文学出版社 1964 年版,第 188—189 页。

④ 伍蠡甫主编《西方文论选》(上),北京:人民文学出版社 1964 年版,第 189 页。

原则。……我们可以从史诗的优胜地位,……引申出统辖其余各种诗的创作的普遍规律来。"[①]这里明显有柏拉图理念说影响的痕迹,虽说都是肯定史诗文类规范内涵的永恒性质,但一个是强调史诗与其他文类同具的规范特征,一个则是强调史诗的文类规范特征相对于其他文类的渊源角色。

文类发展观问题表现于骑士文学(小说)上,塞万提斯与宗教神父教父一派也呈对立之势。塞万提斯创作了与传统风格迥异的骑士小说《堂吉诃德》,这样一本"亚里士多德做梦也不会想到,圣巴锡耳永远不会想到,西塞罗从来不曾听到的"另类骑士小说于是遭到了宗教人士的大肆抨击,认为"和那种同时可以娱人而又可以教人的道德寓言完全两样",责备其虽欲供人消遣,却严重缺乏真实,充满着"许多荒谬绝伦的东西","对于公众幸福实在是有妨碍的"[②]。一言以蔽之,"向来制作这种书籍的人,竟置卓识与义法完全不顾的,就尤其应该受指斥"[③]。然而,文类规范内涵的创新带来的客观审美效果,也令宗教人士无法回避,在抨击的同时也不禁赞赏其优越之处,认为在荒谬绝伦之间展露出的纵横捭阖、天马行空的创作自由,少了过去创作上的几多羁绊,有助于作者情思的充分宣发:"我刚才对于这类书籍虽然力予排斥,实在这一类书籍也不是没有好处,好处就在于它们供给作者一片丰富的园地,可以尽量发挥他们的才情;……这种作品的自由,对于无论何种体裁的作者实都有利";更是不免惋惜地抱怨说,如果这些"荒谬绝伦的东西"的发明者稍稍注意学习和利用传统骑士文学的"义法","那么他们在散文上的成就,就可以做得诗歌上希腊罗马二王的劲敌了。"[④]这几乎要把新型骑士文学的作者抬高到荷马和维吉尔的高度了。

当然,此段时期文类发展观问题的探讨热点尚不是上述二者,而是悲剧与喜剧两大文类。包括上文提到的钦提奥、塞万提斯以及维伽、锡德尼、高乃依、

① 周靖波主编《西方剧论选》(上),北京:北京广播学院出版社 2003 年版,第 41 页。
② 伍蠡甫主编《西方文论选》(上),北京:人民文学出版社 1964 年版,第 208—209 页。
③ 伍蠡甫主编《西方文论选》(上),北京:人民文学出版社 1964 年版,第 211 页。
④ 伍蠡甫主编《西方文论选》(上),北京:人民文学出版社 1964 年版,第 210—211 页。

圣·艾弗蒙、莫里哀、德莱登、布瓦洛等一批人都投身到了关于戏剧文类发展问题的论争之中。其中如钦提奥、维伽、高乃依、莫里哀等人的《狄多》、《熙德》、《太太学堂》、《达尔蒂夫》诸作更是置身论争的漩涡中心。对于加诸其上的非难与攻击的驳斥,为阐述文类发展观提供了历史契机。为论说之便,不妨引用一段钦提奥记录的当时一些人对于其悲剧《狄多》的种种非难。

> 现在,我要谈谈对我这作品的种种非难。第一点是:如果我写这悲剧是用散文而不是用诗体,那会更好些。第二点是:亚里士多德反对在悲剧中使用神明。第三点是:把适合于悲剧舞台的剧本分成几幕几场是欠妥的,因为古希腊作家从未这样做过,而戏剧创作的法则和正确规律应该取自希腊人,亚里士多德就曾美满地作出这些规律。第四点是:非难者不赞成使用许多个剧中人。第五点是:人物谈及自己的话有失体统。第六点是:我在《狄多》中没有写出《俄狄浦斯王》那样的形象,而亚里士多德就是从该剧取出诫条,视若完美悲剧的金科玉律的。第七点是:《狄多》太长了,不适宜于上演。①

从其中"古希腊"、"亚里士多德"这些高频出现的字眼不难看出,在戏剧文类的发展观问题上,一派倾向于认为古典主义文类理论具有永恒价值,不可随意僭越,否则就要受到批评。例如,在宗教人士眼中,严格按照古典主义文类规范创作的作品属于正经戏,而把那些肆意违反时人归纳总结出的所谓"三一律"的剧作称为"荒谬绝伦的东西","深恶而痛绝"!把后者与"荒唐"、"愚昧"、"野蛮"②相连。最为典型的例子莫过于莫里哀。由于其将喜剧主要表现对象由下层低贱之人改变为社会上有头有面的所谓"正人君子",违反了古典主义文类理论的规范要求,就像其本人所说的"本喜剧,大家议论纷纭,它长期受到冷遇;它所嘲笑的那些人已经肯定地表明他们比起我们以前触动的任何人在法

① 周靖波主编《西方剧论选》(上),北京:北京广播学院出版社2003年版,第45页。
② 伍蠡甫主编《西方文论选》(上),北京:人民文学出版社1964年版,第212、213、214页。

国更有势力"[①];"精通亚里斯多德和贺拉斯的那些人,一下子就看出这出喜剧违反艺术的全部法则"[②]。因此遭到了恶意攻击,甚至被禁演。那些机械固守古典主义文类规范之人士遂极尽攻击之能事,污蔑其作品是"从来没有看过再坏的东西"、"没有价值"、"充满色情"、"岂有此理的戏"、"没有一个地方不糟糕"、"伤风败俗"、"法兰西的耻辱"[③]等等。

其他如德莱登、布瓦洛、锡德尼等人也从不同角度主张要恪守古典主义文类理论及其规范,宣扬一种静止不变的文类发展观。锡德尼和布瓦洛从戏剧创作的所谓"三一律"原则出发,检讨了戏剧遭受批评之故,认为:

> 我们的悲剧、喜剧也并非毫无理由地为人家所辱骂,它们既不遵守正当的礼法,也不遵守诗艺的规则,……这种缺陷使我苦恼,因为它因之不能成为一切悲剧的正确模范。因为在时间和地点这两个一切具体行动的必然伙伴方面,它都是有毛病的。因为舞台应当常常代表一个地方,而舞台上所预定的最多时间,根据亚里士多德的教训和寻常的道理应当不超过一天;而这里却不合艺术原则地设想了许多日子,许多地点。[④]

德莱登则围绕艺术法则观,比较公允地提出坚持法则的必要性,认为"法则建筑在明快的感性和正确的理性之上,而不是建筑在权威之上的;虽然有人举出亚里士多德和贺拉斯的话来,谁也不能说,他们写下的是真实的",所以适度地坚持文类规范与法则是对创作自由的某种有效节制,否则创作将不免堕入"仅仅是乖僻之物,完全不能创造合理而明智的诗篇"。如果说此处的文类法则观

---

① 周靖波主编《西方剧论选》(上),北京:北京广播学院出版社2003年版,第104页。

② 伍蠡甫主编《西方文论选》(上),北京:人民文学出版社1964年版,第286页。

③ 伍蠡甫主编《西方文论选》(上),北京:人民文学出版社1964年版,第275、276、278、281、283页。

④ [英]锡德尼著《为诗辩护》,《为诗辩护・试论独创性作品》,钱学熙等译,北京:人民文学出版社1998年版,第55—56页。

犹有可说,那么在回答悲剧能否在激起怜悯和恐怖的基础之外构成时,就明显偏于保守,认为优秀的艺术是由天才创造并使之完美的,故而“后来从事这些艺术的人们必须踏着他们的足迹前进,从他们的著作中寻找其基础;让新的法则破坏旧的权威是不公正的”①,仍旧认为文类规范一味遭到违反和解构是不可接受的。

与之相反,另一派则认为,无论从作品形式、内容,还是从审美接受效果来说,文类的规范内涵都注定是与世相推移、由人而创新的。例如,钦提奥在列举了对他作品的种种非难之后,逐一进行了反驳。钦提奥认为任何文类作品的创作都要“合乎诗人写作的时代的要求”、“符合我们这时代的惯例”,所以“离开亚里士多德所订立的清规戒律”亦属正常,如果处理得当且审美效果出色,采用众多人数、杜撰悲剧情节以及采取双线情节安排等与古典主义文类理论相悖、“所持的见解与亚里士多德的不相同”的做法都是值得大力肯定的,而且钦提奥还从辩驳策略上指出:“我所以这样做也是依照古人的先例的,因为谁都知道,欧里庇得斯的悲剧开场就不像索福克勒斯的一样,而且,我曾说过,罗马作家布局的方法也是不同于希腊作家的。”②这在根本上就从古典主义文类理论内部实施了釜底抽薪式消解。

又如维伽在总结整理本国喜剧创作原理时,也旨在彰明文类规范内涵的发展本性,他指出,尽管“西班牙所编写的喜剧全都违反艺术”③,尽管喜剧把帝王纳入题材范围,尽管喜剧没有把事情限于一天之内,尽管西班牙喜剧“并不是按照世界上最初发明喜剧的人所相信的作法,而是按照许多蛮汉所用的方法”④,“冒犯”了亚里士多德“他老人家”⑤,但是它们得到了观众的拥护和喜爱,并自信把自己的写作要求和原则誉为“从古代的艺术里得不到的”“至

① 周靖波主编《西方剧论选》(上),北京:北京广播学院出版社2003年版,第134、120页。
② 伍蠡甫主编《西方文论选》(上),北京:人民文学出版社1964年版,第51、54页。
③ 周靖波主编《西方剧论选》(上),北京:北京广播学院出版社2003年版,第83页。
④ 伍蠡甫主编《西方文论选》(上),北京:人民文学出版社1964年版,第218页。
⑤ 周靖波主编《西方剧论选》(上),北京:北京广播学院出版社2003年版,第84页。

理名言”[①]!

高乃依为了回应法兰西学院和教会人士对于其剧作违反古典主义文类规范以及“三一律”要求,他立足当时社会发展现实,质疑了戏剧表现对象范围以及“三一律”原则等古典主义文类理论的当下合法性,例如他提出“亚里斯多德规定喜剧只是模拟低下而狡猾的人物。我不能不说,这个定义并不令我满意”;它只适合和属于亚氏所在的时代,“对我们的时代说来,这个定义便不完全正确了”;“关于地点的一致,我从亚里斯多德和贺拉斯的言论中没有发现任何指示”;以及“我怀疑在适合亚里斯多德所举出的各种条件的悲剧里也可能实现这种情欲的净化”。所以他认为,我们“不必再踏古希腊人的足迹”,虽然古代悲剧只描写少数家族的命运,但是“在以后的若干世纪中,我们得到的充分材料足以超越这种范围”,“在戏剧中也没有必要只表现国王一类人的灾难,其他阶层的人的不幸也能在舞台上找到它应有的地位,只要它们是很有意义的、很不寻常的”。文类的规范内涵应该是发展变化的,文类的规范内涵在不同时代应当得到丰富和完善,他说:“我不善于在新的要求下更好地适应古代的规则,我不怀疑找到新的方法;只要他们经过实践的考验而获得成功的,例如在我的作品中所采用的那些得到成功的方法,我便决定遵循它们。”[②]

实践永远是检验理论效用性的唯一标准,机械、固执地囿于古典主义文类理论,使之教条化,只能窒息文类鲜活的生命力,只能阻碍文学史健康发展的步伐。这一点在圣·艾弗蒙那里得到了充分论说,他说:“没有人比我更尊重古代作家的作品。……但是宗教、政治机构,以及人情风俗的差别都已经在这个世界里造成了很大的变化,所以我们应该把脚移到一个新的制度上,才能适应现时代的趋向和精神。”如果新时代的作家仍然想按照古典主义文类理论的规定和要求进行创作,结果只能“写出了一些坏诗,因为他们想适应古诗的模

---

① 周靖波主编《西方剧论选》(上),北京:北京广播学院出版社2003年版,第87—88页。

② 伍蠡甫主编《西方文论选》(上),北京:人民文学出版社1964年版,第254—266页。

子,服从一些和许多其他东西一起已被时间推翻了的规则”。所以,“我们就不必再去羡慕古人;我们既不过分推崇古人,也不过分歧视当代,因而我们也不会再以索福克勒斯和欧里庇得斯的悲剧作为当代戏剧创作的唯一典范了”。自信通过新时代作家的努力,一定能够创作出无愧于现时代的伟大作品:“我们完全有可能达到贺拉斯所期望的那种完善的境界,如果谁的作品既有教益又有乐趣,人们将众口交誉。这种完善是绝不受古代悲剧法则的影响的”;“想永远用一些老规矩来衡量新作品,那是很可笑的”。[①]

综上可见,自进入文艺复兴时期、新古典主义时期,文类发展观的讨论通过叙事诗(史诗)、骑士文学(小说)、戏剧等文类的创作是否应当遵奉古典主义文类理论的金科玉律而全面展开。论争阵营分为明显的守旧和革新的对立两派,两者势均力敌,古典主义文类理论显现出较为强劲的历史势能。然而,终因守旧派有违历史发展规律,从而在其立论和论说上不免留下明显的硬伤。

例如上面述及的明屠尔诺对悲剧主题范围扩大的主张、宗教神父们对新型骑士文学的情不自禁的肯定,所有这一切都在某种程度上削弱了守旧派自我立场的坚定性。尤其是号称“巴那斯的立法者”[②]的布瓦洛在恪守古典主义文类理论永恒性的同时,又认为这种永恒性并非不可打破:“一个雄健的诗才/当他逸兴遄飞时是怎样激昂慷慨,/艺术的束缚过严,便打破清规戒律,/从艺术本身学到放开无束无拘”[③],他认为只有灵感状态中的天才方才是古典主义文类理论的克星,在欲抬高古典主义文类理论的初衷之余,孰料又不免矮化了自身所处的时代。而且,他在反驳贝洛勒反崇古的信中这样说道:

① 伍蠡甫主编《西方文论选》(上),北京:人民文学出版社1964年版,第272、270—271、271、273页。

② [法]圣勃夫著《布瓦洛评传》,[法]布瓦洛著《诗的艺术》(修订本),任典译,北京:人民文学出版社2009年版,第26页。

③ [法]布瓦洛著《诗的艺术》(修订本),任典译,第62页。

> 您那样大声叫喊反对古代作家，究竟有什么动机吗？你是害怕人们模仿他们就会坏事吗？但是事实相反，我们法国最大的作家们的作品的成功正要归于这种模仿，您能否认吗？高乃依从那里得来他的最美的笔调和最伟大的思想去创造亚里斯多德所不知道的新型悲剧？……在这些剧本里，他越出了亚里斯多德的一些规则，没有想到要像古代悲剧诗人那样去引起哀怜和恐惧，而是要凭借思想的崇高与情致的优美，去在观众的心灵里引起一种惊赞（或欣羡），对于许多人，特别是青年人来说，这种惊赞（或欣羡）还比真正的悲剧情绪更合口胃。[①]

以高乃依创作出违反亚氏文类规则的新型悲剧为例驳斥贝洛勒的目的是达到了，但是"新型"、"越出"等字眼又再一次击碎了古典主义文类理论永恒性的神话。另外，守旧派据以反对文类发展观的所谓"三一律"在古典主义文类理论中并无确切来源，恰如高乃依所论那样，"关于地点的一致，我从亚里斯多德和贺拉斯的言论中没有发现任何指示"，这又是对守旧派立场的致命一击：以莫须有的理论原则作标准，何来结论之信服力?！再有就是，按照既有的古典主义文类理论来创作的作品的不良审美效果，也从客观上驳斥了守旧派立场的科学性。例如宗教人士不得不承认："那种正正经经的，按照着艺术法则来编剧情的，那就只有十几个卓识者会加赏识，其余的人都觉得莫名其妙，看不出那种编法的所以然来了。"[②]文学作品的生命和价值在于审美效果的实现和传达，一旦在作品和接受之间出现裂痕和绝缘，文学的存在也就成了问题，更遑论文类规则之有无呢？所以还是莫里哀一语中的："就我来说，我看戏只看它感动不感动我；只要我看戏看得开心，我就不问我是不是错，也不问亚里斯多德的法则是不是禁止我笑。"[③]这就揭示出这样一个真理：不是古典主义文类理

① 伍蠡甫主编《西方文论选》（上），北京：人民文学出版社 1964 年版，第 305—306 页。
② 伍蠡甫主编《西方文论选》（上），北京：人民文学出版社 1964 年版，第 212 页。
③ 伍蠡甫主编《西方文论选》（上），北京：人民文学出版社 1964 年版，第 287 页。

论允不允许文类的规范内涵发生变化,而是在新的历史语境下,文类的规范内涵留存和扬弃古典主义文类理论几何的问题。所有这些就注定了守旧派必将处于论争的下风,革新派必定占据历史的主导位置。

当然,也必须要承认,在巨大的历史传统面前,无论是文艺复兴时期,还是新古典主义时期,主张文类规范内涵是发展的革新派也表露出些许温和、软弱的一面,例如,钦提奥在逐一反驳对其作品的非难过程中,屡次在自己立论时夹注"要常常记住,应该给亚里士多德以应有的尊重"之类的话语,甚至还为了突出对亚氏的尊重而让观点自我抵牾:他一方面认为亚氏反对的双线结构的悲剧,因其有快乐的收场,"本质上更能取悦观众";一方面又认为自身写作此类快乐收场的悲剧"不过是对观众的让步,为了使这几出戏在舞台上更动人","与其以更壮丽的戏使观众不快,不如以稍差些的戏使观众满足"①。既抑又扬,难求一致;而且亚氏《诗学》中就曾说过与"对观众的让步"相类似的"为了迎合观众的心理"②的话。又比如高乃依,一边高举"不必再踏古希腊人的足迹"的创新大旗,质疑和反对亚氏的文类理论,一边又提出极富个性色彩的"容纳"说,即"我们仍然可以容纳亚里士多德的见解"③。诸如此类,也都反映出革新派在面对古典主义文类理论传统时态度尚不够毅然决然。而这也是历史必须要烙在处于新旧社会转型期的革新派身上的印迹。另外值得注意的是,革新派出现的这种有时稍带"温和"的色彩不同于对古典主义文类理论传统的合理继承。所谓合理继承,就是在去取之间态度截然分明,而非是在"去"或"破"之际又附带对于"立"的自我否定。

二

如果说文类发展观的探讨主要倾向于单一文类的话,那么这两个时期另

① 周靖波主编《西方剧论选》(上),北京:北京广播学院出版社 2003 年版,第 54、55—56 页。
② 《诗学·诗艺》,罗念生等译,第 42 页。
③ 伍蠡甫主编《西方文论选》(上),北京:人民文学出版社 1964 年版,第 259 页。

一大理论焦点则是关乎文类之间的界限问题。文类之间有无界限、这种界限能否逾越，又成为判定对待古典主义文类理论是守旧派或革新派的标准之一。守旧派奉古典主义文类理论为圭臬，强调文类之间不可逾越的界限。例如但丁从内容和语言两个层面指出了喜剧和悲剧两者的差异：喜剧在“内容上和悲剧不同，因为悲剧在开始时优美静穆，而结果或煞尾则丑恶可怖，……而喜剧虽则在开头有不愉快的纠结，但收场总是皆大欢喜，……悲剧和喜剧在语言上也各不相同，悲剧语言崇高雄伟，喜剧语言松弛卑微”。但丁甚至对贺拉斯对于两者语言差异的偶尔的例外都露出一丝的否定之意，紧接着他继续补充说道：“贺拉斯在《诗艺》中曾经允许喜剧家有时使用悲剧的语言，同时也允许悲剧家有时使用喜剧的语言。”[①]言下之意是，他与之相反，不允许这种例外情形的存在。又如布瓦洛提出“诗体各以其所美，来显出它的漂亮”，故而循环歌、叠韵律诗、风趣诗、讽刺诗等文类之间各个不同，不可混淆。布瓦洛又从虚构与真实的角度区分小说与戏剧，认为小说“不过供人浏览，用虚构使人消遣”，而“戏剧则要与精确的理性相合”，受所谓“三一律”的规约；反对田园诗与史诗的混合，恰如他所批评的不良做法：“在一首田园诗中却奏起铙歌鼓吹。/直吓得潘神闻声逃匿到荻芦深处。”[②]

另一方面，瓜里尼、维伽、锡德尼等人则主张古典主义文类理论中规定的悲剧和喜剧之间的界限不是不可逾越的，这一点集中体现于他们对于悲喜混杂剧的高度首肯上。例如，维伽在认可悲剧和喜剧存在表现对象贵贱之别的情况下，又提出写作喜剧时，“如果有关帝王，不必顾虑”[③]，悲剧和喜剧的混合，虽然在很多人的眼中“是一个人身牛首的怪物，使得它一部分严肃，一部分滑稽”[④]，但是这种混合产生的多样化因为可以引起大量的愉快之情而让悲喜混

① 伍蠡甫主编《西方文论选》(上)，北京：人民文学出版社1964年版，第160页。
② [法]布瓦洛著《诗的艺术》(修订本)，任典译，第25、38、18页。
③ 周靖波主编《西方剧论选》(上)，北京：北京广播学院出版社2003年版，第84页。
④ 伍蠡甫主编《西方文论选》(上)，北京：人民文学出版社1964年版，第220页。

杂剧显得独具魅力。[①] 锡德尼也认可悲喜混杂剧存在的合法性,他认为:“有的诗是结合了两三种类别的——如悲剧和喜剧,而由此产生悲喜剧;有的结合了散文和韵文,……有的结合了歌颂体和田园体;但在这一点上那是全部一样的,如果分了开来是好的,合了起来也不会坏。”[②]

维伽的肯定是着眼混杂以后的审美效果,而锡德尼则是基于局部与整体的构成关系。在这方面,最典型的是瓜里尼的论述。他为了回应一些人对其悲喜混杂剧《牧羊人裴多》打破了悲剧和喜剧界限的批评,专门发表《悲喜混杂剧体诗的纲领》一文为悲喜混杂剧立身正名。为了回答“是否因为不同种,就不能结合在一起来产生第三种诗”,他首先从自然和社会现实层面论证了不同文类混杂的可能性,他举马和驴杂交产生骡、黄铜和锡组成青铜等为例,说明悲喜混杂已有大自然的先例;又取亚里士多德之矛攻其盾,说亚里士多德曾经认为作为对立的寡头政体和大众政体,能够混合成为共和政体,那么,“悲剧是伟大人物的写照,喜剧是卑贱人物的写照”,“既然政治可以让这两个阶层的人混合在一起,为什么诗艺就不可以这样做呢?”这就又为悲喜混杂找到了社会的范型。接着,他从艺术审美领域再次确证了悲喜混杂剧产生的理论依据。瓜里尼认为,按古典主义文类理论的规范来说,悲剧或喜剧比较单纯,审美效果各有弊端,即或是“拿流血死亡之类凶残的可怕的无人性的场面来使我们感到苦痛”,或是“使我们在笑谑中放肆到失去一个有教养的人所应有的谦恭和礼仪”。而悲喜混杂剧的产生则巧妙地规避了这样的不足,“它是悲剧的和喜剧的两种快感糅合在一起,不至于使听众落入过分的悲剧的忧伤和过分的喜剧的放肆。这就产生一种形式和结构都顶好的诗”。正因为此,他进一步强调

---

① 关于维伽涉及此观点的一段话,伍蠡甫主编《西方文论选》(上)收录的译文为:“把时间限于一天虽然是亚里斯多德的意见,但是这样做是无益的;不过,我们如把悲剧体裁和卑贱的喜剧混合起来,则是对他的失敬。”(221 页)而周靖波主编《西方剧论选》(上)中的译文为:“不必理会亚理斯多德的主张,把事情限于一天之内,因为我们如果把悲剧的语言掺和在格卑调下的喜剧里,我们早已冒犯了他老人家。”(84 页)第一个译文里,维伽否定了亚氏的时间整一律,而肯定了亚氏的文类界限观,反对悲喜混杂剧。第二个译文里,维伽对于亚氏的时间整一律和文类界限观都是持否定意见的。综合维伽全文主旨,若按第一个译文的意思,维伽的文类界限观会明显自相矛盾;第二个译文意思和核心主旨一致,当为正译。

② [英]锡德尼著《为诗辩护》,《为诗辩护・试论独创性作品》,钱学熙等译,第 32 页。

指出，有了悲喜混杂剧的横空出世，“其他种类的戏剧就真不必上演，因为悲喜混杂剧可以兼包一切剧体诗的优点而抛弃它们的缺点；它可以投合各种性情，各种年龄，各种兴趣，这不是单纯的悲剧或喜剧所能做到的，它们都有过火的毛病”①。不难想见的是，在瓜里尼眼中，悲喜混杂剧的诞生不仅可能，而且必要。当然，又不得不承认的是，这既昭示出文类应该发展变化，又同时以悲喜混杂剧的诞生宣告了戏剧文类发展的终结。自相矛盾凸显出立论公允性的缺失以及反文类界限的冲动与非理性。

需要注意的是，锡德尼另外还提出，悲剧、喜剧打破界限的混杂，不是简单意义上的为了混杂而混杂，而是出于内容的切实需要，因此必须杜绝和预防“伪悲喜混杂剧”，他对此极为反感。锡德尼说，“伪悲喜混杂剧”表面上也是混合着帝王和小丑这些贵贱之人，但是这种混合不是出于自然或必然，“而是硬拉着那小丑的肩头推他进去在庄严的事情里担当任务，所以结果是既不庄重，又不恰当”，所以就难以收到理想的审美效果，其原因在于“由于我们悲剧中的喜剧成分并没有真正的喜剧，我们就只有不适合纯洁耳朵的下流话或者一些愚蠢的极端表现；它们只会引起高声哄笑，此外什么都引不起”②。反对文类混杂的布瓦洛似乎对此也同样是洞如烛火，穿越式地间接响应了锡德尼的观点。他说悲剧和喜剧存在本质差别，但是“喜剧的任务也不是跑到街口/运用下流的词句博取公庶的欢呼”③。这实质是在启发思考作为悲剧和喜剧两大文类的核心审美特质为何，促使找寻悲喜混杂剧的真正审美价值何在。简言之，不妨可以如此认为，喜剧绝非等同于插科打诨，悲剧与喜剧的混杂，其真正目的在于：悲剧济以喜剧，是拓展悲剧性的广度；而喜剧济以悲剧，是增添喜剧性的深度。

从某种角度而言，文类界限观也是文类发展观的有机组成部分。肯定悲喜混杂剧的合法性，就是对悲剧、喜剧两文类自身历史规定性的突破，就是坚

① 伍蠡甫主编《西方文论选》(上)，北京：人民文学出版社1964年版，第196—198页。
② [英]锡德尼著《为诗辩护》，钱学熙等译，第58页。
③ [法]布瓦洛著《诗的艺术》(修订本)，任典译，第55页。

持了文类的发展本性。文类之间的混杂、界限的突破，不过是文类发展观讨论的一种特殊情形而已。另外，表现对象之高下作为当初亚氏《诗学》中区分悲剧和喜剧的重要尺度之一，在文艺复兴和新古典主义时期恰恰又成为解构两者界限的主要工具和路径。最后，瓜里尼等人的事例还表明，反古典主义文类理论传统的思维特征，深受柏拉图文类思想中"正—反—合"辩证思维的影响；自然科学的发展也为反传统的革新派提供了有益而及时的思维材料。

三

不管是文类发展观的讨论，还是文类界限观的争辩，结果都要落实到不同文类及其作品之上，而对它们的评价自然会与特定的发展观或界限观密不可分，这里就会涉及文类等级的问题。有趣的是，与上述两部分相对应，在发展观或界限观问题上，凡是守旧派无一不是崇尚过去作品或文类的高等级地位，而凡是革新派又基本多倾向于认可新型文类的高等级角色。例如守旧派方面，明屠尔诺抬高传统史诗的地位，与之相连的都是"最高尚的诗人"、"最优秀的作家"，而作为新型文类的传奇体叙事诗，他认为"决不能写出完美的作品"[1]，因为它的发明者只有天赋而不遵守古典主义文类理论的法则。宗教人士对于新型骑士文学也是如此态度，谓之荒谬绝伦而有碍读者幸福。而守旧派人士对于莫里哀的新型喜剧、钦提奥的新型悲剧、瓜里尼的悲喜混杂剧等的恶意攻击则更不用赘述了。与此同时，革新派则通过肯定新型文类的优越性来抬高其等级。钦提奥就认为传奇体叙事诗因为情节头绪多，所以比之传统史诗会更增加读者的快感；尽管亚氏贬低双线结构的快乐结局的悲剧，但是钦提奥却认为这种悲剧类型更能取悦观众。又如高乃依把受到保守派批评的己作《熙德》视为悲剧完美性原则的典型体现，他说："我们要确立一种原则，即悲剧的完美性在于以一个主要人物为手段引起怜悯和恐惧之情，例如《熙德》。"[2]

① 伍蠡甫主编《西方文论选》(上)，北京：人民文学出版社 1964 年版，第 188—189 页。

② 伍蠡甫主编《西方文论选》(上)，北京：人民文学出版社 1964 年版，第 261 页。

而如瓜里尼则更是对悲喜混杂剧这种新型文类赞誉备至，竟然到了无以复加的地步，他认为悲喜混杂剧囊括和兼容了悲剧和喜剧的所有优点，并规避了它们的缺点，人间只有悲喜混杂剧足矣！在西方文论史上，恐怕这是推翻悲剧作为等级之王这一位置的第一人。可见，不论是单一文类的规范内涵上的求新，还是文类之间界限的消弭，它们都期欲凭借文类等级的渠道，争取自身的身份认同。

不过，在文类等级问题上，文艺复兴和新古典主义时期围绕着悲剧和喜剧两者的讨论或许更值得关注。在悲剧的等级问题上，可以但丁为代表。关于悲剧文类的高等级问题，并非新见，在柏拉图、亚里士多德等人的古典主义文类理论中早已有充分的论说及证明。然而但丁之新在于，其单单是从语言层面来解释和说明悲剧是“最高贵诗歌”的。

但丁首先提出，文学语言是人为的语言，与之相对的俗语则是自然的语言，是“我们真正的元初的言语”，是“我们模仿自己的保姆不用什么规则就学到的那种言语”。文学语言由俗语之中派生而出，“这两种言语之中俗语是较高贵的”。关于这种高贵，但丁还专门从“光辉的”、“基本的”、“宫廷的”、“法庭的”这四大特征予以了论证。其次，但丁指出，因为俗语是高贵的最好的语言，所以最好的思想要以最好的语言表现，最好的语言只适合于有知识、有天才的人。那么，最好的思想、最好的主题包括哪些呢？但丁认为“安全、爱情和美德看来是应该用最好的方式加以处理的重大主题”。最后，由于“我们称之为悲剧的诗体是最高贵的诗体”，“悲剧带来较高雅的风格，喜剧带来较低下的风格”，而当“诗行的庄严、结构的高贵、文字的优美与题材的重量配合一致时，我们就使用悲剧体”[①]，因此，最好的语言的俗语，安全、爱情和美德等最好的主题，最高贵的悲剧文类，这三者之间就可以自然达到空前的统一和协调。在但丁的悲剧等级观里，悲剧等级之高通过最好的主题为媒介而与最好的语言形式俗语紧紧相连。

---

① 伍蠡甫主编《西方文论选》(上)，北京：人民文学出版社 1964 年版，第 163、171—172、174 页。

众所周知，在亚氏《诗学》专章谈论悲剧高于史诗时，只是从审美方式和情节特点入手，并未涉及语言层面；但是，亚氏对于悲剧文类的语言形式转向并非是毫无意识。他在《修辞学》一书中认为，“诗人的语言是最为优美的语言”的认识已经“不真实”了，散文的、口语化语言越来越受到重视。

> 甚至到现在，大多数无知的人，还认为诗人的语言是最为优美的语言。这是不真实的。散文的语言就不同于诗的语言。这一点，可以用今天的事实来证明。悲剧的语言已经在性质上有了改变。代替四音步，悲剧采用了抑扬格，这就因为抑扬格和散文最为接近。同时，悲剧也已经抛弃了各种不适宜于日常谈话的语言。这些语言，曾经在早期被戏剧用作装饰，现在也仍然为六音步的诗所采用。①

这段话中的“悲剧也已经抛弃了各种不适宜于日常谈话的语言。这些语言，曾经在早期被戏剧用作装饰，现在也仍然为六音步的诗所采用”，还可以借引《诗学》中的一段话作进一步说明。

> ……悲剧抛弃了双四音步长短格而采取短长格。他们起初是采用四双音步长短格，是因为那种诗体跟萨堤洛斯剧相似，并且和舞蹈更容易配合；但加进了对话之后，悲剧的性质就发现了适当的格律；因为在各种格律里，短长格最合乎谈话的腔调，证据是我们互相谈话时就多半用短长格的调子；我们很少用六音步格，除非抛弃了说话的腔调。②

两段引文中的抑扬格、短长格同义，只是翻译不同而已。那么，为何亚氏意识到悲剧语言形式特征的变化而未作太多论说呢？这是因为：一是在亚氏《诗

① 伍蠡甫主编《西方文论选》(上)，北京：人民文学出版社 1964 年版，第 89 页。
② 《诗学·诗艺》，罗念生等译，第 15 页。

学》里，格律这个语言形式不具有区分文学与非文学的功能，“荷马与恩拍多克利除所用格律之外，并无共同之处”[①]，故而无必要花笔墨于此。二是尽管悲剧成分中的“性格”、“思想”、“言词”与语言关系甚密，但是亚氏认为“有关‘思想’的一切理论见《修辞学》；这个题目更应属于修辞学研究范围”；而“有关言词的研究题目之一是语气”，“这门学问属于演说艺术与这门艺术的专家的研究范围”，“不属于诗的艺术”[②]，故而也不应该着太多笔墨于此。

然而，时过境迁，到了古罗马时期，修辞学成为当时最为完备的人文学科，修辞学的传授也成为最受人尊敬的职业[③]，如此时代风气使得古罗马时期文类研究的形式化倾向异常突出。例如，贺拉斯就说过：“如果我不会遵守，如果我不懂得这些规定得清清楚楚的、形式不同的、色调不同的诗格，那么人们为什么还称我为诗人呢？……喜剧的主题决不能用悲剧的诗行来表达；同样，堤厄斯忒斯的筵席也不能用日常的适合于喜剧的诗格来叙述。”[④]此时，诗格的作用已经与亚氏时期极为不同，上升为文学与非文学相区分的重要标志物，同时也构成悲剧和喜剧两大文类界限的清晰显示。朗吉努斯也持相近观点，认为：“如果有哪位敢用美好庄严的词汇来描述鸡毛蒜皮的小事，就好像给天真无邪的小孩戴上了巨大的悲剧面罩。”[⑤]“美好庄严的词汇”似乎成为“悲剧”的别称。这种形式主义的倾向就是到了中世纪仍有余响，例如有神学家（如依西多尔）说：“某些人有种错误的兴趣，喜欢倾听智者的演讲——不是为寻求真理，而是为欣赏演讲技巧。他们就像诗人，关心词语的排列更甚于真理。”[⑥]他认为诗人的工作重心只是在词语排列这样的形式方面。总之，从亚里士多德对于悲剧语言形式变化的明确意识，到古罗马变本加厉的文类研究的形式化倾向，为但

---

① 《诗学·诗艺》，罗念生等译，第5页。

② 《诗学·诗艺》，罗念生等译，第65、67页。

③ 参见［波兰］沃拉德斯拉维·塔塔科维兹著《中世纪美学》，褚朔维等译，北京：中国社会科学出版社1991年版，第21、60页。

④ 《诗学·诗艺》，罗念生等译，第141—142页。

⑤ ［古罗马］朗吉努斯、［古希腊］亚里士多德、［古罗马］贺拉斯著《美学三论》，马文婷等译，北京：光明日报出版社2009年版，第58页。

⑥ ［波兰］沃拉德斯拉维·塔塔科维兹著《中世纪美学》，褚朔维等译，第111页。

丁将最高等级的悲剧文类与最好的语言形式俗语相关联提供了重要的理论土壤。

喜剧的等级在古典主义文类理论中无法与悲剧、史诗相提并论。但是在文艺复兴和新古典主义时期,应守旧派与革新派之间古今论争的需要,喜剧的等级问题开始发生转变,甚至是逆转,可以维伽、锡德尼、莫里哀等人的意见为代表。

例如,维伽从审美效果的角度,认为自己创作的新型喜剧"如果用别的方式写也许好些,不过它们不会这样受到人们的欢迎;因为与合法的东西相反的东西,往往就为了这个相反,才能够使人们的审美爱好得到满足"[①]。如果这还只算是新型喜剧胜过古典喜剧的话,那么他在喜剧和历史关系的论说中透露出的抬高喜剧等级的意识就相对比较明晰了。他说,虽然"悲剧以历史作为它的主题,喜剧则用虚构",但是古罗马著名的西塞罗曾经把喜剧称为"风俗的镜子,真理的活生生的形象",这样一来,虚构的喜剧"甚至可以和历史并驾齐驱了"[②]。喜剧不仅仅是嬉笑怒骂的娱乐,而且是和历史一样,具有别样的认识和教育功能。这种把喜剧和历史相提并论的做法(借助悲剧主题和喜剧功能相交集的媒介),无疑是拉近、缩小了喜剧和悲剧在等级上的悬殊。锡德尼的运思则不同,虽然他也指涉文学(诗)与历史、哲学之间关系,但是不再是同重或并列关系,而是把文学(诗)位列一切学问之巅,是学问之君王,桂冠之诗人,"不但胜过历史家,亦胜过哲学家",这就总体上抬升了包括喜剧、抒情诗等文类在内的一切文学的等级,至少是回归到了作为一般文类所应有的常位。他在论说悲剧和喜剧混合产生悲喜剧时指出:"如果分了开来是好的,合了起来也不会坏。"他还认为"喜剧是模仿生活中的平常错误的","喜剧的正当使用,我想,是不会为任何人所谴责的,更谈不到谴责那崇高卓越的悲剧了"。[③] 这话虽然还未免有悲剧高于喜剧的等级之嫌,但是喜剧存在的价值和合法性还是

---

① 伍蠡甫主编《西方文论选》(上),北京:人民文学出版社 1964 年版,第 224 页。

② 伍蠡甫主编《西方文论选》(上),北京:人民文学出版社 1964 年版,第 219 页。

③ [英]锡德尼著《为诗辩护》,《为诗辩护·试论独创性作品》,钱学熙等译,第 27—28、32、34 页。

得到了明确肯定和维护。

要说到对喜剧文类的等级最为推举的，莫过于莫里哀了。他坚决否认“全部才情和全部美丽只在正经诗里头，滑稽戏是胡闹东西，一点也不值得赞扬”的俗见，提出喜剧的创作难度甚于悲剧，喜剧不比悲剧等级低的观点，他说：“发一通高贵感情，写诗斥责恶运，抱怨宿命，咒骂国王神祇，比起恰如其分地表现人的滑稽言行，在戏台子上轻松愉快地搬演每一个人的缺点，我觉得要容易多了。”“在正经戏里面，想避免指摘，只要话写得美，合情合理就行；但是临到滑稽戏，这就不够了，还得诙谐；希望正人君子发笑，事件并不简单啊。”①同时针对“喜剧越好，为害越大”的心怀叵测的攻击与批评，莫里哀从人情需要的高度再次突出强调了喜剧的审美价值和等级位置：“事实上，假定虔诚的活动允许有间歇，人类也需要有娱乐，那我却坚持说，人们怎么样也找不到比喜剧更纯正的东西。”②奉喜剧为世界上最纯正之物，莫里哀成为西方文论史中从等级的阶梯上取消悲剧至高地位的第二个“瓜里尼”。

四

关于文艺复兴和新古典主义时期的文类理论，锡德尼、明屠尔诺等人还论及文类划分问题，布瓦洛还主张文类偏长的天赋说等等，或承袭旧说，或无大的历史影响和理论价值，一概从略。综上三个方面的论述，有以下几点值得注意。

一是上述文类发展观、界限观以及等级观，其实是彼此具有逻辑相关性的有机统一体。文类发展本性的确认，为界限的破除提供理论支持，文类界限观也可谓文类发展观探讨的一个延伸；而文类等级观则可从对文类发展和界限逾越的结果的评价，来为它们提供实践上的论证。也因此，大凡守旧派都是固守文类永恒不变的本性，从而反对文类之间界限的抹除，自然也就对新型文类

① 伍蠡甫主编《西方文论选》（上），北京：人民文学出版社1964年版，第283—284页。

② 周清波主编《西方剧论选》（上），北京：北京广播学院出版社2003年版，第108—109页。

极力贬低和抵触;而革新派则完全与之相反,大力倡导文类本质与时俱进,高度认同文类界限的混合,对新型文类的发明与创生推崇备至。上述三个大的方面在本质上都与古今观两相应和,互为表里。

二是古典与反古典、传统与反传统、固守与革新之类的论争是文艺复兴与新古典主义时期文类理论的主旋律、主色调,一切文类问题的讨论无不入此环中。其缘由至少有四个方面:首先,各种文类的作品数量的大增,客观上带来关注和研讨各种文类写作规范和法则的必要性。从《神曲》、《堂吉诃德》、《罗兰的疯狂》、《狄多》、《阿尔提烈》、《色伦尼》、《安提瓦洛莫尼》、《牧羊人裴多》、《量罪记》,到《罗多赓》、《尼高迈德》、《伊拉克利》、《殉难的少女——费奥多拉》、《波里欧克》、《贺拉斯》、《熙德》、《达尔蒂夫》、《太太学堂》等一大批作品问世,例如维伽一人就声称"我已经写了四百八十三本喜剧,……在这些剧本中,除掉六个以外,全是严重地犯了反对艺术之罪的"[①],新型文类作品创作的繁盛,无疑要触及它们写作规范及其与古典主义文类理论传统的关系等问题。其次,古典主义文类理论的学习借鉴以及阐释之风为论争的开展准备了理论参照和标准。值得注意的一个现象是,自进入文艺复兴时期,亚里士多德和贺拉斯的名字就频繁出现于当时的诗学著作之中,尤其是对于突然出现的亚氏《诗学》[②]的阐释和模仿之风盛行,纷纷以亚氏和贺拉斯诗学思想为指导,重申和确立古典主义文类理论的权威地位。例如意大利文学批评家卡斯特尔维屈罗以意大利语翻译了亚氏《诗学》,意大利文学家和批评家保罗·伯尼注释出版亚氏《诗学》,其他诸如斯卡利格《诗学》、特里西诺《诗学》、明屠尔诺《诗的艺术》、布瓦洛《诗的艺术》等承袭亚氏和贺拉斯著作之名及其诗学思想的著作,如雨后春笋般应时而生,声势浩大,蔚为壮观!再次,古罗马和中世纪诗学理

---

① 伍蠡甫主编《西方文论选》(上),北京:人民文学出版社 1964 年版,第 224 页。

② 亚氏《诗学》在古代就已被人遗忘,在中世纪鲜为人知,直到文艺复兴时期 G.瓦拉于 1498 年完成译本后,才成为美学上通行而又有影响的一部论著。详可参见[波兰]沃拉德斯拉维·塔塔科维兹著《中世纪美学》,褚朔维等译,第 262—263 页。另据西方有学者研究说:"事实上,亚里士多德《诗学》直到 1256 年才获得广泛的使用。"参见 Gary Day, *Literary Criticism: A History*, Edinburgh: Edinburgh University Press, 2010, p.94.

论对于文艺复兴和新古典主义时期文类理论特征形成所起的推波助澜之力不容小觑。例如贺拉斯比亚里士多德更为晓白和直接地指出“每种体裁都应该遵守规定的用处”[①]，文类界限的立场旗帜鲜明；而且他在其《诗艺》开头有这么一段话：

> 如果画家作了这样一幅画像：上面是个美女的头，长在马颈上，四肢是由各种动物的肢体拼凑起来的，四肢上又覆盖着各色羽毛，下面长着一条又黑又丑的鱼尾巴，朋友们，如果你们有缘看见这幅图画，能不捧腹大笑么？……我知道，我们诗人要求有这种权利，同时也给予别人这种权利，但是不能因此就允许把野性的和驯服的结合起来，把蟒蛇和飞鸟、羔羊和猛虎，交配在一起。[②]

表面上是反对绘画中不同类别物体的拼凑，若置于文类理论的知识背景中察看，其实是为否定文学作品创作中混合各种文类的做法所作的铺垫。贺拉斯不仅仅是继承了亚氏对于文类界限的观点，而且是大为强化了文类界限观。中世纪则通过对艺术法则的崇拜来间接宣扬文类永恒不变的发展观。那些宗教神学家们认为“艺术具有不易的法则，它绝非由人所创立”，“背离了它，就不可能产生任何适当的作品”。[③] 而且，“艺术”一词在此时就近同法则、规范之意，例如时人是这么定义或解释何为艺术的：

> 艺术是用于称呼那种以其法则制约和控制我们的事物的。
>
> “艺术”一词用于称呼那些属于艺术规范与法则的事物……
>
> 艺术可以说是一种存在于规则与秩序之中的知识……

---

① 《诗学·诗艺》，罗念生等译，第 142 页。

② 《诗学·诗艺》，罗念生等译，第 137 页。

③ ［波兰］沃拉德斯拉维·塔塔科维兹著《中世纪美学》，褚朔维等译，第 123、112 页。

> 艺术便是指导或者纠正依据艺术从事活动的其他能力的正确原则……①

这也就印证了为何一些研究者认为的“艺术并非创造这一传统的看法是贯穿于中世纪始终的”这一观点。② 因为当艺术与法则、规则、规范紧紧相连时,恰恰与创造愈相背离。而且,更为有趣的是,根据“上帝造万物”的最高原理,把上帝遵照神的最高理性创造整个世界与诗人根据艺术法则和规则创作出作品相类比。不妨请看下面几个引文:

> 我们漫步于地球之上,宛若是在参观神性的雕塑家展示其奇异作品的工作间。主啊,这些奇迹的创造者,一个艺术家,召唤我们对之凝神观照!
>
> 上帝,伟大作品的创造者……
>
> 整个上帝创造的世界的美,……是由不同的种类、多样的形式,以及各种各样物质和文法的秩序所组成……
>
> 处于完善地秩序化过程中的整体世界,可以被描述为自始至终如依照规则写下的最美的诗一样的过程……③

不难看出,“处于完善地秩序化过程中的整体世界”所指就是上帝创造出的伟大作品——世界。“上帝—理性或神性—世界”与“诗人—法则—最美的诗”之间构成了两相对应的程式关系。最后,文艺复兴伊始的科学进步也为论争的革新派开拓了研究视野。如果说守旧派是以机械而僵硬的艺术法则与鲜活且灵动的自然禀赋、审美经验相对立,企图以前者压倒后者,那么,文艺复兴时期则是以天文学、医学为突破口,随着科学开始消解中世纪神学世界的坚定步

---

① [波兰]沃拉德斯拉维·塔塔科维兹著《中世纪美学》,褚朔维等译,第108、111、244、336页。

② [波兰]沃拉德斯拉维·塔塔科维兹著《中世纪美学》,褚朔维等译,第331页。

③ [波兰]沃拉德斯拉维·塔塔科维兹著《中世纪美学》,褚朔维等译,第31、126、289页。

伐，引导民众向丰富复杂的现实客观世界呼吸自由新鲜之空气，形成一套观察、实验、思考的方法，吁求以客观自然的实践经验代替而今已远去的权威或法则。例如文艺复兴时期的巨人之一达·芬奇就曾抱怨说："我们能完全信赖古人吗？""有些人自以为有充分理由责难我，他们断言我的观点与某些受人尊敬的人士的权威见解相反，而这些见解是脱离实际经验的。他们未曾想到，我的作品正是出自于简明易懂的经验，出自于真正的权威。"[①]复兴的历史语境决定了科学与文学一样，同样也面临古今之争的命题。倡导经验是真正的权威，不可亦步亦趋地盲目尾随古人，这样的古今理念对于文学论争中的革新派具有重要的指导价值，是反传统主张的宝贵的理论资源。综上可见，就文艺复兴和新古典主义时期文类理论而言，前有古罗马和中世纪崇尚文类界限和艺术规则的理论传统的影响，加之在沉寂了千年之后，一边有因阐释和模仿古代《诗学》、《诗艺》而生的古典主义文类理论的复兴，一边又面临各种新型文类作品创作的蓬勃兴盛，科学技术的进步与发展，在这种复杂而独特的时代背景之下，旧理论与新作品、旧理论与新理念之间必将发生空前激烈的强劲碰撞，注定了古典与反古典、固守与革新这样的对抗与论争成为时代的主潮。

三是要全面而辩证地评价历史发展规律注定的这一时代主潮在西方文类理论发展史上的作用。首先，通过古今论争有助于还原古典主义文类理论的原貌，帮助人们认清何为柏拉图、亚里士多德、贺拉斯自身的理论遗产，何为后人的主观臆断、误解强加。其次，通过古今论争反思和冲击了古典主义文类理论永恒的权威地位，彰显出发展的文类本性、可以逾越的文类界限观以及变动不居的文类等级观等新时期的文类理论特征。最后，通过古今论争对于古典主义文类理论检讨与解构的企图，为西方诗学的发展与突破，为西方诗学的转型，提供了历史的契机和理论上的准备。因为一旦对古典主义文类理论实现了解构，就势必有重新创造之必要；而创造不仅意味着"破"的勇气，更是暗含着"立"的胆识与自信。这种胆识与自信源自对于古典和自我的科学、客观的

① ［英］艾玛·阿·里斯特编著《达·芬奇笔记》，郑福洁译，北京：三联书店 2007 年版，第 1—2 页。

认识和启蒙,源自别具一格的个性与天才,源自对于真善美的不懈追求。从这个意义上说,文艺复兴和新古典主义文类理论是由古典主义文类理论向现代文类理论发展、转型的重要序幕和必要过渡。或许正是由于此历史定位所限,文艺复兴和新古典主义文类理论在论争中不免显得除旧有余而立新不足,命题还是原来的命题,众人只是将古典主义文类理论曾经的答卷重新给了,论点分散有余而集中不足,使得论争诸个体的理论系统性、整饬性不强,故而"在深度合而广度上都有所不足"[①]。当然,必须要以包容和豁达的胸怀,正确对待这样的历史局限性,因为文艺复兴和新古典主义文类理论毕竟在反思古典主义文类理论的道路上迈出了可贵的第一步。

① [英]阿拉斯泰尔·福勒著《文学的类别:文类和模态理论导论》,杨建国译,南京:南京大学出版社 2018 年版,第 30 页。

第五章　自然：真善美的源泉

——狄德罗与文类理论传统的重建

文艺复兴和新古典主义的浪潮，在守旧派与革新派喧嚷纷争之中，动摇了古典主义文类理论永恒权威的基石。反思是为了当下的重建。古典主义文类理论被推到了历史的分水岭上：古典主义文类理论是否毫无价值？解构之后真正的建构始于何处？所有这些问题历史性地递交到了18世纪启蒙主义运动倡导者们的手中。法国著名学者罗杰·法约尔在论说18世纪法国文学批评史时，曾经指出："在文学观念的改革当中，狄德罗起着重要的作用，并占据特殊的地位。"[①]作为法国启蒙主义运动的旗手和主将，狄德罗审时度势，高屋建瓴，标举自然是真善美的共同源泉，崇奉自然为文学之根本基础，阐发并建立了一套以自然为最高审美参照与准则的文类理论体系，整饬而理性地回答了时代赋予的命题。包括古典主义文类理论在内的文类理论传统，在经历过激烈的反思洗礼之后，即将在扬弃和重建中迎接新生。

一

西方哲学从柏拉图到笛卡尔、莱布尼茨，横亘着一条重理性而轻感性的二

---

① [法]罗杰·法约尔著《批评：方法与历史》，怀宇译，天津：百花文艺出版社2002年版，第115页。

元对立的发展红线。柏拉图要把诗人赶出他理性的理想国的做法,众所周知,其缘故即在于诗人的作用与理性之敌相连。笛卡尔提出“我思故我在”,人本身就是一个独立于肉体之外的思维之物。莱布尼茨则把感性认识视作纯粹动物的行为:“人和禽兽一样,也容易凭他的记忆和想像,就把他曾注意到在他的知觉和经验中结合着的东西结合起来。禽兽的一切推理,如果可以这样来称呼的话,就在于这一点,而人们的推理也常常是这样,要是他们是经验主义的,并且只是受感觉和事例的支配,而不考虑是否同样的理由还起作用的话。”①狄德罗虽然有时仍无法彻底摆脱理性压倒感性的历史影响,声称“如果我舍弃了理性,我就再没有导引者了:我将盲目地接受一种第二性的原则,并且假定那正成问题的东西”②;但是在他的理论特质上,对于情感、激情、想像等感性因素的高度强调与肯定,确是无比显著毋庸怀疑的。狄德罗不止一次地说道:

> 人们无穷无尽地痛斥情感;人们把人的一切痛苦都归罪于情感,而忘记了情感也是他的快乐的源泉。……如果有人说了一句话对理性的敌人有利,人们就以为伤害理性了;可是只有情感,而且只有大的情感,才能使灵魂达到伟大的成就。如果没有情感,则无论道德文章就都不足观了……③
>
> 情感衰退使杰出的人失色。……诗歌、绘画、音乐中就再没有出色之处了。④
>
> 激情比哲学更能摧毁偏见。……激情有时还能动摇真理。⑤
>
> 想像,这是一种素质,没有它,人既不能成为诗人,也不能成为哲学家、有思想的人、有理性的生物,甚至不能算是一个人。⑥

---

① [德]莱布尼茨著《人类理智新论》,陈修斋译,北京:商务印书馆 1982 年版,第 287 页。

② [法]狄德罗著《狄德罗文集》,王雨等编译,北京:中国社会科学出版社 1997 年版,第 32 页。

③ [法]狄德罗著《狄德罗文集》,王雨等编译,第 1 页。

④ [法]狄德罗著《狄德罗文集》,王雨等编译,第 2 页。

⑤ 《狄德罗美学论文选》,北京:人民文学出版社 1984 年版,第 83 页。

⑥ 《狄德罗美学论文选》,北京:人民文学出版社 1984 年版,第 161 页。

不难见出,在狄德罗的哲学学说中,感性与理性并非势不两立,感性不再是理性之敌,感性是理性之基,是人性核心而关键的部分,感性对人生、理性,对道德、文章等诸多方面具有不可小觑的重要作用。

那么,情感、激情或想像这些感性因素源于何处呢?狄德罗认为是自然。他说道:

> ……人们在这里才看见大自然。这里是热情的圣邸。一个人有天赋吗?他就会离开城市和人群。……他寻找一个使他产生灵感的洞穴。……啊,大自然,一切美好的东西都蕴藏在你怀里!你是一切真理的丰富的源泉!……这世界上惟有德行和真理值得我念念于怀……热情产生于大自然的物体。①
>
> 诗人在较高程度上从自然取得了把天才和普通人,把普通人和愚昧的人区别开来的那个品质;这个品质就是想像力,如果没有它,言词就变为把声音组合起来的机械习惯了。②

在狄德罗看来,生动鲜活的大自然是热情的圣邸、灵感的洞穴、真理的源泉、德行的居所。尤其值得注意的是,狄德罗另外又指出说:

> 只有建立在和自然万物的关系上的美才是持久的美。……艺术中的美和哲学中的真理有着共同的基础。真理是什么?就是我们的判断符合事物的实际。模仿的美是什么?就是形象与实体相吻合。③
>
> “一切艺术都不过是模仿”,“艺术模仿自然”。④
>
> 自然的王国,也是我所说的三位一体的王国,地狱的大门永远压

① 《狄德罗美学论文选》,北京:人民文学出版社 1984 年版,第 58 页。
② 《狄德罗美学论文选》,北京:人民文学出版社 1984 年版,第 163 页。
③ 《狄德罗美学论文选》,北京:人民文学出版社 1984 年版,第 114 页。
④ 《狄德罗美学论文选》,北京:人民文学出版社 1984 年版,第 121、86 页。

> 不倒它。"真"是圣父,他产生了"善",即圣子;由此又出现了"美",这就是圣灵了。这个自然的王国,也是我所说的三位一体的王国,定会慢慢建立起来。①
>
> 真、善、美是紧密结合在一起的。在真和善之上加上某种罕见的、令人注目的情景,真就变成美了,善也就变成美了。②

这就进一步说明,自然不仅是真(真理)、善(德行)、美的共同渊薮,更是一切感性和理性元素的唯一源头;自然不仅统一了真、善、美,也统一了长期处于对立关系的感性和理性,用狄德罗的话来说,自然王国是三位一体的特别王国。在这个三位一体的王国里,"真"具有圣父般的"源"的位置,而"美"则是真与善的外在显现。正为此故,在狄德罗文论与美学体系中,真实与自然实则是两个主旨相通的概念:两者都既可以指日常生活的真实(自然真实)、客观自然(第一自然、真实的自然)、天然。例如他认为"严格地模仿自然,把脚画得肥大,腿画得短小,膝盖画得臃肿,头画得很笨重,我很难相信这个画家会不为人们所理解","一个天然的歪鼻子并不使人难受"③。真实又可以指逼真(艺术真实)与加工后的自然(第二自然),例如他说过:"在一个许多人同时参与的现实行动中,一切都以最真实的方式进行;不过对描绘这件事的人来说,这个方式未必准是最有利的方式,而对观察它的人说,也未必准是最动人的方式。因此画家有必要把自然状态改变一下,使之成为一种加工了的状态:难道戏剧不是一样吗?"④在这两种涵义关系中,前者是后者不可否认的基础,艺术真实不可超脱真实自然允许的范围。

> 但是事件的荒谬性中止,而逼真性开始的界线在哪里呢?诗人

① 《狄德罗美学论文选》,北京:人民文学出版社1984年版,第355页。
② 《狄德罗美学论文选》,北京:人民文学出版社1984年版,第429页。
③ 《狄德罗美学论文选》,北京:人民文学出版社1984年版,第364页。
④ 《狄德罗美学论文选》,北京:人民文学出版社1984年版,第222页。

如何去体会哪些是可以放胆去做的事情呢？

有时候在事物的自然秩序里也有一连串的异常事件。区分奇异和奇迹的标准就是这个自然秩序。罕见的情况是奇异；天然不可能的情况是奇迹：戏剧艺术摒弃奇迹。①

然而，这两层涵义亦可以因为这种特殊的基础关系而与“自然”之意相等同，例如，狄德罗曾经在批评绘画作品时指出：“既不逼真，也不真实，一切都是过度的夸张，和自然毫无相同之处。虚伪在这里暴露无遗。”②显而易见，作为和“过度的夸张”和“虚伪”相对的概念，“自然”与“真实”、“逼真”同义。

独特的自然观，不能不对狄德罗的文类理论产生辐射影响，成为其构建文类理论体系重要的哲学基础。具体表现在：

既然作为理性基础的感性源于自然，而自然又统一两者于一体，那么，作为各类文学作品理性认识结晶的传统文类理论诸规律、法则便不再是终极性、根本性之物什，自然方为衡量这些文类规律和法则的最终标准。自然成为一切文类跨越时空的最高法则。所以，有害的不是“法则”，而是“什么是法则”。正是这样的自然观有助于狄德罗能够建立科学客观的法则观，他说：“一个不明诗理的人，既然不知法则的基础何在，就不懂得如何抛开法则，也不懂得如何恰当地遵循法则。他不是过于尊重它便是过于轻视它，这是两个相反的，但却同样危险的暗礁。一个使以往多少世纪以来的研究和经验化为乌有，使艺术倒退到它的童年；另一个则使艺术骤然止步，阻碍它前进。”③这种执中公允的法则认识，在某种程度上纠正了此前革新派为了反对守旧派而采取的对待文类法则的过于偏激的态度，也有助于冷静审视和科学重估古典主义文类法则，从而建立适应时代需要的新的文类法则。有必要补充说明的是，正是基于这种公允客观的法则认识，狄德罗方才敢于在论著中肯定古往今来的诸多天

① 《狄德罗美学论文选》，北京：人民文学出版社 1984 年版，第 157 页。
② 《狄德罗美学论文选》，北京：人民文学出版社 1984 年版，第 418 页。
③ 《狄德罗美学论文选》，北京：人民文学出版社 1984 年版，第 46 页。

才,认可他们的存在价值与历史意义。例如,他把荷马、欧里庇得斯、索福克勒斯、泰伦斯、高乃依、拉辛等人视为学习创作的源泉;称赞欧里庇得斯、泰伦斯、高乃依、拉辛、莫里哀等都是不可否认的天才,不容亵渎;尊奉亚里士多德、贺拉斯、布瓦洛为最为著名的三位诗学作者,等等。

既然作为理性基础的感性源于自然,而自然又统一两者于一体,那么,灵感、天才之类感性特征见长的概念便被赋予了崭新的源头,扭转了古典主义神秘的灵感观、天才观,以鲜活生动的自然祛除了曾经的神赋灵感说以及天才神性而唯心的特征。灵感、天才的自然根源,有助于从根本上理顺和回答文类法则与创作之间的关系问题。一方面,文类法则源于文学创作及作品这一感性存在基础,文类法则并不神秘奥妙得令人无从捉摸。正如狄德罗所说:

> 一个略有天才的人出现了,发表了一部作品;最初他引起那些思想家的注意,但是思想家们对他的看法有分歧;渐渐地他们的意见统一起来;不久就有一批人去模仿他;供人模仿的榜样越来越多,人们积累了观察经验,设下了诸般法则,艺术产生了,人们又限定它的范围;人们宣布一切不在这个已划定的狭小圈子之内的东西都是古怪而不好的:这是赫拉克勒斯之山,人们绝对不能超越,否则就要迷路。[①]

这就为文类法则的正常解构与建构奠定了理论基础。于是,另一方面,文类法则便自动失去对于创作,尤其是天才的创作的绝对的扼制和束缚力。文类法则如果来源于自然,符合自然的审美标准,那就有遵循的必要;否则一切破坏或违反皆属正常。对天才而言,不是法则,而是自然,才是他创作的首要考虑因素。所以,狄德罗认为对于第一流的诗人来说——

① 《狄德罗美学论文选》,北京:人民文学出版社1984年版,第131页。

指导并启发他们的，不是戒律，而是另一种更直接、更深刻、更难捉摸，也更可靠的东西。

忘掉您的清规戒律吧，把技术抛在一边吧！那是扼杀天才的东西。

唉，你们这些设下清规戒律的人啊！你们太不懂艺术了，你们根据典范作品订出规则，却太没有创造这些典范作品的天才，天才可以随意打破你们的清规戒律。①

屡屡反对用文类法则来限制天才的创作，而天才的称谓也就注定了其不拘一格的创作之路，注定了“不规则”恰恰是天才的代名词。狄德罗写道：

艺术中规则充斥，而作者由于奴颜婢膝地拘守这些规则，常常费了很大气力却写不出像样的东西。

希望有一天，一位天才会感觉到，在前人走过的老路上是不可能赶上前人的，于是他毅然决然改辙易途，只有如此才能使我们从哲学所未能攻破的偏见中解脱出来。

当鉴赏力的标准和法则成为天才的桎梏时，天才便打碎它而飞往崇高、悲怆、伟大的境界。天才人物的趣味是：喜爱自然所特有的永恒之美，……总之，力量、丰富，我无以名之的粗糙、不规则、崇高、激动，这些正是天才在艺术里的特征……②

综上，自然观作为狄德罗文类理论体系的哲学基础，从宏观层面衍生出了天才观、文类法则观，更为重要的是，“自然”业已成为不可替代的最高审美准则：

我不知道除了真实以外还有其他任何法则，也不准备接受其他

① 《狄德罗美学论文选》，北京：人民文学出版社 1984 年版，第 64、245、171 页。
② 《狄德罗美学论文选》，北京：人民文学出版社 1984 年版，第 174—175，75，544 页。

> 任何法则。你难道打算使戏剧动作成为技术性的东西，与自然时而相距甚远，时而相距颇近，其中没有任何固定的分界线以判断戏剧动作是疲软的，还是过火的，是虚假的，还是真实的？[①]
>
> 如果一旦你们的戏剧中最细小的情景都是自然和真实的，那么你们不久就会觉得一切和自然与真实相悖的东西都是可笑和可厌的。[②]

所有这些，无不为进一步考察狄德罗如何通过反思包括古典主义文类理论在内的文类理论传统来建构自身文类理论体系的细节组成部分而提供关键的指引。

二

狄德罗文类理论首先给我们鲜明印象的是他对于“简单剧本”的偏好和喜爱。这一点与两千年前的亚里士多德的观点构成了直接对比。他说：

> 我喜欢剧本写得简单，而不喜欢它枝节过多。但是我看重枝节之间的联系甚于它们的数量。我不大相信出于偶然而连续发生或同时发生的两件事，而更相信那些用我们的日常经验——这个戏剧真实性的不变的尺度——加以衡量就能显示其中相互牵引的必然联系的大量事件。[③]

与此相关，他还不无针对性地进一步指出：“我更喜欢戏剧性场面，这种场面在舞台上很罕见，却会产生那么可喜而又可靠的效果；我不喜欢剧情突变，它们

① 《狄德罗美学论文选》，北京：人民文学出版社 1984 年版，第 240 页。
② 《狄德罗美学论文选》，北京：人民文学出版社 1984 年版，第 209 页。
③ 《狄德罗美学论文选》，北京：人民文学出版社 1984 年版，第 45 页。

是生拼硬凑的，它们建立在许多奇怪的假设上。”[①]狄德罗之所以不同以往，认为简单剧本在等级上高于复杂剧本，一方面固然与其一般意义上的生活趣味有关，因为他曾说过：“我天生喜爱简朴”，“简朴是多么美啊！我们和它疏远了，那是多大的错误啊！”[②]另一方面，更为重要的原因在于，他认为戏剧文类讲求简洁，“复杂剧本”与自然的审美准则格格不入。上述引文可作证明：第一，“日常经验——这个戏剧真实性的不变的尺度”的说法开门见山地就道出了喜爱简单剧本甚于复杂剧本的自然与真实的标准；第二，所谓罕见的戏剧性场面和建立在许多奇怪假设之上的剧情突变，分别对应于他以自然为标准而区分出的两个概念：奇异与奇迹。后者由于天然不可能，故而属于摒弃的“奇迹”之列。亚里士多德曾经大力推崇的“剧情突变”（还有“发现”）的复杂剧本在此时新的审美评价标准面前，遭到了否定与批评。为此，狄德罗不停地重申：“一出戏的进展愈是简单，它就愈美”；“布局越复杂，就越不真实”。[③]

而正是由于狄德罗对符合自然与真实的简单剧本的钟爱，决定了他对戏剧创作“三一律”的态度。众所周知，在文艺复兴或新古典主义阶段，革新派或是质疑“三一律”来源的正当性，或是证明其实践使用的无效性，然而当有人指责狄德罗：“你屈从了三一律。这么多的事件都发生在同一地点；从头至尾只经过二十四小时；它们在你的故事中也像在你的作品中一样接踵而至，这是令人难以置信的。”狄德罗的回答是：“三一律是不易遵循的，却是合理的。”[④]为何他认为“三一律”是合理的呢？个中原因还是在于，“三一律”在简单剧本中，有助于达到自然与真实的审美效果。因此，他一而再地声称，设若违反“三一律”，剧本的后果就与自然或真实背道而驰，走向“混乱”、“杂乱无章”、“模糊不清”。

---

① 《狄德罗美学论文选》，北京：人民文学出版社 1984 年版，第 51 页。
② 《狄德罗美学论文选》，北京：人民文学出版社 1984 年版，第 169 页。
③ 《狄德罗美学论文选》，北京：人民文学出版社 1984 年版，第 55、155 页。
④ 《狄德罗美学论文选》，北京：人民文学出版社 1984 年版，第 44—45 页。

……可是,如果事实的经过长达十五天,你认为表演也应该进行十五天吗?如果在这些事件中间曾经穿插其他的事件,难道如实地表述这种混乱是适宜的吗?

……无数不同的事物会分散我们的注意力;然而戏剧只表演真实生活中特殊的片刻,因此我们必须全神贯注于一件事。

如果我违背了时间统一和行动统一这些总原则的话,我会感到十分不快,至于地点统一,则无论如何严格我都认为不过分。要是没有这个统一,一出戏的安排大约一定是杂乱无章、模糊不清的。[①]

然而,"三一律"终归是艺术法则,而非现实社会、自然生活的规律。或许是狄德罗自己也感觉出了自己一边宣称"艺术模仿自然",艺术要坚持符合自然的审美准则,一边又首肯"三一律"合理性这一行为在逻辑上的不周延性,为此,他不得不寻求自然与真实的另一层涵义的支持,即艺术真实、加工后的自然。他曾说过:"在一个许多人同时参与的现实行动中,一切都以最真实的方式进行;不过对描绘这件事的人来说,这个方式未必准是最有利的方式,而对观察它的人说,也未必准是最动人的方式。因此画家有必要把自然状态改变一下,使之成为一种加了工的状态:难道戏剧不是一样吗?"围绕同一组对象、同一个问题,游离于两种涵义、两个标准,不免让狄德罗的结论减色不已。除此而外,他还不惜倚重"天才"概念来为自己肯定简单剧本辩护:"在我们的舞台上永远只能表演一个行动,而在现实中,几乎总是有几个行动同时发生;同时表演它们,它们就能彼此衬托,对我们产生奇异的效果。……这些现象要等待天才出来才能重现。"[②]狄德罗本想借"天才"来延宕由简单剧本与复杂剧本优劣关系导致的不周延性,但不幸的是,狄德罗在期欲通过强调简单剧本创作难度来进一步确认简单剧本的优越性时,就已经把"天才"推出与简单剧本相连,他如此说道:"主题愈是复杂,对话就愈容易写。事件多了,每一场戏就各

① 《狄德罗美学论文选》,北京:人民文学出版社1984年版,第44—45页。
② 《狄德罗美学论文选》,北京:人民文学出版社1984年版,第72页。

有一个不同的既定目标；至于在简单的剧本里，一个事件要供好几场利用，因而每一场的目标就难免不够明确，一个平凡的作家对此将束手无策；但正是在这里，天才有了大显身手的机会。”[①]这样的论说，不能不给人以“只许州官放火，不让百姓点灯”的反讽意味。

除却简单剧本与复杂剧本的等级关系之外，狄德罗对于新型文类的等级，承袭了反古派的一贯做法，同样给予大力肯定。首先，狄德罗充分估计到新型文类产生所要面临的不利的保守环境：

> 假如一个民族从来只有一种诙谐而愉快的戏剧，却有人向他们建议增添一种严肃而感人的戏剧，朋友，你知道他们会作何感想？也许是我想得不对，我认为通达世故的人们在考虑这样的可能性之后一定会说出这样的话：“要这种体裁的戏剧做什么？生活给我们带来的实际痛苦还不够吗，还要让人们再为我们制造些想像的痛苦？……”[②]

但是，尽管如此，自然的审美准则还是赋予了诞生新型文类的得力依凭。狄德罗认为，一切精神事物都有中间和两极之分，而“人不至于永远不是痛苦便是快乐的。因此喜剧和悲剧之间一定有个中心地带”[③]。这个中心地带更接近于自然之人情，于是就戏剧而言，就有了两个极端类型——悲剧、喜剧，以及一个中间类型——严肃戏剧，其又可以包括严肃喜剧、家庭悲剧两种。狄德罗关于严肃戏剧符合自然、真实的准则还可以从下面这句话得以证明：“某种戏剧体裁与真实情况相距愈远，就愈容易表现得紧凑热烈。热烈是以牺牲真实和分寸的代价换来的。……在严肃的戏剧里，为了对事件进行取舍，就难以保持热

① 《狄德罗美学论文选》，北京：人民文学出版社1984年版，第202页。
② 《狄德罗美学论文选》，北京：人民文学出版社1984年版，第130页。
③ 《狄德罗美学论文选》，北京：人民文学出版社1984年版，第90页。

烈的情绪。”[①]正因为严肃戏剧与真实情况相距甚近，故而难以保持热烈。在狄德罗的文类理论体系里，喜剧和悲剧不仅“是戏剧创作的真正界标”[②]，也是是否符合自然审美准则的界标。[③] 因为，在喜剧下面和悲剧上面各有一个“脱离自然”的类型。因此就产生出这样一张戏剧类型体系图：

滑稽—喜剧—严肃剧—悲剧—神奇

在以悲剧、喜剧为类型界标以及自然的审美准则的界标划定的界域内，喜剧和悲剧活动于各自与严肃剧之间的幅度范围，即“喜剧的一切不同色调都可以包括在喜剧本身和严肃剧之间；悲剧的一切不同色调也可以包括在严肃剧和悲剧之间”。而唯独严肃剧可以“左右逢源，可上可下，这就是它优越的地方”。[④]具体来说，作为中间类型的严肃戏剧，不像悲剧或喜剧那样以具有“强烈的色彩”的“使人发噱的笑料和令人战栗的危险”为题材对象，而是以自然为准则，描写“生活中最普遍的行动”，“和现实生活很接近”，堪称“最有益、最具普遍性的剧种”。[⑤] 虽然狄德罗仍然视悲剧和喜剧“这两个处在两头的剧种就是最感人、最难写的剧种”[⑥]，但是与他对于打上自然烙印的严肃戏剧的赞誉相较而言，悲剧和喜剧不免显得有些苍白无力。例如，他对严肃戏剧的创作者说道：“你一定能博得观众的喝彩和不朽的名声”；“无论在什么时代、什么民族中间，你都会博得人们的喜爱”。[⑦] 而且他还认为严肃戏剧是学习戏剧创作的不二法门：“一切自觉有戏剧天才的作家必须首先练习写严肃剧。……在练习写严肃

---

① 《狄德罗美学论文选》，北京：人民文学出版社 1984 年版，第 144 页。

② 《狄德罗美学论文选》，北京：人民文学出版社 1984 年版，第 91 页。

③ 狄德罗还曾以自然为标准，将故事分为三类：“自然被夸张”的神奇故事、“不模拟自然，不讲究真实”的想像性趣味故事以及“用自然的真实保护了艺术的威信”的历史故事。

④ 《狄德罗美学论文选》，北京：人民文学出版社 1984 年版，第 91 页。

⑤ 《狄德罗美学论文选》，北京：人民文学出版社 1984 年版，第 93、90 页。

⑥ 《狄德罗美学论文选》，北京：人民文学出版社 1984 年版，第 91 页。

⑦ 《狄德罗美学论文选》，北京：人民文学出版社 1984 年版，第 103、92 页。

剧的过程中对人作了长期研究的戏剧家，可以按自己的才能选择悲剧或者喜剧。"[1]甚至他把市民悲剧与"自然"相对应，对立于"既不逼真，也不真实，一切都是过度的夸张"的英雄悲剧、轻松喜剧。[2] 再如他对属于家庭悲剧、严肃喜剧等严肃剧的审美效果、艺术价值表现出极高的自信：

> 有人说现在再也没有可以感动人的伟大悲剧性情感了，用一种新颖而能打动人的手法去表现高尚的情操是办不到的。在希腊人、罗马人、法兰西人、意大利人、英吉利人以及世界上所有民族曾经写作过的悲剧中，这也许是真的。但是，家庭悲剧却有另一种情节、格调和与它相适应的最高尚的情操。
>
> 这种悲剧距离我们比较近。它描写了我们周围的不幸。……这些并不是罕见的事情。这些事情和一个僭主的暴亡或者一个孩子被牺牲在雅典或罗马的祭坛上相比，难道不一样使你难过么？[3]
>
> （严肃喜剧）它会比那些只会引起我们的轻视和笑声的剧本更亲切更委婉地感动我们。[4]
>
> （家庭悲剧）有一种艺术使我在不知不觉中和善良人的命运相联系，把我从宁静安乐的环境中拽出来，携我同行，……还有什么艺术比这一种更为可贵呢？[5]

在狄德罗看来，新型文类严肃戏剧因为遵照了自然这一根本的审美准则而被

---

① 值得注意的是，狄德罗另外又说过："人们反对这种体裁的戏剧只说明了一点，就是这样的剧本是难以处理的；这不是一个孩子所能做的工作；它需要更多的技巧、知识、严肃性和思想力量，而这些往往不是人们在开始从事戏剧工作时就具备的。"这句关于严肃喜剧的评论，又从创作难度高的角度来抬高严肃戏剧的地位。在此两相参照，抵牾处不免暴露出文类等级与身份认同过程中的感性冲动与随意性。

② 《狄德罗美学论文选》，北京：人民文学出版社 1984 年版，第 418—419 页。

③ 《狄德罗美学论文选》，北京：人民文学出版社 1984 年版，第 103 页。

④ 《狄德罗美学论文选》，北京：人民文学出版社 1984 年版，第 136—137 页。

⑤ 《狄德罗美学论文选》，北京：人民文学出版社 1984 年版，第 138 页。

封赐神圣、不朽的光环。不能不提防的是,狄德罗万分崇尚的“严肃戏剧”绝非此前革新派津津乐道的“悲喜混杂剧”一类。虽说狄德罗对于严肃戏剧的论说,貌似文类理论传统上“和两端”的执中路数,实质大相径庭,前者要细致、严谨得多。与传统上的“悲喜混杂剧”以简单的表现对象的混杂来反对文类之间的界限不同,狄德罗认为,悲剧和喜剧之间的界限不容跨越,喜剧活动范围介于喜剧与严肃戏剧之间,悲剧则介于悲剧与严肃戏剧之间,喜剧或悲剧可以包含有合适于严肃戏剧的情节,严肃戏剧也包含有可以置于喜剧或悲剧之中的章节,但是人们不会看到狄德罗同意把悲剧和喜剧的部分情节相互通。就是看似“和两端”的严肃戏剧亦非“同时借用”喜剧和悲剧,而是一种略微“倾向于悲剧而不是倾向于喜剧”[①]的中间类型。那么,为何狄德罗认为“同时借用”是很危险的呢?为何他始终认为“悲喜剧只能是个很坏的剧种”,“是不无缺陷的”[②]呢?答案仍是“自然”两字。狄德罗认为:

在这种戏剧里,人们把相互距离很远而且本质截然不同的两种戏剧混在一起了。想用不易看出的不同色调来把两种本质各异的东西调和起来是根本不可能的。每一步都会遇到矛盾,剧的统一性就消失了。

因为在这种戏剧里,喜剧最令人发笑的特点和严肃剧最感人的特点杂然并陈,时而像喜剧,时而又像严肃剧。

你想知道越过各个剧种之间的天然界线会带来怎样的危险吗?那你就把事物推到极端,把两类距离极远的戏剧——比方悲剧和笑剧——往一块儿凑吧,你会时而看见一个举止俨然的元老院贵族匍匐在一个娼妇脚下扮演着最丑恶的色鬼的角色,时而又会看见一群阴谋家策划推翻一个共和政体。[③]

---

① 《狄德罗美学论文选》,北京:人民文学出版社 1984 年版,第 94 页。

② 《狄德罗美学论文选》,北京:人民文学出版社 1984 年版,第 92 页。

③ 《狄德罗美学论文选》,北京:人民文学出版社 1984 年版,第 92—93 页。

在狄德罗看来,传统上的“悲喜混杂剧”破坏了文类之间的“天然界线”,无视两种类型的本质截然不同而相调和,违背了真实。一言以蔽之,或悲或喜,不悲不喜,“悲喜混杂剧”自身的统一性、自身的本色遭到消解而无法保全。

从“画家和诗人有权利敢想敢做;但这种权利不能引申到把不同的类型融化在一个人身上”[①]这样的表述中,不难发现,狄德罗在贬斥“悲喜混杂剧”问题上深受贺拉斯文类思想的影响。但是令人遗憾的是,他的论证似乎不但无助于高度肯定严肃戏剧的存在,反而减退了其欲借严肃戏剧来达到反古目的的力度。狄德罗的目的是反古,但是反古的工具或途径、武器竟然是复古。其反对“悲喜混杂剧”的理论前提,无非是理想化地假定存在纯粹的悲剧、纯粹的喜剧这样的文类,无非是理想化地假定这两个纯粹文类各占半壁江山式地混杂于一体(所谓“同时借用”)。殊不知,借用古人的理想(纯粹文类),如何实现反古的理想呢?严肃戏剧的横空出世,客观上无法抹煞反古典之功,但是仍旧认可纯粹悲剧、纯粹喜剧及其壁垒赫然的界限这样的理论前提,无奈此功必然逊色不少。或许是某种巧合,当展读同样是论述悲剧、喜剧之间的中间类型的博马舍的《论严肃戏剧》(1767)一文时,再也难觅狄氏曾经贬斥“悲喜混杂剧”的理论踪迹。

与从自然、真实角度推崇严肃戏剧的等级相似,狄德罗对于神话剧、抒情剧、闹剧诸文类的否定标准也是自然与真实。例如他针对神话剧说道:“如果大自然里不存在神话世界画面的范本,那你拿这些画面和什么东西比较呢?”“如果神话剧这个剧种不能具有史诗的那种真实性,那如何能在舞台上引起我们的兴趣呢?”[②]谈到抒情剧时他也认为:“如果不想模仿自然——最严格的自然,那么抒情剧能好得了么?”描写有违“事物的普遍秩序”的荒诞故事或幻想等“荒谬不合理的题材”就是破坏“诗歌理性的基础”,就是与自然和真实为敌。[③]

---

① 《狄德罗美学论文选》,北京:人民文学出版社 1984 年版,第 91 页。
② 《狄德罗美学论文选》,北京:人民文学出版社 1984 年版,第 109、111 页。
③ 《狄德罗美学论文选》,北京:人民文学出版社 1984 年版,第 115 页。

三

虽说在简单剧本问题上,狄德罗与亚里士多德形同陌路;然而在文类界限的区分上,却是如出一辙,皆着眼于文类自身成分。从人物角度,狄德罗认为喜剧人物代表类型,悲剧、讽刺诗的人物则代表个别;从动作角度,他认为笑剧多多益善,轻松喜剧应该少些,严肃喜剧要更少些,而悲剧则近乎多余了;从性格对比的角度,他认为除了闹剧以外,史诗、悲剧、严肃喜剧、轻松喜剧皆不必出现。从表现对象角度,他认为:"轻松的喜剧,以人的缺点和可笑之处为对象;严肃的喜剧,以人的美德和责任为对象;悲剧一向以大众的灾难和大人物的不幸为对象,但也会有以家庭的不幸事件为对象的。"[①]从布局角度,他认为悲剧和喜剧尽管都以历史为基础,进而借助逼真性来寻求某种高于历史的普遍性,但是两者在获得逼真性的方式上大有不同:悲剧"可以假设若干事件的巧合,而对喜剧诗人来说,却不能这样做",因为"悲剧作家从历史中借过来的众所周知的部分,使得他想像出来的东西也被观众当作是历史事实而接受了。由历史中借过来的事物使他自己创造出来的事物取得了逼真性。但是喜剧作家就得不到任何现成的东西:所以他就不大可能倚靠事件的巧合"[②]。所以狄德罗称"喜剧诗人是最地道的诗人。他有权创造。他在他的领域中的地位就跟全能的上帝在自然界中的地位一样"[③]。字里行间倒透露出对喜剧文类某种程度的肯定和称扬。还是从布局出发,狄德罗认为戏剧受表演时空限制及其自然真实的要求,主要是在舞台上"制造一个效果",而小说可以没有任何时空束缚地"描绘一个效果","可以把人物姿态动作的一切细枝末节都描写出来;小说家可以用主要力量来描绘动作和印象"。如此一来,两者的差别在于,小说涵括的情节内容未必都能便利地转化为戏剧的舞台呈现,而戏剧剧本则可

① 《狄德罗美学论文选》,北京:人民文学出版社 1984 年版,第 132—133 页。
② 《狄德罗美学论文选》,北京:人民文学出版社 1984 年版,第 157—158 页。
③ 《狄德罗美学论文选》,北京:人民文学出版社 1984 年版,第 155 页。

以从容无碍地转化为小说的文字描绘，因而狄德罗认为："一部不能编成一出好戏的小说并不因此而不是好小说；但是从来不会有一出好戏不能改写成一部优秀的小说。"此时，与戏剧相比，小说文类的自由性、大容量成为狄德罗眼中的缺点，所以，他又说："在同等条件下，与小说相比，我更重视剧本。"①

由简单剧本与复杂剧本在布局上的区别，还引申出另外一个值得重视的问题：戏剧文类与观众关系的处理问题。戏剧是综合性舞台表现艺术，离开观众就失去了最为本质的东西。狄德罗当然不是要让戏剧脱离观众、拒绝观众，恰恰相反，他非常重视观众的审美反应，甚至认为观众要比听命于一般规则的批评家公正得多。他说："请相信我，群众是不大会看错的。""假使作家的作品不高明，他们嗤之以鼻；如果批评家们的意见是错误的，他们也同样对待。"②他还认为观众的肯定是回击恶意攻击的良策："只要我能感动正派的人，那么我就很容易对那些人的恶意攻击找到自慰的办法。"③既如此，为何狄德罗要提出戏剧与观众的关系处理问题呢？原因在于他要反对长期以来存在的一种故意迎合观众的不良做法，详言之，一味为了调动观众气氛，作家和演员不顾艺术性，炫新立异，粗俗拙劣地追求观众高亢的叫好声。

例如文艺复兴时期，莎士比亚在剧本《哈姆莱特》中就反映了这一恶习：哈姆莱特向来喜欢的戏班子因为生意惨淡而被迫流动演出，走起江湖，其中原因不是演技退步，亦非个人懈怠，而是"他们的地位已经被一群羽毛未丰的黄口小儿占夺了去。这些娃娃们的嘶叫博得了台下疯狂的喝彩，他们是目前流行的宠儿"。哈姆莱特对此不无抱怨地说：等这些娃娃长大后，"那时候难道他们不会抱怨写戏词的人把他们害了？""我顶不愿意听见一个披着假发的家伙在台上乱嚷乱叫，把一段感情片片撕碎，让那些只爱热闹的低级观众听了出神，他们中间的大部分是除了欣赏一些莫名其妙的手势以外，什么都不懂。"莎士比亚还认为，"自有戏剧以来，它的目的始终是反映自然"，而这种过火的表演

---

① 《狄德罗美学论文选》，北京：人民文学出版社 1984 年版，第 158—159 页。
② 《狄德罗美学论文选》，北京：人民文学出版社 1984 年版，第 225—226 页。
③ 《狄德罗美学论文选》，北京：人民文学出版社 1984 年版，第 169 页。

非常“拙劣，以至于全然失去了人类的面目”[①]。布瓦洛也严正指出：“喜剧的任务也不是跑到街口，运用下流的词句博取公庶的欢呼。”[②]狄德罗认为，布局的设计与展开应该围绕剧中人物，“应该让他们在不知不觉中构成纽结；应该使他们对一切事物都猜测不透；使他们走向结局而毫未料及”。“尽可能使剧中人互不相识；让我不但满足于当前的情况，而且急于知道接踵而来的是什么；让一个剧中人使我期待另一个剧中人；一个事件把我趋向另一个与之关联的事件；各场戏都很简洁，只包含剧情所必需的东西；这样我就会觉得兴致勃勃。”[③]这样一来，是靠戏剧布局本身的艺术性，而非外在强加的因素，赢得观众的认可，这才是戏剧的不二法门。无论是作者在剧中与观众对话，抑或演员与观众交流，狄德罗认为这些无不使得戏剧自身的统一性遭到破坏，有违自然和真实的准则，他说：“假使你跟观众说一会儿话，你能使剧情不中断吗；也请你告诉我，在整个剧当中散布许多小停顿，从而延缓剧情的发展，会是细节中毫不重要的缺点吗?”因为“独白对剧情来说是一个停顿的时刻，而对人物来说则是一个混乱的时刻。即使是在剧本开场时的独白也是如此。如果说话的人心平气和，这就违反了真实，因为人们只在困惑的时候才会自言自语。如果独白太长，就会伤害剧情的自然性，使它停顿得过久”[④]。如果作者一味迎合观众，还会影响演员的角色：“你以为他（指演员，引注）会感觉不出你摆在这里那里的东西并不是为他设想的吗？你想的是观众，你也就面向观众。你要观众为你喝彩，你也要观众为他喝彩；我真不知戏剧幻象将会变成什么东西。”[⑤]

总之，设若作者“不按自己的意图控制观众的情绪，却脱离剧情而迎合观众，他就将妨碍自己的布局”。“他们不致力于严格地再现自然，却忘掉了自然而苦心经营艺术的手段，所想的不是把他们所看到的自然如实地揭示给我，而

---

① 《涉士比亚著名悲剧六种》，朱生豪译，第 301—302，316—317 页。
② ［法］布瓦洛著《诗的艺术》（修订本），任典译，第 55 页。
③ 《狄德罗美学论文选》，北京：人民文学出版社 1984 年版，第 171、174 页。
④ 《狄德罗美学论文选》，北京：人民文学出版社 1984 年版，第 176、203 页。
⑤ 《狄德罗美学论文选》，北京：人民文学出版社 1984 年版，第 176 页。

是按照一般的技巧来处理它。”[①]从演员表演角度来说，一味迎合观众，“醉心于博得掌声，他就夸张起来。他动作中的毛病影响另一个演员的动作。在他这个角色的朗诵中，统一性被破坏了，在全剧的朗诵中，统一性也被破坏了。立刻，我只看见舞台是乱哄哄的一堆人，每个人都想用什么声调就用什么声调说话”[②]。如果演员注意剧本情节发展而置观众于度外，那么“从他们的动作里可以看到无法形容的独创和自然”[③]。

狄德罗对一味迎合观众的反感与否定，很关键的一个背景人物是他本国前辈、喜剧天才莫里哀。尽管狄德罗不无辩护色彩地说：“哎！别去管这个作家吧。一个天才的越轨行为岂能证明违反常理为有理。”他指责理论家们缺乏真知灼见，亦步亦趋：

> 看见某些事件产生了良好的效果；马上强迫诗人必须用同样的方法去获致同样的效果；可是如果他们再仔细观察一下，就会发觉相反的方法倒会产生更大的效果。唉，你们这些设下清规戒律的人啊！你们太不懂艺术了，你们根据典范作品订出规则，却太没有创造这些典范作品的天才，天才可以随意打破你们的清规戒律。[④]

但是不管怎么辩护，狄德罗的观点从自然、真实角度出发，对于迎合观众做法的批评，对于莫里哀宣称的“在所有法则之中，最大的法则难道不是叫人欢喜？”[⑤]这个不无偏激的言论起到了某种补偏救弊之效。

狄德罗从自然与真实角度出发的审美准则不仅否定了古人迎合观众的做法，而且还对大量的文类法则传统进行了集中性评论，凸显出反思与重建文类

---

① 《狄德罗美学论文选》，北京：人民文学出版社 1984 年版，第 175 页。
② 《狄德罗美学论文选》，北京：人民文学出版社 1984 年版，第 63 页。
③ 《狄德罗美学论文选》，北京：人民文学出版社 1984 年版，第 213 页。
④ 《狄德罗美学论文选》，北京：人民文学出版社 1984 年版，第 176、174、171 页。
⑤ 伍蠡甫主编《西方文论选》（上册），北京：人民文学出版社 1964 年版，第 286 页。

理论传统的理论品格。

例如,他认为:“喜剧和悲剧在任何等级里都会发生,所不同者只是痛苦和眼泪更经常地出现在臣仆的家庭,而快乐和欢笑则更经常地降临在帝王的宫殿。”“爱情、嫉妒、赌博、秽行、野心、仇恨和欲望等等的效果都能使人发笑、深思和发抖。”[①]这就完全颠覆了亚里士多德、但丁等人对文类表现对象或主题的看法。对于古人撰写的全然虚构的悲剧作品,狄德罗认为“只要诗人不超越奇异所许可的限度,这又有什么关系呢?”[②]正面响应了亚里士多德、钦齐奥、伏尔泰等人当初的论断,因为亚氏早就在点评虚构的悲剧时说过:“不必专采用那些作为悲剧题材的传统故事。那样做是可笑的。”[③]关于性格始终如一的问题,他认为是个“错误”,“因为在生活中,人们离开原有的性格的场合是多么多啊!”[④]明显对亚里士多德的“‘性格’必须一致”[⑤]的观点表现出异议。对于高乃依提出的、伏尔泰亦表示赞成的“要求主要人物在第一幕就出现或者被人提起”[⑥]的做法,狄德罗表示不解和质疑,认为“有一种剧情,这两种做法都是行不通的”[⑦]。对于要求同一个人物不要在同一幕中屡次出现的做法,狄德罗认为无此必要,“如果他重新出场,像我们在社会上每天所碰到的那样自然;那么,就让他再来吧。我完全愿意再看见他,听他说话”[⑧]。而对于剧本中“不请自来,到处乱钻”的插曲性人物,狄德罗认为“很自然”,因为“这种人在社会上、在家庭里比比皆是”[⑨],所以如果安排得当,效果不凡。还有针对“有人要求各幕的长短大致相等”的做法,狄德罗认为有失自然,机械刻板,应当“按照各幕所包括的剧情范围的比例来决定它有多长,这将更为合理”[⑩]。由此不厌其烦的

---

① 《狄德罗美学论文选》,北京:人民文学出版社 1984 年版,第 96 页。

② 《狄德罗美学论文选》,北京:人民文学出版社 1984 年版,第 160 页。

③ 《诗学·诗艺》,罗念生等译,第 29—30 页。

④ 《狄德罗美学论文选》,北京:人民文学出版社 1984 年版,第 203 页。

⑤ 《诗学·诗艺》,罗念生等译,第 48 页。

⑥ 《伏尔泰论文艺》,丁世中译,北京:人民文学出版社 1993 年版,第 421 页。

⑦ 《狄德罗美学论文选》,北京:人民文学出版社 1984 年版,第 187 页。

⑧ 《狄德罗美学论文选》,北京:人民文学出版社 1984 年版,第 188 页。

⑨ 《狄德罗美学论文选》,北京:人民文学出版社 1984 年版,第 195 页。

⑩ 《狄德罗美学论文选》,北京:人民文学出版社 1984 年版,第 188 页。

罗列,足以窥见狄德罗坚持以自然为最高审美准则来反思和重建文类理论传统的决心。

四

在以自然为最高审美准则的狄德罗文类理论体系中,坚持文类发展的本性亦属自然。他不仅认为文类在宏观上必定推陈出新,反对"一切文学形式真的差不多都已用尽"、"上一世纪把一切都作得完美无缺"的消极看法,认为"家庭悲剧、市民悲剧还有待创造"、"严肃剧有待提高"。[①] 他甚至提出剧场硬件设施的改善与提高,也为新型文类的诞生创造了有利条件。他说:"只要首都有这样一个建筑物,大量的诗便可以涌现出来,也许还会有新的类型产生呢。"[②]而且在微观上,他还认为文类内涵也是不断变化的:"直到现在,一部小说就是指一连串虚幻、轻薄的故事,对读者的趣味和品性很有害。我很想给理查逊的作品寻得另一个名称,这些作品提高人的精神境界、扣人心弦,处处流露着对善良的爱,它们也被称为小说。"[③]这里论及的小说文类在名实关系上的历史变迁现象,对于后来"理论文类"、"历史文类"(托多洛夫)观点的提出具有极强启发意义。

自文艺复兴伊始,文类发展的本性一直是革新派手中反古的利器。不过,对于文类发展本性的应用与阐释却有两种不同运思。

一是共时性方法,即针对传统文类命题进行再辨析,破旧立新,此类例证在上述文字中不胜枚举;另一种是历时性方法,即以时移世易为标准,凭借文类的时代性要求来解构传统结论的当下效用性,不论是文艺复兴时期的悲剧写作要"合乎诗人写作的时代的要求"[④]的观点,还是17世纪圣·艾弗蒙所谓

① 《狄德罗美学论文选》,北京:人民文学出版社1984年版,第126、120页。

② 《狄德罗美学论文选》,北京:人民文学出版社1984年版,第70页。

③ 《狄德罗美学论文选》,北京:人民文学出版社1984年版,第248页。

④ 周靖波主编《西方剧论选》(上册),北京:北京广播学院出版社2003年版,第55页。

“假如荷马活在现代,他也会写出一些好诗,能适应他所属的世纪。我们的诗人们写出了一些坏诗,因为他们想适应古诗的模子,服从一些和许多其他东西一起已被时间推翻了的规则”[①]的想法,皆是也。

18 世纪启蒙主义运动反文类传统在策略上除了继续高举文类的时代性旗帜之外,有两点特别值得关注:一是在创作层面上,通过评论和推崇莎士比亚来重树各类作品及其法则的楷模,改变和替代长期以来以荷马、“悲剧三大诗人”等为作品基础来言说文类理论传统的现象。不妨在此略加说明。和莎士比亚同时代的本·琼生 1623 年为第一个莎士比亚戏剧作品集撰写的题词,是较早的一篇著名莎评,从中就能明显感觉到西方文学自古希腊以后两千年终于升腾起的第一股以今代古的强烈冲动。他说莎士比亚“一个人,/他可以征服欧罗巴全部的戏文”,“不管是骄希腊傲罗马送来的先辈/或者是他们的灰烬里出来的后代”,如埃斯库罗斯、欧里庇得斯、索菲克利斯、巴古维乌斯等人,相比之下不免显得暗淡:“轻松的希腊人,尖刻的阿里斯托芬,/利落的泰梭斯,机智的普劳塔斯,到如今/索然无味了,陈旧了,冷清清上了架。”此文竭尽一切可能地赞颂莎士比亚是“时代的灵魂”、“戏剧元勋”、“诗人界泰斗”,“天籁世家”,“他不属于一个时代而属于所有的世纪!”[②]新古典主义时期的约翰·德莱顿更是如此赞誉道:“莎士比亚是我们戏剧诗人中的荷马或戏剧诗人之父。”[③]18 世纪的约翰孙则从文类规则的角度充分肯定了作为“独一无二的自然诗人”、足可比肩荷马的莎士比亚堪为学习的不朽典范与源泉!因为“除了荷马,也许不容易找到一个作家,像莎士比亚那样创造丰富”;莎士比亚在审美效果上“超过了除荷马以外的一切作家”;像森林般博大自然,像矿藏般奥妙无限。约翰孙极富诗情地写道:

一个准确和遵守法则的作家像这样一座花园,它的设计很精确,

---

① 伍蠡甫主编《西方文论选》(上册),北京:人民文学出版社 1964 年版,第 272 页。

② 杨周翰编选《莎士比亚评论汇编》(上),北京:中国社会科学出版社 1979 年版,第 11—15 页。

③ John Dryden, *An Essay of Dramatic Poesy*, Oxford: Clarendon Press, 1894, p.71.

在那里面人们细心地栽培了许多花木,它既有树荫,又有花香;莎士比亚的创作像一片森林,在那里橡树伸张着它们的枝干,松树耸立在云端,这些大树有时间杂着野草和荆棘,也有时给桃金娘和玫瑰花遮阳挡风;它们用壮观华丽的景象来饱人眼福,以无穷的变化来娱乐人的心灵。其他的诗人陈列出一橱又一橱的贵重珍品,这些东西制作得十分精细,打成各种式样,而且擦得发亮。莎士比亚则打开了一座矿藏,它含着取之不尽用之不竭的黄金和钻石,但它的外壳却使它黯淡无光,它所含的杂质却使它贬值,同时大量的普通矿物也和它混合在一起。①

就是法国启蒙主义的另一位领袖级人物伏尔泰,尽管经常指责莎士比亚的作品"有损规律"、"不合法则"、"丝毫不懂戏剧艺术的规律",但是他无法不同时高度称颂其是"最伟大天才"、"无上光辉的莎士比亚"! 无法不同时承认所谓的"不合法则"所享有的优越审美效果:"无上光辉的莎士比亚戏剧中的怪异人物,较之现代人的贤智更千百倍的令人喜爱";"两百年来,这位作家的绝大部分的奇异而非常的思想,有权被认为卓绝的了;近代的许多作家,几乎完全抄袭了他"! 伏尔泰无法不同时谦逊地表示自己对于莎士比亚作品的翻译与原著的美感悬殊:"当您看到了一篇译品的时候,请您永远想着您看的只是一张美丽图画的平庸的翻版罢了。"②

综上所述,不难想见的是,莎士比亚以新世纪"荷马"的身份,不仅开创了西方文学的新纪元,更是在反古典主义文类理论的历史语境里扮演着不可替代的发酵物、催化剂! 美国著名文学研究家韦勒克曾经在论及 19 世纪初的文学状况时有言:"只要我们进行一番通盘考虑,同时把普遍摈弃新古典主义信条视为一个共同点,我们就必须承认,可谓出现过一场普遍性的欧洲浪漫主

① 杨周翰编选《莎士比亚评论汇编》(上),北京:中国社会科学出版社 1979 年版,第 39,66,60,61—62 页。

② 杨周翰编选《莎士比亚评论汇编》(上),北京:中国社会科学出版社 1979 年版,第 347—358 页。

义运动。"[①]俄国学者托马舍夫斯基于20世纪20年代也指出说:"在古典剧走向没落的时代,人们把莎士比亚当作集戏剧风格之大成的楷模来同古典主义相抗衡。"[②]他明确把浪漫主义与新古典主义相对立,把对待新古典主义的态度作为判断浪漫主义的标准。而恰有学者研究指出:"从浪漫派开始,英国莎评就失去了古典主义的平衡,形成了莎氏崇拜,不一分为二。"[③]

其实,不仅仅是在英国,莎氏崇拜在法国、德国的浪漫派中间亦很普遍。例如德国"狂飙突进"运动的领袖赫尔德以及浪漫主义运动的代表弗·史雷格尔(F. von Schlegel)分别高度赞美说:"亚理士多德呀!假如你复生的话,你会怎样把这位新索福克勒斯来比拟荷马呢!"[④]莎士比亚可谓"以戏剧形式表现的北方的荷马"[⑤];法国19世纪浪漫主义运动的先驱斯达尔夫人称誉"莎士比亚的作品具有头等的美"[⑥];法国19世纪浪漫主义运动的领袖雨果更是借用但丁对于荷马的称呼("至高无上的诗人")来指称莎士比亚,颂扬莎士比亚为"戏剧之神""诗王"[⑦]。诸说足可为证。然而令人关注的更大兴致在于,莎氏崇拜之蔚然成风与倡导彻底反古典主义的浪漫主义思潮二者的合流。这无疑印证了自新古典主义以降,莎士比亚与反文类理论传统之间无法否认的确切关联。

二是在理论层面上,提出文学的民族性以否定文类理论传统的普遍性价值。历时性视野下的文学的民族性是文学的时代性的特殊体现,狄德罗主要是从共时性维度来立论的。他认为世界上民族众多,在民族与戏剧等文类之间因为空间阻隔必然会打上不同的烙印,比如"任何一个民族都需要适合于他们的戏剧"、"一个民族并非同样擅长所有种类的戏剧体裁"[⑧]之类。回到启蒙

---

① [美]雷纳·韦勒克著《近代文学批评史》(中文修订版,第二卷),杨自伍译,上海:上海译文出版社2009年版,第2页。

② [俄]什克洛夫斯基等著《俄国形式主义文论选》,方珊等译,北京:三联书店1989年版,第171页。

③ 《莎士比亚评论汇编(上)·引言》,北京:中国社会科学出版社1979年版,第4页。

④ 杨周翰编选《莎士比亚评论汇编》(上),北京:中国社会科学出版社1979年版,第272页。

⑤ 杨周翰编选《莎士比亚评论汇编》(上),北京:中国社会科学出版社1979年版,第319页。

⑥ 杨周翰编选《莎士比亚评论汇编》(上),北京:中国社会科学出版社1979年版,第360页。

⑦ [法]雨果著《论文学》,柳鸣九译,第40、48页。

⑧ 《狄德罗美学论文选》,北京:人民文学出版社1984年版,第204页。

主义运动的反古典主义宗旨上来，狄德罗认为文学的民族性会使得一般的文类法则因为缺乏通约性而丧失效用，他说道："如果您完全依从民族的惯例，那么，在巴黎是好的东西，放在伦敦就是坏的"；"英国人写喜剧和悲剧的方法和法国人写这类作品的方法几乎毫无共同之处"。① 如此一来，所谓古典主义文类理论传统具有永恒指导价值的命题随即不再成立，反古典的启蒙主义要务亦将变得多余和累赘。然而，一个奇怪的现象是，文学的民族性、文类的民族性在作为反文类理论传统的武器之际，又遭到了狄德罗主张的以自然、真实为最高审美准则的文类理论的消解。狄德罗宣称"只有真实才适合于一切时代、一切地点"②。因此他提醒要防止一种伪民族性，即以传统法则的偏见或束缚来代替对自然的真实模仿。狄德罗以舞台上的婴儿为例指责说，一些民族只敢在舞台上放一只摇篮，而不曾想到在舞台上以铺上干草此类"符合他们的风尚而且具有简单、美丽和真实性的情景"来代之。这种把艺术与自然相对立的做法和趣味，他认为不可思议，必须要大力摒弃："如果一个民族容许在自然中存在某些东西，而禁止艺术家去模仿，或者他们在艺术中所欣赏的效果，在自然中却不屑一顾，那么他们的趣味真是太难以捉摸了。"③

五

综上几个方面的论述，狄德罗把自然作为感性的源泉，真善美的基础，超脱了传统的理性与感性的二元对立思维，哲学上的自然观奠定了他以自然为最高审美准则的文类理论体系的重要基础，推演得出与传统相异的、唯物色彩强烈的天才观以及辩证客观的法则观。他以自然为审美批评与判断最高标准，认为简单剧本优于复杂剧本，神话剧、抒情剧、闹剧等文类位于等级之末；认为严肃戏剧有其创生的必然性以及审美优越性，而传统"悲喜混杂剧"则遭

---

① 《狄德罗美学论文选》，北京：人民文学出版社 1984 年版，第 240、280 页。
② 《狄德罗美学论文选》，北京：人民文学出版社 1984 年版，第 240 页。
③ 《狄德罗美学论文选》，北京：人民文学出版社 1984 年版，第 208 页。

到全然否定；反对创作和表演中一味迎合观众趣味，破坏剧情发展进程与舞台表演统一性；提出文学的民族性作为反文类理论传统的武器的同时，他的观点又被同样是反文类理论传统工具的最高审美准则“自然”所解构。在对文类理论传统表示肯否之间，狄德罗文类理论体系中也不免有自我抵牾与矛盾之处。

对于狄德罗以自然为最高审美准则的文类理论体系，还有以下几点需要注意：

首先，在论说对象及风格上，以狄德罗为代表的启蒙主义时期文类理论探究，已不像此前几个时期仅限于古希腊古罗马的“古”，而是把它之前的从古希腊古罗马到新古典主义时期整个文类理论传统作为“古”，这种对象上的囊括性使得启蒙主义思潮具有了此前诸思潮所未有的观察视野与立论高度，为“启蒙”奠定了必要的物质基础。正因为这种视野和高度，决定了它不再可能像过去那样在论说中流露出明显的意气用事和感性冲动，而必将是以具体批评标准达到反思传统和传统重建之鹄的。狄德罗文类理论体系中贯穿始终的“自然”审美准则就是明证。

其次，狄德罗文类理论中的“自然”审美准则有其深厚的理论渊源。正如论者所说：“狄德罗仍采用始于古希腊，后又为古典主义者奉行的艺术‘模仿自然说’，但其内涵已发生了质的变化。”[①]不可否认，从古希腊到新古典主义，两千年来西方文论横亘着一条追求自然、崇尚自然的暗线。例如，在亚里士多德《诗学》中，情节发展必然律、或然律的讲求，换言之就是加工后的自然或逼真性的最早说法，借以达到令人可信的艺术效果；又如在论说人物语言的要求时，提出人物语言要合乎人物身份，认为“自然的东西就有说服力，而矫揉造作只会适得其反”[②]。古罗马贺拉斯也要求情节虚构要以自然真实为标准：“虚构的目的在引人欢喜，因此必须切近真实；戏剧不可随意虚构，观众才能相信。”[③]中世纪的圣·托马斯·阿奎那尽管把上帝作为自然万物的起源，仍从唯心主

① 朱立元著《狄德罗戏剧理论的历史地位》，《扬州师院学报（社会科学版）》1984 年第 4 期，第 20 页。
② 苗力田主编《亚里士多德全集》（第九卷），北京：中国人民大学出版社 1994 年版，第 497 页。
③ 《诗学·诗艺》，罗念生等译，第 155 页。

义的角度提出了“艺术的过程必须模仿自然的过程，艺术和产品必得仿照自然的产品”[①]。但丁则从自然的角度把俗语定为高贵的语言。达·芬奇、塞万提斯认为绘画、文学不能以他人的作品为标准，而应以自然万物为标准，方能提高艺术水平和价值：“画家如果拿旁人的作品做自己的标准或典范，他画出来的画就没有什么价值；如果努力从自然事物学习，他就会得到很好的结果”；“自然便是它唯一的范本”[②]。17世纪的莫里哀也提到喜剧创作“描画人的时候，就必须照自然描画”；而悲剧“你描画英雄，可以随心所欲。他们是虚构出来的形象，不问逼真不逼真”[③]。布瓦洛不仅把自然作为文学创作的源泉：“大自然钟灵毓秀，盛产着卓越诗人”，“荷马之令人倾倒是从大自然学来”；而且涉及自然、真与美三者的关系时，布瓦洛认为自然是真的基础，而真是美的基础：“只有自然才是真”，“只有真才能算美”。[④] 再加之同时代人杜博斯和巴特乌斯的影响，所有这些关乎自然的理论资源有力支撑了狄德罗以自然为最高审美准则的文类理论，并且比以往任何一个时期和个人都贯穿得深入、一致、全面。原因在于，启蒙主义运动的宗旨不仅仅在于一如既往的反古、反传统，更在于明确提出以什么来实现此宗旨。唯有如此，方才体现出“启蒙”的要义！

再次，狄德罗的文类理论继承中有创新，进步中有纰漏，需要全面而辩证地评价。除了上述的“自然”审美准则的理论渊源以外，在狄德罗的不少论述过程中皆可见出古人的影响。例如，让观众是否知晓剧情的问题，实是出自亚里士多德《诗学》中的古老命题；关于小说与戏剧的比较，布瓦洛早在其著《诗的艺术》中就已涉及；而在否定“悲喜混杂剧”问题上，则无疑打上了很深的贺拉斯印迹。尤其是在最后一点的论证过程中，预设存在纯粹类型，以复古来反古，不能不说是其理论体系上的一大硬伤。另外又如简单剧本与复杂剧本关系问题、严肃戏剧的等级问题以及文类的民族性等问题，狄德罗同样捉襟见

---

① 伍蠡甫主编《西方文论选》（上册），北京：人民文学出版社1964年版，第154页。

② 伍蠡甫主编《西方文论选》（上册），北京：人民文学出版社1964年版，第183、208页。

③ 伍蠡甫主编《西方文论选》（上册），北京：人民文学出版社1964年版，第284页。

④ ［法］布瓦洛著《诗的艺术》（修订本），任典译，第4，49，105—106页。

肘,难以自圆其说。狄德罗固然有提出“自然”的审美准则来构建文类理论系统之功,实现启蒙之大义,但是其理论构建过程中的弊病与不足亦是无法漠视和回避的。或许,这也是自然的辩证法吧。

最后,狄德罗天才观的两面性埋伏了其文类理论体系的危机。这个问题与狄德罗提出“天才不可模仿”说来为天才莫里哀和自身辩护紧密相关。从狄德罗的文献资料不难看出,在处理作者、演员与观众关系以及剧本创作中舞台提示、性格对比等问题上,他遭遇到了他本国天才作家莫里哀的障碍,为了维护莫里哀的天才地位而又使得自己理论建构不失系统性、一致性,他提出“天才不可模仿”说来为莫里哀和自己辩护。他说“天才只可体会,但绝不能模仿”,因而像莫里哀这样“一个天才的越轨行为岂能证明违反常理为有理”;“如果说就莫里哀而言,对比有时是一种天才的手法,难道就有道理把它推荐给别的诗人吗?相反,这不正是禁止他们使用的理由吗?”对于舞台提示:“就算是莫里哀没有把它写下来,别人想写就错了吗?啊,批评家们哟,你们这些狭隘的头脑,缺乏理智的人们,到何时你们才会实事求是地评判,而不只是按照已有的成规提出你们赞成或反对的意见!”[①]狄德罗的意思非常明显,就是把莫里哀这样的天才行为视作例外,划入不可模仿之列,进而为自己的理论扫清障碍,腾出合理空间。而问题恰恰在于,设若“天才不可模仿”说成立,那么,狄德罗在保护了别人的同时,却暴露了自己。这是因为:既然认可天才可以随便打破戒律,而天才又不可模仿,那么,文类法则传统被否定了之后,新的文类法则又从何而来?如果依照狄德罗的自然审美准则说,新的文类法则从自然而来,就是自然,那么,天才创作与自然两者是何关系呢?虽然狄德罗说过“天才是纯粹的天赋,它产生的作品是片刻之间完成的”[②],天才虽源自自然禀赋,但是由于其不可模仿,自然又无法借助天才及其创作来在实践中进一步展现出来。天才刚从自然出生,便立即就又终结了自然的生命。这样一来,就会发现一个二律背反现象:善于打破法则的天才却把法则的打破与重建割裂开来。天才

① 《狄德罗美学论文选》,北京:人民文学出版社 1984 年版,第 170、176、183、216 页。
② 《狄德罗美学论文选》,北京:人民文学出版社 1984 年版,第 543 页。

让文类发展走上了一条不归路！正是基于此，也就难怪韦勒克在论说标示欧洲出现浪漫主义运动这一“变化的决定性迹象”时，把狄德罗作为两位关键人物之一了。[①] 启蒙主义思潮早已为浪漫主义运动做好了理论准备，而未来继续重建文类理论传统的工作也就注定将面临崭新考验！

① 参阅[美]雷纳・韦勒克著《近代文学批评史》(中文修订版，第二卷)，杨自伍译，第 2 页。

第六章 审美自律与近代文类理论哲学化

——德国古典文类理论研究

当欧洲大陆以法国为中心的启蒙思潮如火如荼，充当社会革命的理论先锋之际，尚处于封建割据状态的德国，转向以抽象的精神之花，凭借肇始于康德的哲学革命与法国的社会革命互相颉颃，相映生辉。恰如马克思、恩格斯所论："在法国发生政治革命的同时，德国发生了哲学革命。这个革命是由康德开始的。"康德的哲学"是法国革命的德国理论"；"我们是本世纪的哲学同时代人，而不是本世纪的历史同时代人。德国的哲学是德国历史在观念上的继续"①。在此特殊的社会精神气候之间，文类理论无疑难以超脱其上，必然烙上哲学革命的深刻痕迹，凸显一种鲜明的、与此前诸时期文类理论质态迥异的近代转型模式。

一

翻阅从康德到黑格尔的诸多文论著作，德国古典文类理论显现出强烈而浓郁的反规则的批判色彩。这就无怪乎，蒋孔阳先生在论及德国古典美学与18世纪启蒙运动关系时，说过这么一段话：

---

① 《马克思、恩格斯、列宁、斯大林论德国古典哲学》，北京：商务印书馆1972年版，第27、38、23页。

> 一般所说的启蒙运动，主要是指 18 世纪在法国以伏尔太、卢梭和狄德罗为代表，在德国以莱辛和赫尔德为代表的启蒙运动。但广义地说，从文艺复兴一直到德国古典哲学，都可以说是资产阶级的启蒙运动。[①]

不难想像，设若没有批判精神作媒介，德国古典哲学则无理由被划入启蒙运动范畴。详而言之，德国古典文类理论的批判色彩主要体现在两个主要方面：

一是针对启蒙运动之前渗透在众多诗学著作中的包括文类规则在内的一切规则提出质疑或否定。例如，康德认为一切审美判断都是依据先天原则，“不可能有鉴赏的任何客观原则”，立足于现实感官对象之上“所建立的规则都是经验性的，因为是偶然的”。[②] 谢林否定了古希腊诗学所认为的悲剧在题材和结局方面的特征，认为“仅仅外在性质的灾厄，并不能引起真正的悲剧矛盾”；“悲剧的效果绝不仅仅基于，或者直接基于通常称之为凶险的结局者”。[③] 歌德在评论拜伦时认为戏剧“三整一”律是“最愚蠢的法律”，它“只有在便于理解时才是好的。如果三整一律妨碍理解，还是把它作为法律来服从，那就不可理解了。就连三整一律所自出的希腊人也不总是服从它的”。歌德还不无情绪地抱怨说：“过去时代那一整套陈旧规律有什么用处？”[④]席勒则从心灵自由与主体的独立完整性出发，颠覆了悲剧高于喜剧的传统观点。而黑格尔在批评以经验作为美学研究出发点这一传统主流方式时，认为由此而得出的规则及著作，不仅囊括的作品对象范围狭小，而且经一般化和概括化后的规则和原理，失之普泛，流于琐屑，无法解决具体问题，所以他认为亚里士多德、贺拉斯、朗吉努斯等人的诗学理论著作，“包含许多不重要的东西”，虽被人们奉为准绳，“但是这些艺术医生的处方对于艺术所收的治疗功效还不如一般医生所开

---

① 蒋孔阳著《德国古典美学》，北京：商务印书馆 1980 年版，第 26 页。

② [德]康德著《判断力批判》，邓晓芒译，杨祖陶校，北京：人民出版社 2002 年版，第 127、8 页。

③ [德]弗·威·约·封·谢林著《艺术哲学》(下)，魏庆征译，北京：中国社会出版社 1997 年版，第 371、375 页。

④ [德]爱克曼辑录《歌德谈话录》，朱光潜译，北京：人民文学出版社 1978 年版，第 62、174 页。

的”。甚至他还认为:“上述那些对于艺术的思想,那种理论方式所得到的原则以及那些原则的实施都已变成陈腐了。”①

二是一致批判法国文论(尤其是新古典主义)影响,力主以英国(莎士比亚的创作)作为重建德国文类理论的榜样。此风源自德国启蒙运动初期的莱比锡派与屈黎西派之间的论争。在《汉堡剧评》一书的写作宗旨中,屈黎西派阵营的莱辛期欲极力澄清法国文论与古希腊诗学之间的重大区别,不满于德国做“永远崇拜不够的法国人的恭顺的崇拜者”,高度肯定莎士比亚为代表的英国创作所具有的真理般光辉,而这才是德国学习和前进的正确方向。莱辛在本书的最后部分这样谆谆告诫德国民众:

> 长期以来,我们也是坚定不移地相信这一点,对于我们的作家来说,模仿法国人跟按照古人的规则创作,是一码事。
>
> 但是,偏见是无法永久抗拒我们的感情的。幸运的是,几出英国戏剧把我们的感情从昏迷中唤醒过来,使我们终于认识到,悲剧除了高乃依和拉辛给予它的效果之外,还能产生一种截然不同的效果。在这种突如其来的真理光辉照耀下,使我们从另一个深渊的边缘上退了回来。英国剧作显然没有法国剧作教给我们的那些规则。从这里应该得出什么样的结论呢?结论是,没有这些规则,悲剧照样能够达到自己的目的,假如有人未能完满地达到这一目的,倒可能是这些规则的过错。
>
> 不过,至少我可以毫无愧色地说,我终究为此着手做了一些工作,同时还孜孜不倦地驳斥了法国戏剧关于规则的谬见。没有哪一个民族对于古代戏剧规则的误解比法国人更严重。他们在亚里斯多德的著作里,发现了几条关于戏剧的最恰当的表明布局的附带说明,便奉为重要论点,而真正的重要论点,却又被他们用种种界

① [德]黑格尔著《美学》(第一卷),朱光潜译,北京:商务印书馆1979年版,第20、26页。

说和解释大大加以削弱，由此必然产生一些远远低于最高效果的作品……[1]

此间反规则背景下的崇英贬法倾向非常普遍地蔓延在德国古典文类理论之中，新古典主义守旧派对规则的钟爱癖简直成为德国学者眼中并不怎么光彩的"法国"的代名词[2]。例如，康德对莫里哀为代表的观众决定论进行了不点名批评，认为审美判断不可以为听众所左右，而"迎合庸众的妄想"[3]。谢林则在批评"三一律"之情节整一性时，认为伴随着情节整一性的历史变易，整个戏剧结构亦应为之改变，否则机械地"以古希腊悲剧的这一规律束缚自己，当然是不明智的"，而法国戏剧则充当了此种"不明智"的角色。[4] 歌德虽然首肯法国文学对于自身的巨大影响，对莫里哀、狄德罗等人亦不乏溢美之词，但是崇英贬法的思想同样还是十分明显，他直截了当地宣称"我们德国文学大部分就是从英国文学来的"，并以"早晨的新鲜光辉"与"令人厌倦"这般的对比，来评价莎士比亚和法国的文艺趣味。[5] 黑格尔专门批评了法国新古典主义派的审美格调，认为不是伏尔泰所说的"改善"古人作品，而是"丑化"，所谓"要求一种完全宫廷式的社会文化，在意义和表现方式上都要做到符合规则和沿袭陈规的概括化"，这种审美趣味"非常狭隘"。黑格尔也将法国新古典主义趣味与莎士比亚相对立，认为："法国人最不会了解莎士比亚，当他们修改莎士比亚的作品时，他们所删削去的往往正是我们德国人所最爱好的部分。"[6]而他又同时指出："凡是在莎士比亚不受欢迎的地方，那里民族艺术的清规戒律总是既狭隘

---

① [德]莱辛著《汉堡剧评》，张黎译，上海：上海译文出版社 1998 年版，第 512、514 页。

② 饶有趣味的是，法国著名女作家德·斯达尔夫人曾于 19 世纪初（1809 年）专文论说"为什么法国人不能公正地对待德国文学"，认为个中缘由在于法德两国各自文化传统、民族气质之差异。详可参见其著《论德国的文学与艺术》（人民文学出版社 1981 年版）第 1—5 页。

③ [德]康德著《判断力批判》，邓晓芒译，杨祖陶校，第 124 页。

④ [德]弗·威·约·封·谢林著《艺术哲学》（下），魏庆征译，第 381—382 页。

⑤ [德]爱克曼辑录《歌德谈话录》，朱光潜译，第 48、68 页。

⑥ [德]黑格尔著《美学》（第一卷），朱光潜译，第 339—340 页。

而又特殊。”[①]除此而外,他还在“三一律”、戏剧人物语言、人物塑造、音律使用、观众关系等诸多问题上直接批评法国。例如他指出“法国人特别爱在创作中追求阿谀奉承”[②],讨好观众,这“就对真理和艺术犯下了双重罪过”[③];法国人不仅从亚里士多德《诗学》中无端地归纳出地点的整一性,而且“就连古代诗人们也没有按照法国人的严格意义去遵守这条规则”[④],等等。

德国古典文类理论的批判性不是空穴来风,而是与当时德国整个社会主潮紧密关联的。恩格斯在分析当时德国社会状况时就曾说过:

> 这个时代在政治和社会方面是可耻的,但是在德国文学方面却是伟大的。1750 年左右,德国所有的伟大思想家——诗人歌德和席勒、哲学家康德和费希特都诞生了;过了不到二十年,最近的一个伟大的德国形而上学家黑格尔诞生了。这个时代的每一部杰作都渗透了反抗当时整个德国社会的叛逆的精神。[⑤]

如果说德国古典文类理论反规则的批判性一方面代表“破”,那么,与此同时,在哲学革命风起云涌的时代氛围里,在社会历史是“在观念上的继续”的德国社会话语语境中,这种“破”又不禁然会借道抽象的哲学来寻求别样的“立”,从而为文类理论的哲学化转型奠基。在这群哲学家视野中,哲学不仅是社会现实矛盾解决之道,也是艺术探究的不二法门,哲学又回到了柏拉图所谓的国家之王的时代。席勒高度肯定审美教育在社会发展中无可替代的重要作用,他认为:“为了解决经验中的政治问题,人们必须通过解决美学问题的途径,因为正是通过美,人们才可以走向自由。”“道德状态只能从审美状态中发展而来”,

---

① [德]黑格尔著《美学》(第三卷下),朱光潜译,第 264 页。
② [德]黑格尔著《美学》(第三卷上),朱光潜译,第 11 页。
③ [德]黑格尔著《美学》(第三卷下),朱光潜译,第 268 页。
④ [德]黑格尔著《美学》(第三卷下),朱光潜译,第 249—250 页。
⑤ 《马克思、恩格斯、列宁、斯大林论德国古典哲学》,北京:商务印书馆 1972 年版,第 1 页。

"只有审美趣味才能够把和谐带入社会之中"[①]。而谢林和黑格尔则都认为哲学是万物之源，只有哲学方可真正探究到艺术本质。谢林认为"哲学是一切的基础，并包容一切"，"只有哲学可为反省重新揭示艺术的初源"，哲学与艺术尽管各自都是绝对体，但是两者的关系永远是理念与现实、原型与反映的关系，"无论何者都不能较之哲学认识在学术上更深地进入艺术的内层"，"屏除哲学以及超越哲学，对整个艺术绝对无法丝毫有所知"。不仅如此，谢林指出，正是由于当前艺术观点"纷繁万千、各有所异，争辩各方互不了解"且又无法洞察艺术本质，艺术实践与艺术理论之间的巨大差距，"成为在科学中寻求真正的艺术理念和艺术准则之至关重要的动因"[②]。换言之，包括艺术规则观在内的淆乱与分歧，使得艺术理论研究借道哲学成为必然。黑格尔认为只有哲学的觉醒，"美学才真正开始成为一门科学，而艺术也才能得到更高的估价"。哲学领域的知识进展，"直接使它能更深刻地理解艺术的本质"[③]。不难想见，正是在哲学革命强烈的时代氛围的催化作用下，德国古典文类理论的批判性裹挟文类理论自身平抑纷争的内在诉求，迈上了文类理论哲学化的转型之路。

二

正如恩格斯所说，德国哲学革命始于康德，康德之于后续费希特、谢林、歌德、席勒、黑格尔等大家的理论构建，具有不容小觑的影响力。恩格斯指出，"德国哲学从康德到黑格尔的发展是连贯的，合乎逻辑的，必然的"，即：康德"他推翻了前世纪末欧洲各大学所采用的陈旧的莱布尼茨的形而上学体系。费希特和谢林开始了哲学的改造工作，黑格尔完成了新的体系"[④]。就实际论著而论，例如谢林的天才说、技术规范说、想像力理论等无不是继承了康德学

---

① [德]席勒著《审美教育书简》，张玉能译，南京：译林出版社2009年版，第4、72、95页。

② [德]弗·威·约·封·谢林著《艺术哲学》(上)，魏庆征译，第13—17页。

③ [德]黑格尔著《美学》(第一卷)，朱光潜译，第69、25页。

④ 《马克思、恩格斯、列宁、斯大林论德国古典哲学》，北京：商务印书馆1972年版，第27页。

说;歌德认为康德在近代哲学家中最高明,“只有他的学说还在发生作用,而且深深渗透到我们德国文化里”[①]。席勒则在《审美教育书简》中开宗明义:“下述主张大部分是以康德的原则为根据的”[②];黑格尔认为康德哲学是“近代哲学的转折点”[③],其艺术理念观、戏剧听众观等与康德学说可谓一脉相连。除却上述哲学革命是系统过程这一本身以及康德学说的传承两个方面,康德哲学本身的价值更是奠定其无可替代的历史地位的关键性因素。海涅评论《纯粹理性批判》时说,“从这本书的出现起,德国开始了一次精神革命”[④];雅斯贝尔斯认为,“康德是无法回避的”,他“是启蒙与精神历史的那一时代的巅峰与完善者,他的历史地位是无法准确地概括的”。[⑤] 朱光潜指出:“在西方美学经典著作中没有哪一部比《判断力批判》显示出更多的矛盾,也没有哪一部比它更富于启发性。不理解康德,就不可能理解近代西方美学的发展”,“他无愧于德国古典美学开山祖的称号”。[⑥] 西方更有学者将康德美学体系的出现,誉之为“从根本上震撼世界的事件”[⑦]。可见,设若不明晰这位德国古典哲学、古典美学开山宗师的文类理论,开展德国古典文类理论研究将会是一件不可想像的工作。

康德文类理论的宗旨主要是实现宏观上的反客观规则,从两个层面表现出来:一是艺术评价层面的鉴赏力学说或审美判断理论;二是艺术生产层面的天才学说。两者的关系是,前者的理论终点构成后者的理论起点。

就艺术评价层面而言,康德首先将人类认识能力一分为三,即知性、理性、判断力。前两项都拥有“先天构成性原则”,分别对应以感性为条件的“自然概念”和以超感性为条件的“自由概念”来建立各自规则,即:“知性对于作为感官

---

① [德]爱克曼辑录《歌德谈话录》,朱光潜译,第131页。

② [德]席勒著《审美教育书简》,张玉能译,第2页。

③ [德]黑格尔著《美学》(第一卷),朱光潜译,第70页。

④ [德]亨利希·海涅著《论德国宗教和哲学的历史》,海安译,北京:商务印书馆1974年版,第97页。

⑤ [德]卡尔·雅斯贝尔斯著《大哲学家》(修订版,下册),李雪涛等译,北京:社会科学文献出版社2010年版,第516、512页。

⑥ 朱光潜著《西方美学史》(下),北京:人民文学出版社1979年版,第395—397页。

⑦ [美]凯瑟琳·埃弗雷特·吉尔伯特、[德]赫尔穆特·库恩著《美学史》(上下),夏乾丰译,第428页。

客体的自然是先天地立法的，以在一个可能经验中达到对自然的理论知识。理性对于作为主体中的超感官东西的自由及其独特的原因性是先天立法的，以达到无条件地实践的知识。”[①]而据康德看来，判断力则构成由知性到理性、自然到自由、感性到超感性、客体到主体的过渡性中介环节，也具有自己的先天原则。之所以如此认为，还有个前提，那就是：判断力可以分为规定性判断力和反思性判断力。

> 一般判断力是把特殊思考为包含在普遍之下的能力。如果普遍的东西（规则、原则、规律）被给予了，那么把特殊归摄于它们之下的那个判断力（即使它作为先验的判断力先天地指定了惟有依此才能归摄到那个普遍之下的那些条件）就是规定性的。但如果只有特殊被给予了，判断力必须为此去寻求普遍，那么这种判断力就只是反思性的。[②]

这就意味着，规定性判断力就是从知性的普遍规律出发，依此普遍规律直接把特殊归摄于普遍即可，不存在实现从知性到理性、自然到自由、感性到超感性、客体到主体的过渡性中介条件；而反思性判断力则不同，它是从自然感性的、客观存在的特殊出发，由此寻求如何与超感性的普遍相连，这就孕育了从个别到一般、感性到超感性过渡的基质。因此，作为中介性环节的判断力，实质指的只是反思性判断力。其次，反思性判断力依靠何种先天原则能担此角色呢？康德认为，每一个现实客体皆有其作为存在依据的概念性目的，皆有与此概念性目的协调一致的该物外在性状，后者则称之为该物的形式的合目的性。反思性判断力只能从后者寻求普遍，否则其与规定性判断力无异了。由此得出结论：反思性判断力的先天原则是“自然的形式的合目的性”，或自然的合目的性。

---

① ［德］康德著《判断力批判》，邓晓芒译，杨祖陶校，第 30 页。

② ［德］康德著《判断力批判》，邓晓芒译，杨祖陶校，第 13—14 页。

与知性对应于知、理性对应于意一样,判断力对应于情感,而是否愉快的情感可与强烈的功利性即善相连,且善是以概念来达到普遍性的;作为反思性判断力的先天原则,自然的形式的合目的性要求与自然的形式相联结的情感相关的表象,只能是无功利目的、无关概念的。这样的判断是审美的鉴赏判断,而非逻辑判断,即:鉴赏判断“根本不是建立在概念上的,它任何时候都不是认识判断,而只是一个审美判断”[①]。康德又把美区分为自由美与依附美,后者以概念、目的为条件,而只有“在对一种自由的美(按照单纯的形式)作评判时,那鉴赏判断是纯粹的”[②],是真正的、纯粹的审美判断,而非应用的、经验性的鉴赏判断。我们这里所谓的鉴赏力、审美判断都是针对前者而言的。既然审美判断既与客体形式,又与承载情感的主体相关,两者又是如何发生联系的呢?康德由“自然的合目的性”这一先天概念,进一步提出先天概念“审美的合目的性”来予以阐释说明。所谓审美的合目的性是指“判断力在其自由中的合规律性”[③]。申言之,审美主体在面对美的对象时,是“将想像力在其自由游戏中与知性联系起来,以便和一般知性概念(无须规定这些概念)协调一致”[④]。审美的合目的性实质就是想像力与知性在自由游戏中的统一。不难见出,审美判断讲求的是一种“主观的普遍性和必然性”,“判断由主观根据出发而对每个人都有效”[⑤],亦即所谓的“主观合目的性”这一先天概念。

至此,康德经过一步一步缜密论证,审美判断的性质表明,其作为由知性到理性、自然到自由、感性到超感性、客体到主体的过渡性中介环节,足以堪当此任;而另一方面,审美判断彰显出来的强烈主体性以及主观判断的先天普遍性和必然性,又完成了其反客观规则之鹄的。康德立足审美判断的本质特征,宣称“不可能有鉴赏的任何客观原则”,与逻辑判断迥异,“它的判断不能通过

① [德]康德著《判断力批判》,邓晓芒译,杨祖陶校,第123页。
② [德]康德著《判断力批判》,邓晓芒译,杨祖陶校,第65—66页。
③ [德]康德著《判断力批判》,邓晓芒译,杨祖陶校,第111页。
④ [德]康德著《判断力批判》,邓晓芒译,杨祖陶校,第95页。
⑤ [德]康德著《判断力批判》,邓晓芒译,杨祖陶校,第128、132页。

概念和规范来规定"[1]，其特性在于"尽管它只有主观的有效性，它却这样来要求一切主体"[2]；与此同时，康德把外在的客观原则、规则、规范与审美判断的主观性、主体性对立，称前者为"他律"之物，而把后者称为"鉴赏的自律"或审美自律。[3] 这种审美自律从两个层面来反外在性的客观规则。一是对待他人（如听众、观众）的判断或提出的规则时，康德说道：

所以一个年轻的诗人不能因听众，还有他的朋友们的判断劝他相信他的诗是美的而左右自己；并且，如果他听从他们，那就不是因为他对此有了另外的评判，而是因为哪怕（至少在他的意图看来）全体听众都作出了一种错误的鉴赏，他却仍然在自己对赞扬的欲望中找到理由（甚至违背自己的判断）去迎合庸众的妄想。只有到后来，如果他的判断力通过练习而变得更加敏锐了，他才会自动放弃他以前的判断；正如他也会坚持自己的完全基于理性之上的那些判断一样。鉴赏只对自律提出要求。若把外人的判断当作自己判断的规定根据，这就会是他律了。

如果有一个人在我面前朗诵他的诗，或是引导我进入一个剧情，而这最终并不能使我的鉴赏力感到惬意，那么不论他是引用巴托还是莱辛，还是更加早也更著名的一些鉴赏的批评家，以及由他们所提出的一切规则来作证，说他的诗是美的；甚至哪怕某些我正好不喜欢的地方却可能与美的规则……完全吻合：我将塞住自己的耳朵，不会去听任何理由和任何推想，而宁可认定批评家们的那些规则是错误的，或至少在这里不是它们应用的场合，而不认为我应当让自己的判断受先天的论证根据的规定，因为它应当是一个鉴赏判断，而不是知

① ［德］康德著《判断力批判》，邓晓芒译，杨祖陶校，第 125 页。
② ［德］康德著《判断力批判》，邓晓芒译，杨祖陶校，第 127 页。
③ ［德］康德著《判断力批判》，邓晓芒译，杨祖陶校，第 124 页。

性或理性的判断。[①]

审美判断的主体性、主观的先天有效性此时在共时性上通过反主体以外他人的判断或规则而得以反映出来,审美自律压倒了规则性的他律。二是在历时性上对待文学传统中渗透的规则时,康德更加标举审美判断的主体性、主观性,揭露文学传统对审美主体性压制、束缚的不利一面。他说:

> 人们有理由把古代的作品称颂为典范,并把古代作家称为经典性的,如同作家中的某个贵族一样,他通过自己的先行而为民众立法:这就似乎宣布了鉴赏的来源是后天的,并反驳了每个主体中鉴赏的自律。不过人们同样可以说,古代那些数学家,那些至今还被看作最高彻底性和综合方法的完美性的完全不可缺少的典范的人物,也表明了在我们这方面的一种模仿的理性和一种理性的无能,即不能从自身中通过概念的建构而凭最大的直觉产生出严格的证明来。这就根本没有我们各种力量的任何运用了,不论这种运用是多么自由,甚至也不会有理性的运用(理性必须从先天的共同根源中获得它的一切判断),理性运用是即使每个主体在没有别人以他们的试验走在他的前面时,应当完全从自己天然的原始禀赋开始,也不会陷入错误的试验中去的……[②]

这里借助审美判断的主体性张扬,反驳了文学传统"为民众立法"的历史效用,进而回击了对审美判断的主观合目的性和审美自律性的质疑。

艺术评价层面得出的审美判断由先天概念"审美的合目的性"沟通知性与理性、客体与主体等二元对立范畴这一结论,为从艺术生产层面来反规则提供

① [德]康德著《判断力批判》,邓晓芒译,杨祖陶校,第123—124、126页。
② [德]康德著《判断力批判》,邓晓芒译,杨祖陶校,第124—125页。

了必要的理论前提。这是因为，艺术生产就是如何把内容形式化表现，而审美的合目的性正是基于形式的合目的性，从而就艺术生产而言，如何形式化则是关键所在。而形式先天的合目的性不得不成为艺术生产环节首要面对的问题。

在论证艺术生产问题之前，康德仿效自由美与依附美的区分，继续把广义的艺术区分为自由的艺术与雇佣的艺术，审美的艺术与机械的艺术，而审美的艺术又可分为快适的艺术与美的艺术。自由的、美的艺术才是我们真正意义上的论说对象。对它们而言，审美表象的形式问题是客观存在的：

> 在一切自由的艺术中却都要求有某种强制性的东西，或如人们所说，要求有某种机械作用，没有它，在艺术中必须是自由的并且惟一地给作品以生命的那个精神就会根本不具形体并完全枯萎，这是不能不提醒人们注意的（例如在诗艺中语言的正确和语汇的丰富，以及韵律学和节奏），因为有些新派教育家相信如果让艺术摆脱它的一切强制而从劳动转化为单纯的游戏，就会最好地促进自由的艺术。①

也就是说，艺术生产就是把无功利的、无目的的自由“精神”形式化、物化，在此过程中，形式化环节相对来说，具有某种强制性、机械性，必须符合某些客观要求和规则。而这必然会与上述审美判断先天的形式的合目的性相悖，因为就形式的合目的性而言，这里的“形式”规定是先天性的、普遍的，而绝非个别、具体、特殊的。正如康德指出的那样：“在一个美的艺术作品上我们必须意识到，它是艺术而不是自然；但在它的形式中的合目的性却必须看起来像是摆脱了有意规则的一切强制，以至于它好像只是自然的一个产物。”②那么，如何协调、沟通、统一艺术生产过程中出现的作为自由“精神”的理性与形式规则的“自然”要求之间的割裂呢？如何在外在客观规则对艺术生产产生制约时，再次予

---

① ［德］康德著《判断力批判》，邓晓芒译，杨祖陶校，第147页。
② ［德］康德著《判断力批判》，邓晓芒译，杨祖陶校，第149页。

以消解呢？这就不能不提到康德的天才说。

在康德看来，天才是一种天生的、自然性的创造性能力和内心素质，自然通过天才为自由“精神”提供形式化的合目的性规则，从而使得天才生产出来的必然是美的艺术。关于这一点，康德有一段说得非常清楚的论述：

> 每一种艺术都预设了一些规则，凭借这些规则作基础，一个要想叫作艺术品的作品才首次被表象为可能的。但美的艺术的概念却不允许关于其作品的美的判断从任何这样一个规则中推导出来，这种规则把某个概念当作规定根据，因而把有关这作品如何可能的方式的概念当作基础。所以美的艺术不能为自己想出它应当据以完成其作品的规则来。既然没有先行的规则一个作品就仍然绝对不能被叫作艺术，那么自然就必须在主体中（并通过主体各种能力的配合）给艺术提供规则，就是说，美的艺术只有作为天才的作品才是可能的。①

那么，接下来的问题就是：天才如何生产出美的艺术的呢？自然借天才为艺术提供的规则如何附着于自由“精神”而成为统一体的呢？毕竟，规则本身不等于艺术作品。康德提出与哲学话语里的“理性理念”不同的范畴——“审美理念”，其“是想像力的一个加入到给予概念之中的表象”②，此时，想像力自由摆脱一切规则的引导而与知性协和一致。天才提供的规则就显现于想像力与知性相协和的合目的性比例与搭配之中，而这种状态“不是对任何规则，不论是科学规则还是机械模仿的规则的遵守所能导致的，而只是主体的本性所能产生的”③，只是由主体的天才才能产生的。唯有天才能够将作为作品内容生命的自由“精神”借助审美理念而合目的性地形式化，从而诞生美的艺术。此时不妨延伸说明的是，如果说“灵感、天才和创造性想像的整个美学传统根本上

① [德]康德著《判断力批判》，邓晓芒译，杨祖陶校，第151页。
② [德]康德著《判断力批判》，邓晓芒译，杨祖陶校，第161页。
③ [德]康德著《判断力批判》，邓晓芒译，杨祖陶校，第162页。

是文类理论之敌”[1]，那么，到了康德这里，天才和文类理论之间的关系则明显逆转为神秘、抽象的统一。

如此的艺术产生观，必然使得文学艺术史的存在合法性被进一步追问，而康德对此亦没有回避。由上可知，天才为艺术提供规则的天赋性、天才在想像力自由游戏中的反规则性，造就了天才的不可模仿性与独创性。康德专门论说了“天才与模仿的精神完全对立”问题。他认为，按照规则与学习模仿近乎同谓，并举文学与科学为例加以比较。

> 我们完全可以很好地学会牛顿在其不朽的著作《自然哲学的原理》中所讲述的一切，虽然将它们发明出来也需要一个伟大的头脑；但为诗艺提供的一切规范不论多么详细，它的典范不论多么优秀，我们也不能学会灵气十足地进行创作。原因就在于，牛顿可以把他从几何学的第一原理直到他的那些伟大而深刻的发明所采取的一切步骤，都不仅仅向他自己，而且向每个另外的人完全直观地并对追随者来说是确定地示范出来；但是，荷马也好，维兰德也好，都根本不能表明他们头脑中那些充满幻想但同时又思想丰富的理念是如何产生出来并汇合到一起的，因为他自己并不知道这一点，因而也不能把它教给任何别人。所以在科学中最伟大的发明者与最辛劳的模仿者及学徒都只有程度上的区别，相反，他与在美的艺术方面有自然天赋的人却有种类上的区别。[2]

康德认为天才与按照客观规则进行模仿学习的本质不同在于，后者可学可教，唯独天才的独创性不可道、不可传、不可学。既然如此，文学艺术史如何可能呢？在这点上，康德的意见模棱两可、摇摆不定。一方面认为科学优于艺术之

---

① Adrian Marino, “*A Definition of Literary Genres*”, in *Theories of Literary Genre*, ed. Joseph P. Strelka, PA: Pennsylvania State University Press, 1978, p.51.

② ［德］康德著《判断力批判》，邓晓芒译，杨祖陶校，第152—153页。

处在于,它适于将知识和一切依赖于知识的利益尽可能地趋向完善性,并教导给他人;而艺术由于是天才产品,每个天才产品就是建立一个"边界",非天才无以超越,并且自然赋予天才的规则会伴随天才的离去而消逝,直至下一个天才的出现。这种意义上的文学艺术史,不现实地演变为天才人生史,或可谓天才之间的接力赛。由于把审美主体性极端突出强调,艺术生产的天才说此时抽去了文学艺术史存在的可能性。而另一方面,康德又反对把天才与学习规则的强制性完全隔绝开来的想法,认为"天才只能为美的艺术的作品提供丰富的材料;对这材料的加工以及形式则要求一种经过学习训练而成的才能,以便在这方面作一种在判断力面前能够经得起考验的运用"①。这就无疑又肯定了形式的后天性、人工性。无独有偶,他还以天才作为自然宠儿罕见为由,承认了美的艺术对于非天才的优秀头脑的学习训练以及规则传授的可能:"由于天才是大自然的宠儿,这样一类东西我们只能看作罕见的现象,所以它的榜样就为别的优秀头脑造成了一种训练,也就是造成一种按照规则的方法上的传授。"②诸如此类,无不表明,康德的天才说并不彻底、周延,本想以天才一类的极端主体性带来的审美自律扼制客观规则的他律,未料批判的武器自身最终走向了武器的自我批判、自我否定。

当然,康德精心构筑的反规则的理论大厦最致命的要害还是在于其主观唯心主义性质,以主体的先天立法清除了所有外在性的客观规则所可引发的理论障碍。从此,文类理论中曾经纷纷扰扰的外在客观规则之争,也正是由德国哲学革命之唯心主义大舵的陡然扭转,开始转向主体性的观照重心。文类理论哲学化也因此一扫曾经的以规则为核心的古今之争传统孳生的喧嚣,为文类理论研究注入了令人耳目一新的精神气息。如果说此时尚存在"规则"一词,那么目的只是为了论证它的不存在。与此不无关联的是,康德在论证审美判断的本质特征的过程中,非常强调自由美与依附美、自由艺术与雇佣艺术、审美艺术与机械艺术、美的艺术与快适艺术等之间的界限,一再宣称只有美的

① [德]康德著《判断力批判》,邓晓芒译,杨祖陶校,第154页。
② [德]康德著《判断力批判》,邓晓芒译,杨祖陶校,第163页。

艺术才是审美判断论说的对象,只有对美的艺术的判断才是真正纯粹的鉴赏判断,包括文学艺术与科学的区别,所有这一切,都是康德追求现代意义上的艺术概念自觉和独立的学术冲动,而这是与他始终倡导的艺术主体的审美自律地位互为表里、并行不悖的。甚至可以说,正是艺术主体的审美自律地位催生了艺术的自律与现代意义上的艺术概念的自觉与独立。值得补充一提的是,康德之后的德国古典美学家似乎再也没有出现过像康德如此这般对于"美的艺术"一词的特别强调,亦可为证。

此外,在对待包括文类规则在内的文学传统态度上,康德不同意以文学传统立法的合理性来质疑审美判断的自律性、原则的先天性。但是问题在于,既然在论说天才与模仿精神对立时,将文学艺术与科学区分开,为何此时又以科学(数学)为例来揭露传统对主体性的压制呢?以两个性质相异的事物跨界来为对方证明,论证方式如何合理?结论如何成立?按逻辑来说,本应该继续以文学传统为例,但是众所周知,审美自律又如何能够与文学传统相绝缘呢?而只有一种情况是例外,那就是审美判断主体作为康德所谓的天才。由此可见,论证方式上的抵牾倒为揭橥上述审美判断学说与天才说之间的另一层隐秘关系,即两者必然又是互为前提、循环相证的。也正为此故,有学者研究指出:细审艺术创作的现象,天才与品位(taste)是交织着的。天才自然有品位,审美与天才同归于一源。

三

康德开风气之先,据其哲学理论体系从宏观上对于反一切客观、外在规则的系统演绎,虽说此"规则"所指难免过于宽泛含糊,但是通过上述的归纳和总结,谁也无法否认其与以往文类理论中文类规则的探讨、论争之间剪不断的切实联系。然而,又不得不承认的是,继康德之后,文类问题的关注要直接得多。文类等级问题即是其一。德国古典文类理论中,对此问题的论述大致可以分为三种具体情形,即:两文类之间的等级问题,"三分法"产生的等级问题以及单个文类的等级问题。

（一）两文类之间的等级问题，可以席勒关于悲剧和喜剧孰高孰低的论说为代表。他以康德美学思想为指导，给出了合乎逻辑而又别具特色的等级观。席勒如此说道：

> 有好几次人们争论：悲剧和喜剧，二者之中哪个等级更高些。如果问题仅仅在于，二者之中哪个处理着更重要的客体，那么毫无疑问是悲剧占有优势；但是，如果人们想要知道二者之中哪个需要更重要的主体，那么几乎就不能不赞成喜剧了。[①]

之所以在席勒看来，喜剧高于悲剧，主要有以下两层原因：

从审美判断层面来看，审美的合目的性作为判断的唯一依据，使得喜剧高于悲剧。席勒继承了康德关于美、美的艺术、审美判断的学说，例如认为“美是不需要说明或不借助于概念说明自身的形式”；“形式的美或表现的美是艺术所特有的”，“美的艺术的本质就是外观”；“有审美心境的人，只要他愿意，他就会普遍有效地判断，普遍有效地行动”以及“假如审美趣味的判断是完全纯粹的，那么就必定完全弃绝了那种认为美的对象有某种（理论的或实践的）价值和有某种质料构成以及为某种目的存在的观念”[②]等等。总之，康德美学体系中由审美判断的先天原则“审美的合目的性”导致的对形式审美独立性的极度重视，在席勒美学思想中得到了延续，席勒说，“在一部真正的美的艺术作品中，内容不应该起任何作用，而形式应该起全部作用”，“只有从形式中才有希望得到真正的审美自由”。[③] 故而，席勒反对束缚于质料而让外观为目的服务的做法，吁求“对纯粹外观作无利害关系的自由评价”的人性革命，以期实现

---

① ［德］席勒著《审美教育书简》，张玉能译，第178页。

② ［德］席勒著《审美教育书简》，张玉能译，第117、140、86、72、115页。

③ ［德］席勒著《审美教育书简》，张玉能译，第69页。

“外观在理想的艺术中具有一种独特的个性”①。而且在其对于三个王国的区分之中，外观、形式、形象、自由游戏诸概念在审美王国里本质相通，他说审美王国就是“游戏和外观的快乐的王国”，置身其中，“人与人就只能作为形象来相互显现，人与人就只能作为自由游戏的对象面面相对”。② 那么，就悲剧与喜剧而言，悲剧无疑受题材内容（质料）的因素影响很大，因为它要始终“处于一种特殊的目的（激情）的支配之下”。而根据席勒关于美的无功利、无目的的规定，悲剧作为一门“激情的美的艺术”，其称谓本身即为矛盾体，“因为绝不会有比给心灵一种特殊倾向更与美的概念相冲突的了”。③ 其次，就审美判断的自律性来说，“如果任何东西都不是由于质料而存在，而是一切都由于形式而存在，那么表现就会是自由的”。因此，内容（质料）的因素作为他律，严重侵犯了艺术作品形式的审美自律，此时产生的艺术作品只能是“矫揉造作的”，丑的，“不是完全自由的”。席勒不止一次地强调指出，一旦艺术品“以质料的自然（本性）为基础的特征，那么美就受到了损害；因为在这里存在着他律”；所以从这个意义上说，悲剧“并不是完全自由的艺术”④。最后，席勒从审美判断与认识判断的界限出发，认为如果基于内容（质料）来寻求艺术效果，那么，接受主体只是以知性或感性出发，直接寻求道德教化或感官快适，而这并非真正纯粹的审美判断，故而会破坏作品目的与合目的的形式、感性与知性的有机统一。席勒说：

> 如果一部作品仅仅通过它的内容来产生效果，那么并不一定就证明在这部作品中的无形式性；这倒往往证明在判断者心中缺乏形式。……他可能习惯于不是仅仅用知性来接受，就是仅仅用感性来接受，所以，即使在最成功的整体那里他也只会偏执于部分，即使在

---

① ［德］席勒著《审美教育书简》，张玉能译，第 90 页。
② ［德］席勒著《审美教育书简》，张玉能译，第 95 页。
③ ［德］席勒著《审美教育书简》，张玉能译，第 69 页。
④ ［德］席勒著《审美教育书简》，张玉能译，第 143、69 页。

> 最美的形式那里他也只会偏执于质料。这种人只能接受粗糙的元素，在他要从一部作品中得到一些享受之前，他必须先破坏这部作品的审美有机体；他细心认真地挖掘出个别的东西，而艺术大师却运用无限的艺术要使这种个别的东西消失在整体的和谐之中。他对艺术的兴趣绝对地不在道德方面，就是在自然方面，只是恰恰不在应该在的方面，即不在审美方面。[①]

在以内容（质料）这一客体为重的悲剧接受过程中，这一不良倾向委实在所难免。悲剧也因此有把自身排除出艺术审美范畴之虞。或正为此故，席勒提出他的“悲剧的理想”说，即：“在一部悲剧之中，如果被激起的同情是比较少运用题材的作用，而更多的是最好地运用悲剧形式的作用，那么，这部悲剧就是最完美无缺的了。这部悲剧可以算作悲剧的理想。”[②]从艺术生产层面来看，艺术家主体的自由统一性，使得喜剧高于悲剧。为了论说的便利，不妨首先从席勒关于素朴与感伤的理论及其与康德美学思想的关联谈起。席勒认为诗的天才借以表现自己仅有两种可能的方式，或模仿现实，或表现理想，前者造就素朴的诗人，后者造就感伤的诗人。个中原因在于文学与完满人性表现的特殊关系，席勒写道：

> 诗的概念只不过是给人性提供尽可能完满的表现，如果我们现在把诗的概念应用到上述那两种状态中，那么就会发现，在自然的素朴状态中，由于人以自己的一切能力作为一个和谐的统一体发生作用，因而他的全部天性都完全表现在现实中，所以诗人就必定尽可能完美地模仿现实；相反，在文明的状态中，由于人的全部天性的和谐协作仅仅是一个观念，所以诗人就必定把现实提高到理想，或者换句话说，就是表现理想。事实上，这是诗的天才借以表现自己的仅有的

---

① ［德］席勒著《审美教育书简》，张玉能译，第69—70页。

② ［德］席勒著《审美教育书简》，张玉能译，第319页。

两种可能的方式。[①]

这一观点的别样表达就是:“让我重复一遍,诗的艺术只有两个领域,它必须要么在感性世界里,要么在观念世界里。”[②]不管是在感性世界里的素朴诗,还是在观念世界里的感伤诗,不论是模仿现实,还是表现理想,无可否认,都是以不同的方式表现完美人性。不同之处在于:素朴诗人直接在现实自然中加以表现,而感伤诗人在扬弃或克服现实自然中间接地加以表现。按席勒意见,如果说“对素朴的满意是对显现观念的自然的兴趣”[③],那么,不妨可以说,“对感伤的满意是对显现观念的被扬弃或克服后的理想自然的兴趣”。此间感性与普遍理性(观念)之间的和谐统一论,不禁让人想起康德美学思想中审美的合目的性、美的艺术、天才诸范畴。因为康德正是先天地从形式的合目的性出发,凭借审美判断连接、统一起知性与理性、主观与客观、主体与客体此类的二元对立;又以自然通过天才为艺术创作自我立法,来呼应形式的合目的性,最后得出结论说:美的艺术只能是天才的产品。两相比照,席勒和康德的期求感性与理性相统一的理论运思如出一辙,这也就解释了为何席勒会说“每个真正的天才必定是素朴的,否则他就不是真正的天才”[④]。

对于作为不可分割统一体的素朴诗人而言,其与现实表现对象的关系是单一、一致;而期待表现理想的感伤诗人,其与现实表现对象的关系是对立与冲突。所以,感伤诗人或表示对现实的厌恶,或抒发对理想的渴慕。前者产生“讽刺诗”,后者产生“哀歌”。席勒认为,悲剧和喜剧分属讽刺诗里“激情的讽刺”和“戏谑的讽刺”[⑤]。出于文学“完美地表现人性”的神圣使命,席勒提醒诗人务必注意“实际的自然”与“真正的自然”、“真正的人的自然本性”与“实际的

---

① [德]席勒著《审美教育书简》,张玉能译,第171页。
② [德]席勒著《审美教育书简》,张玉能译,第187页。
③ [德]席勒著《审美教育书简》,张玉能译,第148页。
④ [德]席勒著《审美教育书简》,张玉能译,第158页。
⑤ [德]席勒著《审美教育书简》,张玉能译,第175—176页。

人的自然本性”等两组对立范畴的不同涵义，千万不可将它们混淆对待，否则将是文学之灾、读者之大不幸！文学创作和批评中“种种荒谬的事情”、“多少陈规旧套”就是因为混淆上述范畴得以存身诗学，贻害匪浅。而只有“真正的自然”、“真正的人的自然本性”才是天才诗人需要恪守的永恒准则，而这也正是“诗的尊严”、“审美的尊严”的有力保障。[①] 简而言之，所谓“真正的自然”与“实际的自然”、庸俗的自然相对，是丰富多彩、富有诗意、充满生气的具有感性真实的自然；所谓“真正的人的自然本性”是身心健康和谐，人格独立自由，道德高尚纯洁等完美人性要求的显现。席勒认为，就作为激情艺术的悲剧来说，“激情的每次勃发，即使极其庸俗，也仍然是实际的自然；它甚至可以是真正的自然，但是它不是真正的人的自然本性”。如果悲剧中的每个行动主体都是真正的人的自然本性的表现，那么悲剧的激情是无以产生的，因为悲剧激情往往来自身心、人与现实此类的对立冲突，而非和谐。他还批评悲剧舞台演出现状说：“这些激情表达并不是模仿真正的自然，而仅仅是对实际的自然进行了无聊而鄙陋的表现。”[②]

复就喜剧来说，由于喜剧传统上一般都是模仿社会底层人物，席勒认为“低劣的自然”不是不可以模仿，但是此时，作为喜剧诗人“他自己的美的自然本性必须影响对象，而不容许模仿者与庸俗的材料沆瀣一气。只要他本人——至少在创作的时刻——是真正的人的自然本性，那么他给我们描绘的是什么东西，就无关紧要了”；而“丑相在丑相中映现”是与完美表现人性的真正的诗的精神相违背的。席勒在他处论说悲剧与喜剧关系的一段话亦可与之相参照：“前者早已借助他的严肃的题材而避免了轻浮；但是后者只能处理道德上无关紧要的题材，如果在这里不使内容的处理高尚化，如果诗人的主体不能代替他的客体，那就必然会陷入轻浮，就会丧失任何诗的尊严。”[③]这里就提示出：客体激情本身作为悲剧的内容（质料）并非完美人性的表现，悲剧是以激

---

① ［德］席勒著《审美教育书简》，张玉能译，第210、178、195页。

② ［德］席勒著《审美教育书简》，张玉能译，第210—211、214页。

③ ［德］席勒著《审美教育书简》，张玉能译，第211、178页。

情爆发为媒，从而将业已破坏分裂的完美人性重新予以表达；而喜剧借助于体现完美人性的艺术主体确保完美人性的表现，与内容（质料）无关。更为关键的一点在于，要求喜剧诗人以其“美的自然本性影响对象”，发挥其“真正的人的自然本性”的艺术主体作用，殊不知，无论是“美的自然本性”，抑或“真正的人的自然本性”，都属于素朴的范畴，这就在喜剧诗人身上实现了素朴与感伤的某种融合，而这恰恰是席勒无比期待中的“优美人性的理想”的模式显现：“不论素朴的性格还是感伤的性格，单独来看，都不能完全详尽地阐明美的人性这个理想，这个理想只有在两者的紧密结合中才能出现。”席勒同时指出，“优美人性的理想”即“诗的性格”[①]，亦即处于审美状态的自由人。因而，不论是就喜剧诗人的素朴状态中的“真正的人的自然本性”而言，还是就喜剧诗人实现了素朴与感伤的融合来说，喜剧诗人皆与优美的性格内在相连。而“优美的性格永远是自由的，而且不费一点力就是自由的”，并且“优美的性格已经包含着一切的伟大，这些伟大自由自在地从它的本性中流露出来”[②]。或许正是从这个意义上，才会有助于更好地理解和领悟席勒所谓“喜剧的目的是和人必须力求达到的最高目的一致的，这就是使人从激情中解放出来，对自己的周围和自己的存在永远进行明晰和冷静的观察，到处都比发现命运更多地发现偶然事件，比起对邪恶发怒或者为邪恶哭泣更多地嘲笑荒谬。”而一旦这一目的达到的话，在席勒看来，“那就使一切悲剧成为多余的和不可能的东西”[③]。因为从对立和冲突的激情复返素朴式的优美和谐，悲剧丧失了产生和存在的土壤。既然喜剧诗人与优美的性格对应，那么悲剧诗人则与崇高的性格相连，而“崇高的性格只是断断续续地自由的，而且只是通过努力才自由的”。总而言之，“喜剧的美妙任务是在我们心中产生和维护这种心灵自由，悲剧的使命是通过审美的方式在这种心灵自由被激烈的情感粗暴地破坏了的时候帮助把它

---

① ［德］席勒著《审美教育书简》，张玉能译，第223—224页。
② ［德］席勒著《审美教育书简》，张玉能译，第179页。
③ ［德］席勒著《审美教育书简》，张玉能译，第180页。

恢复起来”[①]。

综上所述,席勒在审美判断层面否定了悲剧的内容(质料)的他律性,在艺术生产层面详细阐述和论证了艺术生产主体作为自由统一体的优越性,从而两相结合,展现了一幅大有别于传统关于悲剧与喜剧等级认识的理论画卷。而此画卷之所以能够完满构成,离不开康德美学思想的强大支撑。回顾西方文类理论史,狄德罗也曾通过强调喜剧诗人的主体性来抬高喜剧等级,认为:“喜剧诗人是最地道的诗人,他有权创造。”[②]但狄德罗的主体性只是针对审美主体的创作方式,而非席勒所指涉的审美主体自身的特别规定性。如果前一种主体性是归属本体的外延,那么后一种主体性即是本体自身。其次,就素朴诗人与感伤诗人的概念而论,对应古今时段划分的武断性与悲剧、喜剧等文类历史性存在形态的客观性,理论与事实,实难吻合,只是唯心主义的美好传说和一厢情愿。正如谢林评论所说,素朴与感伤“整个对立本身是某种主观者”,例如“有关索福克勒斯,任何人都不会说:他是感伤的;而且正因为如此,任何人也不会说:他是素朴的。一言以表述之,索福克勒斯只不过是绝对的,并无任何进一步的规定。席勒所袭用的古希腊范例,主要来源于叙事诗”;而且叙事诗也只是“有时呈现为素朴的”;而“戏剧既不能呈现为素朴的,亦不能呈现为感伤的;莎士比亚,譬如说,可被视为素朴的,——正是这一点,使他在这方面再度成为近代的人”[③]。再次,虽然席勒首次将悲剧与崇高的性格相关联,但是仍未超越优美的性格。优美范畴的压倒性胜利,也间接地再次反映出德国新生资产阶级的软弱性。最后,席勒对于喜剧诗人作为素朴的自由主体的角色强调,以至于视内容(质料)为可有可无,还是承续了康德以审美判断的自律、主观必然性反对迎合庸众这一做法的精神传统。因为席勒也同样坚持认为:“观众的满足,仅仅就是对于平庸之辈的激励之举,但是,对于天才来说却

---

① [德]席勒著《审美教育书简》,张玉能译,第 179 页。

② 《狄德罗美学论文选》,北京:人民文学出版社 1984 年版,第 155 页。

③ [德]弗·威·约·封·谢林著《艺术哲学》(上下册),魏庆征译,第 139—140 页。

是辱骂和威胁之举。"[1]

（二）"三分法"产生的文类等级问题，可以谢林为代表。通过上文所述，不难知晓，康德美学提出用判断力连接起处于对立关系的知性和理性，以审美的合目的性或主观合目的性这一先天概念为原则，审美判断借想像力的自由游戏将感性表象与知性概念达到对立的统一。这在康德看来，正是属于审美判断力的辩证论，即："一个判断力如果应当是辩证的，就必须首先是推想的；就是说，它的判断必须提出对普遍性的要求，并且是先天的普遍性的要求：因为辩证论就在于这些判断的相互对立。"[2]更为重要的是，在回答人们关于他对纯粹哲学的划分为何总是三分的困惑时，康德认为事物的先天划分必然是三分法的，而这三分法正是对辩证论的符合。他说：

> 有人曾对我的纯粹哲学的划分几乎总是得出三分的结果感到困惑。但这是植根于事物的本性中的。如果一个划分要先天地进行，那么它要么是按照矛盾律而分析的；而这时它总是两分的（quodlibet ens est aut A aut non A，任何一个存在要么是 A 要么是非 A）。要么它就是综合的；而如果它在这种情况下要从先天的概念（而不像在数学中那样从与概念相应的先天直观中）引出来，那么这一划分就必须按照一般综合统一所要求的，而必然是三分法的，这就是：(1) 条件，(2) 一个有条件者，(3) 从有条件者和它的条件的结合中产生的那个概念。[3]

康德的辩证论思想，清晰地勾勒出了"正题—反题—合题"的三段论公式，尽管其本人没有将此演绎纳入艺术的划分之中，但是在谢林手中，古希腊诗学中提出的"三分法"因为辩证论而首次得到了别具一格的解读与诠释。

---

① [德]席勒著《审美教育书简》，张玉能译，第 320 页。
② [德]康德著《判断力批判》，邓晓芒译，杨祖陶校，第 183 页。
③ [德]康德著《判断力批判》，邓晓芒译，杨祖陶校，第 33 页，页下自注。

谢林从客观唯心主义立场出发,认为艺术和哲学虽都是自由绝对体,但是在"唯一的绝对者"面前,它们又各自作为现实者和理念者"同一"于其中。所以,"绝对者以普遍者与特殊者之绝对不可区分映现于普遍者=哲学——理念;绝对者以普遍者与特殊者的绝对不可区分映现于特殊者中=艺术"①。那么,当艺术被划分为特殊艺术形态时,曾经"作为现实者与理念者之完满的复合"②这种同一关系就会被打破,艺术世界从而首先被区分为对立之两端:作为现实范畴的造型艺术与作为理念范畴的语言艺术。其中原因在于:"造型艺术所赖以表现其理念者,乃是某种具体者本身;语言艺术所赖以表现其理念者,乃是某种普遍者本身,即语言。"③前者所谓"某种具体者本身"即声、光和人体。就语言艺术内部而言,以辩证论实现对三分法的逻辑演绎,大致可分为三种情形:

首先是从反映手段来看,谢林认为,叙事诗采用的是模式化方式,即"普遍者在其中成为特殊者的表征";抒情诗采用的是比喻方式,即"特殊者在其中成为普遍者的表征";戏剧采用的是前两种对立方式之综合,即象征方式:"在其中,普遍者并不成为特殊者的表征,特殊者亦不成为普遍者的表征,而两者绝对同一。"故而因为戏剧采用的是唯一的"绝对的方式"而高于其他两者。④

其次是源于哲学体系的内部划分,谢林认为哲学包括以知为特征的自然哲学、以行为特征的理性主义以及将对立的知、行置于不可分地位的艺术哲学,这明显受到康德对于纯粹哲学体系的划分思想的影响。以此为参照,谢林认为抒情诗对应于知,最富主观性;叙事诗与行相对应,最富客观性;戏剧兼具主观性和客观性,是两者的综合。正因为这种综合,戏剧又高于其他两种文类。

---

① [德]弗·威·约·封·谢林著《艺术哲学》(上),魏庆征译,第23、65页。
② [德]弗·威·约·封·谢林著《艺术哲学》(上),魏庆征译,第5页。
③ [德]弗·威·约·封·谢林著《艺术哲学》(下),魏庆征译,第302页。
④ [德]弗·威·约·封·谢林著《艺术哲学》(上),魏庆征译,第65—66页。

最后是源于席勒有关素朴与感伤的理论，谢林认为诗歌肇始于“作为同一、作为一种质朴状态之叙事诗”，继而在抒情诗阶段，同一分裂为知与行、主观与客观、必然与自由之间的斗争；终于在戏剧阶段里，在这“尤为完善的创作中”再度达到“高级的同一”：“戏剧将两种相互对立的形态之属性纳于自身，成为真正的自在存在以及任何艺术的实质之最高表现。”①

值得一提的是，虽然谢林继承了自康德伊始的连接和统一对立因素的思路，对传统三分法进行了具体演绎和分析，既是辩证的，又是唯心的；其实三分法自诞生时，就似乎打上了辩证的烙印，不管是柏拉图，还是亚里士多德，史诗（叙事诗）是作为戏剧、抒情诗的综合者而面向世人的。两者的不同之处在于：一是综合者不同，从曾经的叙事诗转变为现在的戏剧。其原因在于，文类的历史演变。一度以史诗为代表的叙事诗，日渐从动作模仿的表演性和诗人直接叙述，褪变为仅是叙述；而戏剧在除了动作模仿之外，随着近代戏剧中人物性格因素的增强，叙述成分地位抬升。故而在此消彼长之间，戏剧取得了适宜作为综合者角色的主动权。二是两个“综合”本质存在差别：受谢林的同一哲学的影响，三分法的辩证演绎中，戏剧作为最后的综合，不是数量、程度、平面上的综合，而是在质上的、立体的逻辑递升。从上述中诸如“绝对的方式”还是“真正的自在存在”、“最高表现”等词汇对于戏剧综合性质的表示中，都不难感知出这一点。而在古希腊文类理论里，三分法中的综合则至多是表现方式上数量的汇总。正是受此辩证演绎三分法的影响，在康德于一切美的艺术中，把文学（诗艺）置于“至高无上的等级”②之后，戏剧（尤其是悲剧）在文学之中的地位借以迅速提高，谢林把戏剧视为“使艺术世界的这

---

① [德]弗·威·约·封·谢林著《艺术哲学》（上），魏庆征译，第 364 页。这里三者关系是“素朴—感伤—再素朴”的辩证演绎过程，而非某些学者所认为的简单的总分关系，例如有学者这样说道：“根据总体框架，诗也有三个级次，即三种特殊的形式。谢林认为，各种诗的次序可按两种原则排列，一种是按自然和历史的原则，把史诗放在首位，因为史诗是诗的原始统一体，抒情诗和戏剧诗都是从史诗（叙事诗）中分化出来的，按其起源来说，史诗或叙事诗也最早。”（曹俊峰、朱立元、张玉能著《西方美学通史（第四卷）·德国古典美学》，上海：上海文艺出版社 1999 年版，第 331 页。）

② [德]康德著《判断力批判》，邓晓芒译，杨祖陶校，第 172 页。

一领域臻于完满”者，誉为“一切艺术之最完美的结合”[①]者。此后作为德国古典美学集大成者的黑格尔也类似称誉戏剧为“最完美的整体”、“诗乃至一般艺术的最高层”[②]。直到别林斯基那句耳熟能详、脍炙人口的评价：“戏剧诗歌是诗歌发展的最高阶段，艺术的皇冠，而悲剧则是戏剧诗歌的最高阶段和皇冠。”[③]这把戏剧、悲剧推至人类艺术的巅峰。而谢林在悲剧被抬高到戏剧之皇冠的过程中，所起到的特殊作用还在于，他首次从哲学高度解释了悲剧在戏剧中的“始初的”、“第一种形式”的地位，从而把悲剧作为戏剧的代名词，喜剧则是悲剧之转化。他说：

显而易见，我们索性将戏剧直截了当地解释为悲剧；因此，看来，我们似乎摈斥另一种形式——喜剧形式。前者不可或缺。须知，一般说来，戏剧只能产生于那种真正的和实际的斗争，即自由与必然的斗争，可区分体与不可区分体的斗争。……而须知，这一斗争之直接的和绝对的表现在于：必然形成客观的范畴，而自由则形成主观范畴；这也就是悲剧的规律。总之，悲剧是第一种形式，而喜剧则是第二种形式，因为它无非是产生于悲剧之反其道而行之。

必然呈现为客体，自由则呈现为主体。自由与必然在悲剧中的关系便是如此，因为悲剧为戏剧始初的、似乎肯定的表现。这样一来，借助于这一关系的转化，一种形态应运而生；在这种形态中，恰恰相反，必然或同一则呈现主体，自由或差别则呈现客体；这便是喜剧的规律……[④]

① [德]弗·威·约·封·谢林著《艺术哲学》(下)，魏庆征译，第385、417页。
② [德]黑格尔著《美学》(第三卷下)，朱光潜译，第240页。
③ [俄]别林斯基著《别林斯基文学论文选》，满涛等译，第374页。
④ [德]弗·威·约·封·谢林著《艺术哲学》(下)，魏庆征译，第370—371、389页。

谢林从辩证论出发，对于传统三分法的逻辑演绎，在西方文论史上影响巨大。从弗·施莱格尔、黑格尔到别林斯基，从浪漫主义到形式主义，无不见到此说之踪迹，尤其是做法本身开针对三分法进行不同模式演绎之先河。例如雨果就指出："诗有抒情短歌、史诗和戏剧三个时期，每一个时期都和一个相应的社会时期有联系。原始时期是抒情性的，古代是史诗性的，而近代则是戏剧性的。"[①]俄国形式主义大家雅各布森则用语法上的人称来对应三分法：抒情诗对应于第一人称，戏剧对应于第二人称，而叙事诗对应于第三人称。林林总总，不一而足。

（三）关于单个文类的等级问题：可以悲喜混杂剧的地位为例。众所周知，悲喜混杂剧在西方文类理论史上曾经作为大力推崇的混合型文类，来反对古典文类理论中对于悲剧的一味肯定。瓜里尼、拉辛等都是悲喜混杂剧的坚定支持者，狄德罗、博马舍等人亦通过提出间于悲剧与喜剧之间的严肃喜剧、严肃戏剧、家庭悲剧等新类型对此予以积极响应。然而在德国古典文类理论中，悲喜混杂剧在黑格尔看来却是无足轻重者，他说"处在悲剧和喜剧之间的是戏剧体诗的第三个主要剧种。这个剧种没有多大的根本的重要性"，"悲喜混杂剧也可以列入这一种"。[②] 不仅如此，黑格尔还将此类"中间种或混种"归入"还不够完善"[③]之列。为何黑格尔会如此结论呢？这还与上面所论的三分法的辩证演绎密不可分。受谢林影响，黑格尔仍旧是把戏剧视作"史诗的客观原则和抒情诗的主体性原则这二者的统一"，"把史诗和抒情诗结合成一体"[④]，因此，在黑格尔文类理论体系中，戏剧同样是高于其他两者的，恰如他认为戏剧是"最完美的整体"，是"诗乃至一般艺术的最高层"一般。而得出此结论的前提之一是戏剧对于主客体矛盾的解决，不是包含悲喜混杂剧在内的正剧的基础。黑格尔认为，正剧的基础是不同于悲剧的，即正剧的自然基础

① [法]雨果著《论文学》，柳鸣九译，第 40 页。
② [德]黑格尔著《美学》（第三卷下），朱光潜译，第 294 页。
③ [德]黑格尔著《美学》（第三卷上），朱光潜译，第 21 页。
④ [德]黑格尔著《美学》（第三卷下），朱光潜译，第 241、243 页。

是“幸运或圆满的结果”,“剧中人物本来并不要牺牲自己就可以抛弃他们所追求的目的,或是彼此言归于好,用不着造成悲剧的结局”。[①] 而同样视悲剧为戏剧“第一种形式”的黑格尔认为,戏剧(悲剧)的最高任务是通过矛盾双方各自克服片面性但谁也不是胜利者来实现标志“永恒正义”胜利的“和解”,而“真实只在于矛盾的解决,所谓解决并非说矛盾和它的对立面就不存在了,而是说它们在和解里存在”。“艺术的使命在于用感性的艺术形象的形式去显现真实,去表现上文所说的那种和解了的矛盾”[②]。可见,戏剧(悲剧)艺术的真正和最高使命不是表现作为悲喜混杂剧基础的圆满结局和幸运的收场,而是“冲突和解决的悲剧性”[③]。综上所述,悲喜混杂剧自然处于不怎么重要的地位了。

四

当然,除了上述内容之外,还有一些传统的文类理论命题在此时进一步得到讨论和延续。例如在文类与接受问题上,歌德就提出,审美接受对于产生新文类影响巨大,没有接受的良好土壤条件,新文类的诞生往往就会是泡影。他说,他想要培育出“一种德国戏剧”,于是写作了《伊菲姬尼亚》、《塔索》这样的作品期望引起观众的注意;然而事实是,“一切还像往常一样”,这无疑让他深受打击而对培育新种类戏剧的计划和幻想作罢,他把原因归结于:“没有能把这类剧本演得有精神、有生气的演员,也没有能同情地聆听和同情地接受这类剧本的观众。”他同时还从一个新颖角度重释了学习和崇尚古人之义。他认为,学习古人不是着眼于规则、规范之类,而是学习他们如何“要面向现实世界,设法把它表达出来,因为古人也正是写他们在其中生活的那个世界”[④]。这与法国新古典主义、启蒙运动中革新派的思想如出一辙。黑格尔则从新类型

① [德]黑格尔著《美学》(第三卷下),朱光潜译,第 329—330 页。
② [德]黑格尔著《美学》(第一卷),朱光潜译,第 67—69 页。
③ [德]黑格尔著《美学》(第三卷下),朱光潜译,第 330 页。
④ [德]爱克曼辑录《歌德谈话录》,朱光潜译,第 74、97 页。

作品与文类传统关系出发，认为新类型作品是反对机械、僵硬地恪守文类规则传统的有力武器，对新类型作品的认可就意味着破旧立新，他把浪漫艺术称为“一种真正有生命的诗歌”，代表着“天才的权利、天才的作品以及天才作品的效果”，它们“超出过去理论抽象化所根据的那些作品的范围和方式”，于是人们借以“反对那些规则的专横和理论的空泛”；对它们的接受与认可，同时意味着“有必要把美的概念和本质了解得比上述那些理论所了解的更深刻些”。[①] 再如席勒还受亚里士多德诗学思想影响，从模仿方式、对象等方面来区别悲剧、史诗、抒情诗之间的界限。而最富于民族特征的文类理论命题则是此时的文类发展论。众所周知的是亚里士多德文类理论中提出的单个文类封闭发展论，即一个文类发展成熟完善之际，便是永恒不变之时。与此不同，德国古典文类理论中对于文类发展论形成两种演绎模式，分别以谢林和黑格尔为代表。

谢林的演绎模式是“复返”[②]模式，即按照他对三分法的辩证论推演，当戏剧完成对叙事诗、抒情诗的更高综合之时，它便成了作为艺术世界的理念范畴的语言艺术对绝对者的“最高表现”、“最后的表现”、“最后的综合”，即：“就观念而言为完满的综合、将一切对立者结合为总的整体者，就时间而言将成为最后的表现。”[③]谢林认为语言艺术此时开始“回到造型艺术，但并没有进一步发展”。而在此复返过程中，语言艺术（诗歌）与造型艺术结合而生出其他艺术，即：“在歌唱中，诗歌复返音乐；在舞蹈中，无论是舞剧还是哑剧，复返绘画；在戏剧艺术中，复返其本来意义的雕塑艺术，因为表演是活的雕塑。”[④]不止于此，复返后的戏剧，在谢林看来，更是涵括了已有及新生的一切艺术，“一切艺术之最完美的结合、诗歌与音乐在歌唱中的结合、诗歌与绘画在舞蹈中的结合，以综合的形态构成戏剧艺术的最复杂的现象”。[⑤] 可以说，复返后的戏剧可谓艺

① [德]黑格尔著《美学》(第一卷)，朱光潜译，第25—26页。
② [德]弗・威・约・封・谢林著《艺术哲学》(下)，魏庆征译，第417页。
③ [德]弗・威・约・封・谢林著《艺术哲学》(下)，魏庆征译，第364、369页。
④ [德]弗・威・约・封・谢林著《艺术哲学》(下)，魏庆征译，第417页。
⑤ [德]弗・威・约・封・谢林著《艺术哲学》(下)，魏庆征译，第417—418页。

术世界的代名词。[①] 作为对绝对者的"实际直观"[②],艺术在戏剧中已经发展到这种"实际直观"的尽头。艺术发展到戏剧已经完成了自己的职责和使命;继艺术之后的更高层次的表现绝对者,谢林认为是在宗教中,他说:"音乐、歌唱、舞蹈,犹如戏剧的一切形态,只存在于公共生活,并结合于其中。公共生活消失之处,取代现实的和外在的戏剧(……)者,唯有内省的(innerliches)、理念的戏剧——礼拜,真正公共仪式的唯一形态。"[③]因为"哲学是一切的基础,并包容一切",可见,在艺术、宗教之上,尚有哲学作为至高的表现者。谢林还专门提及艺术与宗教之间的差别和对立:"艺术与宗教的紧密关联,这种完全的不可能性,即:一方面赋予艺术以诗歌世界(而非在宗教中和通过宗教),另一方面将宗教导致名副其实的客观显现(而非借助于艺术),使对艺术的科学认识成

① 对于谢林所谓语言艺术向造型艺术的"复返"内涵,学界虽罕见关注,但亦有不同解读。例如有学者认为此"复返"理应产生融合语言艺术和造型艺术的新型艺术,只是谢林遗缺而已:"照谢林自己设定的框架,应该有第三类艺术,它应该把实在系列的艺术与观念系列的艺术综合起来,使两者达到完全的无差别或绝对同一,这样这个体系才算完整。但谢林并没有构想出这一类艺术,只是在《艺术哲学》的末尾,他才提到语言艺术发展到戏剧之后,又有回归到造型艺术的趋势:在歌唱中,诗向音乐回归,在舞蹈中,诗向绘画回归,在话剧中,诗向雕塑回归。据此,歌唱、舞蹈和话剧似乎应该是语言艺术与造型艺术的综合。但谢林只说它们是复合的艺术,仅仅构成了一个附属的门类,并没有说它们是前两种艺术的同一或无差别。"(曹俊峰、朱立元、张玉能著《西方美学通史(第四卷)·德国古典美学》,上海文艺出版社 1999 年版,第 325 页。)我们以为恐非如此简单。谢林明确指出:"当戏剧在两种形态臻于最高的完满之后,语言艺术只是回到造型艺术,但并没有进一步发展。"说明谢林是意识到"复返"的方向或结局问题的。在他一贯的对戏剧至高等级的认可之际,"没有进一步发展"的"复返"实质仍是对戏剧至高等级的强调,以至于戏剧作为艺术的代名词,这也是谢林一再重复的戏剧作为"最高表现"、"最后的表现"、"最后的综合"、"最完美的结合"的题中之义。谢林对于唯心主义的执迷不允许"复返"导致新型艺术的产生,否则戏剧的至高等级就将面临危机与挑战。而设若戏剧的至高等级遭到了挑战,那么谢林的辩证法理论体系就必然瓦解了。故而,不是谢林"并没有构想出",而是实不可也。这是谢林之痛,也是一切唯心主义理论体系建构之痛。另外也有学者全盘否定谢林艺术分类的价值与意义,例如鲍桑葵在《美学史》中就反复批驳道:"谢林自己的分类表却纯粹是一种武断的形式主义。如果我们要问它的实质意义是什么,我们就找不到答案。从什么意义上来说抒情诗、叙事诗和剧体诗是一个同音乐、绘画和雕塑相应的第二序列呢?谢林并没有告诉我们,这一序列的次序是按照演变过程或表现力的多寡依次安排的。"(张今译,第 428 页)所以,"除非有人能透彻说明这些问题,否则,我认为这种分类法是没有意义的"。(张今译,第 429 页)若照此,所谓语言艺术向造型艺术的"复返"内涵就是个虚假命题。而韦勒克虽认为"谢林别出心裁的体裁理论却值得重视"。(《近代文学批评史》中文修订版第二卷,上海译文出版社 2009 年版,第 100 页)但是,论述中并未谈及"复返"问题。

② [德]弗·威·约·封·谢林著《艺术哲学》(上),魏庆征译,第 55 页。

③ [德]弗·威·约·封·谢林著《艺术哲学》(下),魏庆征译,第 418 页。

为真正信教者在这一领域的迫切需要。"[①]这里既揭示出艺术是与宗教有关联的,但是这种关联又非正常理解的那种正向性质的关联,而是相互对立的关联。这就又为艺术感性显现绝对者之后进入宗教显现阶段埋下了理论上的伏笔。

比照上述悲剧与喜剧之间的关系,谢林所谓戏剧是"最高表现"、"最后的表现"、"最后的综合"、"最完美的结合",其实说的是悲剧,因为他认为悲剧是戏剧的"第一种形式,而喜剧则是第二种形式,因为它无非是产生于悲剧之反其道而行之"。与谢林的"复返"模式相类似而又有发展变化的是黑格尔的艺术发展的解体模式,他明确借鉴和体现了这种悲剧与喜剧的相反关系,即:以艺术发展如同自然万物,有始必有终,当戏剧中的喜剧发展到成熟阶段,即到达终点和顶峰之时,喜剧导致艺术解体,艺术从而被宗教(还有哲学)替代。黑格尔说:"每一门艺术都有它在艺术上达到了完满发展的繁荣期,前此有一个准备期,后此有一个衰落期。因为艺术作品全部都是精神产品,像自然界产品那样,不可能一步就达到完美,而是要经过开始、进展、完成和终结,要经过抽苗、开花和枯谢"[②];所以"到了喜剧的发展成熟阶段,我们现在也就达到了美学这门科学研究的终点。……到了这个顶峰,喜剧就马上导致一般艺术的解体"[③]。这是由于,黑格尔以理念与感性显现之间的关系构建的艺术类型发展模式到了浪漫主义艺术类型阶段,"其中主体性本身已达到了自由和绝对,自己以精神的方式进行活动,满足于自己,而不再和客观世界及其个别特殊事物结成一体,在喜剧里它把这种和解的消极方式(主体与客观世界的分裂)带到自己的意识里来"[④]。喜剧与悲剧相反,"喜剧用作基础的起点正是悲剧的终点",于此间,主体所追求的目的和因为对立而遭到毁灭的"只是空虚的无足轻

---

① [德]弗·威·约·封·谢林著《艺术哲学》(上),魏庆征译,第9页。
② [德]黑格尔著《美学》(第三卷上),朱光潜译,第5页。
③ [德]黑格尔著《美学》(第三卷下),朱光潜译,第334页。
④ [德]黑格尔著《美学》(第三卷下),朱光潜译,第334页。

重的东西”[①]，感性显现绝对理念作为曾经的艺术主旨遭到解构，精神与物质的同一关系在喜剧里被割裂，绝对理念无法再外现于现实世界。那么，在喜剧之后，绝对理念的栖身之所自然成为一个问题。而对黑格尔的客观唯心主义体系来说，尽管艺术的使命和目的在于绝对理念的感性表现，但是在黑格尔看来，艺术相较宗教和哲学而言，这种以“感性观照”表现绝对理念的方式“还不是真正适合心灵的表现方式”，以“观念”为表现方式的宗教、以“自由思考”这种“最纯粹的知识形式”为表现方式的哲学都属高于艺术的两大绝对心灵的领域，并且由于后者统一了艺术和宗教的方式而使之成为“最富于心灵性”的表现方式。[②] 故而，对绝对真理的表现经艺术解体升入宗教、哲学，不啻为最佳归宿，也是理论建构使之必然。

最后不得不提及的是，两种模式中透露出来的文类发展论，似乎都昭示一种文学、艺术的死亡或终结。而究其实质，这些唯心主义模式更多的是指涉出艺术、宗教、哲学三者对于人类认识生活的不同位置关系。正如有论者所言："黑格尔的‘艺术解体’论的实质是把艺术放在绝对精神层次中较低的发展阶段上，指出还有比艺术更高的认识绝对真理的形式，所谓艺术‘解体’，就意味着，绝对精神必然要向更高的阶段发展，而不是说艺术真的会衰亡、消逝。”[③]“这一事实仅仅说明了，艺术已不再是人们修养观念的至高无上的天然表现，而且，在将来，艺术必须致力于一种与人类新理想相契合的新形式。”[④]所以，不论是谢林所谓“取代”，还是黑格尔所谓“解体”，不是死亡或终结之意，而是以此来标示三者各自的工作界限和活动疆域。申言之，在哲学至上的客观唯心主义精神世界里，艺术、宗教、哲学实质是作为对绝对理念加以表现和反映的三个由低到高的梯阶而已。对于三分法的辩证演绎，“正题—反题—合题”的

---

① [德]黑格尔著《美学》(第三卷下)，朱光潜译，第 315 页。

② [德]黑格尔著《美学》(第一卷)，朱光潜译，第 132—133 页。

③ 曹俊峰、朱立元、张玉能著《西方美学通史(第四卷)·德国古典美学》，上海：上海文艺出版社 1999 年版，第 767 页。

④ [美]凯瑟琳·埃弗雷特·吉尔伯特、[德]赫尔穆特·库恩著《美学史》(上下)，夏乾丰译，第 589 页。

三段论所导致的最终对绝对者感性表现的绝对完满性、最高优越性，即是艺术与宗教的界限标志。① 另外，值得注意的是，黑格尔在论说艺术对宗教与哲学的关系时，他并未强调三者之间的消除与被消除、压倒与被压倒的你死我活式的关系，而只是揭橥三者在作用程度与层次上的、中性的“分别”而已。他一方面指出：“艺术是和宗教与哲学属于同一领域”，即绝对心灵的领域；一方面又专门论述了“艺术在自然生活与心灵生活的整个领域里的地位”或谓之“艺术、宗教和科学的分别”，即：“绝对心灵的这三个领域的分别只能从它们使对象，即绝对，呈现于意识的形式上见出。”②“地位”、“分别”等词的使用，直接明了地意味着在表现绝对者问题上只是角色或分工之别，而绝非死亡、终结之说。何况黑格尔更是如此直接指出过：“艺术之所以异于宗教与哲学，在于艺术用

---

① 除此处提出的阶段说或界限说之外，还有几种影响较大的观点：一是克罗齐、韦勒克的灭亡说，如克罗齐认为：“黑格尔美学是艺术死亡的悼词，它考察了艺术相继发生的形式并表明了这些艺术形式的发展阶段的全部完成，它把它们埋葬起来，而哲学为它们写下了碑文。”（《作为表现的科学和一般语言学的美学的历史》，王天清译，中国社会科学出版社 1984 年版，第 144 页）韦勒克也是认为黑格尔“以毫不在乎甚至满意的态度，把艺术死亡看成人类的一个过去的阶段。”（《近代文学批评史》中文修订版第二卷，第 435 页）二是朱光潜先生的矛盾说，即认为黑格尔的“这个答案并不像一般哲学史家和美学史家说得那么绝对（他们认为黑格尔断定艺术终要灭亡），而是有些含糊。这种含糊显出他的矛盾”。这种矛盾源于其不彻底的辩证逻辑与艺术现实发展的对立。（朱光潜著《西方美学史》（下卷），人民文学出版社 1979 年版，第 484—485 页）值得一提的是，在早先出版的《克罗齐哲学述评》中，朱光潜先生对此是持灭亡说的：“艺术、历史和自然科学化为哲学之后便寿终正寝。”（《朱光潜全集》（第四卷），安徽教育出版社 1988 年版，第 324 页）与朱先生矛盾说类似还有卢卡契，他认为在黑格尔体系中，美学是世界从自然到“绝对精神”发展过程中的一个阶段而已，即自然—艺术—宗教—哲学—绝对精神，自然可以得出“艺术时期已经结束”，但是“幸运的是黑格尔在观察具体现象和从审美方面评价这些现象的时候，并没有彻底地采取这种立场”。因而带来其整个理论体系的“虚构和矛盾”。（《卢卡契文学论文集（一）》，中国社会科学出版社 1980 年版，第 404—445 页）三是现代艺术性质说，或传统艺术与现代艺术界限说。如德国学者狄尔特·亨利希就认为，黑格尔所谓艺术灭亡说是指当艺术发展进入现代视阈，艺术意义单一性的阐释目的模式不再有效，现代艺术与传统阐释模式之间出现断裂，作为整体的真理表现的艺术已然成为过去。他说：“众所周知，黑格尔认为艺术已走到尽头，人们不会不知道，他的意思是说，艺术不再能作为真理的特殊显现了。如今已没有艺术作品……能够成为诸神复归自身的途径，……现代生活繁杂纷纭，任何艺术都无法囊括对其整体的表现。”（转引自沃尔夫冈·伊瑟尔著《阅读活动》，中国社会科学出版社 1991 年版，第 20 页）持类似观点的还有朱立元的艺术类型即“自由艺术”新生说。朱先生在著作《黑格尔美学论稿》（1986）基础上，进一步撰文《再论所谓黑格尔的“艺术解体”论》（《文艺理论研究》1997 年第 4 期）指出：黑格尔“违背”了自我美学体系、框架的完整性，面对现实发展，“对当代艺术的新形态及时、敏锐地作了理论上的总结与概括，提出在浪漫型艺术之后出现了当代自由的艺术”，表明他对艺术前途不是悲观，而是“充满乐观”。（21—25 页）

② ［德］黑格尔著《美学》（第一卷），朱光潜译，第 121、133、129 页。

感性形式表现最崇高的东西。”[①]因此,正如近来有学者研究指出的那样:“黑格尔的艺术终结命题仅仅是其哲学体系的自然推衍,与艺术的命运无关,当然也谈不到他本人对艺术或悲观或乐观的态度。”[②]

当然,其中由这种角色或分工差异引发和萌生出来的某种对艺术至上论、艺术万能论的否定,或许是源于对自启蒙运动以来一股高涨的热衷审美教育效果的反动。因为,除了众所周知的席勒这样的坚信“唯有美才会使全世界幸福”[③]的忠诚的审美教育主义者之外,比如谢林也认为“能满足我们的无穷渴望和解决关乎我们生死存亡的矛盾的也只有艺术”;“人则是一种永远残缺不全的东西”,唯有作为“自由与必然的最高统一”的艺术(而非哲学)能够“按照人的本来面貌引导全部的人……认识最崇高的事物”[④];而且“直接或间接参与国家管理者,对艺术毫无感受,而且并未掌握对艺术的真知,则是奇耻大辱”[⑤],把艺术理论素养列为国家管理者的至关重要的必备要求,不可或缺。黑格尔仿佛意在告诫人们:艺术以其审美性的确具有独特的社会教育功能,但是完全倚重艺术来实现整个社会教育和改造工程,这必然又是崇尚自律的艺术无法承受之重!

五

综上所述,德国古典文类理论以哲学之眼,否定了此前纷纷扰扰的、围绕客观文类规则的一切论争与分歧的必要性,因为在先验哲学看来,客观的外在规则都是他律,文学艺术之所以是文学艺术,关键正是在于审美自律及其规则的先天性这一产物;而规则先天性必须,也只有借助超凡主体——天才得以实

① [德]黑格尔著《美学》(第一卷),朱光潜译,第 10 页。

② 张冰著《黑格尔的艺术终结观研究》,《中国人民大学学报》2014 年第 2 期,第 142—148 页。

③ [德]席勒著《审美教育书简》,张玉能译,第 96 页。

④ [德]谢林著《先验唯心论体系》,梁志学等译,北京:商务印书馆 1976 年版,第 266、258、282、278 页。

⑤ [德]弗·威·约·封·谢林著《艺术哲学》(上),魏庆征译,第 9 页。

现;受审美的形式的合目的性影响,主体性相对于内容(质料)这一客体而言具有无限优越的压倒性优势,具有素朴性质的天才正是从主体层面为喜剧高于悲剧的等级提供了理论支撑;以辩证论对于传统三分法的逻辑演绎,标志着艺术哲学的尾声,从侧面揭示出艺术与宗教、哲学三者之间的界限与不同定位,也促使人们思考艺术之价值本位何在。德国古典文类理论哲学化带来片刻新鲜感的同时,更多的是让人明确感受到作为哲学构成部分之一的艺术哲学的始时激动与终时的悲凉:包括文类理论探讨在内的艺术研究的指导宗旨无时无刻不是哲学之魂,以哲学之眼内窥艺术,也无非是服务于增广哲学所归涉的对象和范围,艺术永远只是哲学的附庸,原本丰满的艺术之躯被抽得干瘪后,一切都得听凭哲学主张的号令与安排。虽说比起以往唯理派,德国古典哲学认可了感性同样可以达至知识,但也只是最低级层次,哲学仍是位列至尊。总之,若换用比较形象点的说法,唯心主义虽信心满满地把艺术的现实世界纳入自己的看护范围和对象,结果却看丢了这个充满活力的孩子。对现实世界而言,唯心主义注定是个不合格的家长。

曾经,围绕文类理论传统的效用性而各执己见,莫衷一是,在解构与建构之间不断推进文类理论的前进步伐;而今,整个文学艺术的地位已经在哲学的挤压之下风光不再,委曲求全。“山雨欲来风满楼”,文类及其理论真的是前途未卜!

第七章　克罗齐与古典文类理论的终结

著名美学理论家比厄斯利曾经指出："20 世纪的美学讨论也许可以说，是从贝内德托·克罗齐[①](Benedetto Croce，1866—1952)开始的，他无疑是我们时代最具影响力的美学家。"[②]同样，在西方文类理论史上，这位"近代最有影响的批评家之一"[③]的意大利美学家显然也是一位承前启后的枢纽式人物。此前，没有一位美学家像他这样以集束性方式反思、批判和否定以往美学理论传统。他否认天才说、"艺术是实践"观、艺术界限说，重释"模仿说"、"为艺术而艺术"说，反对德国古典美学的艺术观、艺术史观，批评诸如"审美判断"、人体美、自然美之类的用法，等等。此前，也没有一位美学家像他这样以毅然决然的态度反对文学分类。他义正辞严地指出："就各种艺术作美学的分类那一切企图都是荒谬的。""讨论艺术分类与系统的书籍若是完全付之一炬，并不是什么损失。"[④]在反美学传统的剧烈风暴里，克罗齐亦将文类理论传统推进了绝地。克罗齐为何如此排斥文学分类？客观存在的标以各种文类名称的文学作品与其美学理论构架之间具有何种联系？对于克罗齐难免极端的文类观该如

---

① 也翻译作贝奈德托·克罗齐，后文不再说明。——编者注

② [美]门罗·C. 比厄斯利著《西方美学简史》，高建平译，北京：北京大学出版社 2006 年版，第 290 页。

③ [美]佛朗·霍尔著《西方文学批评简史》，张月超译，第 167 页。

④ [意]克罗齐著《美学原理·美学纲要》，朱光潜等译，北京：外国文学出版社 1983 年版，第 124—125 页。本章凡出自该书的引文不再一一注明。

何加以辩证分析？它又带来什么样的有益启示？历史影响如何？本章试对此逐一予以回答。[①]

一、克罗齐美学理论构架之勾勒

踵步德国古典美学对于感性认识的强调，克罗齐继续声讨着重理性而轻感性的偏颇认识论。他不无遗憾地感慨道："直觉的知识在日常生活中虽然得到这样广泛的承认，在理论与哲学的区域中却没有得到同样应得的承认"；"研究直觉知识的科学却只有少数人在畏缩地辛苦维护"。理性知识"只是悭吝地让她处于侍婢或守门人的卑位。没有理性知识的光，直觉知识能算什么呢？那就是没有主子的奴仆"。他强烈谴责和抨击笛卡尔等理性主义者"为了推崇理性，他们践踏了想像，把诗当作牺牲去供奉数学和形而上学"。于是他极力排斥错误艺术观的诋毁，认为把艺术视为"不是一种重要的认识作用，而只是一种娱乐，一种多余的而且轻薄的东西"的态度，着实是一种莫大的"误解"；正是那些"轻率的家伙"，才将艺术置于遭人歧视的附庸角色："艺术，对于伦理学是女仆；对于政治，是部长夫人；对于科学，是女翻译。"

为此，克罗齐提出，美学就是研究直觉知识的科学，并像康德一样，试图以此来协调感觉与心灵、感性与理性、个性与普遍等系列之间的对立关系。于是，"表现"范畴应运而生。"表现"即指感觉的心灵化、心灵的感觉化；个别的感觉、感受、印象等物质经心灵的想像作用而被赋予形式，产生出"意象"或"表象"、"形象"、直觉品，有别于尚无形式化的物质。"表现"即告完成，故而"直觉的知识就是表现的知识"。因为充当内容的物质是多变的，而心灵的形式化活

① 著名美学史论研究家吉尔伯特和库恩认为："在19世纪和20世纪的交替时期，及以后至少二十五年间，贝奈德托·克罗齐关于艺术是抒情的直觉的理论，在美学界居统治地位。"(《美学史》，夏乾丰译，第722页)韦勒克也指出："在世之日，克罗齐的重大影响，几乎完全局限于早期的《作为表现的科学和一般语言学的美学》。"(《近代文学批评史》中文修订版，第八卷，杨自伍译，第318页)因而，鉴于克罗齐本人理论的发展性及理论研究的典型性，本文着重以克罗齐早期美学著作为对象。其晚年所著《诗与文学》(1936)暂不列入讨论。关于后者研究，可参阅张敏《从艺术走向文明——克罗齐文学理论初探》一文(《山西大学学报(哲学社会科学版)》2002年第1期)。特此说明。

动则是“常住不变的”，最终的这个或那个直觉品也就具有了“一般的个别化”、“特殊化的普遍”性质，每一个直觉品打上了与众不同的个别性印记。当然，出于情感动机而综合杂多的物质为整一性直觉品的、沟通感性与理性或个性与共相的心灵的想像活动，如同在康德那里一样，也是先验性的，是“先验的审美综合”。

面对“直觉即表现”，克罗齐进一步提出“艺术即直觉”、“美即表现”的命题。他认为：“审美的事实在对诸印象作表现的加工之中就已完成了。我们在心中作成了文章，明确地构思了一个形状或雕像，或是找到一个乐曲的时候，表现品就已产生而且完成了，此外并不需要什么。”艺术的直觉与一般的直觉只存在“量”的差异且无法具体划定这种“量”的界限，直觉在艺术家那里“到了一个极高的程度”，直觉知识的“最崇高的焕发”、“光辉远照的最高峰”即艺术。[①] 艺术是直觉知识的完美代表，是美学的主要对象。艺术与直觉知识由此实现了统一，意象也因此成为艺术独特的身份标志，成为艺术寻求独立的重要基石。另外，如果说美即成功的表现，而不成功的表现又不是表现，那么，可见美即表现，“美并没有程度上的差别”；而丑才会有程度上的差别。“诗的素材可以存在于一切人的心灵，只有表现，这就是说，只有形式，才使诗人成其为诗人。”当“表现”成为语言学与美学相同的研究对象之时，克罗齐又提出“语言学与美学的统一”论，审美即在形式，艺术即形式。

作为知识的另一极、作为美学的姊妹科学，研究理性知识的逻辑科学着眼共相、诸个别事物之间关系的研究，产生出的是概念。哲学是其完美代表。艺术和哲学构成了认识的心灵的两种纯粹性的知识形式；而实践的心灵从意志出发，又划分为经济和道德两种实践活动形式。于是，从艺术、哲学到经济、道德，完成了克罗齐关于其心灵系统的描述。至于此心灵系统，克罗齐认为存在

---

① 朱光潜先生对此认为：“所谓‘形式’是指事物呈现于意识的任何形状呢？还是指艺术作品所必具的完整的形式呢？这里显然有分别。……不过他以为这形状就是艺术的‘形式’，就不免是把两个不同的东西混而为一。”（《朱光潜全集》（第四卷），安徽教育出版社 1988 年版，第 381 页）我们以为这是对克罗齐形式观的误解，克罗齐是意识到一般直觉品与艺术直觉品之间的差别的。

两种值得注意的关系：一是不管是认识活动中，抑或实践活动里，两两存在着一种特殊的“双度”关系，即：表现可以离概念而独立，而概念不能离表现而独立；经济可以离道德而独立，但道德不能离经济而独立。二是从整个心灵系统来看，认识活动可以离实践活动而独立，而实践活动不能离认识活动而独立；表现可以离开概念、经济、道德而独立，而概念不可离表现而独立，经济不能离表现、概念而独立，道德不能离表现、概念、经济而独立。如同表现是先验的审美综合一样，概念在此是先验的逻辑综合，经济和道德则是先验的实践综合。

不止于此，克罗齐还借用维柯的“循环”概念，让这四个实质上无法区分开的心灵的四个阶段的秩序进一步理想化。心灵在表现阶段于意象中得到了满足的同时又滋生出新的需要；在概念的知觉阶段，心灵在综合了意象及其概念之中满足了这种需要之后，又诞生了对于实践(行)的渴望；而当心灵发展到实践阶段，并不意味着结束，因为实践此时又会刺激生成新的感情、欲望、意愿、激情，化为新的物质诱发出新的直觉、新的艺术。如此一来，心灵系统的四个阶段得以首尾相连，循环一体，周而复始，发展更新。

关乎发展问题，克罗齐还指出，一切文学传统都是以重新化身为印象材料，以物质的状态服务于新的艺术作品的产生。那么如何复现业已诞生的那些艺术作品呢？这就涉及独特的“刺激物—再造”的心理机制以及“历史”的概念。一般来说，意志担负着照管业已诞生出来的表现品的任务，但是难免有失，于是心灵就必须寻找备忘工具来帮助回想或再造表现品。此备忘工具为何呢？就是对于表现品的实践外射物，即实际存在的、经文字物化后的艺术作品，它扮演着刺激物的角色。而要达到数次的回想或再造，必须符合两个条件：一是刺激物不变，二是当初主体在表现印象时的心理情况如何，当下的主体也要恢复和维持同样的心理状态。第一个工作由对于表现品外射物的考订修补与还原者完成，第二个工作则由文学与艺术的历史研究担当。在克罗齐看来，审美判断其实也是尽量揣摩、还原出文学与艺术创造者的心理状态，借助外在的物理刺激物，重走一次表现之路。所以，克罗齐认为，审美判断与审美再造是统一的，亦即鉴赏力与天才是统一的。

克罗齐在心灵系统中，恢复了直觉的知识这一“更简单更初级形式的自主权”，以“艺术即直觉”的定义以及繁复的双度关系确认了艺术作为直觉知识的不可或缺的基础性地位，即“艺术是认识的破晓时的形式，没有这个形式就无法理解以后更加复杂的诸形式”。艺术从而以意象性构筑了属于自身的独立天地，以美学研究直觉知识的科学这一独立地位宣示了艺术对于曾经被哲学、历史、宗教、道德等侵占的地盘的主权。但是又不容否认的是，或许是因噎废食，从艺术的地盘被其他知识或实践侵占到追求艺术独立，原本无可厚非，而将艺术独立仅仅绝对地基于直觉知识一端，认为艺术只是想像而与理智等绝缘，不免在艺术独立化之余又将艺术简单化、幼稚化。降格以求的独立，还是别种在艺术为何的独立化探索道路上的迷失。

二、克罗齐反文类观之探析

正是在直觉主义美学架构过程中，克罗齐展开了对于文类及其相关论题的否定与批评。总体说来，主要体现于以下几个方面：

（一）直觉主义美学的提出与摆脱包括文类规范、规则在内的概念主义泥淖关系紧密

根本上说来，克罗齐的“艺术即直觉”说或直觉主义美学的提出，实质是提供了一种关于艺术应该独立、艺术如何独立的理论模式。他不满于艺术被哲学、科学、道德等所殖民，沦落为哲学、快感、道德等的附庸，他把艺术比作“一座被人长期争夺的小山”，导致“旧美学对整个艺术特征的认识方法并不令人满意。众所周知，它把艺术同宗教、哲学搅在一起”。他说：

> ……想把艺术解释为哲学、为宗教、为历史、为科学、在较小程度上为数学的各种理论侵占了美学史的大部分地盘，并且拥有一些最大的哲学家的名字来装饰门面。在19世纪的哲学中，谢林和黑格尔把艺术同宗教、哲学等同或混淆起来；泰纳把艺术同自然科学混淆起

来;法国真实主义者把艺术同历史证据的研究混淆起来;侯巴特的形式主义则把艺术同数学混淆起来。……我将称它们是“概念主义的”……

对此不利现状,克罗齐认为当务之急就是让艺术从这些概念性的、实践性的“混淆”、“侵占”中抽身,强调艺术的非逻辑、非理智特点,立身于直觉知识的疆域,以心灵纯粹的精神性活动作为自身独立的基石,拨乱反正,回击以往的“混淆”与“侵占”。例如他在反思近代以前不存在美学科学时,就认为其中原因即在于没有把艺术视为一种精神性活动,缺乏“精神哲学”:“过去有物理学和形而上学,有自然科学和神学,或此或彼,或同时具备,然而完全没有精神哲学。……因而诗和艺术的理论成了空洞的‘物理学’。”同时他认为美学研究的困境也是在于没有把握住艺术的精神性本质,他说:“艺术的科学——美学——之所以不能阐明艺术的真相,和艺术在人性中的真正根源,其主要原因就在把艺术和一般的心灵生活分开,……美学只有一种,就是直觉(或表现的知识)的科学。这种知识就是审美的或艺术的事实。”因此,作为直觉知识的产物——意象成为艺术独立的最高、最醒目的标志,据此,“把直觉和概念区别开来,把艺术和哲学、历史区别开来,也把艺术同对一般的肯定及对所发生的事情的知觉或叙述区别开来”。

不难发现,克罗齐一边责怪和批评哲学、道德、科学等概念或实践活动对艺术特性的极大漠视,一边极力主张艺术应该作为一种纯粹的精神性心灵活动而获得独立性的认可,两相比照,此间透露出来的在概念或实践活动与心灵的精神活动之间、感性与非感性之间、非逻辑与逻辑之间诸如此类的对立昭然。故而可以继续推论说:尽管克罗齐只是间接地指责已有的美学将艺术与精神生活、心灵活动分开,尽管克罗齐将文学种类说作为理智主义者的概念主义错误大肆抨击,尽管克罗齐没有将上述两者明确加以勾连贯通,但是还是可以毫不怀疑地揭櫫这样一个事实,即:克罗齐提出直觉主义美学与反文类规范、规则的概念主义做法密切相关。从古希腊以来,围绕文类理论的是非,纷争不断，由理智而来的概念性的各种文类规则、规范占据了美学及文艺理论的很大一部分空间，甚至出现“都把艺术史或文学史当作体裁史来对待”的较为普遍的现象。“在评判艺术作品时，批评家们总是不能彻底抛弃那种习惯：即根据种类或艺术形式来判断艺术作品究竟应该属于哪一类；他们不明确指出一部艺术作品是美的还是丑的，却首先讨论他们的印象，说某部作品很好地遵循了或错误地违背了戏剧的或小说的、绘画的或浮雕的规则。”克罗齐对这种司空见惯的做法深恶痛绝，斥之为“糟糕的”“偏见”！此外，从克罗齐论著里出现频率较高的诸如“史诗或悲剧的规律”、“法则”、“清规戒律”、“体裁和规则”、“种类的法则或规律”一类的词汇中，从诸如“理智主义者的最大错误在艺术的和文学的种类说，这在文学论著中仍然风行，使批评家和艺术史家们都迷惑了”以及“有一个时代(这是否真正过去了呢?)人们由于这些偏见(指种类说，引注)”一类的表述中，会极其自然、极其容易地想像出克罗齐著书立说时所要面对的沉甸甸的美学及文论发展传统。身处具体社会进程中的克罗齐着实无力选择避开美学及文论长河所指定的历史性课题。排斥和否定纷繁多样的文类规则、规范此类的概念物什，正是克罗齐直觉主义美学创立之绝大动力源泉之一。

（二）艺术直觉品的特性与文类划分、文类等级及“三一律”批判

艺术直觉品由心灵的想像活动综合杂多的感受、印象等物质，赋形而得。心灵的形式化过程即表现。之所以心灵能够综合杂多为一个直觉品，原因在于情感，是情感的动力使得综合杂多的行为具有了整一性、完整性。由于构成表现材料的感受、印象等物质倏忽易逝、瞬息万变，极具个性和差异性，故而使得心灵形式化的直觉品之间不可重复。用克罗齐的话来说，这就决定了艺术直觉品的整一性、不可分性、个性。他说：“物质，经过形式打扮和征服，就产生具体形象。这物质，这内容，就是使这直觉品有别于那直觉品的：这形式是常住不变的，它就是心灵的活动；至于物质则为可变的”；“每个表现品都是一个整一的表现品”、“一个不可分的整体”。

正是因为艺术直觉品具有如此独特的性质，克罗齐指出了文类划分及区分文类等级的不可能性、不现实性。他如此说道：

> 每一部艺术作品表现心灵的一种状态，而心灵的状态是独特的，而且总是新的，所以直觉就有无数个，不可能把它们放进体裁种类那样的鸽棚里去，除非有无数个鸽棚，可这样一来，就不是体裁种类的鸽棚，而是直觉的鸽棚了。

艺术直觉品的强烈个性性相与概念的共相之间形成了尖锐冲突，直觉与概念之间的格格不入使得具体文学作品的归类成为枉然。文类划分的不可能性不仅在于艺术直觉品的独特个性和差异性，还在于其自身的整一性。由于整一性，就会使得传统上将一个艺术作品分为诸如情节、结构、人物等构成元素的做法，变成为对整一性的破坏，是“毁坏作品，犹如分有机体为心、脑、神经、筋肉等等，就把有生命的东西弄成死尸”。这就从根本上取消了文类划分曾经所采取的标准的合法性。

复就文类等级而言，同样，艺术直觉品的个性使得每部作品之间不再具有可比较性，区分文类等级是对审美的悖反，这不仅是因为“诗感与艺术感喜爱每部作品本身，把作品当作一个活的东西来喜爱，每部作品是独特的，不可比拟的，有其独特的规律和其完整的不可替代的价值”；还因为美即表现，“美并没有程度上的差别”，“一首小诗同一首长诗，在审美意义上说是平等的”。正为此故，克罗齐以不无幽默甚或夹杂些许讽刺的口吻说：“在这种情况下，种类或等级只有一个，即艺术本身或直觉。”而既然美无差等，传统上的艺术之间的界限或联合说便在克罗齐眼中变得毫无意义和可能性：

> 既然每一种体裁、每一类艺术都分配到一块确定的领地，那么哪一种体裁或哪一类艺术更优越呢？绘画优于雕刻，还是戏剧优于抒情诗？还有，既然这样分解了艺术的各种力量，那么假如能把这些力量重新集中于某种艺术作品的类型，使它能像联军赶走孤军那样把其他力量赶走，岂不更可取？比如，可把诗、音乐、舞台艺术、装饰艺术集于一身的作品难道不会比歌德的歌曲或列奥那多·达·芬奇的

画产生更伟大的美的力量吗？这些问题、区别、判断和定义破坏了诗感与艺术感……

这就对曾经以悲喜混杂剧来压倒悲剧的文类等级行为给予了否定。与此同时，还引发了对传统文类等级命题之一的“案头曲”与“场上曲”优劣的评论。克罗齐如此说道：

> 艺术联合说是艺术界限说的附庸，界限说倒塌，联合说也就倒塌了。……有些剧本只借阅读就可以见出它们的效果，另一些剧本却要借表演和布景。……如果以为表演，布景和上述其他诸事项摆在一起，要比单纯的阅读和寥寥数笔的轮廓更强有力，那就是错误的想法……

在克罗齐看来，既然凡是艺术直觉品本身皆具审美齐一性，那么不论是案头阅读还是场上表演都对艺术之所以为艺术的独立性无补。换言之，剧作品只有一个，即表现或直觉；而不存在优劣纷争不断的“案头曲”与“场上曲”之别。艺术直觉品的特性又消解了它们之间的等级划分行为。

基于艺术直觉品的特性，克罗齐在否定文类划分、等级问题之际，还对戏剧“三一律”进行了批判。正如前述，杂多不一的感觉或印象等物质之所以能被综合表现为一个整一性的、不可分的、有机统一体的直觉品，原因即在于情感。正是艺术生产主体的情感赋予直觉品最终的“活泼轻盈之感”，确保了“艺术作品的生命、完整性、严密性和丰富性”，克罗齐称之为真正的艺术的直觉、真正的艺术表现品，是灵魂所采取的“完善的幻现形式”。而对戏剧“三一律”的批判正与另一种“不真实的直觉”或心灵的“虚假的、不完善的形式”说相关。在这种情形下，组构心灵表现内容的感受或印象之间尚未获得统一，“只是意象的堆积，这些意象或是由于游戏，或是由于计算，或是为了某种实际的目的被放在一起”，“这些意象的结合不是有机的而是机械的”。它们之间缺乏和谐统一性的组合关系或方式，只能靠“作者的意愿来获得表面统一”，更多的是依赖逻辑的力量或实践的力量而非内心深处的情感之力来实现意象的整一。总之，这些分散的意象并非源于作者心灵活动的真正的有机组成部分。就戏剧“三一律”而论，戏剧是力图希望靠这些概念性的律条来达到戏剧作品的统一，而非戏剧创作者纯粹的心灵活动。克罗齐说：

> 戏剧或小说中的人物如果摆脱与其他人的关系、摆脱与总的活动的关系，那么这个人物成了什么呢？如果这种总的活动不是作者心灵活动的一部分，那么它还有什么价值呢？有关戏剧统一的长期争论，在这点上是有趣的；当这些争论在关于时间和地点的表面定义中产生时，这些争论首先在“动作”的统一中得到应用。最后，“动作”的统一也应用于兴趣的统一，而这种兴趣的统一应融合在被理想所激励起来的诗人的心灵兴趣之中。

所以，由“三一律”造就的戏剧作品的统一性在克罗齐看来，无异于虚假的心灵形式、不真实的艺术直觉，是一种机械的统一。

（三）心灵活动四阶段说与缺类现象及文类规则的批判

为了反对艺术领地的被侵占，寻求艺术的独立自治，克罗齐规划出循环性的心灵系统的四阶段说，即直觉、逻辑、经济、道德。心灵实质上不可区分，四个阶段说只是经验性的划分，四者之间界限赫然，不容逾越，而且在彼此关系上，“这四个阶段都是后者内含前者：概念不能离开表现而独立，效用不能离开概念与表现而独立，道德不能离开概念、表现与效用而独立。如果审美的事实在某一种意义上是唯一可独立的，其余三者都多少有所依傍；逻辑的活动依傍最少，道德的意志依傍最多”。如此一来，正像克罗齐反对诸如“历史规律”、“审美的概念”、“审美的判断”之类词语用法是将第二阶段逻辑学与第一阶段美学不恰当地联结于一体、“实在就是自相矛盾的名词”一样，“审美规律”、“文学种类”的说法本身按此已经失去效用。文类理论之错误正是在于“没有认清第一阶段和第二阶段的分别，因为实已站在第二阶段而自以为仍在第一阶段”，“一个人开始作科学的思考，就已不复作审美的观照”，从审美者转变为了逻辑学者。具体表征为“想从概念中抽绎表现品出来，从代表者之中找出所代表事物的法则”。“缺类现象”说就是前者的集中体现，即用逻辑思考的产物——抽象的各种文类名称作标准，衡量在克罗齐看来本为纯粹直觉品的文学作品；换言之，即命令纯粹艺术直觉品听从第二阶段逻辑知识的摆布而非心灵审美综合的号令。可谓风马牛不相及！因此，克罗齐认为“意大利没有悲剧”、“法国没有史诗”之类的缺类现象说只是错误的偏见，是罔顾心灵系统四阶段中前两个阶段的不同而得出的“离奇论调”！而作为具体表征的后者则与一系列所谓文类规则的秉持相关。克罗齐指出：

> 如果把一些附加的东西除开，把文艺的种类说化成一个简单的公式，它所提出的就是这样一个荒谬的问题：“家庭生活、骑士风、田园、残酷之类的审美的形式是什么呢？这些内容应如何成为表象呢？”凡是寻求种类的法则或规律，都要归结于这个公式。家庭生活、骑士风、田园、残酷之类，并非一些印象而是一些概念。它们并非内容，而是逻辑审美混合的形式。形式是不能表现的，因为形式本身就已是表现。

不顾直觉与逻辑两个阶段之界限，妄自在直觉知识领域搜求概念，肆意将概念混同表现之物质。殊不知，“艺术是直觉，直觉是个别性相，而个别性相向来不复演”；而概念则是关乎共相。可见每一个真正的艺术直觉品都是与众不同的“这个”或“那个”，每一个真正的艺术直觉品都以其独创性“破坏了某一种已成的种类，推翻了批评家们的观念”。文类规则说“硬去确定本是无法确定的东西”，终究只是痴人说梦而已。例如克罗齐在分析了柏拉图、亚里士多德、霍布士、康德等人的喜剧观后，批评说包括喜剧在内的概念在这些定义之后，“仍是一些含混的字眼，要看所指的某某特殊的喜剧的事实，以及说话人的心理状态，才能见出几分意义”。他进一步举例证明说：

（两幅画中，一幅没灵感，呆笨抄袭实物；一幅有灵感，但是不像实物，于是分别有人称之为写实的与象征的之分。另外一个场合：表现日常生活的、生动的画叫写实的，而枯燥的寓意画叫作象征的）：在前一例中，“象征的”显然是指“艺术的”，“写实的”是指“不艺术的”；后一例却恰与此相反。难怪有些人热烈地主张真的艺术的形式必是象征的，写实的就不艺术；另一派人却作完全相反的主张。我们只好承认双方都对，因为每方用同样的字，却用不同样的意义。

关于“古典主义”与“浪漫主义”的大争辩也往往起于这种字义的暧昧。有时“古典的”是指在艺术上是完善的，“浪漫的”则缺乏平衡，不完善；有时“古典的”是指枯燥的，做作的；“浪漫的”则为纯粹的，温暖的，有力的，真正富于表现性的。因此，站在“古典的”一边反对“浪漫的”，或站在“浪漫的”一边反对“古典的”，都很可能同样有理。

因此，克罗齐认为赋予作品的文类概念只是经验性的，其内涵必须附着于具体作品对象，“随当前的时宜，适应当前的目标”；而常见的错误在于，“每一定义总是暗中针对某一个别事实，本来只是当时注意所及的特殊对象，却被提升到一个普遍类型的地位”。

对于曾经颇有影响力的文类规则上的观众决定论，克罗齐同样从心灵系统的四阶段说加以否定。他认为艺术直觉品既然作为纯粹的心灵想像活动，属于感性认识范围，也就应该严格恪守于此探究艺术的本质、特点与方法。艺术和道德分处直觉知识和实践两个不同心灵阶段，切不可将“实践的事实”外加到“审美事实”之上，以实践阶段的要求钳制直觉意象的显现。因此他批评文学创作中“逢迎读者的不健康的趣味”的行为就“像不道德的投机者”，早已跨越出探讨纯粹艺术本身之阶段，而进入到了道德实践的范畴。用克罗齐的话说，审美阶段“与作者作为实践者的道德是毫不相干的”。其次，艺术直觉之所以为纯粹的心灵活动，正是在于综合表现的纯洁性，正是在于艺术主体情感的纯洁性，亦即“消除了威胁这种纯洁性的丑的东西”。纯洁性有效保证了艺术直觉品的整一性、完善性。而在克罗齐看来,文类规则上的观众决定论就是“一只眼睛盯着艺术,另一只眼睛盯着观众、出版者、乐团经理”,属于威胁表现纯洁性的丑的范围,会“妨碍艺术家孕育并顺产其意象表现,妨碍诗人写出不同凡响的诗篇”。

（四）文类概念经验层面的实践效用的认可

虽说“艺术即直觉”,艺术在“心中”,但是面对客观存在的数不胜数的各类文学作品,克罗齐显然无法全然否认文类概念的实践效用,而且这种实践效用皆与艺术直觉品密切关联。文类概念在经验层面的实践效用主要表现为:一是着眼于艺术知识和艺术教育之目的,借助文类概念来采集、限制和管理实践中的直觉外射物,或是为了提供“一份最重要的艺术作品的索引”,或是为了提供“一批艺术实践认为是最重要的消息”。由于这种概念的使用过程“消除了妄想充当评判艺术的哲学原则和标准的种种企图”,所以是“有益无害”的。克罗齐在他处的一段话,即“谈到悲剧、喜剧、戏剧、传奇……之类,如果用意只在使人粗略地了解某一类作品,或是为着某种原因,要引起人对于某一类作品注意,这在科学的观点上也并不算错。运用术语并不是制定规律和界说”。内旨互通,可作参证。① 二是直觉外射为实践中的各类文学作品,可作为备忘刺激物服务于直觉品的再造。尽管艺术作为直觉品一经产生即不可死亡,但是由

① 克罗齐对文学种类的经验层面的实践效用是明确予以肯定的,不过在《美学纲要》(1912)中他认为建立“种属的网肯定是有用的,不是为了艺术的生产,因为艺术的生产是自发的;也不是为了艺术的评价,因为艺术的评价是带哲理的;而是为了运用注意力和记忆去采集,并在某种意义上限制那无数单个的直觉,以便在某种意义上把无数具体的艺术品弄到一起进行归类”。他似乎意在以文类概念作用于个体性相的艺术直觉品的散乱、任意与无序,方便于艺术知识和艺术教育。而此处另引的这段话出自《美学原理》(1902),似乎只是意在说明文类概念在实践领域内的效用,不指涉文类概念与艺术直觉品之间的关系。前后思想之间略有发展与变化。若是再对照同样出自《美学原理》中的另外一段话:“我们好像想否认不同的表现品或艺术作品之中有任何类似点来联系。类似点确存在;根据这些类似点,我们才能把艺术作品安排在这个或那个组别里。但是这些类似犹如在许多人中所可发现的类似点,不能看成有概念的定性。这就是说,这些类似纯是所谓‘一家人相像’,起于诸作品所由发生的历史背景以及艺术家们中间的心灵相通的渊源;我们如果把同一、附属、并行以及表示其他概念关系的字样用到这些类似上面去,便不正确。”我们发现同出一书的这两段话的主题思想是一致的,合乎逻辑的;况且以概念干涉、介入直觉阶段则有损于克罗齐始终强调的艺术独立性这一最高原则和最高立场。为此,本文拟采纳《美学原理》中的观点。特此说明。

于意志看管的疏漏，遗忘或消逝在所难免，因而要回忆甚至多次回忆起曾经产生的直觉品，就需要进行审美再造。而审美再造需要具备两个条件，即作为实践刺激物的恒久不变以及复原直觉品起初产生时的心理情形。后者依靠文学或艺术的历史研究的方法，而前者在克罗齐看来，“那些叫做诗、散文、诗篇、小说、传奇、悲剧或喜剧的文字组合，叫做歌剧、交响乐、奏鸣曲的声音组合，叫做图画、雕像、建筑的线条组合，不过是再造或回想所用的物理的刺激物”而已。

三、克罗齐反文类观之影响及反思

克罗齐的直觉主义美学在追求艺术独立性、审美形式化的道路上，比起康德等德国古典主义美学前贤有过之而无不及。如果说艺术独立性在康德那里还以“天才”说给予了文类适当的生存空间，把文类规则的运用与体现先验化；那么在克罗齐这里，艺术独立性以直觉或意象为标志，直接将文类概念排除在外，全然否定了文类概念在艺术领域的效用性。如果说审美形式化在康德那里是其主观唯心主义先验美学的必然结果，“审美形式的合目的性”、“主观合目的性”此类的先验美学范畴推动了康德美学理论视阈里的审美形式化这一结果；那么到了克罗齐，打出“美即表现”的口号，在西方美学及文论史上，将古老的、几近自生自灭的“美在形式”命题再一次轰轰烈烈、旗帜鲜明地提出，审美即形式、艺术即形式诸说大张旗鼓，占据美学高地。“语言学与美学的统一”、“研究美学的问题，也就是研究普通语言学”在 1902 年这新旧世纪之交的特殊时刻被凝定为时代主旋律，有力推动了现代美学的大转型。当然，克罗齐直觉主义美学的内在运思仍烙有康德美学的很深痕迹。这不仅因为克罗齐将康德视为维柯之后欧洲思想界“第二位高度思辨的精华”，“视为发现、解决或接近带来解决美学科学问题的人”①，加以精神上的崇拜；在具体细节上，例如康德的无功利、无目的的美的本质观与克罗齐提出的心灵系统四阶段理论不

① ［意］贝尼季托・克罗齐著《作为表现的科学和一般语言学的美学的历史》，王天清译，北京：中国社会科学出版社 1984 年版，第 114—115 页。

能不说具有一种渊源上无法否认的神似性;无论是康德抑或是克罗齐无不倚重作为感性知识的想像元素之于艺术本质的巨大作用;克罗齐眼中作为艺术直觉品的意象性质是“一般的个别化”,贯通了对立的理性与感性、主观与客观,亦与康德“审美的合目的性”的意图相同;又比如两者都认为鉴赏力(审美判断)与天才两相统一,等等。所以,尽管克罗齐对德国古典主义美学不乏微词,例如康德的天才观、喜剧观,谢林和黑格尔的艺术观及艺术史观,但是似乎仍然无法阻挡人们倾向于得出这样一个结论,即克罗齐直觉主义美学是康德美学的意大利修订版。这也就无怪乎有学者如此认为:克罗齐“集康德、黑格尔以来的美学的大成”,“建立了在现代比较最完满的美学”[①],“一般人把克罗齐称为新黑格尔派,其实他的美学思想更接近康德”[②]。“当我们在克罗齐的艺术哲学殿堂内寻幽揽胜时,我们时时会感觉到康德的影子若隐若现,触摸到他那精致的思维,我们甚至会领会到,就艺术哲学而言,克罗齐在内容上更接近康德”,“在康德美学的研究中,我们也确实发现了克罗齐精神哲学的序曲和预演”。[③] “克罗齐对艺术的康德式阐释,为艺术的独立性、自主性提供了理论依据”[④],等等,不一而足,可见一斑。

就克罗齐直觉主义美学架构自身来说,反文类观是其有机组成部分之一。以艺术本性的纯感性、心灵化对立于理智与实践,彻底否决了过往纷纷扰扰的文类规则之争,以一种不免极端的姿态化喧嚣为虚无。这无异于文类理论世界的一次超级大地震!无异于文类理论世界的一次集体性瞬间休克!但是,克罗齐的主观唯心主义美学体系也同时注定了从中呈现给人们的文类理论大厦崩塌的废墟场景只是一厢情愿的幻景!正如前面所述,将感性与理性决然对立,将艺术基于直觉获得独立之际,又把艺术幼稚化、神秘化、简单化了。正

① 《朱光潜全集》(第四卷),合肥:安徽教育出版社 1988 年版,第 332、376 页。

② 《美学原理·修正版译者序》,[意]克罗齐著《美学原理·美学纲要》,朱光潜等译,北京:外国文学出版社 1983 年版,第 3 页。

③ 张政文著《从古典到现代——康德美学研究》,北京:社会科学文献出版社 2002 年版,第 206—207、251 页。

④ 陈元贵著《浅论康德对克罗齐的影响》,《安徽师范大学学报(人文社科版)》2000 年第 2 期,第 218 页。

如朱光潜先生所说："这种美学观点剥夺去艺术的一切理性内容和一切实践活动和社会生活的联系，把艺术降低到最单纯的最基层的感性认识活动"，"艺术不能有什么思想或意义。这一切都无异于宣告艺术的灭亡与美学的灭亡！"[①]以这样的艺术本质观来达到文类概念的非法化，纯属无稽！

然而，不容置疑的是，反文类的幻景之所以出现在世人面前，自有其合理所在，这正是有待进一步反思和总结之处。幻景自有其现实的影子。比如，文类规则观是否有以规则压制个性的偏颇？是否有机械搬套规则的简单化、粗鲁化？是否需要建立科学合理的认知，来协调文类规则与具体作品个性之间的复杂关系？在大谈特谈文类规则之际，是否有对文学研究的外在化倾向推波助澜之弊？再比如，在使用文类理论过程中，是否同时参照了历史因素的坐标，力争让文类理论的效用性基于具体的历史语境，还是超历史地迷信文类规则的永恒价值？诸如此类的反思，当是克罗齐反文类观的幻景提供给当下以及未来的一笔最大遗产！

老子曰："反者道之动。"虽说"如果从 18 世纪以来唯心主义美学发展趋势看克罗齐的直觉说，我们可以说克罗齐从康德和黑格尔所达到的地方倒退了一大步"[②]，但是仅就文类理论史而观，克罗齐的反文类观终结了古典主义文类理论的最后一丝气息，这种前无古人的彻底性带给人们的是对于文类理论未来的无限憧憬。文类理论的崭新世纪即将拉开它的帷幕！

---

① 朱光潜著《西方美学史》(下卷)，北京：人民文学出版社 1979 年版，第 636—638 页。

② 朱光潜著《西方美学史》(下卷)，北京：人民文学出版社 1979 年版，第 638 页。

第八章　历史性程序诗学与现代文类理论新变

——俄国形式主义文类思想研究

当意大利著名美学家克罗齐于世纪之交，祭出一切艺术分类皆属荒谬之举的大旗时，肇始于古希腊古罗马的古典主义文类理论继德国古典文类理论的唯心主义哲学化之后，彻底跌入谷底深渊。克罗齐的文类终结者的姿态从此不禁引发处于惊诧中的人们对文类理论在后克罗齐时代如何走向的几多想像。伊格尔顿回顾20世纪西方文学理论史时，曾言："如果谁想确定本世纪文学理论变化的开端，他大概可以选择1917年吧。因为就在这一年，年轻的俄国形式主义者维克多·斯克洛夫斯基（Viktor Shklovsky）那篇开拓性的论文《作为手段的艺术》（Art as Device）发表了。"[①]的确，自此以后的近十五年时间里，属于一个声名显赫、被称为"俄国形式主义"的流派！俄国形式主义与文类的历史性交汇，宣告了期图建构现代文类理论的新始。

一

颇具戏剧性的是，俄国形式主义之得名，非由流派中人之自觉，而是来自它论敌所加之贬称。法国当代文学批评家让-伊夫·塔迪埃在回顾和评介俄

① ［英］特雷·伊格尔顿著《二十世纪西方文学理论·序》，伍晓明译，西安：陕西师范大学出版社1987年版，第1页。

国形式主义流派时说道：

> 形式主义(如“立体派”一样,“形式主义”一词也是由它的反对派发明的:1924年,《新闻与革命》杂志推出了形式主义专号;梅德夫代夫可能和巴赫金一起合著了《文学上的形式主义》一书,1928)——它的拥护者自称从事形态学研究——自1915—1916年起,即以主观主义和象征主义的反对派的面目出现……[1]

因而,曾几何时,“形式主义这个词变成了批评家们练习二头肌的拳击袋”[2]。雅各布森在20世纪60年代总结与反思时也坦承:“形式主义”这种称谓“是那些对分析语言的诗歌功能进行诋毁的人提出来的”[3]。巴赫金则指出:“应该承认,‘形式方法’这一名称的确定是极为不成功的。”[4]虽有极度的不情愿,但是历史还是在西方文论发展坐标中铭刻下了“俄国形式主义”几个沉甸甸的大字。必须承认,俄国形式主义流派的出现不是偶然的,至少有以下两大方面的原因。

一方面,俄国诗学与语言学各自的发展转型在诗歌语言实现了交集。进入20世纪的俄国诗学置身于三股潮流的碰撞与激荡之间:保守的学院派、哲学美学强弩之末的象征派(又称“报刊科学”)以及费希纳开创的反哲学美学的科学美学。学院派“仍然有气无力地运用美学、心理学和历史学的古老原则,对研究对象感觉迟钝,甚至这种对象是否存在也成了虚幻”[5];象征派将诗学领域充满哲学和宗教的抽象与神秘。文学自身独立性遭遇迷失,诗学话语面临

---

① [法]让-伊夫·塔迪埃著《20世纪的文学批评》,史忠义译,天津:百花文艺出版社1998年版,第11页。

② 谢·基尔沙诺夫语,见[法]茨维坦·托多罗夫编选《俄苏形式主义文论选》,蔡鸿滨译,北京:中国社会科学出版社1989年版,第4页。

③ [法]茨维坦·托多罗夫编选《俄苏形式主义文论选》,蔡鸿滨译,第2页。

④ [苏]巴赫金著《文艺学中的形式方法》,邓勇等译,北京:中国文联出版公司1992年版,第111页。

⑤ [法]茨维坦·托多罗夫编选《俄苏形式主义文论选》,蔡鸿滨译,第22页。

失效。“我们要摧毁学院式的传统,要摆脱报刊科学的倾向”[①]成为一批有识之士的共识。F. 詹姆逊将俄国形式主义者抨击与争论的对象分为三类:

> (1) 抨击把文学当作哲学寓意或哲学内容载体的观点;(2) 抨击用发生学或我们现在所说的历时方法(传记式的,或通过研究起源,等等)分析文学的企图,……作品便分解为从非文学角度分析出来的各种不同的成分;(3) 反对在这种种主张中或许是最有“文学性”的主张,即把文学作品归结为单独一种技法或单独一种心理冲动的倾向——形式主义者在此指的是诸如别林斯基的那种程式,即诗歌就是“形象思维”。[②]

重重危情之下,文学语言问题长期得不到重视以及“俄罗斯的文艺学向来把抒情诗研究放在次要地位”[③]的种种客观事实,使得诗歌语言成为达到“夺回诗学”[④]目的所要寻找的真正纯粹的艺术对象。所以巴赫金不得不承认:“对艺术作品外在形式的研究(结构布局、情节建构)在俄国文艺学中是一个很少涉及的问题,几乎首次成为严肃研究的对象是在形式主义者那里。”[⑤]

就语言学现状来说,传统语言学研究也在探寻新的突破口,而诗歌语言这个领域“一向为传统的语言学所忽视,容易摆脱新语法学家的常规”[⑥];而且诗歌语言本身作为语言学材料具有比日常语言更加突出显著的特点,更易受到语言学家的青睐。萨特于 20 世纪 40 年代曾经撰文指出:“本世纪初发生的语

① [法]茨维坦·托多罗夫编选《俄苏形式主义文论选》,蔡鸿滨译,第 50 页。

② [美]弗雷德里克·詹姆逊著《语言的牢笼·马克思主义与形式》,钱佼汝等译,南昌:百花洲文艺出版社 1997 年版,第 35 页。

③ [俄]什克洛夫斯基等著《俄国形式主义文论选》,方珊等译,北京:三联书店 1989 年版,第 295 页。

④ [法]茨维坦·托多罗夫编选《俄苏形式主义文论选》,蔡鸿滨译,第 23 页。

⑤ [苏]巴赫金著《文艺学中的形式方法》,邓勇等译,第 92 页。

⑥ [法]茨维坦·托多罗夫编选《俄苏形式主义文论选》,蔡鸿滨译,第 1 页。

言危机是诗的危机。……它表现为作家面对词严重丧失自己的个性。”[①]文艺学与语言学因此凭借诗歌语言而实现了历史性合流。“在历来独立于生活的艺术领域里，飘扬在堡垒上空的旗帜的颜色是决不可能反映出来的”[②]——什克洛夫斯基 1923 年喊出的这一不无偏激的口号严重挑战了传统学院派“把研究重点放在文化史或社会生活方面”[③]的外部文学研究观念；把文学语言声音单单作为自身研究起点的方法直接击中了象征派理论家的盲点，以形式“不再是一种外壳，而是有活力的、具体的整体，它本身便具有内容”[④]的新形式本体观颠覆了形式服务内容、内容为本的逻各斯中心主义，以语言研究之强烈客观性、物质性对抗象征派的主观性、思想性。艾亨鲍姆曾经总结说：诗歌的声音问题造成了形式主义者与象征派理论家之间的“直接冲突”，承认诗歌语言的独立价值和意义从本质上形成了“形式主义者的理论和象征主义的原则的差别”[⑤]。有鉴于此，“形式主义”的标签在所难免。

另一方面，德国古典美学以降的倡导审美自律的形式主义浪潮也为俄国文艺学走向新路提供了丰厚的理论滋养。这不仅仅简单地表现于艾亨鲍姆、日尔蒙斯基等形式主义者论著中对于康德、席勒、克罗齐等人思想观点的直接引述上，诸如认为康德关于“美是那种不依赖于概念而令人愉快的东西”的定义“表达了形式主义学说关于艺术的看法”[⑥]；更是体现于思考论证的路径、模式上。关于此，此处拟以克罗齐对俄国形式主义者的影响为例予以说明。众所周知，克罗齐“集康德、黑格尔以来的美学的大成”，“建立了在现代比较最完满的美学”[⑦]。以直觉即表现、艺术即直觉、美即表现、艺术即形式等命题捍卫艺术之于哲学、道德、经济等领域的审美自律性，以极端个性的感性直觉对抗

① ［法］让-保尔·萨特著《萨特读本》，艾珉选编，北京：人民文学出版社 2005 年版，第 527 页。
② ［法］茨维坦·托多罗夫编选《俄苏形式主义文论选》，蔡鸿滨译，第 2 页。
③ ［法］茨维坦·托多罗夫编选《俄苏形式主义文论选》，蔡鸿滨译，第 25 页。
④ ［法］茨维坦·托多罗夫编选《俄苏形式主义文论选》，蔡鸿滨译，第 30 页。
⑤ ［法］茨维坦·托多罗夫编选《俄苏形式主义文论选》，蔡鸿滨译，第 26、30 页。
⑥ ［俄］什克洛夫斯基等著《俄国形式主义文论选》，方珊等译，第 365 页。
⑦ 《朱光潜全集》（第四卷），合肥：安徽教育出版社 1988 年版，第 332、376 页。

作为知觉的概念、作为意志的道德和经济的入侵。克罗齐的理论运思烙刻在俄国形式主义者思想之上的影响痕迹体现为,它以确立文学作品语言层面的本体地位来实现审美自律,并以语言的新颖和个性(反常化)对抗理性知觉(机械化)来进一步深化论说审美自律。

正如前面所说,传统的文艺学研究的弊病之一是侧重于外部的文化史或社会生活方面,以外部的关系考察代替了对文学作品本身的本体研究,造成了文学作品自身整体的审美价值的缺失。例如,艾亨鲍姆指出作家并不等于作品,作家"不能也不应该让人们按照他的作品加以再现",作品"不是,也不可能是心理实验的投射"。[①] 学院派主张的作家传记和作家心理的研究,是"用从社会运动史、作家传记等方面借来的材料代替了文学","而文学本身却根本不存在"。[②] 迪尼亚诺夫也极力反对混淆"艺术事实"和"生活事实"的做法,也认为:"直接研究作者的心理,在他所处的环境、他的生活、社会阶级和他的作品之间建立因果关系,这是一种极不可靠的作法。"[③]这直承"文学史现在仍处于殖民领地的地位"这一不利局面:

> 一方面,文学史在很大程度上(尤其是在西方)受到个人主义的心理主义的控制,这种心理主义用有关作者的心理问题代替严格意义上的文学问题;用文学现象的起源问题代替文学的演变问题。另一方面,模式化的因果论方法把文学系列与观察者的出发点隔绝开来……[④]

日尔蒙斯基也反对以经验世界的规律代替艺术的特有规律,把文学作品世界等同于现实生活,"去比较达吉亚娜的性格和俄罗斯少女的心理,去用精神病

① [法]茨维坦·托多罗夫编选《俄苏形式主义文论选》,蔡鸿滨译,第202页。
② [法]茨维坦·托多罗夫编选《俄苏形式主义文论选》,蔡鸿滨译,第50页。
③ [法]茨维坦·托多罗夫编选《俄苏形式主义文论选》,蔡鸿滨译,第95、113页。
④ [法]茨维坦·托多罗夫编选《俄苏形式主义文论选》,蔡鸿滨译,第100页。

理学方法研究哈姆莱特型人物”，但同时又辩证指出了运用社会学、心理学等方法研究文学作品的可能性，关键在于要掌握研究的“途径和必要的界限”。[①]

甚嚣尘上的外部研究热潮日益让一部分清醒的文学研究者意识到内部研究的必要性、紧迫性。论敌抛出的“形式主义”标签正是针对独立展开的文学作品语言研究而言的。正如艾亨鲍姆所言，“我们的研究工作的实质是研究文学艺术的内在特点”，“是希望根据文学材料的内在性质建立一种独立的文学科学”。“我们并没有把传记或创作心理学的问题放进我们的研究里，并指出这些向来非常重要而复杂的问题应在其他科学中占有位置。”而所谓“形式方法”，正是“为建立独立和具体的科学而努力的结果”。[②]

不止于此，俄国形式主义者在以文学作品语言研究为文学的审美自律埋下基石之余，仍进一步通过挖掘和剖析文学语言的特点来充实、论说文学的审美独立性。什克洛夫斯基简直就是复制和套用了克罗齐的心灵四阶段说：

> 诗歌（艺术）作品的生命即从视象到认知，从诗歌到散文，从具体到一般，从有意无意在公爵官廷里忍受侮辱的经院哲学家和贫穷贵族的堂吉诃德到屠格涅夫笔下的广泛却又空洞的堂吉诃德，从查理大帝到“国王”这一名称；作品和艺术随着自身的消亡而扩展……
>
> 那种被称为艺术的东西的存在，正是为了唤回人对生活的感受，使人感受到事物，使石头更成其为石头。艺术的目的是使你对事物的感觉如同你所见的视象那样，而不是如同你所认知的那样……
>
> 经过数次感受过的事物，人们便开始用认知来接受：事物摆在我们面前，我们知道它，但对它却视而不见。因此，关于它，我们说不出什么来。使事物摆脱知觉的机械性，在艺术中是通过各种方法实现的。[③]

---

① ［俄］什克洛夫斯基等著《俄国形式主义文论选》，方珊等译，第212、213页。

② ［法］茨维坦·托多罗夫编选《俄苏形式主义文论选》，蔡鸿滨译，第48、20、53、13页。

③ ［俄］什克洛夫斯基等著《俄国形式主义文论选》，方珊等译，第6、7页。

不难看出，此处“视象”如同克罗齐之“直觉”，被抬高到关于文学艺术本体特征层面，来与认知相对立。“视象”是具体、个性的，而认知是共性、普遍的。“视象”带给主体的是永远鲜活新颖的独特感受，而如何实现“视象”此种特性呢？诸种方法总称为“反常化”，借以“增加了感受的难度和时延”[①]。换言之，正是各种“反常化”方法保证了文学艺术之所以为文学艺术的身份。“反常化”手法取得了艺术本体特征的地位。所以托马舍夫斯基也就自然将“反常化”手法与艺术作品“应在材料的表现上具备新颖的和个性的根据”[②]两者相连。而认知则意味着知觉的习惯性、机械化，是文艺生命之克星。

其他一些俄国形式主义者也在不同层面体现出克罗齐的影响。例如日尔蒙斯基也把审美对象的特征定位于直觉经验，认为“审美对象的重要特征永远寓于我们直觉的艺术经验之中”[③]。维诺格拉多夫则直接引述了克罗齐的艺术定义，认为“一个诗人的每一篇作品都应当是‘最终感觉的表现机体’”[④]。又如雅各布森在反思外部研究“没有什么确切的术语”这一不科学性因素时，专门以“现实主义”一词为例抨击了它们罔顾概念的确切内涵而进行的“娓娓动听的”“文字游戏”：“过去艺术史没有科学的术语，它使用日常语言的词汇，而不经过批评的筛选，不加明确的限制，也不考虑一词多义的问题。……最倒霉的还是‘现实主义’这个词，胡乱使用这个内容极其含糊不清的词，已经造成无法避免的后果。”[⑤]这不禁让人想起克罗齐为了反对概念主义对艺术本质的侵损而曾经同样对于“写实的”与“象征的”、“古典的”与“浪漫的”诸概念不同内涵的揭示。[⑥] 因此，韦勒克当评论克罗齐与俄国形式主义关系时，说道：“可是俄国形式主义作家中间，偶然的参考引述也是一律带有贬评。”[⑦]这不免让人难以

① [俄]什克洛夫斯基等著《俄国形式主义文论选》，方珊等译，第 6 页。
② [俄]什克洛夫斯基等著《俄国形式主义文论选》，方珊等译，第 132 页。
③ [俄]什克洛夫斯基等著《俄国形式主义文论选》，方珊等译，第 219 页。
④ [法]茨维坦・托多罗夫编选《俄苏形式主义文论选》，蔡鸿滨译，第 90 页。
⑤ [法]茨维坦・托多罗夫编选《俄苏形式主义文论选》，蔡鸿滨译，第 79 页。
⑥ 可参阅[意]克罗齐著《美学原理・美学纲要》，朱光潜等译，第 80—81 页。
⑦ [美]雷纳・韦勒克著《近代文学批评史》（中文修订版，第八卷），杨自伍译，上海：上海译文出版社 2009 年版，第 320 页。

信服。

由上述两个方面的阐述可知，俄国形式主义与唯心主义美学思潮剪不断、理还乱。在因为反对唯心主义思潮的主观性而转到了客观性的"形式"层之际，唯心主义思潮又为其贡献了审美自律、艺术独立的思想沃土。德国古典美学以降的唯心主义传统在俄国形式主义者手中得到了唯物主义的改造。审美自律往日立足的先验性"形式"转变为今朝客观存在的文学作品的语言。审美自律因此也就从一度的抽象存在暂时褪变为现实之物。之所以说是"暂时"，毕竟语言与审美自律之间的唯一性关系仍有待验证。

那么，综上所述俄国形式主义产生之由，与文类理论发展史有无关联呢？答案是肯定的。

就宗旨而言，"俄国形式主义的主要目标之一是促使文学研究的科学化"①。他们之所以与象征派发生冲突，目的也是"将被俘的诗歌语言从牢狱中拯救出来"，"从象征主义赋予语言的那种崇高意义的超载负荷和超限容量中解救出来"②；"使诗学摆脱他们的美学和哲学主观主义理论，使诗学重新回到科学地研究事实的道路上来"。③ 他们凭语言之客观研究，旨在以费希纳所谓"自下而上"的经验方法替代哲学美学"自上而下"的抽象思辨，实现与象征派之主观审美原则以及学院派外部研究传统之根本对立。有学者在谈及费希纳开创的这种新科学学派的特点时说道：它们对于文艺作品的研究，"摆脱了许多根深蒂固的偏见。在这些偏见之中，其中就有以坚信古希腊规则唯一正确为依据的那种古典主义信条"④。俄国形式主义作为新科学学派影响下的一员，自然在方法论上具有了反古典文类规则的色彩。另外，俄国形式主义者在克罗齐影响下的新颖与个性取向，让文学"不再遵守最起码的常规"，并自我标

① ［荷兰］D.W.佛克马、E.贡内-易布思著《二十世纪文学理论》，林书武等译，北京：三联书店 1988 年版，第 14 页。

② ［苏］巴赫金著《文艺学中的形式方法》，邓勇等译，第 82、85 页。

③ ［法］茨维坦·托多罗夫编选《俄苏形式主义文论选》，蔡鸿滨译，第 23 页。

④ ［美］凯瑟琳·埃弗雷特·吉尔伯特，［德］赫尔穆特·库恩著《美学史》（上下），夏乾丰译，第 691 页。

举“刻意追求职业上、写作上的创新,追求新的技巧,一直是文学中最进步的形式和流派的特征”。因此,“反常化”手法也就不免与普遍性、规范性的文类规则大相径庭,正所谓“如果这一违反变为规范,那么,它便会失去其作为困难化手法的作用”。[①] 说到这里,不得不强调指出的一点是,德国古典美学当初以先验唯心主义将古典主义文类规则神秘化,到克罗齐彻底否决文类范畴及文类规则在艺术领域存在合法性,都是同样在以唯心主义的路径反对古典主义文类规则;而今,面对俄国形式主义对唯心主义的唯物主义改造,文类规则仍旧没有恢复曾经的活力。这无疑预示了现代文类理论必将告别规则、规范主导的内容构架,从而在新的世纪展示她焕然脱俗的芳姿。

二

托多罗夫在评介俄国形式主义时,说过:“奇怪的是,这个运动在开始时是和艺术的先锋派——未来主义合拍的。”[②]其实,当阅读到“我感到从荷马那里遗留下来的旧有句法的可笑的徒劳无益。我急切需要把词语解放出来,把这些词语从拉丁时期的监狱中拉出来!”,“让你们准备好去仇恨智慧,同时也唤醒你们身上的神圣直觉”,“比艺术作品本身更为重要的问题是有关用以完成这部艺术作品的方法的问题”[③]诸如此类未来主义主张与口号时,不得不承认两者之间的相似性。巴赫金在谈及未来主义对形式主义巨大影响之时,甚至说道:“假若形式主义是以‘诗语理论研究会’的文集而告终的话,那么,形式方

---

① [俄]什克洛夫斯基等著《俄国形式主义文论选》,方珊等译,第 10 页。

② [法]茨维坦·托多罗夫编选《俄苏形式主义文论选》,蔡鸿滨译,第 5 页。比利时学者布洛克曼还认为存在第三点联系,即:形式主义“这种艺术程序方法暗示了对规范性美学的否定”,“任何形式主义—结构主义分析的一个根本假定,就是被分析的成分的等价性。在规范性美学里永远找不到这种等价性”。(详见其著《结构主义:莫斯科—布拉格—巴黎》,李幼蒸译,商务印书馆 1980 年版,第 48—49 页。)此观点我们认为只能在笼统的一般性层面上有效;若具体到俄国形式主义,这种等价性恰恰在面对文类时无法成立。因为:虽说文学作品是艺术手法或程序的综合,但是每种文类在特定历史时期都有其主导程序和自由程序,是这两种程序的有机统一。故而,所谓程序的等价性根本无从谈起。

③ [意]马里奥·维尔多内著《未来主义:理性的疯狂》,黄文捷译,成都:四川人民出版社 2000 年版,第 157、164、8 页。

法则只能仅仅作为俄国未来主义分支之一的理论纲领而成为文艺学研究的客体。”[①]然而在文类问题上，俄国形式主义与未来主义则明显不同，后者认为“作品种类本身并没有任何价值”[②]，而文类在前者思想系统中并未像克罗齐那样将文类范畴及文类规则等全然摒弃，而是坚持如艾亨鲍姆所谓“虚假的是这些观念，而不是悲剧”[③]的思想，坚决把文类范畴自身与有关文类的杂多规则区分开，问题出在规则而非范畴本身。因而文类在俄国形式主义理论系统中占据着不可小觑甚至不可或缺的显著地位。例如艾亨鲍姆就指出：在文学史研究方面，“我们特别重视文学类别的形式及其替代”[④]。日尔蒙斯基在反思和总结中也把文类研究列为形式主义方法研究的内容之一：“在‘形式化方法’这个一般的、笼统的名称下，通常包括了极其不同的工作，它们研究广义的诗歌语言和风格，历史诗学和理论诗学，即研究韵律学、诗歌选音学和旋律学，修辞学、结构学和情节结构，文学体裁史和文学风格史等等。”[⑤]英国学者 A. 杰弗逊研究指出：“尽管形式主义文学科学的研究对象是文学性而不是个别作品，但其主要影响之一却是对体裁的不断关注。”[⑥]而张隆溪则评价认为，俄国形式主义对于文类理论的探讨，显示出“它比英美新批评更灵活、更具潜在力量的方面”[⑦]。以上诸说，足见一斑。

那么，究竟文类在俄国形式主义理论系统中占据何种位置？俄国形式主义者又有哪些值得注意的文类思想与理论主张呢？这还得要从俄国形式主义的“程序诗学”说起。

首先介绍和明确几个与“程序”有关的概念。我们已经知道，艺术“手法”或事物的“反常化”手法在俄国形式主义者那里近似于文学本体特征，或等于雅各

---

① [苏]巴赫金著《文艺学中的形式方法》，邓勇等译，第 82 页。

② [意]马里奥·维尔多内著《未来主义：理性的疯狂》，黄文捷译，第 9 页。

③ [俄]什克洛夫斯基等著《俄国形式主义文论选》，方珊等译，第 32 页。

④ [法]茨维坦·托多罗夫编选《俄苏形式主义文论选》，蔡鸿滨译，第 53 页。

⑤ [俄]什克洛夫斯基等著《俄国形式主义文论选》，方珊等译，第 356 页。

⑥ [英]A. 杰弗逊、[英]D. 罗比等著《现代西方文学理论流派》，李广成译，北京：北京大学出版社 1992 年版，第 36 页。

⑦ 张隆溪著《二十世纪西方文论述评》，北京：三联书店 1986 年版，第 86 页。

布森所要寻找的"文学性",即"文学科学的对象不是文学,而是'文学性'(……),也就是说使一部作品成为文学作品的东西"①。而什克洛夫斯基则在《作为手法的艺术》一文中说过:"我们所指的有艺术性的作品,就其狭义而言,乃是指那些用特殊手法创造出来的作品,而这些手法的目的就是要使作品尽可能被感受为艺术作品。"②与此类似,日尔蒙斯基曾经也说过这么一段话:

> 任何艺术都使用取自自然界的某种材料。艺术用其特有的程序对这一材料进行特殊的加工;结果是自然事实(材料)被提升到审美事实的地位,形成艺术作品。……艺术研究的任务就在于……要求确定它的材料和那些借以使用材料去创造艺术作品的程序。③

相比照而言,不难发现"程序"一词的内涵与什克洛夫斯基使用的艺术"手法"一词实质无甚差别,近乎等同。然而事实是,不论是译为"作为手法的艺术"、"作为技巧的艺术"、"作为手段的艺术",还是另译作"作为程序的艺术"、"作为方法的艺术",殊不知,四者本就同出于俄语 приём 一词,中文语境里的概念分歧淆乱纯为翻译技术之故。④

如果说仅仅停留在静态地找寻艺术之所以为艺术的"程序",则又落入了象征派对于形式与内容二分的窠臼,这绝非真正的"形式主义",而是为论敌大

---

① [法]茨维坦·托多罗夫编选《俄苏形式主义文论选》,蔡鸿滨译,第 24 页。

② [俄]什克洛夫斯基等著《俄国形式主义文论选》,方珊等译,第 3 页。

③ [俄]什克洛夫斯基等著《俄国形式主义文论选》,方珊等译,第 213 页。

④ 此为笔者综合了托多罗夫编选《俄苏形式主义文论选》、J. M. 布洛克曼著《结构主义:莫斯科—布拉格—巴黎》(商务印书馆 1980 年版)、佛克马与易布思著《二十世纪文学理论》(三联书店 1988 年版)、罗里·赖安等编《当代西方文学理论导引》(四川文艺出版社 1986 年版)、伊格尔顿著《二十世纪西方文学理论》(陕西师范大学出版社 1987 年版)、伊格尔顿著《文学原理引论》(文化艺术出版社 1987 年版)、巴赫金著《文艺学中的形式方法》(中国文联出版公司 1992 年版)、张隆溪著《二十世纪西方文论述评》(三联书店 1986 年版)等中文版本中相关信息得出的结论。基本情况是:俄语 приём 在外译过程中很自然地就会存在多种理解和译法,如 device、artifice、procedure、procédé 之类;故而比利时学者 J. M. 布洛克曼在其著《结构主义:莫斯科—布拉格—巴黎》一书中有这样的说明文字:"今后按照雅克布逊和史特雷特的建议,我们把'приём'译成'程序',而不是像艾尔里希在德文译著中,以及其后艾亨包姆、泰恩雅诺夫、斯克洛夫斯基和穆卡洛夫斯基的译著中那样译成'设计'(device)或'技巧'(artifice)。"(商务印书馆 1980 年版,47 页)

为诟病的、僵硬机械的“形式主义”。为此，包括艾亨鲍姆、迪尼亚诺夫在内的一批人纷纷强调历史因素，在论敌为他们张贴的标签上印刻下属于自己的新标识，成功“金蝉脱壳”，为己正名。艾亨鲍姆辩护说：“发展的因素对形式方法的历史是非常重要的。我们的对手和许多信奉者都没有考虑到这一点。我们周围有些折衷主义者和模仿者，他们把形式方法变成一种静止不动的‘形式主义’体系，以便用来设计词语、图样和分类。批判这种体系并不困难，但是它根本不是形式方法的特点。”[①]他和迪尼亚诺夫等人都拒绝对文学作品采取孤立、抽象的内在研究，认为“文学作品的形式应当被感觉为动态的形式”，“它的形式是在和其他作品的联系中而不是从它本身被感觉的”。[②]“研究具体事物及其结构的规律而不考虑历史的方面”，“这就等于取消了文学史”。[③]他们认为俄国形式主义者必须要改变“形式”的传统意义，“形式”不是装酒的高脚杯，“形式”本身就包含有内容，本身就具有独立价值。由此可见，俄国形式主义者的“程序诗学”是一种“历史性程序诗学”。

事物发展往往充满着善意的悖论，矛盾双方很可能会出现互相成全的一幕，这或许就是发展的辩证法。当俄国形式主义为学院派和象征派书写完墓志铭时，它真的难以想像，正是后者的大力攻讦，迫使它从静止的形式主义转向动态的形式主义，历史性程序诗学的理念不禁将俄国形式主义定格于现代文类理论发展史开篇首页的重要位置。因为设若俄国形式主义仍旧拘囿于传统的“形式”意义，静态地对具体文学作品进行形式主义研究，或许它就与“文类”概念“老死不相往来”。所以可以说，程序诗学的历时性，推动了俄国形式主义与文类宿命式的不期而遇。这是因为，“程序”作为组织“材料”（“生活事实”、“自然事实”）成为艺术作品的方法，涉及语句、情节、结构、主题等诸多方面，当人们以历史性动态眼光观照作品之间异同关系时，自然就会发现一种这样的情形，即某些不同作品间某种“程序”聚合上的类似性，这种“程序”聚合上

① [法]茨维坦·托多罗夫编选《俄苏形式主义文论选》，蔡鸿滨译，第 20 页。
② [法]茨维坦·托多罗夫编选《俄苏形式主义文论选》，蔡鸿滨译，第 98、35 页。
③ [法]茨维坦·托多罗夫编选《俄苏形式主义文论选》，蔡鸿滨译，第 100—101 页。

的类似性也就助推不同作品发生分化，进而形成了作品的不同类型，即“文类”（或文学体裁、文学类别）。每种文类之所以为此种文类，原因即在于各自都有标志自身的特征程序或特殊的程序聚合。托马舍夫斯基还就程序聚合的具体几种情形进行了分析，他说道：

> 在活的文学中，我们常常看到程序发生类聚，聚集成的几种系统虽然同时并存，却在不同的作品中使用。作品也依所用程序的不同而发生一定程度的分化。程序分化的原因包含许多因素，诸如某些易于相配的程序之间的内在共同性（自然分化），某些作品的目的，作品的诞生环境、使命和感受条件（文学生活的分化），对于旧作及其派生文学传统的模仿（历史分化）。结构的程序都聚合于某些可察程序的周围。这样一来，就形成了特殊的类别或者说作品的体裁。体裁的本质在于，每种体裁的程序都有该体裁特有的程序聚合，这种聚合以那些可察程序或者说体裁特征为其中心。①

不难见出，“程序”不仅是文学艺术本体特征要素，此时亦成为文类本质特征之所系。每种文类的特征程序又被称为“规范程序”或“主导程序”，它一般都是明确可感的，故而又称为可察程序，“它们支配着为创造艺术整体所必须的所有其余程序”②。这些“所有其余程序”被称为自由的、个性化程序，而它们常常属于不可察程序之列。对此并不难理解，例如在西方文论史上，“三整一律”、大团圆结局、死亡收场、帝王将相、下等卑贱人等都曾被视为规范程序之一来判定悲剧或喜剧是否合格。

然而，就文类方面而言，正如 H·R·姚斯所言：“正是由于克罗齐把从 18 世纪起就已开始的、对类型规范的普遍有效性的批判极端化了，所以，建立文

---

① ［俄］什克洛夫斯基等著《俄国形式主义文论选》，方珊等译，第 143—144 页。
② ［俄］什克洛夫斯基等著《俄国形式主义文论选》，方珊等译，第 144 页。

学类型的历史系统学的必要性也就势在必行了。”[①]可见，正是依托俄国形式主义这一历史契机，文类规范从普遍性、永恒性到历史性转换的必要性吁求化为了现实。所以说，俄国形式主义经历史性程序诗学的中介，成功实现了与文类范畴的联结，而此联结又不禁暗合了文类自身发展转型之需。走向文类是俄国形式主义自救的必然之举，殊不知，这恰恰是视文类为其历史性的体现，文类即历史性代名词的俄国形式主义的自救。俄国形式主义让“文类”继克罗齐之后得以重生。[②] 对于此时命途叵测的文类而言不啻于天赐的他救。

三

在俄国形式主义看来，历史性程序诗学其实也叫历史诗学，主要研究程序来源问题；与之并列，理论诗学或一般诗学则研究程序的艺术功能；而“对现有的程序不作客观描述，而是评价、判断它们，并指出某些唯一合理的程序来，这就是规范诗学的任务”[③]。不难看出，以往文论史上围绕文类规则而生出的是是非非都在规范诗学的对象范围内。对此，俄国形式主义者认为必须辩证看待规范诗学。一方面，就历史横切面而言，“每个文学流派都有自己的文学观和自己的准则，可见，都有自己的规范诗学。在文学宣言和声明中、在有针对性的批评中、在各种文学团体的信仰体系中所表现出的文学法典是规范诗学的各种形式。文学史是规范诗学现实任务的部分展现，规范诗学决定着个别作品的存在和文学流派交替变更中的内容演化”[④]。规范诗学以文学流派或文

① [德]H·R·姚斯著《走向接受美学》,《接受美学与接受理论》,周宁、金元浦译,沈阳:辽宁人民出版社 1987 年版,第 99 页。

② 目前已有俄国形式主义研究中,学界对文类与俄国形式主义两者之间此种特别的意义相互性认识,尚不到位,大多停留于文类研究作为俄国形式主义文论之一维的视阈而已。例如有学者总结认为:“体裁研究,对于俄国形式主义具有重要的意义。首先,诗与散文的分界,是划分诗学与非诗学研究领域的依据。其次,对于作品结构的研究,也必须建立在文体区分的基础上。”(王钟陵:《俄国形式主义研究》,《湖南文理学院学报》社科版 2006 年第 3 期,第 6 页)特此补充说明。

③ [俄]什克洛夫斯基等著《俄国形式主义文论选》,方珊等译,第 80—81 页。

④ [俄]什克洛夫斯基等著《俄国形式主义文论选》,方珊等译,第 81 页。

学团体、文学批评为载体，像一颗颗玉珠串起了文学史多样丰富的身躯。规范诗学是文学史不可或缺的组成部分之一。另一方面，就历史纵断面而言，正如规范诗学像一颗颗玉珠串起了文学史多样丰富的身躯那样，规范诗学不是静止不变、永恒有效的，每个文学流派都有自己与众不同的规范诗学，随着流派的变迁，规范诗学亦与时推移。规范诗学流动性、动态性的这一特点就奠定了俄国形式主义否决此前守旧派坚持文类规则真理般永恒价值的坚定立场。托马舍夫斯基指出：

> 文学流派的迅速更替，尤其是人类文化各个领域内部都在变革的当代，文学流派的交替更为明显，这种变化证明企图找到一种普遍的规范诗学是痴心妄想。被一种潮流所推动的种种文学规范，总要遭到对立文学流派的否定。尽管每一种文学流派都自认为，正是他们的美学原则才是人人都应遵循的原则，而随着该流派文学影响的跌落，其原则也就衰落了，由新流派、新原则取而代之。现在，无论建立任何一种追求稳固性的规范诗学都是徒劳，因为仍然避免不了表现为文学潮流迅速更替和变动不居的艺术危机。[1]

在历史性程序诗学的视阈下，规范诗学之间不再是传统的你死我活、不共戴天的矛盾关系，而是你方唱罢我登台、各领风骚数百年的发展传承关系；由历史共存的唯一性演变为历史发展的承续性。可见，历史性程序诗学之于文类的意义不是仅仅止于简单的获得重生，更在于以历史性动态发展之眼深入文类堂奥，窥测并呈现出规范程序自身的嬗变性。曾经义正辞严、名正言顺作为诸多文类的规则、规范之物不再永世有效。历史性元素犹如击中了文类规则大厦之最关捩处，四两拨千斤，数个世纪以来的喧嚣与纷争一朝被轻巧地化解得烟消云散。曾经纷扰矛盾的文类规则在历史性长链上各自寻找到了安身立命

① ［俄］什克洛夫斯基等著《俄国形式主义文论选》，方珊等译，第 81 页。

之点。往日激烈的勾心斗角化为当下心平气和的莞尔一笑。俄国形式主义以历史性消解了两千多年来文类理论发展过程中的规则之纠结、先验之抽象,为沉闷乏味的文类理论吹进了一股清气,让人如沐春风,欢欣鼓舞。可以说,俄国形式主义不仅复活了文类之躯体,也为其注入了无比新鲜的血液。

关于文类内涵本身以及规则的发展本性,以作品为中心的俄国形式主义进一步举例揭示说:悲剧主题,有由爱与恨、义务与责任等一般人类主题到讨论具体日常生活政治与哲学问题的发展;悲剧在莎士比亚和法国新古典主义之间,有地点变换、主题和角色更迭、表演因素多、出现幽灵、脱离冲突主题的谈话、时常打断故事的平凡插曲、纯粹的语言游戏等诸多差异;中世纪“小说”与现代“小说”之间,同名而异实;有时有格律的才算“诗歌”,而有时恰是缘于节奏或句法的原因;“小说”的判定,现在主要看篇幅长度以及情节的展开,而过去则是根据是否包括曲折的爱情情节;意大利的短篇小说由十三、十四世纪时没有对大自然的过分描绘,没有人物的详细特征,看不到对话,到 19 世纪时广泛使用描写、心理肖像和对话的手法。诸如此类,不一而足。虽然法国新古典主义时期的革新派也曾从时代性和民族性提出过文类规则的发展性,但是从未像俄国形式主义者这样自觉、翔实、细致地剖析过发展性。那么,为什么文类内涵变化了,而古往今来人们仍旧袭用它来管理不断新生的文学作品呢?俄国形式主义者认为主要是文学传统的惯性使然:“由于自然倾向的作用,由于人们习惯于把新出现的作品分别纳入已有的各种体裁,所以体裁从发生学角度仍然维持其生命过程。”①

文类的发展性至少体现为文类自身内涵的嬗变以及新文类的生成。俄国形式主义认为,如果要从理论上加以解释,涉及以下几个与程序相关的理论点。

一是“程序翻新”说,即充当某文类特征的规范程序不再是规范程序,变为自由的、非必然程序,曾经与规范程序并存的自由程序进而摇身成为规范程

---

① [俄]什克洛夫斯基等著《俄国形式主义文论选》,方珊等译,第 144 页。

序。变化翻新背后的动力源自“反常化”的求新性,而这也正是文学的价值所在:“规范程序到一定的时候就要衰落。文学的价值就在于独出心裁的创新。追求创新的反对矛头一般指向规范的、传统的、‘一成不变的’程序,使它们从必然的程序转变为被禁止的程序。”[①]规范程序与自由程序之间的互换角色就以创新的需求推动着文学史进程。

二是“低俗体裁排挤高雅体裁”带来的“文类更新”说。托马舍夫斯基认为这种排挤主要包括两种形式:高雅文类的绝迹,如18世纪的颂诗和史诗在19世纪的消亡;低俗文类的程序向高雅文类的渗透,如滑稽诗和讽刺诗的成分向18世纪史诗的渗透以及喜剧程序向古典悲剧的渗透等等。高雅文类中低俗文类的程序渗透的标志是“一直被用来创造喜剧效果的程序现在获得新的、与滑稽可笑毫不相干的审美功能”[②]。曾经扮演某高雅文类特征程序的规范程序在文学史上一贯的正常沿用被滑稽、戏谑的模仿所代替,特征程序的严肃性遭到解构,用艾亨鲍姆的话说,就是“对认真而详细地说明理由的曲折情节作出严肃的解释,被讽刺、玩笑、模仿所取代,用来说明出现一个场面的理由的种种联系变得更单薄,更能感觉得到了,成为纯粹传统的联系;作者本人居于主要地位,并且常常破坏真实性和严肃性的错觉;情节的结构变成一种利用本事的游戏,而本事变成了谜语或轶事趣闻”。高雅文类中低俗文类程序的渗透无疑暗示了此高雅文类必然是“找到了新的可能性和新的形式”[③]来自我更新;而一旦渗透到一定程度,低俗文类的程序上升为新的规范程序(即“低俗体裁的规范化”现象),那么,“低俗体裁排挤高雅体裁”带来的“文类更新”说也就步入了“程序翻新”的轨道。所以,程序翻新带来了文类更新,两者紧密相依,互为因果。

三是“体裁瓦解”说,即在旧文类的分裂中产生新文类的现象。托马舍夫斯基举例说,在18世纪的戏剧文学中,喜剧分裂为纯喜剧和“流泪喜剧”,后来

---

① [俄]什克洛夫斯基等著《俄国形式主义文论选》,方珊等译,第141页。
② [俄]什克洛夫斯基等著《俄国形式主义文论选》,方珊等译,第145—146页。
③ [法]茨维坦·托多罗夫编选《俄苏形式主义文论选》,蔡鸿滨译,第182页。

就演变成了现代剧；从18世纪叙事诗和史诗的分裂中，诞生了19世纪初的抒情诗或浪漫诗（“拜伦式的”）。他进一步解释认为，个中原因在于，“零散的、没有集合成系统的程序，可以找到近乎于‘核心’的东西——即使之联合、聚集为系统的新程序，这个起联合作用的程序可能成为可察特征，进而在自己的周围联合起新的体裁”[①]。这也同时说明，在诸文类众多规范程序之外的自由程序集充满活力，一旦附着于某核心新程序，便在已有文类之外迅速聚合，产生新的变种、新的文类。然而，程序毕竟是人造物，就像刚才艾亨鲍姆讲到文类更新时所说的那样：“作者本人居于主要地位，并且常常破坏真实性和严肃性的错觉”，无论是“程序翻新”、低俗文类的排挤，还是“体裁瓦解”，都无法离开作者的主观能动性。正是在这个意义上，俄国形式主义者从程序角度重新定义了“天才”的意义，恢复了“天才”的唯物主义性质：“所谓‘天才’的降临，无非是推翻迄今占统治地位的规范而尊崇迄今被贬抑的程序的一场文学革命。”[②]

根据上述对于文类发展本性的阐述，不难理解，只能历史地评定和认识文类的规范程序和自由程序，古往今来的规范程序之间亦不存在着任何的理性关联。所以，在俄国形式主义者看来，文学分类只能是历史性的，“要对体裁进行逻辑的、准确的分类是绝不可能的。体裁的划分永远是历史的划分，换句话说，只有针对一定的历史时期，这种划分才合理”。而且，“体裁的特征是多种多样的，可以存在于艺术作品的任何方面”。例如主题（如侦探小说）、细节印证（如书信体裁）、语言（如散文与诗歌）、作品目的（如舞台剧）等，这些规范程序之间“在逻辑上互不排斥”，所以反对抽象的文类梯阶划分，如小说、长篇小说、短篇小说、政治小说、抒情小说之类，而俄国形式主义者主张关注“具体的历史体裁”甚至具体作品本身，如“拜伦式诗歌”、“契诃夫式短篇小说”、“巴尔扎克式长篇小说”、“教堂颂诗”、“无产阶级诗歌”之类。[③] 无疑，俄国形式主义

① ［俄］什克洛夫斯基等著《俄国形式主义文论选》，方珊等译，第145页。

② ［俄］什克洛夫斯基等著《俄国形式主义文论选》，方珊等译，第147页。

③ ［俄］什克洛夫斯基等著《俄国形式主义文论选》，方珊等译，第147页。

者“历史体裁”一词的提出，不妨可以视作是对克罗齐对概念主义批判的纠偏。例如日尔蒙斯基在比较古典主义和浪漫主义时就对后者无限制的个性追求提出了质疑，从而对规则的存在合理性作出了肯定：

> 对于浪漫主义诗人来说，诗歌素材和形式的规律与章法是令人腻烦和倍受拘束的“常规”。……为了新的、较为易变的个性的形式而破坏已经造成的形式。……浪漫主义的创作由于破坏了古典主义艺术的相对完美，就不可避免地进入经验、寻求、探究、非完整概述的阶段。实质上，它的目的——绝对地和不受任何章法约束地来表现感受——是一个实际上实现不了的、只构划了其实现限度的无穷尽的任务。[①]

然而，此处“体裁的划分永远是历史的划分”的观点自然对古希腊以来的“三分法”传统构成了挑战和冲击。俄国形式主义者认为，传统“三分法”并非如柏拉图、亚里士多德以及德国古典美学、浪漫主义美学所论那样，三者并不存在任何形式的逻辑关系（如对立统一），而只是在经验层面上“自然形成的作品类别”[②]而已。

俄国形式主义者基于自身的理论立场，不仅否决了传统“三分法”具有的内在逻辑关系，而且还对古希腊悲剧定义、“三整一律”、喜剧团圆结局、案头曲与场上曲关系、跨文类现象等命题提出了反思与批评。

亚里士多德在《诗学》中为“悲剧”下了一个著名的定义，即：“悲剧是对于一个严肃、完整、有一定长度的行动的模仿”；“借引起怜悯与恐惧来使这种情感得到陶冶”。[③] 艾亨鲍姆将之纳入对“因循守旧”的抨击之列。他指出：“把观众召集到剧场里，通宵达旦地给他们扮演各种角色，为的就是使他们感到恐惧

① ［俄］什克洛夫斯基等著《俄国形式主义文论选》，方珊等译，第352页。
② ［俄］什克洛夫斯基等著《俄国形式主义文论选》，方珊等译，第148页。
③ 《诗学·诗艺》，罗念生等译，第19页。

和怜悯，这难道不是很可笑，很野蛮吗?”在席勒关于形式与内容理论的影响下，他运用程序诗学予以重释，认为艺术即程序，观众“期待于艺术家的并不是这一情感本身，而是用以唤起这种情感的一些特殊程序”。为了充分发挥悲剧的审美感染力，这些程序必须尽可能地增加“感受的难度和时延”。于是，“怜悯”此处获得了纯形式化意义：“怜悯在此被用作一种感受的形式。它取自心灵，又显现给观众，观众则透过它去观察艺术组合的迷宫。”“怜悯变成形式的直观，而非形式的‘体验’，也不是形式的‘激情’。”[①]然而，或许艾亨鲍姆没有能够完全通读或理解透彻《诗学》，亚里士多德实质也发表过与之类似的意思：一出悲剧，“只要有布局，即情节有安排，一定更能产生悲剧的效果”[②]。这也是从形式方法层面讲解悲剧效果的如何取得，在思维路径上并未有与艾亨鲍姆相异之处。这也就无怪乎有学者认为“形式观念是亚里士多德对文学批评的最大贡献”了。[③] 此外，俄国形式主义者也反对亚里士多德所谓悲剧阅读(读戏)与表演(看戏)的效果无差别论，认为“阅读的条件和演剧的条件是大不相同的”，“用眼睛读戏剧作品，我们根本无法进入戏剧表演的节奏速度，而剧情发展的紧张程度恰恰是由表演来决定的”。[④]

对于古典主义戏剧的“三整一律”，托马舍夫斯基则从特别的程序系统——“细节印证”加以否定。他说，一部作品的“主题”是对诸多“细节”进行有机联合与综合的结果，细节系统的艺术统一构成一部作品的完整主题。所谓“细节印证”是为作品中具体细节及其总体之引入存在提供理由的程序系统。细节印证决定构成主题的细节系统的审美价值高低，因为如果某细节的出现不是必需，那么它对艺术有机整体而言就是多余，进而有损艺术的整体审美效果。从这个意义上说，托马舍夫斯基认为时间整一律不是“缺乏细节印证”，就是“有意放弃时间上的细节印证”。这是因为，某些事件是不可能接连

---

① [俄]什克洛夫斯基等著《俄国形式主义文论选》，方珊等译，第 34、36、39—40 页。

② 《诗学·诗艺》，罗念生等译，第 22 页。

③ [美]佛朗·霍尔著《西方文学批评简史》，张月超译，第 9 页。

④ [俄]什克洛夫斯基等著《俄国形式主义文论选》，方珊等译，第 150 页。

发生在一昼夜之内的。[①] 在亚里士多德那里被奉为至高重要性的情节整一律,托马舍夫斯基则认为"此为最空洞的规则,对它的理解也是见仁见智的"[②]。至于地点整一律,通过托马舍夫斯基肯定莎士比亚悲剧作品中"地点变换二十次"[③]的观点,其态度自不难窥见一斑。无独有偶,从细节印证角度来看,托马舍夫斯基认为喜剧大团圆结局的程式亦属"荒诞",并非古代"常有的事","只能说,它是文学的巨大传统所造成的舞台常见现象"。[④] 字里行间似乎有漠视生活事实与审美事实差异之嫌,而这正是俄国形式主义者强调"程序"、手法之类形式的绝大前提,俄国形式主义者自然不会不知。

之所以会造成这种错觉,实质是因为:就细节印证而言,"每个细节都应作为在一定情境中可信的细节被引入"。而作为细节印证的程序系统只是单纯处理情节结构与分布的艺术方法,此方法"与可信性之间毫无共同之处"[⑤]。所以在涉及艺术逼真这一类可信性问题时,只是看到生活事实与审美事实形式上差别的俄国形式主义者无法,也不便从事理的内容层面继续加以深入解释,无奈之下,只好求助于文学传统:"任何一个细节的引入,实际都是这种客观可信性与文学传统之间的妥协。从现实性的角度看,细节的传统引入往往是荒诞的,但我们却因其传统的力量而对此全无察觉。"[⑥]而关于此文学传统究竟属形式方面的、内容方面的,抑或是综合的呢?诸如此类,囿于流派局限,俄国形式主义只能草草了事,不复细究。纰漏在于,当否定时间整一律时,却没有如批评喜剧团圆结局时那样,以文学传统包容其现实的荒诞性,而是归结为"缺乏"或"有意放弃"细节印证这一奇怪缘由,然后直接以生活事实衡量和评价审美事实,导致自身立根之本的失效。俄国形式主义者就好比走"形式"这根细细的钢丝,稍不留神,就会栽落下来。

---

① [俄]什克洛夫斯基等著《俄国形式主义文论选》,方珊等译,第162—163页。
② [俄]什克洛夫斯基等著《俄国形式主义文论选》,方珊等译,第154页。
③ [俄]什克洛夫斯基等著《俄国形式主义文论选》,方珊等译,第171页。
④ [俄]什克洛夫斯基等著《俄国形式主义文论选》,方珊等译,第128页。
⑤ [俄]什克洛夫斯基等著《俄国形式主义文论选》,方珊等译,第127、128页。
⑥ [俄]什克洛夫斯基等著《俄国形式主义文论选》,方珊等译,第128页。

俄国形式主义者关于文类内涵发展本性的揭示，也有助于有效理解跨文类写作的现象。关于什么是跨文类写作这一问题，学界言人人殊，①不过，从俄国形式主义这里可以获得别样的重要启示。因为文类的规范程序是变化的，所以当文类发生更新，此规范程序不再具有必然性时，它也就从规范重归自由程序的身份，因此它就有足够的可能性、合法性聚合于其他文类之中。如果此时以单纯的时间之眼来看，就会发现诸多所谓跨文类现象。它们成为文类内涵发展性的投射对象。迪尼亚诺夫用形式要素与其功能之间的演变关系来解释这一现象。他举例说，当格律不再是诗歌的特征程序之后，它就有可能被散文所用，产生出有格律的散文或抒情性散文、散文诗之属。②

四

新旧世纪之交，哲学美学遭遇主观性价值危机、文学主体审美独立性被殖民、文类概念及其规则被彻底取消、诗学话语面临失效……俄国形式主义可谓“受命于危难之际”！角度决定视野，方法制造变革。俄国形式主义以作品为物质基石，继承和发扬德国古典美学为追寻文学艺术审美自律而采取的形式主义策略，顺势而为，开拓创新，“作出了可贵而又意义深远的贡献”③，推动西方文论进入了发展新阶段，功不可没。荷兰学者佛克马和易布思在上世纪70年代合著的《二十世纪文学理论》一书中如是评论说：“俄国形式主义的许多假说和价值观念，现在比以往任何时候似乎都更富于活力”，“欧洲各种新流派的文学理论中，几乎每一流派都从这一‘形式主义’传统中得到启示，都在强调俄国形式主义传统中的不同趋向，并竭力把自己对它的解释，说成是唯一正确的看法”。④ 此说是客观公允的。

---

① 详可参考本人博士论文《文类研究》(扬州大学，2007)之《跨文类写作现象辨析》一节相关内容。

② [法]茨维坦·托多罗夫编选《俄苏形式主义文论选》，蔡鸿滨译，第107—108页。

③ [美]雷纳·韦勒克著《近代文学批评史》(中文修订版，第二卷)，杨自伍译，第573页。

④ [荷兰]D.W.佛克马、E.贡内-易布思著《二十世纪文学理论》，林书武等译，第13—14页。

然而也必须要承认的是,俄国形式主义本身也是复杂多变的。在短短十几年时间里,前后期的研究口号、观念、结论等存在明显差异。例如日尔蒙斯基于后期所写《论"形式化方法"问题》一文集中反思了流派自身,提出形式化方法非文学研究唯一有效方法、程序非文学作品中的唯一存在、程序亦非文学发展唯一动力、诗歌理论并不等于诗歌语言学理论之类更加科学、全面、折中的看法和意见,个别观点甚或是自我颠覆性的。因此,韦勒克将俄国形式主义发展历程划分为三个阶段,他认为其中第二个阶段是"扩展和巩固的中期阶段"①,特征是重新审视当时错综复杂的问题,亦即"以更成熟的立场观点,检验和审查了批评问题中所存在的全部复杂情况,修正,有时甚至是完全放弃了自己先前的立场观点"②。比利时学者布洛克曼也总结指出:"形式主义理论起源于一种持续的意见交流,不仅与它的许多反对者,而且也在形式主义者彼此之间(他们彼此互相反对和批评)进行交流。"③对此,F. 詹姆逊认为:"我们不能说俄国形式主义者都持有同一种态度,同一种文学主张,但他们的工作是集体性的,其发展在时间上是一致的。"④有鉴于此,本章为了研究之便利,立足流派总体性状,着力聚焦于俄国形式主义典型性、集中性理论观点,尽量避免观点间的碰撞与矛盾,以期展现出一幅相对比较中庸、完整的俄国形式主义的文类思想画图。

"俄国形式主义是俄国二三十年代最有原创意义的文学理论","是西方文学理论走向现代形态的开始"。⑤ 与康德、克罗齐等人美学理论相比,在艺术独立、审美自律的道路上,俄国形式主义进步之处在于,将独立、自律的基点置于作品形式这一现实物质层面,不复是先前抽象先验的或感性直觉的维度。但

---

① [美]雷纳·韦勒克著《近代文学批评史》(中文修订版,第二卷),杨自伍译,第565页。

② [波兰]罗里·赖安等编《当代西方文学理论导引》,李敏儒等译,成都:四川文艺出版社1986年版,第2页。

③ [比利时]J. M. 布洛克曼著《结构主义:莫斯科—布拉格—巴黎》,李幼蒸译,北京:商务印书馆1980年版,第46页。

④ [美]弗雷德里克·詹姆逊著《语言的牢笼·马克思主义与形式》,钱佼汝等译,南昌:百花洲文艺出版社1997年版,第38页。

⑤ 董学文主编《西方文学理论史》,北京:北京大学出版社2005年版,第283页。

问题是，正如伊格尔顿所说的那样："任何想从特有方法的角度来界定文学理论的企图都注定要失败"[①]，过分强调形式要素必然导致内容的抽空，导致艺术本质的简单化。反映于文类问题上亦然。既然在形式主义眼中，"作品中存在的一切首先是为了使作品得以形成"[②]，"创造作品的正是秩序本身"[③]，那么，俄国形式主义之于文类理论的巨大贡献在于，继文类理论发展的规范论阶段之后，它及时中止了文类理论发展的虚无论阶段，并开创了文类理论发展的构成论阶段；在具体作品与文类概念之间建立起合理的张力关系，借力历史性程序诗学，在西方文类理论史上首次自觉系统地探析与揭橥了文类概念特征如何历史性地具体显现于感性存在的文学作品构成要素之上。这对文类理论发展而言，乃别开生面、石破天惊之举！这既是对文类理论的核心贡献，也是整个文学研究的重要理论成就。文类作为文学理论基本问题研究，它为客观评价俄国形式主义的历史贡献打开了一扇不可或缺的窗口。同样，仅仅从程序这一纯粹形式要素立论，一方面造成了文类动态发展本质认识上的欠缺，内容维度没有得到应有的审察与研究，导致在团圆结局等局部问题的认识上不免存在失当之处；另一方面，文类研究上采取的一元式的形式方法，极易产生文类范畴认识上的形式化不良倾向，这一错觉预兆了未来在此问题上的分歧与淆乱。总而言之，俄国形式主义的文类研究将自己原本可以开挖得更深更广的矿藏又部分地自我封填起来。或许这就是历史辩证法：俄国形式主义留给了自己和文类理论莫大的遗憾！然而在莫大遗憾的背后，似乎又是给予莫大的希望，吸引人们进一步予以深入探究。

虽然俄国形式主义者矢志于唯一、独立的形式层面树立文学艺术审美自律之碑，打造绝缘一切的形式主义诗学国度，但是对此存有先天不足的理论方法之执着，一定会在实际研究过程中显现意外之成果。事实证明，程序之反常化、形式之求新、增加感受空间与时延等诸多关键理论枢纽，必然直接指向文

---

① ［英］特雷·伊格尔顿著《二十世纪西方文学理论》，伍晓明译，第 216 页。

② ［美］弗雷德里克·詹姆逊著《语言的牢笼·马克思主义与形式》，钱佼汝等译，第 69 页。

③ ［比利时］J. M. 布洛克曼著《结构主义：莫斯科—布拉格—巴黎》，李幼蒸译，第 135 页。

学接受者这一文学活动要素的在场。文学接受者正是上述一切的体验者、见证者、确认者。例如，“在主题的选择中，读者的态度具有举足轻重的作用”。“作家及其最热心的读者，首先是热心于写作技巧，而这种兴趣几乎是文学最强大的推动力。”“作品应唤起读者的共鸣，引导他们的情感。”[①]“审美的平衡规律，传统的力量和文学读者的诗歌修养的力量，决定某一特定时期某种格律体系的主导地位。”[②]诸如此类自觉或不自觉突出文学接受者地位的论说，在俄国形式主义者论著中数不胜数，俯拾皆是。可以说，在俄国形式主义学说所倚重的“作品”中心之外，还有一颗或隐或现的“读者”卫星。作品与读者在今后日子里的消长起伏，会折射什么样的色彩于文类理论发展之路上？现代文类理论未来会朝什么样的方向继续前行？所有这些问题，只能留给时间一一作答了。

---

① [俄]什克洛夫斯基等著《俄国形式主义文论选》，方珊等译，第107、108、110页。
② [法]茨维坦·托多罗夫编选《俄苏形式主义文论选》，蔡鸿滨译，第131页。

第九章　在神话原型的穹顶之下

——原型批评文类思想研究

现代文类理论发展，俄国形式主义启其端绪，而继起者，恐非原型批评一派莫属。众所周知，在西方文论发展史上，原型批评一度与西方马克思主义、精神分析学呈三足鼎立之势，是享有世界性影响力的重要理论派别。原型批评为何像俄国形式主义者一样要重视文类？文类在原型批评中占据何种角色？文类与原型批评之间何以建立起关联？诸如此类问题，本章拟以原型批评的权威代表——加拿大文学批评家诺思罗普·弗莱(Northrop Frye)所著堪称原型批评"圣经"(Douglas Bush)与"诗论"(S. N. 格莱勃斯泰因)、被誉为"二战以来最著名的批评著作之一"[①]——《批评的解剖》的研究，来逐一予以回答。

一

从文学批评的角度而言，弗莱原型批评的源起首先是基于他对文学批评发展生态的高度不满。他严重反对两种文学批评倾向，即外部批评模式与单个文本批评模式。前者如从社会学、心理学、哲学、道德等其他学科视野关照

① [法]茨维坦·托多罗夫著《理解文学类型》，陈军译，《社会科学战线》2012年第6期，第229页。

文学,或视作者为文学作品意义的决定者,此种模式认为文学批评只是文学的寄生或附庸;后者如英美"新批评派"一类的形式批评,它们狭隘地固守于单个文学作品之中,只见树木不见森林,患有"近视症",陶醉于文学发展进程中"点"的考察而置文学发展应有的自身独特"整体性"于不顾,将活生生的文学发展史机械割裂,不恰当地视其为"仅是由许多互不相关的'作品'杂乱无章地堆砌在一起的"。[①] 弗莱认为,这两种情形都是无视文学批评的独立地位。其实,文学批评绝非无足轻重,文学批评拥有与其研究对象——文学作品同等重要的地位和作用,因为"批评能够讲话,而所有的艺术都是哑巴"[②]。此一思想延续了康德、克罗齐等人一贯以来的寻求审美独立性的传统。

为了发展一种真正的、具有独立意义的诗学或文学批评,弗莱详细阐述了他的文学批评观,即"文学批评的对象是一种艺术,批评本身显然也是一种艺术"[③]。两者都应是独立的存在,不可或缺,同等重要。为替代上述提及的外部批评与单个文本的批评模式,弗莱提出:作为独立科学的标志,"批评是一种思想和知识的结构,这种结构本身有权利存在,而且不依附于它所讨论的艺术,具有一定程度的独立性"[④]。文学批评"自身实际上是个完全可以理解的知识体系"[⑤]。换言之,文学批评之所以是一种知识体系,是因为它"是按照一种特定的观念框架来论述文学的"。这就首肯了单个文学作品之间的历史联系,从而避免把文学史肢解为支离破碎的物什。不仅如此,弗莱提出,文学批评依赖的"特定的观念框架"只能"从文学内部去为批评寻找",从作为研究对象的文学作品中去寻找,"无法从神学、哲学、政治学、科学或这些学科的任意结合中现成地照搬过来的"[⑥]。可见,弗莱的文学批评观显现出强烈的内部性与整体性特点。

---

① [加]诺思罗普·弗莱著《批评的解剖》,陈慧等译,第 23 页。
② [加]诺思罗普·弗莱著《批评的解剖》,陈慧等译,第 5 页。
③ [加]诺思罗普·弗莱著《批评的解剖》,陈慧等译,第 4 页。
④ [加]诺思罗普·弗莱著《批评的解剖》,陈慧等译,第 6 页。
⑤ [加]诺思罗普·弗莱著《批评的解剖》,陈慧等译,第 22 页。
⑥ [加]诺思罗普·弗莱著《批评的解剖》,陈慧等译,第 8—9 页。

那么，弗莱从文学内部找寻到什么样的观念框架来结构文学史的呢？或者说，弗莱眼中独立的文学批评是基于什么来诠释纷繁复杂的众多文学作品的呢？那就是原型批评的核心所在：神话作为文学作品情节（叙事）与思想主题（意义）的原型。详而论之，叙事与意义的原型分别是神话中的仪式与梦幻。正是依凭神话这一从文学内部寻找到的原型，弗莱精心构筑起他对文学发展史的批评性阐释，整合起多样化存在形态的文学作品群，借以实现建构其预想中的作为一门独立艺术的文学批评。

仿效亚里士多德《诗学》中的文学成分方案，概括而言，弗莱原型批评"诗学"的主要内涵包括以下几方面。

首先，弗莱将六个文学成分划分为三块：情节、人物（叙事）；思想主题（意义）；辞藻、韵律、场景（修辞）。叙事重在"内向的虚构"，主要体现在小说、戏剧这样的文类上；意义重在"外向的虚构"，则体现在散文与抒情诗这样的文类上。前者称之为虚构文学，后者称之为主题文学。其次，虚构文学与主题文学从主人公与社会之间的关系角度分别可以区分为悲剧性与喜剧性虚构文学、插曲式与百科全书式主题文学。继而，弗莱指出，所有文学作品都是按照主人公无所不能逐渐到劣于我们而被我们嘲笑，或是从纯虚构到纯模仿这样的区间原则，依次呈现为五种历史演进模式，即：神话—传奇—高模仿—低模仿—讽刺与反讽。这五种历史演进模式之间的关系特点是：神话作为叙事与主题的原型而不断进行的"移位"过程，后四者都是神话原型移位的不同阶段，五者最终形成一个首尾相连的循环。就神话原型的"移位"内部情形而论，叙事层面上的移位依次体现为：从神话开始，低模仿—传奇—高模仿—讽刺与反讽构成一个春、夏、秋、冬式的循环①；意义层面上的移位依次体现为：神话中的神谕

---

① 此处的循环顺序异于弗莱前面所述的虚构文学的五大循环模式，原因未明。无怪乎有学者批评说弗莱"这套理论缺乏内在连贯性和统一性"。（［英］阿拉斯泰尔·福勒著《文学的类别：文类和模态理论导论》，杨建国译，第 119 页。）另外，在春夏秋冬式的叙事结构中出现的"喜剧"、"传奇"、"悲剧"等概念，弗莱明确指出它们并非文类范畴，而是用来"形容许多虚构文学作品的普遍特征而不涉及它们的体裁问题"。又如："然而悲剧并不局限于戏剧"，所以在"秋季的叙事结构：悲剧"部分的例证中，小说、戏剧等文类都有。国内一些研究成果对此理解有误。特此说明。

形象对应神话模式，传奇、高模仿、低模仿分别对应神谕形象的“天真的类比”、“自然和理性的类比”、“经验的类比”，最后回到对应讽刺与反讽模式的、再次复归神话中的魔怪形象。关于辞藻、韵律、场景这一修辞部分的内容，由于与文类理论紧密相关，下文将单独予以论说。

二

弗莱期图以神话原型从文学内部建构起独立的文学批评，为何要与文类发生必要关联呢？这可以从三个方面来得到印证。

第一，文类性质与原型批评宗旨有重要交集。原型批评宗旨之一就是打破如英美“新批评派”一类的局限于单个文学作品的研究[①]，切断文学史上文学作品之间可能存在的有机关联；而正是在打通作品之间联系这一点上，作为区分文学作品不同集群概念的“文类”与原型批评之间具有了共同语。亦即，原型批评与文类在确认建立单个文学作品之间联系上的立场是相同的。[②] 正为此故，弗莱对于“文献历史批评”与“修辞派文学批评”不重视文类研究的弊端给予了无情揭露：

> 体裁的研究是以形式类似为基础的。文献历史批评的特征便在于无力解释这种类似之处。……当面对一部莎士比亚的悲剧和一部索福克勒斯的悲剧这样两出仅仅因为都是悲剧才可以比较的剧作

① 尽管弗莱是如此意见，但是韦勒克、I. 拉宾诺维奇等学者研究认为“新批评派”其实有其历史复杂性，前后期的人员观点和立场差异较大，将文学作品视为封闭语言结构的观点已经远离鼻祖 I. A. 瑞恰兹的具有开创性意义的思想主张。详可参阅：韦勒克著《近代文学批评史》（中文修订版，第六卷，杨自伍译，上海译文出版社 2009 年版）第八章《新批评派》以及罗里·赖安等编《当代西方文学理论导引》（四川文艺出版社 1986 年版）中的《新批评：可敬的叛逆者》一文的相关论说。

② 也有学者从原型批评受到生物进化论的影响出发，同样确认了文类研究在原型批评中的重要地位，认为：“神话批评在很大程度上受到进化论的方法论（成功的）的影响，因此，它不能不注意进化论里头最重要的概念，即种类（体裁）的概念。”详见文日焕著《神话批评与方法论研究》（《中央民族大学学报》社科版 1999 年第 2 期）一文。

> 时,历史批评家便力不从心,只能笼统地说,它们都描写严肃的生活。同样,修辞派文学批评竟然丝毫不考虑体裁,没有比这种做法更令人吃惊的了:修辞批评家只顾分析摆在面前的作品,不大注意它是戏剧、抒情诗还是长篇小说。事实上,他们还会干脆认定文学中不存在体裁。①

第二,文类形式的重要性得到弗莱文学形式观的有力支持。弗莱认为,文学形式对于文学作品而言具有不可替代的功能,文学形式而非内容,方才是文学作品区别于非文学作品的关键所在。文学形式在文学作品中的独立地位不容置疑与否认。故而他一再重申:"在艺术中,形式具有独立性"②,"文学虽具有生活、现实、经验、特质、想像中的真理、社会状况或其他你愿加进去的成分,称之为内容;但是,文学本身却并非由这些成分构成"③。弗莱还用形象化比喻指出:如果说文学作品的母亲是"自然",那么文学作品的父亲并不是"诗人",而是"形式"。就以"形式类似"为特征的文类范畴而言,其形式独立性体现为文类形式传统的内部延续,即"诗歌只能从其他诗歌中产生;小说也只能由其他小说产生:文学塑造着自己,不是由外力能形成的;文学的各种形式同样也不存在于文学之外"④。因此,文类形式传统成为文学历史发展进程中不可忽视的重要力量之一。这就致使采取何种文类形式占据作者在创作伊始阶段不得不加以考虑的主要因素之一。弗莱说:"诗人在创作一首诗时,其意图中通常包括诗歌这种体裁"⑤,比如当弥尔顿坐下来打算写一首关于英王爱德华的诗时,他琢磨的问题不是"我能找些什么话来谈论这个国王呢",而是"按照诗歌的要求,应怎样处理这一题材呢"。⑥ 而文类形式的独立性对于原型批评来

① [加]诺思罗普·弗莱著《批评的解剖》,陈慧等译,第136—137页。
② [加]诺思罗普·弗莱著《批评的解剖》,陈慧等译,第136页,页下注。
③ [加]诺思罗普·弗莱著《批评的解剖》,陈慧等译,第139页。
④ [加]诺思罗普·弗莱著《批评的解剖》,陈慧等译,第139页。
⑤ [加]诺思罗普·弗莱著《批评的解剖》,陈慧等译,第357页。
⑥ [加]诺思罗普·弗莱著《批评的解剖》,陈慧等译,第139页。

说更是不容小觑,这是因为文类形式对于作品中的神话原型程式具有反作用,也就是说,不同文类的作品中会出现不同的神话原型形象,例如森林之于牧歌、田园诗,鲜血之于悲剧,等等。所以弗莱说,在一篇文学作品中都有以神话原型程式为中心构成的形象"等级结构",即"形象频带",在决定这种"形象频带"的主要元素中,"体裁的要求"首当其冲。①

第三,弗莱对于古典主义文类研究传统的反思促使文类研究与原型批评产生耦合效应。如果上述第一点只是宏观上证明了原型批评与文类研究之间必然将发生关联,第二点证明弗莱非常重视文类形式,那么这第三点正是为了从微观上说明作为原型批评主要权威的弗莱如何将文类形式纳入原型批评研究视野。恪守亚里士多德《诗学》立论模式的弗莱认为:"亚里士多德所谓的诗学,便是指一种其原理适用于整个文学,又能说明批评过程中各种可靠类型的批评理论。在我看来,亚里士多德就像一名生物学家解释生物体系那样解释着诗歌,从中辨认出它的类和种,系统地阐述文学经验的主要规律。"但是文学活动在经历了两千多年发展变迁之后,亚氏《诗学》"当初关于诗学的观点"不仅可以而且有必要"按照新的证据重新加以考察"②。体现于文类研究之上,这种必要性在于:

> (关于进行作品分类)无论如何,这便是亚里士多德认为文学批评开宗明义应完成的第一步。可是我们发现,文学批评中关于体裁的理论恰好在亚里士多德未交代清楚的地方卡住了。……多亏有古希腊人,使我们今天在戏剧中能够区别悲剧与喜剧,同时我们还往往认为,悲剧和喜剧构成戏剧中的两半,界限分明。可是当我们想解释诸如假面戏剧、歌剧、电影、芭蕾舞、木偶戏、神秘剧、道德剧、即兴喜剧、童话魔幻剧等形式时,我们就会发觉自己的处境像是文艺复兴时

① [加]诺思罗普·弗莱著《批评的解剖》,陈慧等译,第122页。
② [加]诺思罗普·弗莱著《批评的解剖》,陈慧等译,第20页。

期的医生，当时他们因盖伦未曾谈起过梅毒，因而也拒不治疗这种疾病。①

志在以神话原型来整合整个文学发展史的弗莱，为要弥补亚氏《诗学》之历史缺憾，当然须把如许不同文类情形置于自己考察范围之列并给出自己的答案。所以弗莱强调："由于已思考到一首诗与其他诗作的外在关系，那么有两个东西就应首次纳入文学批评的重要思考之中，即程式和体裁。"②"程式"一词源自俄国形式主义③，弗莱用来指神话移位过程中反复出现的形象与叙事结构，不同文学作品借以神话原型这一程式实现交流与互联。不止于此，弗莱甚至基于文类研究来定义原型批评，即：所谓原型批评，正是"通过对程式和体裁的研究，力图把个别的诗篇纳入全部诗歌的整体中去"④。文类研究构成弗莱原型批评举足轻重的两翼之一，令人始料未及却又在逻辑必然之中！因此，有学者拟将《批评的解剖》全书思想主张总括为"类型的理论"的做法也就不足为怪了。⑤

三

既然文类研究在原型批评建构中担负着如此重要的角色，那么，原型批评视野中的文类理论又呈现出何种面目呢？

---

① ［加］诺思罗普·弗莱著《批评的解剖》，陈慧等译，第18—19页。

② ［加］诺思罗普·弗莱著《批评的解剖》，陈慧等译，第136页。

③ 弗莱在《批评的解剖》全书中只字未提"俄国形式主义"对其理论的影响，一般研究者也鲜有论及，但是托多罗夫则研究指出：弗莱的文学观点在"俄国形式主义者那里，非常丰富"，俄国形式主义是弗莱文学观点的三大主要来源之一。参见：茨维坦·托多罗夫著《理解文学类型》（陈军译，《社会科学战线》2012年第6期，第230页）一文。

④ ［加］诺思罗普·弗莱著《批评的解剖》，陈慧等译，第142页。

⑤ 美国学者格莱勃斯泰因认为："很难把《批评的解剖》一书精确地描绘出来，用习惯的话来说，它也许可以较精确地被概括为类型的理论。"（《关于神话原型批评的一篇导论》，裘小龙译，《文艺理论研究》1989年第2期，第92页）法国著名学者托多罗夫也认为："《批评的解剖》同时是文学理论（因而是类型理论）和批评理论。"（《理解文学类型》，陈军译，《社会科学战线》2012年第6期，第229页）

(一)突破西方"三分法"传统的文类划分论

在阐述自己对于文类划分的意见之前,弗莱首先认为古希腊三分法传统存在一个问题,即涵括性尚欠缺:"我们所拥有的三个文类名称如戏剧、史诗及抒情诗都来自古希腊人,可是后两个名称主要用作文人的行话,分别指篇幅长的和短的(或相对说来较短的)诗作。至于篇幅中等的诗歌,我们还找不到一个行业术语来称呼它。"况且就史诗来说,篇幅长的就一定属于史诗么?弗莱的答案是否定的,他举例说:勃朗宁的长诗《戒指与书籍》就最好不要视作史诗,因为它具有显著的戏剧结构,"只有当我们把该诗视为戏剧体裁中的一次实验时,我们方能充分地欣赏它"[①]。有鉴于此,弗莱认为"体裁乃是由诗人与公众之间所确立的种种条件来决定的","文类的区别取决于以什么方式方能十分理想地表现一部文学作品"。[②] 所以,文类划分的标准是"如何表现",于是他根据话语可以面对观众表演出来、讲给听众听、自我吟唱、写下来供读者阅读这四种表现原理,把文类依次划分为戏剧、口述文学、抒情诗以及弗莱的自拟名称——书面(虚构)文学。其由来便是弗莱认为"古希腊人仅为我们所探讨的四种体裁中的三种提供了名称,而没有命名通过书本诉诸读者的体裁"[③]。若申言之,口述文学是作者直接当着听众的面,抒情诗是诗人的一种见不到听众或读者的自言自语或倾吐,戏剧是剧中人物而非作者直接面对观众,而书面文学是作者和笔下人物都不暴露在读者面前。

弗莱"四分法"中诸文类的关系是:以戏剧和抒情诗为两端,中间为口述文学与书面虚构文学。就它们与原型批评关系而言,戏剧和抒情诗就情节、人物与思想主题的成分上而言,分别对应神话原型中的仪式(叙事)与梦幻(意义)部分,所以戏剧倾向于"内向的虚构"即虚构文学模式,抒情诗则倾向于"外向的虚构"即主题文学模式;复就音律(声音)、场景(形象)成分而言,两者又分别是对它们的内在模仿与外在模仿。综而观之,戏剧与抒情诗作为对立两端的

① [加]诺思罗普·弗莱著《批评的解剖》,陈慧等译,第358页。
② [加]诺思罗普·弗莱著《批评的解剖》,陈慧等译,第359、360页。
③ [加]诺思罗普·弗莱著《批评的解剖》,陈慧等译,第360—361页。

特征异常显著，至于这两者与口述文学、书面文学之间的关系则语焉不详。

至此可见，弗莱“四分法”[①]不仅在数量上而且在文类性质上突破了西方“三分法”传统，但是同时亦难以彻底摆脱其影响，旧有传统中的对立思维仍在其“四分法”上烙有清晰印迹。

（二）寓有鲜明历史意识的文类发展论

确如弗莱所说，亚氏《诗学》中主要论及了悲剧、喜剧、史诗等少数文类，那么自今天看来还有诸如假面戏剧、神秘剧、道德剧、魔幻剧、后现代小说之类付之阙如。对此格局，弗莱的原型批评利用其神话原型的移位理论将它们一一统摄进来，显现出强大的包容性与鲜明的文类历史发展性。

当文学从情节、人物即叙述角度划分为虚构文学时，神话原型的移位理论提出了“神话模式—传奇模式—高模仿模式—低模仿模式—讽刺模式”的循环发展框架，各个模式各自都主要体现于不同文类之中，例如传奇模式主要体现于传说、民间故事、童话之中；高模仿模式主要体现于史诗、悲剧之中；低模仿模式主要体现于喜剧、现实主义小说之中，等等。而当虚构文学再根据主人公与社会关系来划分为悲剧性虚构文学与喜剧性虚构文学时，两者又有上述五大模式的循环演进，又更加细致地各自体现于不同文类之中，例如悲剧性虚构文学分别依次体现为酒神节型的故事、哀歌式传奇、贵族悲剧、主人公为妇女或儿童的各类文学（如斯托夫人、狄更斯、哈代、华兹华斯、康拉德的小说，莎士比亚、莫里哀的悲剧）以及霍桑、麦尔维尔、卡夫卡等人的小说。喜剧性虚构文学分别依次体现为神话喜剧、牧歌与田园诗、阿里斯托芬的旧喜剧、米南德的新喜剧与流浪汉小说、讽刺性喜剧（如莎士比亚的一些喜剧与陀思妥耶夫斯基的小说等）。当文学从思想主题即意义角度划分为主题文学，再根据悲剧性与喜剧性划分为插曲式、百科全书式主题文学时，情形大抵类似，不复赘述。

除此按成分进行的文学划分之外，弗莱还综合意义与叙事，围绕神话原型

---

① 弗莱还在论说虚构文学与主题文学差异时不自觉地提到另外一种文类四分法：虚构文学主要体现于戏剧、小说这样的文类之上，主题文学主要体现于散文、抒情诗两大文类之中。这倒是非常接近我国传统上的“四分法”。

的移位,建构出整个文学发展的循环模式。弗莱先从形象—意义角度提出神话原型为神谕形象(天堂),而与之相反的是魔怪形象(地狱)。这两个极端分别对应五大模式的神话模式与反讽模式,反讽模式是对神话的复归。中间三种形象大体与传奇、高模仿、低模仿三种模式对应。那么就情节—叙事角度而言,叙事结构除神话原型之外存在四种移位的循环运动类型,即与春夏秋冬分别对应的喜剧性叙事结构、传奇性叙事结构、悲剧性叙事结构以及讽刺性叙事结构。那么在这四种循环的移位运动过程中,也涉及诸多不同文类的发展情形,例如在喜剧性叙事结构中,就包括浪漫喜剧与小说、世态喜剧与小说这样的文类嬗变;讽刺性叙事结构中还包括了像逃跑喜剧、流浪汉小说、托尔斯泰的小说等历史情形。

如果这还更多依托于具体文学作品层面间接见出文类的历史发展性质,那么弗莱基于文类层面的演绎就更为清晰了。弗莱指出,亚氏《诗学》中的悲剧或喜剧“完全是基于有台词的戏剧的”[①],而不包括主要基于与神话原型中的仪式与梦幻有对应关系的场景与韵律这样文学元素的原始戏剧,因为“无论悲剧还是喜剧,显然已从原始戏剧观念这一起点经历了漫长的发展道路,原始的戏剧是要为社会群体提供产生强烈轰动效果的场合。就这个意义而言,中世纪的圣迹剧便是原始的:圣迹剧向观众展现一个已为他们所熟知,对他们又具重大意义的神话”[②]。因此,循着从仪式到梦幻的摇摆动程,戏剧其实存在着一个从偏向场景的圣迹剧(神话剧)到传奇剧、悲剧、讽刺剧、喜剧,最终到假面剧——戏剧借以再复归神话剧的类型递变。在此过程中,场景性渐弱而音乐性渐强,对场景的模仿让位给对音乐的模仿。再比如在百科全书式主题文学的五大模式的循环演进中,就又存在着对比史诗、神谴史诗、报答史诗、讽刺史诗之别,等等。

不难见出,在神话原型的程式贯穿起文学发生、发展的历史长河时,原型批评以各种各样丰富多彩的文学作品为媒介,无法避免地同时揭示了文学作

① [加]诺思罗普・弗莱著《批评的解剖》,陈慧等译,第 419 页。
② [加]诺思罗普・弗莱著《批评的解剖》,陈慧等译,第 419 页。

品形式载体——文类的历史发展本性。

（三）紧扣文学内部程式差异的文类界限论

众所周知，由于原型批评创立宗旨之一就是反对外部研究，反对从作者、世界以及社会学、心理学、政治学、历史学等因素与文学的外部联系上来确定文学作品的意义，文学与非文学的质的区别就在于意义的内向性。正是在这个意义上，弗莱定义"文学"就是独立自主的"设假性言语结构"[①]，"艺术品便是'其自身的目标'：它归根结底不可能是对事物的描述，最终也无法与其他任何现象、标准、价值或终极原因等体系联系起来。一切与外界的这类联系都属'意图误置'的一部分"[②]。所以，曾经以模仿论来确定文类界限的传统不再有效，文学内部各种程式成为文类界限的主要参照。例如模仿论认为悲剧和喜剧是由于模仿对象的好坏而有不同，那么到了原型批评中，悲剧和喜剧之间的文类界限就变成由文学象征系统所决定的了。弗莱解释说：悲剧以象征系统中的描述阶段为主，坚持现实原则与教益，辅以象征系统中的字面阶段，兼及娱乐与快感原则；而喜剧则相反，是娱乐与快感原则超过现实原则与教益。又如从神话原型的角度看，弗莱认为戏剧和抒情诗的区别在于：戏剧与仪式相联，而抒情诗与梦幻相联。而以不同的神话原型程式为中心构建的作品的"形象频带"也就有区别不同文类之功能。就文学成分而言，抒情诗是对声音和形象的内在模仿，而戏剧则是对两者的外在模仿；口述史诗、散文性虚构作品、戏剧和抒情诗这四种文类，又分别是以反复性节奏、持续性节奏、得体节奏、联想的节奏为主导标志的。诸如此类，不一而足。故而一言以蔽之，原型批评以其强烈内部性决定了文类界限论探讨的特殊语域。

（四）遭到神话原型程式解构的文类等级论与文类规则论

原型批评对于文类等级的解构主要体现为：一方面，原型批评的批评重心是反对文学上区分高低贵贱的等级观念。原型批评观照文学世界的方式是借

① [加]诺思罗普·弗莱著《批评的解剖》，陈慧等译，第356页。
② [加]诺思罗普·弗莱著《批评的解剖》，陈慧等译，第162页。

助神话原型程式的或隐或现,打通不同种类的文学作品之间的内在联系,恰如弗莱以《黎西达斯》中的田园景象梳理了从忒奥克里托斯、维吉尔、斯宾塞《牧童的月历》、《黎西达斯》、《圣经》、锡德尼《阿卡狄亚》、《仙后》,到莎士比亚喜剧、弥尔顿、雪莱、惠特曼等人作品后,得出结论说:“只要抓住一首符合传统程式的诗篇,并追溯其中的原型如何渗透到文学的其他部分中去,我们几乎获得一次全面的文科教育。”[①]可见,原型批评关注的只是作品中有无某种神话原型的程式,或某种神话原型程式出现在哪些作品中,而不是对作品做出优劣评价,或谓之,原型批评只是涉及事实判断,而非价值判断。正如其他学者同样指出的那样:“至少,神话批评追求知识的系列化,并不以价值判断为主要目的。”[②]因此弗莱强调:“文学批评没有责任去反对什么东西,倒是应不断养成一视同仁的宽宏大量。”“对于文学价值进行相对性的评估,才是真正来自批评实践的判断。”[③]弗莱还特别富有诗意地比方说:

> 无疑,在过去的文化中,总有不少东西对今天说来其价值是微不足道的,哪些文学作品尚可重新评价,哪些不能,由于牵涉到全部的文学经验,因此从理论上是从来也无法阐述清楚的。诗人中有不少“灰姑娘”,像一方方石料似的,被一座豪华大厦抛出工地,却变成了邻近另一高楼的奠基石。[④]

不难看出,等级观念对原型批评而言是陌生的。正因为如此,原型批评甚至颠倒了惯常的雅俗等级秩序,认为常常被人漠视的通俗肤浅之作,“对原型批评具有很大的价值,原因正是由于它们符合程式。我之所以在本书中,像经常谈起最优秀的小说和最伟大的史诗那样,也屡次三番地提到通俗小说,其理

① [加]诺思罗普·弗莱著《批评的解剖》,陈慧等译,第143页。
② 文日焕著《神话批评与方法论研究》,《中央民族大学学报》(社科版)1999年第2期,第73页。
③ [加]诺思罗普·弗莱著《批评的解剖》,陈慧等译,第35、36页。
④ [加]诺思罗普·弗莱著《批评的解剖》,陈慧等译,第36页。

由正如同音乐家在解释对位法的起码事实时,更可能(至少首先)从《三只瞎老鼠》着手而不至于用巴赫的一首复杂的赋格曲来进行解释"[①]。通俗肤浅之"朴质文学"[②]恰恰由于鲜明表现了神话原型程式而格外受到原型批评的垂青。

另一方面,原型批评的内部性反对文类等级的外在性。弗莱举例批评马修·阿诺德抬高悲剧和史诗地位的观点时指出:"每一种审慎地确立起来的文学价值等级的体系,虽未道破,却都是以一种社会的、道德的或知识的比较作为基础的。"[③]这种外在性使得"文学价值仅是社会价值观的投影"[④]。文类等级由于其外在性特性侵占了文学独立自主的花圃,从而受到否定。

不过弗莱在否定存在文类等级之余,也部分肯定了讨论文类等级带来的局部益处,即有助于加深对于文类自身的认识:"文艺复兴时期的文学批评家曾经争论:诗歌的最伟大形式是什么,是史诗还是悲剧?对这样一个问题多半是不可能回答的,可是讨论它能使人们学到许多关于文学形式的知识。"[⑤]这一点已为文艺复兴与新古典主义时期的论争充分证明。

正是由于原型批评只是紧密关注神话原型程式在各个时期不同类型作品中的呈现,赋予了神话原型以核心地位,文学史就是神话移位的历史,神话原型不仅为后来文学提供形象—意义系统,也为后来文学提供情节-叙事结构,也就是说,神话中的仪式与梦幻两个构成部分分别成为文学的叙事内容和意义内容的原型。结合上面提到的,文学的父亲和母亲分别是形式与自然的论述,所谓文学,可以说就是神话原型的形式化,或者说就是神话,弗莱就曾如此直截了当地指出过:"在原型阶段上,文学艺术作品是一个神话,将仪式和梦幻结合起来。"[⑥]由于神话原型对文学作品产生的这种绝对主导性作用,弗莱对于指导诗人进行文学创作的包括文类规则在内的一切文学规则表现出极端的排

① [加]诺思罗普·弗莱著《批评的解剖》,陈慧等译,第149页。

② 弗莱为了区别对于神话原型的显现程度,区分出"朴质文学"与"熟练文学"。参见《批评的解剖》,陈慧等译,第49页。

③ [加]诺思罗普·弗莱著《批评的解剖》,陈慧等译,第32页。

④ [加]诺思罗普·弗莱著《批评的解剖》,陈慧等译,第31页。

⑤ [加]诺思罗普·弗莱著《批评的解剖》,陈慧等译,第486页。

⑥ [加]诺思罗普·弗莱著《批评的解剖》,陈慧等译,第169页。

斥与否定。弗莱反复强调指出：

> （关于文学规则与规律）：这样的艺术从未有过，也永远不可能出现。用强迫人顺从和接受评价来取代协调一致和如实描述，用“所有诗人都应如何”来取代“某些诗人实际的作为”，这仅仅说明我们尚未认真思考过一切有关的事实。批评家们带着“务必”或“应当”口吻的种种声明，若听者真当回事，便是故弄玄虚，否则便是啰嗦的絮叨。
>
> 诸如批评过程中的规则，以及文学实践中就我们所观察到的模式意义上的种种规律，虽说都是存在的，但是批评家们想要发现这类规则或规律，作为道德准则告诫艺术家过去和今后如何表现方才能成为真正的艺术家，迄今为止，他们的努力都是以失败告终的。①

对弗莱原型批评来说，文学规则传统设若存在，则是对神话原型程式权威性的极大挑衅。如果文学真的存在什么文学规则或规律的话，那也只能是神话原型程式本身。这也成为有学者批评原型批评滥用神话原型所产生的风险与弊端之一。②

（五）神话原型移位理论语境下的文类内涵决定论

如前所述，在原型批评看来，无论是虚构文学，还是主题文学，都是由神话原型移位组构而形成文学发展史，其间共包括五大循环模式；各个模式又通过不同文类予以显现，例如传奇模式中的传说、民间故事、童话，高模仿模式中的史诗、悲剧，低模仿模式中的喜剧、现实主义小说，等等。同时，原型批评以文学内部研究为一贯宗旨，反对外部研究，反映到文类内涵研究上，弗莱举例批评说：已有两种悲剧内涵理论中，“把悲剧归结为宿命论，这无异是混淆了悲剧

---

① ［加］诺思罗普·弗莱著《批评的解剖》，陈慧等译，第37、36页。

② 美国文学批评家格莱勃斯泰因总结认为，原型批评遭到滥用的风险之一即：“对文学作品的材料和主题的仔细研究中，文学作品作为艺术品的技巧与特点反而不那么受到重视了。”参见《关于神话原型批评的一篇导论》，裘小龙译，《文艺理论研究》1989年第2期，第92—93页。

的条件与悲剧的过程"[①]；而亚里士多德的"认为从道德上可对悲剧解释清楚的理论，迟早都会陷入这样一个难题：悲剧中那些无辜的受难者（我是指如诗歌中描绘的那样无辜），如伊斐革涅亚、考狄利娅、柏拉图《申辩篇》中的苏格拉底、殉难于十字架的基督等等，难道不也是悲剧人物吗？要提出这些人物身上存在什么重大的道德缺陷，是难以令人置信的"[②]。以上两个因素相结合，使得各个文类的内涵不再由曾经的模仿外在世界的传统决定，例如亚氏《诗学》中对于悲剧与喜剧的规定那样，而是由若隐若现地存在于各个文学作品中的神话原型程式所决定。也就是说，文类内涵中的叙事与主题内容皆由神话原型程式赋予，由相同程式构成的文学作品形成某种具体文类对象族群。所以弗莱指出："我们一旦能把一首诗当作全部诗歌的一个单位，从与其他诗作的关系中来思考该诗，我们就会明白：对不同体裁的研究必须建立在传统程式研究的基础上。"[③]简言之，文类内涵是由不同的神话原型程式决定的，例如弗莱说："凡是习惯于从原型角度思考文学的人，都会发现悲剧乃是对牺牲的模仿。"[④]结合上述就不难发现，文类与神话原型程式之间由此就形成了一种互动关系，神话原型程式既能主导文类内涵，而文类又可以返回来影响神话原型程式。

或许正是由于神话原型程式对于文类内涵的决定性影响，就进一步降低了作者在文学作品产生过程中的地位与作用。在弗莱关于文学之父母的譬喻中，"作者"充其量只是个助产士而已。作为作者创作意图中的考虑因素之一，文类的内涵此时也划归了神话原型来管辖，使得作者在文学作品产生过程中只能是把神话形式"强加于"自己的内容与思想之上。借用弗莱的话来说，就是："当一个作家发现自己最擅长于写悲剧，那么他的作品必然充满忧郁和灾难，在最后几场戏中，又都有几个人物在台上大谈命途多舛、劫数难逃。……

---

① [加]诺思罗普·弗莱著《批评的解剖》，陈慧等译，第303页。
② [加]诺思罗普·弗莱著《批评的解剖》，陈慧等译，第305页。
③ [加]诺思罗普·弗莱著《批评的解剖》，陈慧等译，第137页。
④ [加]诺思罗普·弗莱著《批评的解剖》，陈慧等译，第310页。

相反,专门写喜剧和大团圆收场的作家,便会令笔下的人物在全剧结束时向观众大谈上帝的慈善,奇迹会喜出望外地降临,我们都应庆幸并感激生活中的侥幸。"[1]至此也就更趋明白,前述的不同文类要求不同"形象频带",其根由并不在于文类自身,仍旧是神话原型。

(六)批判以某具体文类为对象重心的狭隘文学批评观

原型批评区别于其他文学批评流派的特点之一,就是其显著的整合性、统摄性、内在性。它借助神话原型程式沟通起文学史上林林总总的文学作品,划分出神话原型移位的五大循环发展阶段模式,编织起一个只以神话原型为核心的精致观念结构框架。它内在性地打通了文学不同发展历史阶段、各式各样文类之间的沟壑与界限,进而实现了弗莱对于真正文学批评的期待,即"逐步使文学这一整体可为人们所理解"[2]。所以那些被原型批评所否定的文学批评流派,不是如传记式批评那样只是从外部解释文学,或是依赖心理学、哲学、社会学等其他学科知识来代替对文学自身的解释,就是局限于单一的历史模式或层面来开展文学批评,最终只是"仅仅从一种模式中抽象出来的批评标准,没有一套足以概括关于诗歌的全部真理"。弗莱举例批评说:比如"褊狭的讽刺风气"弊端在于"不再从事道德判断,专门追求纯文字技巧及其他类似的价值";"褊狭的浪漫主义"之弊在于"到处寻找天才,证明伟大人格是存在的";又比如"主张高模仿模式的也有一帮迂腐学究,其中有些人至今还在试图照搬18世纪甚至19世纪的理想、规范的形式"[3]。除此而外的一种不利的文学批评情况,就是专以某具体文类作为对象重心的文学批评,从而一叶障目,以点概面,得出狭隘片面的结论。所以弗莱批评"新批评派"时就说道:"新批评派建立在含混基础上的修辞分析同样是一种以抒情诗为中心的文学批评,它往往很明显地要从所有体裁中获取抒情的节奏。"[4]殊不知,从前面论述中可知,

① [加]诺思罗普·弗莱著《批评的解剖》,陈慧等译,第93页。
② [加]诺思罗普·弗莱著《批评的解剖》,陈慧等译,第11—12页。
③ [加]诺思罗普·弗莱著《批评的解剖》,陈慧等译,第91页。
④ [加]诺思罗普·弗莱著《批评的解剖》,陈慧等译,第403页。

不同文类是以迥异的节奏类型作主导的。再比如，弗莱举例说，以不同类型的悲剧作品作为探讨对象就会影响最终得出的悲剧理论面貌，“亚里士多德的理论主要以《俄狄浦斯王》为基础的；黑格尔的悲剧论则以《安提戈涅》为基础”[①]。前者属于大人物的命运悲剧，后者属于社会悲剧，基础对象的不同致使亚里士多德与黑格尔两人的悲剧理论不可避免地出现质态上的差异。而原型批评的便利之处在于以一致性的神话原型程式整合与通观历史上不同类型的悲剧作品或不同类型的文学作品（如小说、戏剧、诗歌），获得统一的整体性观念，例如原型批评认为悲剧就是对牺牲的模仿，所有悲剧的神话原型程式就是牺牲。而诸如华兹华斯、莎士比亚、狄更斯、康拉德等人的部分诗歌、悲剧、小说作品又都可以视为主要采取了悲剧性虚构文学的低模仿模式。

但是，反对以某具体文类作为对象重心开展狭隘的文学批评，并不代表开展文学批评实践时不要考虑具体文类情形；恰恰相反，弗莱认为把握准确文类信息，对于文学批评实践具有至关重要的作用。他说：“如果司各特有资格称为传奇作家的话，那么光是按小说家的要求去挑剔他作品中的毛病，就不是良好的文学批评了。”[②]小说与传奇作为虚构文学的两种不同形式，各有不同规范要求和审美标准。他还建议最好将莎士比亚《哈姆莱特》看作主题文学而将弥尔顿的诗歌《黎西达斯》看作虚构文学来开展批评最为妥切。

四

对于弗莱与其《批评的解剖》，有论者曾如此评价说：“此书的问世在西方的文学批评界颇有横空出世、一鸣惊人的气势和效应。”[③]的确，弗莱在《批评的解剖》中呈现出来的思想丰富深厚、繁杂斑驳，继承与启发、创新与歪曲、自信与牵强兼具。在其唯心地一味追求建构独立的文学批评之理论塔的过程中，

① [加]诺思罗普·弗莱著《批评的解剖》，陈慧等译，第306页。
② [加]诺思罗普·弗莱著《批评的解剖》，陈慧等译，第454页。
③ 张中载著《原型批评》，《外国文学》2003年第1期，第69页。

有时难免给人以琐碎拼凑之嫌。这一点业已为学界所证明。[①] 但是其中蕴涵的关乎文学结构、读者接受、文化研究、解构思想等理论之萌蘖,让人顿觉原型批评颇有担负20世纪文学理论发展转承枢纽之气象。概而言之,对于文类理论发展来说,弗莱的神话原型批评的特点与意义有三点。

其一,继承并高扬俄国形式主义者提出的程序(程式)诗学,程序诗学以其文学内在性特征极好地呼应了原型批评建立独立的文学批评的初衷;加之原型批评对于"新批评派"只见树木不见森林式的做法的否定,客观上又为文类研究的在场提供了契机。如果说,俄国形式主义尚是停留于特定文类内部程式的研究之上,那么原型批评的文类理论可谓俄国形式主义文类研究的升级版,不仅规定了程序的内容——神话原型,以神话原型无法捐弃的社会与文化气息纠正了俄国形式主义过度倾向语言形式层面的痼疾,更是实现了跨文类的综合考察。这是自古希腊以来文类研究史无前例的一次全面大融合!这既是对于文类丰富性的肯定,也透露出某种文类解构的危机讯息,因为文类此时已经被还原为了不同的神话原型程式。其实,文类如此,文学作品的命运又何尝不存此危机呢?正如有学者研究指出的那样:"强调在文学作品中反复出现的基本神话模式,它经常会有危险,要把各种各样、各有特色的文学作品混成一种单一的作品。"[②]

其二,相对于俄国形式主义而言,原型批评的文类理论研究更加自觉和富于主体意识。如果说俄国形式主义研究文类尚存在一点投机主义色彩的话,那么原型批评的文类理论研究是自觉和主动的,具有较强主体性,较清晰地处理好了在建构独立的文学批评派别过程中神话原型、程式与文类三者之间的内在关系;在开展具体文类研究过程中,前后理论的连贯性也比较紧密一致;

① 学界对弗莱原型批评不足之反思并不少,大多夹杂于弗莱原型批评的研究总论之中,专论其不足的论文可参见梁工《试议弗莱原型批评的缺失之处》(《南开学报》社科版2011年第1期,第1—8页)以及茨维坦·托多罗夫著《理解文学类型》(陈军译,《社会科学战线》2012年第6期,第227—234页)二文,比较全面深入,切中肯綮。

② [美]格莱勃斯泰因著《关于神话原型批评的一篇导论》,裘小龙译,《文艺理论研究》1989年第2期,第92页。

立论过程中也显示出鲜明的反思古典主义文类理论传统的意识。所有这些无不表明一点：在俄国形式主义推动现代文类理论发展迈出可贵第一步之后，客观而论，原型批评的及时出现，掀开了现代文类理论研究新的一页，为现代文类理论在20世纪下半叶进一步开拓新局面确实功不可没！

其三，囿于强烈的唯心主义性质，原型批评文类理论的人为性、先验性特征明显，在服从神话原型、夸大神话原型这一核心的统摄力之际，也有过分漠视文类理论自身独立历史传统的不足，从而将文类理论简单化、机械化、理想化、殖民化、片面化。在追求文学批评独立自主地位的同时，又剥夺了文类理论的独立性。文学批评刚摆脱了别人的附庸，又立即找到了别人作为自己的附庸。刚看到文类的历史发展本性，又立即以神话原型移位的历史循环模式加以封闭，否决了文类创新发展的可能。虽然弗莱强调虚构文学五大循环模式之间的“变异与其说是文学形式方面的，不如说是社会有关环境的变化”，但是在具体阐述过程中单单将文类内涵取决于神话原型程式，斩断文类与社会历史之间联系的客观意图不可否认。再比如文类界限观、文类规则观之类，也是不无偏激、捉襟见肘。诸如此类，都是在面对原型批评的文类理论时必须要予以审慎对待之处。这也就难怪有学者视弗莱神话原型批评中的“类型理论”“是弗莱理论中最无趣的部分”[①]了。

① ［英］阿拉斯泰尔·福勒著《文学的类别：文类和模态理论导论》，杨建国译，第269页。

第十章　自由哲学与文类规则：萨特文类思想初探

——演绎读者重心的文类理论新景观

自俄国形式主义以降，20世纪西方文学理论与批评翻开了新的一页。不仅家数流派层出不穷，品类繁多，可谓“第一次试图与自己的分析对象文学作品平分秋色”①；而且曾经的作者之于作品的权威性、决定性不再处于文学研究的关注焦点，德国古典美学伊始高高标举的艺术审美自律此时演变为对于作品自足体属性（特别是形式属性）的空前强调，而与此同时，作品的意义也“失去昔日的神圣和含义的单一性时，她需要注释者以期传达她的意义和形式：阐释成为文本的构成部分”②。作者地位一落千丈，读者一跃而起，取代了作者之于作品的优先地位。其实这一点早在俄国形式主义那里就已经露出端倪，因为诸程序的历史性及其陌生化效果必然是面向潜在读者而言的。“读者”二字在托马舍夫斯基《主题》、日尔蒙斯基《诗学的任务》诸文中的高频出现亦可为证。此般“读者”氤氲的理论气候，自然反映到文类理论的发展演进之上。自本章起，将通过萨特、卡勒以及姚斯和伊瑟尔为代表的存在哲学、结构主义诗学、接受文论来继续探寻20世纪文类理论的发展之路，他们虽皆倾心读者之维，却又都有各自不同的显现形式。

---

① ［法］让-伊夫·塔迪埃著《20世纪的文学批评》，史忠义译，第1页。

② ［法］让-伊夫·塔迪埃著《20世纪的文学批评》，史忠义译，第1页。

一

与俄国形式主义一样，萨特哲学的得名亦是为理论所有者非常失望的他人所为，萨特本人认为，存在主义并不能概括其理论特征，他自己只是“关于存在的哲学”而已。[①] 萨特存在哲学的初衷，是有感于资本主义社会高度发展孳生出来的种种深刻的社会矛盾以及生存的绝望困境，如社会革命、战争阴影、经济危机、环境污染、道德滑坡、人格扭曲……加之萨特本人参战及被俘的深刻亲身经历，[②]社会现实在萨特眼里被形容为“我们这颗星球已成为这样一个悲惨的整体”[③]、“人的秩序现在还处于混乱状态，它不公正、脆弱，在这个秩序里人们杀戮、饿死”[④]。所以，萨特认为当前人类只是处于向未来“人真实地、完全地存在”的自由状态、“应该成为的人的方向”迈进的“前期人”(pre-man)这一发展中的异化阶段。[⑤] 于是，悲惨、混乱性的当下世界观促使萨特比普通人更具强烈紧迫感、使命感地去进一步思考“人”应该如何的存在哲学。

萨特反对康德的先验唯心主义、笛卡尔的主观唯心主义，摒弃认识至上，把存在置于哲学思考的基点。他认为存在先于本质，人的(自为)存在以自我意识为标志，前此人只是虚无、一种自在存在。自在与自为存在之间的分野恰恰于人这一特殊存在中得以弥合、统一。这一特殊性亦使得人在偶然性、完全

---

① “存在主义”一词由基督教哲学家卡布里埃·马塞尔(Gabriel Marcel)于1942年首次创用。当看到《存在与虚无》(1943)被归入存在主义范畴，萨特抗议说：“我的哲学，是关于存在的哲学。‘存在主义’？我不知道这算什么学说！”在1975年一次谈话中，萨特再次回应了存在主义者的标签，说：“这个名词很没意思。而且你知道不是我自己选上它的：人家硬把它贴在我身上，我就接受了。”详可参阅：沈志明、艾珉主编《萨特文集》(7)，北京：人民文学出版社2000年版，第424、488—489页。

② 对于“二战”战争经历加之于个人的创伤，萨特视之为“生活中真正的转折点”：“战争正好把我的生活分成两截。”正是战争，结束了萨特曾经的对政治漠不关心的小我生活，体会到个人与社会之间必然存在紧密联系的“政治性”，“体会到被囚禁这一深刻的异化”，“体会到与人的关系，体会到敌人”，“体会到社会秩序和民主社会”。详可参阅：[法]让-保罗·萨特著《萨特文学论文集》，施康强等译，合肥：安徽文艺出版社1998年版，第380—384页。另可参阅：[法]西里奈利著《20世纪的两位知识分子：萨特与阿隆》(陈伟译，南京：江苏人民出版社2001年版)诸章相关内容。

③ 李瑜青、凡人主编《萨特哲学论文集》，潘培庆等译，合肥：安徽文艺出版社1998年版，第224页。

④ 沈志明、艾珉主编《萨特文集》(7)，北京：人民文学出版社2000年版，第348页。

⑤ 李瑜青、凡人主编《萨特哲学论文集》，潘培庆等译，第180—182页。

肯定性、被动性之外兼有必然性、否定性、能动性，即人的存在是“双重性质：散朴性和超越性”[①]的辩证统一。申言之，自在存在“是孤立的，而它与异于它的东西没有任何联系。……它不包含任何否定。它是完全的肯定性”[②]。而自为存在不仅意识到自我，还意识到我对于他人的对象性存在，我既是自为存在，同时又是“为他的自为”[③]；我不仅是“我(ego)”，还是他人眼中的“我(me)”。所以萨特说：我的存在的本质结构即在于我“是与别人一起存在的”，“我需要他人以便完全把握我的存在的一切结构，自为推到为他”。[④] 同处于世界之中的我和他人之间，本质上而言，“首先并从根本上来讲是存在与存在的关系，而不是认识与认识的关系”；我和他人的关系“不是一种面对面的对立，而毋宁是一种肩并肩的互相依赖：既然我使一个世界作为我用以为我的人的实在服务的工具复合体存在，我就使自已在我的存在中被一个存在所规定，这个存在使同一个世界作为为了它的实在的工具复合体而存在”。[⑤] 我和他人的这种互相依赖关系表明，我既是主体，又是客体，是主客体辩证统一。也就是说，人的自我意识虽说是面对自我，然而此自我又是他人眼中的对象性存在，此时我和他人的互相依赖，就会变为他人对我的限制与规定，因此自我意识实即面对他人的在场而言：“他人是我和我本身之间不可缺少的中介”，“我正是作为对象对他人显现的”。[⑥] 可见，我和他人之间的这种必然的间性关系，在萨特看来，具有存在的本质特征和前提条件这双重意义。而在萨特的哲学视野里，这种个体间性的必然存在，实质就是其高扬的“介入”范畴的同谓语。而所谓“介入”，简单地讲，就是基于我和他人的彼此依赖关系，通过触及他人进而影响社会。

萨特认为人的本质是自由的，从应该的情形而言，人的存在与自由本质是二而一的关系，这也是人与物的根本区别所在：

---

① [法]让-保尔·萨特著《存在与虚无》，陈宣良等译，北京：三联书店 1987 年版，第 93 页。
② [法]让-保尔·萨特著《存在与虚无》，陈宣良等译，第 27 页。
③ [法]让-保尔·萨特著《存在与虚无》，陈宣良等译，第 296 页。
④ [法]让-保尔·萨特著《存在与虚无》，陈宣良等译，第 326、299 页。
⑤ [法]让-保尔·萨特著《存在与虚无》，陈宣良等译，第 325、327 页。
⑥ [法]让-保尔·萨特著《存在与虚无》，陈宣良等译，第 298 页。

> 在人那里,存在(existence)与本质的关系不同于在世间事物那里的存在与本质的关系。人的自由先于人的本质并且使人的本质成为可能,人的存在的本质悬置在人的自由之中。因此我们称为自由的东西是不可能区别于"人的实在"之存在(être)的。人并不是首先存在以便后来成为自由的,人的存在和他"是自由的"这两者之间没有区别。①

相应的,前述的我与他人的互相依赖关系又可有别种表述:"我们发现我们的自由完全依赖于他人的自由,而他人的自由又依赖于我们的自由。"也因此,在各种情况下,我对自由的要求,也是对他人自由的保证;在我寻求自由之际,"我不能不寻求其他人的自由"②。萨特将此称作我对他人、对人类的"责任"③,从而"赋予自由以伦理的意义"④。

然而,就具体现实的个体我而言,面对一个并没有发展充分、完整的"欠缺"世界,各自都拥有一个现实的"被异化的处境"⑤,这是我所有行为的立足点和出发点。此时,我和他人的互相依赖关系就会具体体现为某种互相限制、互相制约,甚至是支配与控制、奴役与杀戮。萨特坦陈:"别人的存在给我的自由带来了一种事实上的限制";并且"由于他人的存在,我在一个有一种外在性并且鉴于这个事实本身而有一种我丝毫不能取消其异化的一维的处境中存在"⑥。设若任凭这种他人的限制存在并延续,甚至严重阻碍我的自由,那么"我就是在奴役中"⑦。我成为了别人的奴隶,对我而言,"地狱,就是他人"⑧。

---

① [法]让-保尔·萨特著《存在与虚无》,陈宣良等译,第 56 页。
② [法]让-保尔·萨特著《萨特读本》,艾珉选编,第 648 页。
③ [法]让-保尔·萨特著《存在与虚无》,陈宣良等译,第 709 页。
④ 杜小真著《存在和自由的重负》,济南:山东人民出版社 2002 年版,第 187 页。
⑤ 参见[法]让-保尔·萨特著《存在与虚无》,陈宣良等译,第 130、557、671—673 页。
⑥ [法]让-保尔·萨特著《存在与虚无》,陈宣良等译,第 670—672 页。
⑦ [法]让-保尔·萨特著《存在与虚无》,陈宣良等译,第 354 页。
⑧ [法]让-保尔·萨特著《萨特读本》,艾珉选编,第 412 页。

基于此,萨特提出,面对现实"处境"的"召唤"[①],具体现实的人与人之间必须要具有高度的人类责任感,并以此指导诸个体的社会实践,人类方有可能返归自由本性世界。萨特说:"信仰自由的人,思想境界很高,但只有在为他人重建自由之后,只有他的行为导致现存秩序的消亡和恢复原来应有的状况之后,他自己才有处境自由。"[②]而实现此返归的途径就是每个个体行动起来,以斗争抵抗异化,以介入实现解放。

二

不难看出,萨特的存在哲学实质也是关于人的自由哲学。而萨特的文学理论研究都是直接与之关联的,将文学作为哲学观点的感性演绎,借"文学的一面充实和普及了哲学的一面"。而这也是萨特想做"斯宾诺莎和司汤达"这一文学家兼哲学家"双面神"的人生理想的真实写照。[③] 用伊格尔顿的话说,即:"运用文学批评是为了照明,或者作为文献来证明他那些敝帚自珍的理论。"[④]就萨特自由哲学与其文学理论关系来说,有以下几点值得注意。

一是文学是对现实"处境"的浓缩与升华,文学故而比现实更具对于自由的召唤力量。萨特认为,现实是混乱、零散、芜杂性的,文学通过选择、加工、剪裁现实素材,进而艺术化地集中传达出现实力量。他说:

> 虽然我们把现实设想为指点迷津的向导,可实质上模糊不清的现实并不能引导什么。它浮动于太空,充盈于天地,不受任何限制。只有当它变成实际的艺术存在,也就是说,只有把它改造成为一种想

---

① 沈志明、艾珉主编《萨特文集》(7),北京:人民文学出版社 2000 年版,第 455 页。

② [法]让-保罗·萨特著《萨特文学论文集》,施康强等译,第 448 页。

③ [法]西里奈利著《20 世纪的两位知识分子:萨特与阿隆》,陈伟译,南京:江苏人民出版社 2001 年版,第 41—42 页。

④ [美]韦勒克著《近代文学批评史》(第八卷,修订本),杨自伍译,第 228 页。

像的物体时，才能被人们所驾驭。不经过大量的改造，作为表现对象的原野就无法传达大自然的魅力或恐怖；相反，它会原封不动地再现自然界的聚合或离散。

对于千篇一律的混乱的现实，如果不进行艺术的裁剪，就无法传达艺术家感受到的大千世界的复杂结构。①

因此，文学作品对于萨特来说，就是一个艺术化“处境”、一个复杂“召唤”体，每个文学作品都以感性形态召唤人们争取属于自己的自由，亦即“每本书从一个特殊的异化出发建议一种具体的解放途径”②。正是在这个意义上，萨特认为，“写作，这是某种要求的方式：一旦你开始写作，不管你愿意不愿意，你已经介入了”③。

二是文学创作和接受的审美属性是萨特自由哲学的典型缩影和代表。萨特认为自己提出的自由哲学只有在未来“新型的社会”④里才可能完全实现，殊不知，围绕文学作品的文学创作和文学接受行为构筑起来的审美世界恰恰必须是要求完全自由的。文学世界作为未来社会乌托邦的显现，代表了萨特自由哲学的精髓。萨特认为，就文学世界而言，创作（我）与接受（他人）两者不可或缺其一，两者也是“辩证地相互依存”⑤，没有读者，作者就无创作必要；没有读者，也就不会有艺术品的存在，即：“只有为了别人，才有艺术；只有通过别人，才有艺术”；从来“没有为自己写作这一回事”⑥。用萨特自由哲学的观点来解释就是说：第一，若无读者，作品作为对象性存在就无实现可能。这是由作品存在的特殊属性导致的。就作者角度而言，作品只是作者主观性产物；正是读者的存在，才使得这一主观性产物实现作为客体身份的对象性存在，才使得

① [美]韦德·巴斯金编《萨特论艺术》，冯黎明等译，上海：上海人民美术出版社 1989 年版，第 56 页。

② [法]让-保尔·萨特著《萨特读本》，艾珉选编，第 566 页。

③ [法]让-保尔·萨特著《萨特读本》，艾珉选编，第 563 页。

④ 沈志明、艾珉主编《萨特文集》(7)，北京：人民文学出版社 2000 年版，第 381 页。

⑤ [法]让-保尔·萨特著《萨特读本》，艾珉选编，第 547 页。

⑥ [法]让-保尔·萨特著《萨特读本》，艾珉选编，第 546—547 页。

对于作品进行欣赏、批评成为可能。如果说“一个人,不管是什么人,人们只有把他看作一个社会存在才能理解他”[①],那么,对作品而言,或许是只有被人理解了,才能获得存在的机会。第二,作品这种主客体辩证统一性特点,遂决定了作者无法产生阅读行为。因为阅读本是一个“预测和期待的过程”,在作者提供的文字指引下,读者不停地产生期待,并不断印证或打破期待;而创作作为一个“隐藏的准阅读过程”,作者只是对词句进行检查、调节、谋划,“他能触及的始终只是他自己的主观性,他够不着自己创造的对象,他不是为他自己创造这个对象的”。作者只是站在隐藏读者角度来“估价”而非“感受”文字效果。[②] 综上,萨特如此定义作品或写作:“精神产品这个既是具体的又是想像出来的客体只有在作者和读者的联合努力之下才能出现。”“写作,这是为了召唤读者以便读者把我借助语言着手进行的揭示转化为客观存在。”[③]

于是,与一般工具服务于我的自由目的不同,每个作品本身即自由目的,“作为目的被提供给读者的自由”[④]。它需要读者的自由来使得它存在,否则就是一堆白纸黑字而已。读者从自身经验、阅历、感情出发,自由地“重新发明”[⑤],所以“阅读是一场自由的梦”[⑥],阅读者在阅读过程中“使自己位于自身自由的巅峰”[⑦]。就作者而言,萨特也认为是处于自由状态下写作的:作者“既然决定写作,他就必定要对他的感情保持一段距离;简单说,他已把他的情感变成自由的情感,就像我在读他的作品的时候把我自己的情感变成自由的情感那样,也就是说作者处于豪迈的姿态”。而所谓豪迈即是“以自由为根源和目的的感情”[⑧]。可见,不仅阅读是对豪情的运用,创作也是如此。作者的创作自由只有面对读者才有意义和价值,而读者的自由是进行二次创造和充分揭

① [法]让-保罗·萨特著《萨特文学论文集》,施康强等译,第380页。
② [法]让-保尔·萨特著《萨特读本》,艾珉选编,第545—546页。
③ [法]让-保尔·萨特著《萨特读本》,艾珉选编,第547、549页。
④ [法]让-保尔·萨特著《萨特读本》,艾珉选编,第550页。
⑤ [法]让-保尔·萨特著《萨特读本》,艾珉选编,第548页。
⑥ [法]让-保尔·萨特著《萨特读本》,艾珉选编,第552页。
⑦ [法]让-保罗·萨特著《萨特文学论文集》,施康强等译,第260页。
⑧ [法]让-保尔·萨特著《萨特读本》,艾珉选编,第555、552页。

示的必要之举，故而也可以说：作为读者，"我的自由在显示自身的同时揭示了别人的自由"[①]。

三是作家、作品、读者三者关系是对萨特自由哲学中我与他人关系的绝妙演绎。通过上述不难推知，作家和读者经作品中介形成的自由系统，与萨特自由哲学中我和他人自由依赖关系，这两者之间就不禁具有内在的相似关联度。如果说读者是"他人"，那么，作家和作品就一起构成了完整的"我"：作家是自为存在，作品作为主观的客观化显现就是为他的自为。

至此，萨特文学理论自由哲学化的思路，为深入探析其文类思想奠定了必要的理论基础。萨特的文类思想主要包括以下几点。

首先，新型哲学思想、文学理论是新文类产生的重要土壤之一。

作为"20 世纪世界文学中的哲理文学巨匠"，萨特"雄浑的力量在于把自己的'存在'的哲理与现实生活形象水乳交融地结合在一起，以清晰鲜明的古典文学形象表述了发人深思的现代思维内容，创造了一系列既有形象感染力又具有深邃意蕴的杰作"[②]，例如《恶心》、《苍蝇》、《禁闭》、《死无葬身之地》、《恭顺的妓女》、《脏手》、《自由之路》三部曲、《墙》、《魔鬼与上帝》、《阿尔托纳的隐居者》、《文字生涯》等戏剧、小说，而且不同的作品突出不同的主题，例如小说《恶心》提出了没有本质的存在等于虚无的基本命题，小说《墙》则强调人是自由的、人的命运取决于自己的选择，等等。而戏剧创作取得了比小说更大的成功，"正是在剧作中，萨特的思想体现出他的力量，并表达得最充分"[③]，体现了萨特最高的文学成就。正是借助戏剧作品，萨特存在哲学的影响迅速扩至整个欧洲。其高举的"在处境中人自由选择"主题与其自由哲学相映生辉，同时也就构成了与传统戏剧的显著差别，所以萨特在谈及《苍蝇》等创作意图时，说道："我想探讨与宿命悲剧相对立的自由悲剧"[④]，即"在任何情况，在任何时间，

---

① [法]让-保尔·萨特著《萨特读本》，艾珉选编，第 556 页。
② 柳鸣九著《自我选择至上——柳鸣九谈萨特》，北京：东方出版社 2008 年版，第 211、258 页。
③ [法]洛朗·加涅宾著《认识萨特》，顾嘉琛译，北京：三联书店 1988 年版，第 32 页。
④ [法]让-保罗·萨特著《萨特文学论文集》，施康强等译，第 447 页。

在任何地点，人自由选择自己当叛徒或当英雄，当懦夫或当胜者。在为自己选择受奴役或获自由的同时，人必将选择一个受奴役或有自由的天地，悲剧在于人必定尽心竭力证明他的选择是对的。……确信我们是自由的”。“我称这些剧本为‘自由剧’。”[①]在《提倡一种处境剧》、《为了一种情境剧》诸文中，萨特从自由存在哲学出发，反思和批评古希腊悲剧及高乃依、伏尔泰、老克雷比庸悲剧作品等传统悲剧形式，认为“古代戏剧中看到的宿命力量不过是自由的反面”，心理戏剧与性格戏剧“宣告了悲剧形式的没落”，故而提出“处境”或“情境”而非性格，方为现代戏剧的中心，“性格是幕落以后出现的。它不过是选择的僵化和硬化”，因此“为了取代性格剧，我们创立情境剧；我们的目的在于探索一切人类经历中最共同的情境”：“处境是一种召唤；它包围我们；它向我们提出一些解决方式，由我们去决定。为了使这个决定深刻地符合人性，为了使它能牵动人的总体，每一个都应该把极限处境搬上舞台，就是说处境提供抉择，……我以为剧作家的任务是在这些极限处境中选择那个最能表达他的关注的处境，并把它作为向某些人的自由提出的问题介绍给公众。”[②]

通过上述可知，萨特之所以命名自己创作的戏剧作品为“自由剧”、“处境剧”或“情境剧”，以相异于传统宿命悲剧、性格悲剧、心理悲剧，正是因为他的自由存在哲学及其哲学化的文学理论直接使然。这也就揭示出新型文类产生并非无缘无故，在某种意义上而言，文类新生恰恰正是表征了深层的哲学思想、文学理论的创新。

其次，文类规则是对创作自由和阅读自由的双重戕害。

萨特的存在哲学认为，文学世界是作者的自由与读者的自由互相依存的辩证关系域。一条条文类规则作为物的自在存在，与作为主客体辩证统一体的作品的介入性质格格不入、大相径庭。文类规则绝非作品，文类规则不会自动产生作品。所以萨特说：“冉森派的意识形态，三一律与法语诗律学都不是艺术，相对艺术而言它们纯属虚无，因为它们在任何情况下都不能通过简单的

---

① ［法］让-保罗·萨特著《萨特文学论文集》，施康强等译，第487页。

② 沈志明、艾珉主编《萨特文集》(7)，北京：人民文学出版社2000年版，第454—455页。

组合产生一部好的悲剧、一场好戏乃至一句好诗。”[①]与之类似的意见还体现于反驳“为艺术而艺术”说:“这全然是胡说八道!要是单靠艺术家简单的劳作,那些绘画颜料永远产生不了艺术,也无法将它们制作成为艺术品。”[②]

文类规则与文学本质属性的背道而驰,在萨特看来,不仅体现于文类规则自身存在属性上,而且还体现于对创作和接受这双重审美自由活动的严重戕害。

就创作层面来说,作者在此过程中感受到的自由性、主体性,构成文学与其他技艺活动在规则观上的质的区别。萨特认为,世界是属人的,万物仅是自在存在,“人是万物借以显示自己的手段”。而艺术创作的主要动机之一就是要显示这种“手段”,进而在“手段”显示中“意识到自己产生了它们,就是说我感到自己对于我的创造物而言是主要的”。换言之,即“我们在作品里认出来的是我们自己的历史,我们的爱情和我们的欢乐;……它们便是我们自己”。因此,在文学创作过程中,“我们自己决定生产规则、衡量尺度和标准”,“我们自己发明了我们据以判断作品的规则”。文学创作中显现出来的这种高度主体性、自由性,到了诸如陶器、房架之类技艺活动中,则褪变为客体性、机械性,即要求“遵循传统的标准并且使用其用途早已规范化的工具”[③],从而使得技艺产品之于人而言会保持着相当的冷漠感、客体性。从此可见,文学创作规则的自由己出性,与文类规则、技艺规则的外在规范性形成了强烈对比。与之类似,萨特在评论16世纪初的油画发展时,认为:“由于受着规范和程式的重重束缚,它是一种技巧而非艺术,是一种能力而非知识,是一整套程序而非方法。”[④]

就接受层面来说,文类规则的他人性是对读者接受主体性、自由性的阻碍。文类规则从自身属性而言,既是一种自在存在,又是出自他人的认识。而读者的阅读、欣赏或批评强调的是主体对作品客体的自由创造、重新发明或发

① [法]让-保尔·萨特著《萨特读本》,艾珉选编,第618—619页。
② [美]韦德·巴斯金编《萨特论艺术》,冯黎明等译,第59页。
③ [法]让-保尔·萨特著《萨特读本》,艾珉选编,第543—544页。
④ [美]韦德·巴斯金编《萨特论艺术》,冯黎明等译,第2页。

现,若以出自他人认识的文类规则来限制、支配、主宰读者的自由活动,则是以他人认识代替、取代读者主体的自我判断,亦即他人的存在取消了读者的存在,是以他人的自由取消了读者的自由。此时,读者和文类规则的他人性之间就不再是萨特认为的互相依存、互相依赖的自由关系,而是他人压倒我的单向入侵。这就又成为"地狱即他人"的文学演绎版。

不难想见,恰如萨特所言:"一个特定时代的文学当它未能明确意识到自身的自主性,当它屈服于世俗权力或某一意识形态,总之当它把自己看做手段而不是不受制约的目的时,这个时代的文学就是被异化的。"[①]文类规则作为他人意识形态之一,它之于文学世界、文学活动的外在规范性,终致文学的异化,而作者与读者的审美自由正是保证文学回归本我的不二法门。正如有学者指出,存在主义艺术论与众不同之处在于:"与其说注重作品的批评,毋宁说注重超越的解释;与其说注重欣赏,莫若说注重创造;与其说注重法则不如说注重自由。"[②]可谓言简意赅,鞭辟入里。

无独有偶,萨特同时还梳理了文学史上作者与读者之间实际关系的不同阶段特征,提供了一种对于新古典主义、启蒙运动、后现代主义等语境里文类观的独特诠释视角。

萨特认为,文学活动中存在着作者、真正读者以及潜在读者三类人物,真正读者代表着社会保守势力,潜在读者代表着进步势力。由于文学勾连着作者自由和读者自由,虽说"艺术家是统治阶级的'精英分子'的食客。但是就其功能而言,他与养活他的那些人的利益背道而驰","这便是规定了作家的状况的原始冲突"。[③] 于是,当在社会某阶段潜在读者实际不存在,只有真正读者这一社会保守势力存在时,作者此时就与读者形成了"同谋"[④]关系,两者不得不同依附于统治集团的意识形态,17 世纪的法国新古典主义即属此类。萨特

① [法]让-保尔·萨特著《萨特读本》,艾珉选编,第 620 页。
② [日]今道友信等著《存在主义美学》,崔相录等译,沈阳:辽宁人民出版社 1987 年版,第 72 页。
③ [法]让-保尔·萨特著《萨特读本》,艾珉选编,第 574 页。
④ [法]让-保尔·萨特著《萨特读本》,艾珉选编,第 580 页。

说道：

> 由于掌握政治权的大家族正是从这遥远的过去得到自豪感和他们享有特权的证据；由于未来不可能带来任何新的东西，因为上帝的制作尽善尽美，无须改动，也因为尘世的两大势力——教会和君主政体——渴望永久不变，所以时间的积极因素便是过去，过去本身就是永恒的一种减弱了的表现；现在是持续不断的罪恶，只有当它尽可能好地反映过去时代的形象时，它才能得到宽恕；凡是思想必须证明自己历史悠久才能被人接受；凡是艺术品必须脱胎于古典典范才能取悦于人。①

在统治阶级保守势力那里，过去、传统凝定为永恒、真理，时间的流动性简化为价值取向的单一性、唯一性，因而传统成为文学创作、文学批评的出发点和归宿点。读者与作者的同谋关系就使得 17 世纪法国新古典主义时期包括文类理论在内的复古主潮盛极一时。

而 18 世纪启蒙运动时期，随着资产阶级作为潜在读者的横空出世，作者开始要面对处于此消彼长关系中的没落贵族和新兴资产阶级这两个阶层，走出同谋关系的他们突然意识到自身的独立性，而作为潜在读者的资产阶级亦顺应历史需要，致力于打破封建意识形态，新建属于自己的思想文化，两相遇合，推动了“对于风格和文学体裁没有先入之见”、“处于相对被动状态”的资产阶级“期待从作家的天才得到一切”。启蒙运动的“天才”作者说，以创造的新颖性、个性反思、批判和否定包括文类理论在内的传统文学遗产，别具一格地走上资产阶级文学及其理论的建设之路。②

然而，随着资产阶级夺取政权，自 19 世纪中叶以降，曾经的文学独立性、作者批判性与资产阶级“渴望摆脱人们强加给他们的意识形态，并且建立自己

---

① [法]让-保尔・萨特著《萨特读本》，艾珉选编，第 578 页。
② [法]让-保尔・萨特著《萨特读本》，艾珉选编，第 586 页。

特有的意识形态"之间的和谐再次被打破,此时的资产阶级由潜在读者转变为真正读者,并且同样是唯一、全部的读者群,"作者们需要满足一个统一的读者群的要求"[①]。他们不再允许和容忍作者的批判,只有合作与归顺。然而"最优秀的作家拒绝合作。……作家的读者群的彻底统一促使作家在原则上为反对所有读者而写作"。面对着"资产阶级意识形态与文学本身的要求之间的深刻矛盾",资产阶级作者因为尚无法自觉地摆脱阶级局限,只好"就生活在矛盾与自欺之中",亦使得"文学作为绝对否定,正在变成反文学"[②]。所谓"反文学",萨特认为,比如"反小说",它"保留了小说的外貌和轮廓","是以小说本身来否定小说","这些奇特而难以分类的作品并不表明小说体裁的衰落,而只是标志着我们生活在一个思考的时代,小说也正在对其本身进行思考"。[③] 于此,可以无比清晰地看到,后现代主义"反文学"潮流借推崇模糊、填平文类界限这一主张,以期达到资产阶级自反的社会诉求。"反文学"不是纯粹客观的权宜之计,而是充满斗争策略的文类政治。

第三,反对以突出文类规则的作品局部观代替文学作品有机构成的意义整体性。

这或许是萨特文学思想中最接近文论传统的部分,因为上述生活在存在哲学身影下的文学理论主张给人的感觉,似乎是西方文论的发展到此戛然而止、杳然不知所往了。无疑,萨特反对突出文类规则的作品局部观是指向俄国形式主义的,后者在将文学研究重心转向作品之际,也暴露出观照作品局部或个别程序有余而对作品有机整体的审美价值关注严重不足的弊病。亦正由于此,巴赫金后来才郑重提出"体裁完成"问题研究的必要性以纠偏,因为文类规则或程序不等于作品,每部文学作品都是诸多文类规则在此间的不可重复的、一次性有机完成。"体裁完成"问题的研究有助于提醒人们克服俄国形式主义研究之不足,加强对作品整体的关注力度。

---

① [法]让-保尔·萨特著《萨特读本》,艾珉选编,第593—594页。
② [法]让-保尔·萨特著《萨特读本》,艾珉选编,第598、602、608页。
③ [法]让-保罗·萨特著《萨特文学论文集》,施康强等译,第292—293页。

萨特对于文学的研究，带有明显的自康德、克罗齐以来文学审美自律思想的痕迹，例如在论说作者无法真正阅读之故时，认为作者只是在认知，而读者是忘我地自由审美；又如在比较技艺和创作时，认为技艺是知觉活动，而创作是审美创造，诸如此类，无不透露出把认知与审美对立的思维习惯。然而，俄国形式主义在萨特文学思想中的分量更加突出。这至少可以从四个方面见出。

一是直接套用俄国形式主义相关思想。例如萨特曾经也认为："我们不是因为选择说出某些事情，而是因为选择用某种方式说出这些事情才成为作家的。"[①]简直和什克洛夫斯基在《作为手法的艺术》一文中对艺术的定义如出一辙。二是直接套用俄国形式主义研究方法。例如萨特在《什么是文学?》一文中论说诗歌与散文异同时，诸如"诗人是拒绝利用语言的人"，"散文在本质上是功利性的；我乐意把散文作者定义为一个使用词语的人"以及"对于说话的人，词是有用的规定，是逐渐磨损的工具，一旦不能继续使用就该把它们扔掉；对于诗人，词是自然的物，它们像树木和青草一样在大地上自然地生长"[②]诸表述，仿照和借鉴俄国形式主义对于诗歌语言与散文语言(实用语言)比较论述的色彩委实太浓重了。三是同样是在《什么是文学?》中，萨特正是借用了符号的能指与所指关系理论，视散文为"符号的王国"[③]，论证文学是与"意义"而绘画、音乐是与"意境"相关涉，[④]从而服务于"介入"文学的申明。四是从萨特屡次批评和否定形式主义的态度中间，不难从反面探察到他对于形式主义文论的关注程度。例如萨特批评说，"我们的批评家们都是纯洁派：他们不愿意与现实世界打任何交道，……陶醉于结构均衡的复合句"；而且，"一种文学当它还没有完满地认识到自己的本质，当它只是提出它的形式自主的原则，而将作品的题材视为无关紧要时，这一文学便是抽象的"[⑤]。当问及对于形式主义最

① ［法］让-保尔·萨特著《萨特读本》，艾珉选编，第533页。
② ［法］让-保尔·萨特著《萨特读本》，艾珉选编，第524—529页。
③ ［法］让-保尔·萨特著《萨特读本》，艾珉选编，第524页。
④ 沈志明、艾珉主编《萨特文集》(7)，北京：人民文学出版社2000年版，第336—337页。
⑤ ［法］让-保尔·萨特著《萨特读本》，艾珉选编，第536、620页。

新发展现状的意见时,他直接否定说:“我看不到新形式主义——符号学——为旧形式主义增加了什么内容。总的来说,我不满意这类研究是因为它们不能引向任何目标,它们没有紧紧把握住对象,这是些东鳞西爪的知识。”[①]

正是基于反对形式主义只见树木、不见森林式的偏重形式的作品研究方法,反对突出个别文类规则或程序的作品研究的局部观,萨特不停地呼吁和重申作品有机整体观的重要性:“排列在一本书里的十万个词尽可以逐个被人读过去,而作品的意义却没有从中涌现出来;意义不是字句的总和,它是后者的有机整体。”[②]“作品的意义是从作品整体中得以显示的”[③],“完整的意义”并不处于作品的某一个层次上,“它可以而且应该处在整部作品的层次上”。[④] 诸如此类,足可为证。

第四,以是否倡导自由主题为标准,文类等级只有好小说或坏小说之分。

萨特存在哲学催生出以具体处境中人的自由选择为主题的文学,或简谓之自由文学,作者和读者各以主体自由,借作品显示自身、反映世界;“作家作为自由人诉诸另一些自由人,他只有一个题材:自由”[⑤]。因此,萨特认为文学作品可定义为:“在世界要求人的自由的意义上,作品以想像方式介绍世界。”“任何奴役他的读者们的企图都威胁着作家的艺术本身。”基于此,萨特认为不存在“黑色文学”,只应该有自由文学。若以是否以自由为主题作标准,自由文学可区分为倡导自由主题的“好小说”或损害自由主题的“坏小说”,即“坏小说是这样一种小说,它旨在阿谀奉承,献媚取宠;而好小说是一项要求,一个表示信任的行为”。[⑥] 申言之,对“好小说”而言,因为“为了能诉诸自由,只有一个方法:首先承认它,然后对它表示信任;最后用它自己的名义,也就是说用人们给予它的信任的名义,要求它完成一件行为”,所以,“好小说”实质就是承认作者

---

① 沈志明、艾珉主编《萨特文集》(7),北京:人民文学出版社 2000 年版,第 366 页。
② [法]让-保尔·萨特著《萨特读本》,艾珉选编,第 547 页。
③ [美]韦德·巴斯金编《萨特论艺术》,冯黎明等译,第 70 页。
④ 沈志明、艾珉主编《萨特文集》(7),北京:人民文学出版社 2000 年版,第 375 页。
⑤ [法]让-保尔·萨特著《萨特读本》,艾珉选编,第 562 页。
⑥ [法]让-保尔·萨特著《萨特读本》,艾珉选编,第 561—562 页。

自由和读者自由的自由文学、真正文学之谓。与之相反，所谓“坏小说”，以阿谀奉承、献媚取宠的奴性主题，不仅有损作者主体人格独立和自由，亦侵害读者的主体自由性，从而导致无法真正彰显作者和读者自由本性，文学显现世界自由目的的任务也就无异于痴人说梦。

三

除了上述四点文类思想之外，特别值得说明的是，萨特在阐述其“介入文学”理论时透露出鲜明的文类界限意识。在著名的“纲领”[①]性文献《什么是文学？》[②]一文中，萨特集中性回答了人们对于“介入文学”[③]的质疑与批评，萨特认为众人之错在于以错误的文学本质观为立论前提：“既然批评家们用文学的名义谴责我，却又从来不说他们心目中的文学是什么东西，对他们最好的回答是不带偏见地审查写作艺术。”正是在此“审查”过程中，萨特文学理论中出现了一个关于诗歌是否介入的命题。

对此，学术界迄今似乎理解上也并不一致。例如有学者的理解是，“诗的非介入性”是萨特思想体系的“薄弱环节，人们很容易以比如抵抗运动诗歌为

① 柳鸣九著《自我选择至上——柳鸣九谈萨特》，北京：东方出版社2008年版，第20页。

② ［法］让-保尔·萨特著《萨特读本》，艾珉选编，第520—628页。本部分凡出自本文的文字，不另一一注明页数。

③ 法国学者列维认为萨特有两种介入理论：一种是五六十年代的后期版介入理论，“哲学和文学都开始为宣传服务，都牺牲在专制政权的祭坛上”，“介入被说成是要符合一定的规诫，是苦修，是憎恨，是将文学化为虚无”。文学在介入中，社会功能的强调取消、损害了审美独立性。一种就是体现于《什么是文学？》中的早期版介入理论。对于后种，列维认为长期存在误解，他坚持从语言哲学层面予以阐释，认为：“文学是用文字写成的，这一事实必然会导致文学的介入。……对于萨特来说，‘介入’首先就意味着：意识到话语的力量。”申言之，即：“介入的概念不是强调作家的社会责任的政治概念，而是哲学上的概念，说明语言具有形而上学的能力。所谓介入，不是要征调文人从军，而是要提醒他们每个人都知道，或者都应当知道的东西：每一个用文字意指事物的行为都会‘融入客观精神’；而在意指的同时，作家会使文字和事物具有一种‘新的维度’；作家说的每句话都会有助于‘披露’世界，而披露世界总是而且已经意味着‘改变’世界……”（参阅：《萨特的世纪》，闫素伟译，北京：商务印书馆2005年版，第96—99页。）我们认为还是应该坚持哲学与文学理论紧密互证互通的角度来解释“介入”比较符合萨特原意：我与他人互相依赖的辩证关系使得本质自由的文学具有为他人性、自由读者不可或缺性，而此正是“介入文学”的立论之本。

例来反驳他的论点”,“惟有散文具有揭露和变革的功能”,认为如此做法“既表现他的理论的不彻底性,也说明他没有深入到各种艺术现象的本质”,并进一步解释说,“真正的诗人”不能介入,介入的诗不是真正的诗人。[①] 此种观点的升级版就是某些学者认为的:“诗歌因不能介入而被排除在文学之外,只有纯粹的散文才是文学。”[②]

也有学者在认为“介入文学”即是指散文写作之际批评此种看法“或许大成问题”,并进一步从理论发展性角度补充说道:60 年代以后的萨特从更广泛的意义上阐述介入理论,此时也就“包括了原先被确定为非介入性的诗”[③]。此种意见目前最为盛行,为不少研究者认可采纳。《霍普金斯文学理论和批评指南》中的“让-保罗·萨特”词条亦持相似观点。[④]

还有学者认为,萨特关于诗歌是否介入的议论本身“留下了很大的暧昧性”,虽然此文是以散文为中心来论述的,但是并不表明诗歌与之“格格不入”,诗歌和散文两者具有“共同性和固有特征”,即“诗采取与散文不同的方式从整体上捕捉存在和世界,以至于达到揭露它的秘密。散文作家在世界内通过来自内部的否定作用来捕捉世界整体,暴露它的秘密。诗人由于在世界之外进行否定而孤立化,在语言中反映世界和存在所显露的面目”[⑤]。

而有些学者则认为萨特从未表达过诗歌不介入的意见,如:“是否像人们通常认为的那样,介入的艺术家就置文体和形式于不顾,就摈弃诗歌呢? 萨特

① 施康强著《文论卷导言》,沈志明、艾珉主编《萨特文集》(7),北京:人民文学出版社 2000 年版,第 15—16 页。该作者亦是《什么是文学?》一文的中译者。与此类似的一种观点认为萨特此文显示了他艺术观、写作观“明显地发生了改变”,详可参阅:[美]A. 丹图著《萨特》,安延明译,中国社会科学出版社 1992 年版,第 49—52 页。而美国存在主义主要代表之一的威廉·巴雷特则认为,正是萨特“彻底理智主义的”文学观,强调“文学是一种行为模式”,导致他在《什么是文学?》中“不能公允地对待诗歌”,并由此引申说:“这是在哲学上他的存在理论有所缺陷的又一个明证。”(参见其著《非理性的人》,段德智译,上海:上海译文出版社 2012 年版,第 334 页。)

② 阎伟著《萨特的历史意识与文体之变》,《海南师范大学学报(社会科学版)》2009 年第 9 期,第 119 页。

③ 余虹著《自由与介入——萨特文论一瞥》,《新疆大学学报》(社科版)2002 年第 3 期,第 91—97 页。

④ 参见[美]迈克尔·格洛登等主编《霍普金斯文学理论和批评指南》(第 2 版),北京:外语教学与研究出版社 2011 年版,第 1294—1297 页。

⑤ [日]今道友信等著《存在主义美学》,崔相录等译,第 232—236 页。

从不曾这样说过，他仅仅指出，如果这种文体和形式只是空架子并且毫无目的，在人类和历史中并无真正的响应者，那么它们就是无价值的。”①

当然也有学者对此采取了模糊策略，未予深究，如有学者说道：“萨特声明他不要求绘画、雕刻、音乐直接介入，但以语言文字为表达工具的文学却必定要介入。”②问题是，绘画、雕刻、音乐不直接介入，是否存在间接介入可能？以语言文字为表达工具的文学肯定包括诗歌和散文了，那么如何理解其与萨特亲口所言的“要求诗人介入委实愚不可及”这句话之间的矛盾呢？论者对此付之阙如，语焉不详。

总而言之，上述意见中，有些是站在诗歌可以介入的立场，把《什么是文学？》一文中的诗歌介入观视作萨特哲学观和文学理论的不足；有些从发展眼光看，确认《什么是文学？》一文表达了诗歌不可以介入的观点；有些则不置可否，故意回避，或干脆否定萨特论说过诗歌不可以介入的命题。

萨特在论说“介入文学”过程中透露出来的显著文类界限意识，在此，既是需要揭橥的结论，又是揭开诗歌是否介入这一矛盾之谜的抓手。

众所周知，萨特提出诗歌不介入的原文是：“如果情况真是这样，人们就不难理解，要求诗人介入委实愚不可及。”设若萨特真是拒绝诗歌介入，那么在此之前萨特所言“这正是我们喜爱诗歌的证据”、“我为什么要让诗歌也介入呢？”诸句也就委实不可理喻了。哪怕是一个普通人，可能也不至于犯如此低级的逻辑错误，又遑论萨特呢？所以，准确的理解应该是：萨特也认为诗歌属于“介入文学”，之所以得出“诗人介入委实愚不可及”是建立在“如果情况真是这样”的虚拟前提基础之上的。证明如下：

第一，从文字表面感性层次看，全文无不显示出文学艺术皆可介入的倾向性。全文除却“如果情况真是这样，人们就不难理解，要求诗人介入委实愚不可及”这句非常突兀的话以外，再无任何语句与之呼应。相反，诸多表述恰恰流露出的是文学艺术皆可介入的倾向性。例如，且不论上引“我为什么要让诗

① ［法］洛朗·加涅宾著《认识萨特》，顾嘉琛译，第 30 页。

② 艾珉著《导读》，［法］让-保尔·萨特著《萨特读本》，艾珉选编，第 7 页。

歌也介入呢?”,另外如:

——我们不想让绘画、雕塑和音乐“也介入”,至少不以同样的方式介入。

——人们不可能画出意义,人们不可能把意义谱成音乐;既然如此,谁还敢要求画家和音乐家也介入呢?

相反,作家是与意义打交道的。

不过,即便诗流连于词,犹如画家之于色彩,音乐家之于音符,这并不意味着词对于诗人而言失去了任何意义;

——如果散文从来不过是从事某一事业的特别合适的工具,如果只有诗人能不怀功利的目的审视词语,那么人们就有权首先向散文作者发问:你为什么目的写作?(注:下划横线系引者加)

诸如此类,不难推想:萨特并未明确禁止绘画、音乐、雕塑和诗歌介入,反而在字里行间对它们的介入预留了足够的想像空间:或许散文以外的文学艺术是以与散文不同的方式介入的;既然诗歌也和散文一样产生意义,为何要怀疑诗歌的介入功能呢?或许散文比诗歌更有助于直接揭示文学的介入性吧。假设这些想像性推论切实,那么,如何解释以散文来证明文学介入性的必要性呢?这还得从散文与诗歌以及绘画等艺术区别亦即文类界限、艺术类型界限说起。

就散文与绘画、音乐等艺术区别来说,散文作为符号艺术,鉴于强烈实用性、功利性,能指与所指之间直接对应,一一对应,意义明确;而绘画、音乐等艺术是与意境相关,即能指膨胀到所指难寻其迹,全然浸淫于客体能指之中,所指的未明性、难言性、无限性使得“人们不可能用任何符号系统来恰当表现”其意义。因此,萨特将音乐、绘画归入“无所指艺术”与文学相区别,并且认为让音乐、绘画等"无所指艺术表达预先规定的意义"，就是这些艺术的被"异化"。[1]

就散文与诗歌来说，萨特同样借助于符号学理论，认为诗歌语言自身具有独立审美价值，迥异于散文语言的工具性，正是基于此，诗歌可与音乐、绘画等艺术划归同类。因此，假如诗歌也要表达意义，但是相较散文而言，诗歌语言本身的审美价值便首先成为横亘在诗歌与意义之间的一道间隔层，阻止如散文那般从能指直达所指，故而于诗歌而言，其意义表达便又不是透明、直接的了。所以，萨特说道：在诗歌里，词的物质面貌既"作为语言实体的形象发挥作用"，"也作为语言实体的符号起作用"；"词与所指的物之间建立起一种双重的相互关系，彼此既神奇地相似，又是能指和所指关系"。

基于上述，在萨特存在哲学本身蕴含的强烈社会功利性、政治性的驱使促动下，萨特在论说"介入文学"主张时自然首选散文而非诗歌或音乐、绘画等其他艺术类型作为论述载体。正如有学者指出的那样："萨特对道德和政治的关注导致他更加重视散文——因此，他不但低估诗歌，而且忽略了语言决定意识的方法。"[2]

与此相关需要附带说明的是，萨特在"介入文学"问题上似乎认为决定权非文类本身，而是使用文类进行写作的作者的主体自觉性。只要某作者深切明了存在哲学要义及其衍生的写作观、文学观，那么不管此作者以何种文类写作，都是在介入。他如此说道："当我感知自己的自由是与所有其他人的自由不可分割地联系在一起的时候，人们不能要求我使用这个自由去赞同对他们其中某些人的奴役。因此，不管作家写的是随笔、抨击文章、讽刺作品还是小说，不管他只谈论个人的情感还是攻击社会制度，作家作为自由人诉诸另一些自由人，他只有一个题材：自由。"这就又从作家主体性角度支持了诗歌介入说。

第二，得出"要求诗人介入委实愚不可及"的结论是有前提条件的假说。

---

① 沈志明、艾珉主编《萨特文集》(7)，北京：人民文学出版社 2000 年版，第 336—337 页。

② *The Norton Anthology of Theory and Criticism* (second edition), New York: W. W. Norton & Company, 2010, p.1198.

不应忘记的是,萨特之所以思考关于存在的哲学,是因为异化的现实使然,进而主张人是自由存在的本质,召唤人们以自由抵抗异化,实现自身解放;存在哲学的自由主旨反映于文学,则要求以自由为唯一主题的自由文学,作品的存在建立于作者和读者两者双重自由之上。故而反对康德无目的的合目的性的艺术论,提出作品"不是为某一目的提供的手段:它是作为目的被提供给读者的自由"。坚决反对文学作品的工具论,作品"不是一个有明显存在和不确定的目的的工具","当它把自己看做手段而不是不受制约的目的时,这个时代的文学就是被异化的"。萨特"介入文学"的提出固然是反对"为艺术而艺术"说,但是也必须注意到,质疑和批评萨特"介入文学"的人也以彼埃尔·埃玛纽尔等人的抵抗运动诗歌、兰波的象征主义诗歌为例来反诘萨特,而殊不知,这正是萨特得出"要求诗人介入委实愚不可及"这一结论的现象前提。设若完全领悟萨特存在哲学,完全理解自由文学,那么自然不难驳斥批评者,从而否定"诗人介入委实愚不可及"的荒诞说法。这是因为,无论是象征派诗歌,抑或抵抗运动的诗歌,都是与存在哲学、自由文学核心内涵相悖的。君不见,象征派诗歌并非以自由为主题,或许从作者层面来说是自由的,但是从读者层面来说,象征派诗歌恰是以晦涩难晓、神秘叵测绝缘于读者的自由,使得作者自由与读者自由互相依赖的辩证关系断裂,终而使得作者自由无法实现,使得表现处境中的自由选择成为泡影,作品存在相应也无法完成。这也就是萨特所谓的"人们把读者从人的状况中抽身出来,邀请他用上帝的目光从反面看待语言"之意。同样,抵抗运动诗歌虽从表面上看是追求自由,而与自由文学质的区别在于,抵抗运动的诗歌本身不是目的,而只是充当了手段或工具,若以自由文学来衡量,则是异化了的文学,与自由文学差距不可以道里计。

如此看来,萨特对质疑和批评的批评,如"真是蠢话连篇!这是因为人们读得太快,囫囵吞枣,还没弄懂就作出判断",可谓一语中的,有的放矢。而"诗人介入委实愚不可及"的说法自然也就披上了一层具有反讽色彩的外衣了。

第三,一切自由文学艺术都是介入文学艺术。前述显示,萨特无法摆脱时代影响,在论说散文与诗歌及绘画、音乐等其他艺术类型区别时也借用了此时在法国刚刚兴起的语言符号学理论。而事实上,符号学理论给予萨特的麻烦并不比好处少。在符号学理论支持下以散文来主导论说"介入文学"的做法,客观上容易造成诗歌及其他艺术类型不能介入的假象;而萨特在为"什么是写作?人们为什么写作?为谁?"立论时,又全然不见符号学的丝毫踪迹。从这明显的不一致中,是可以明显见出捉襟之虞的。如果换个角度,从作者和读者相互依存辩证关系来解释,写作或创作都是为了别人,那么无论散文,还是诗歌、绘画、音乐等,无不自然而然烙上"介入"字样。或许萨特也似乎意识到了这一点,在短暂批评完"赋予失败以绝对价值的""当代诗歌"之后,立马转到对于"纯诗和纯散文"的考察之上。所谓"我们从反面看语言已经看够了,现在该从正面来看了"是也。

与纯散文不同,纯诗作者"拒绝利用语言",超脱于语言—工具之上,将自身置于语言之外,采取"诗意的态度",视词为物,在诗人看来,"诗意的词是一个微型宇宙"、"世界的镜子"。于是,众词构筑而成的视觉形态作为词的物质面貌,既是一个客体物存在,又作为语言实体的符号产生能指与所指关系,搭建起诗歌与意义的关系链,进而恢复至与纯散文具有同等的介入功能。就绘画、音乐、雕塑等艺术类型而言,同理,色彩、音符、形式与纯诗语言性质相同,并非无法产生意义,而是于意境中体味意义的无限性、未定性。也就是说,这些艺术虽不表达预定意义,但是并不意味着它们放弃意义。这也许就是萨特针对诗歌、绘画、音乐等所言"不以同样的方式介入"、"有权首先向散文作者发问"的真正语境。所以萨特会说:"作家的职能是使得无人不知世界,无人能说世界与他无关。一旦他介入语言的天地,他就再也不能伪装他不会说话:如果你进入意义的天地,你再也无法从中脱身了";"写作,这是某种要求自由的方式;一旦你开始写作,不管你愿意不愿意,你已经介入了"。在萨特看来,所有真正的、自由的文学艺术都是介入性质的,没有非介入的文学艺术,只是各自介入方式、途径不同而已。唯有如此,才能更好地理解萨特为什么会说:"人们无疑可以在任何艺术语汇的起源找到一个未经区分的选择,到后来环境、教育和与世界的接触才使这个选择取得各种特殊形式。同一个时代的艺术无疑是相互影响的，而且受到同样的社会因素的制约。”申言之，即：众多文学艺术都有同一个源头，即自由，随着现实处境不同，作者自由选择不同媒介加以表达而已。也因此，萨特不光认为文学作者的自由体现于在作品中体现着他自己，艺术家也是如此，他认为：“毕加索在绘画的同时也在塑造他自己，他的全部作品和他的一生是融合在一起的。”[①]雕塑家也和文学家一样，“是一个想像着人类的本质而决意将人性标志在空间或石料之上的人”[②]。法国学者列维虽是从语言哲学角度阐释“介入”，但也同时确认了类似观念，他说：“文学介入是自然而然的，自发地，而且从某种意义上说，是不言而喻的。”[③]

综上所述，鲜明的文类（包括艺术类型）界限意识贯穿于萨特对于“介入文学”的重要立论部分。正是鲜明的文类界限意识支持萨特首选散文来解答文学本质观，正是文类界限意识让人们领悟并理解了“介入文学”的多样性、多元化，正是文类界限意识中的文类性质的纯粹性、理想性奠定了回击当代诗歌批评家对于“介入文学”讽刺与质疑的基石。

四

必须承认，文类思想在萨特理论世界里绝非显学，而是作为其自由哲学的附庸潜在的。无论是文类发展观、文类规则观，抑或文类等级观、文类界限意识等，无不是萨特哲学思想在文学理论领域的折射或实践。这不仅体现为自由哲学的提倡吁求“自由剧”、“处境剧”等新型文类的诞生，也体现为：以自由为标准，文类规则被视为对作家和读者自由的戕害而被划归文学异化的范畴，文类等级只有好与坏之分。另外如反对以突出文类规则的作品局部观代替文学作品有机构成的意义整体性，则是对创作主体自由性、自觉性的间接张扬；文类界限意识只是“介入文学”立论过程中的副产品而已。此种特征亦与柏拉

① [法]让-保尔·萨特著《萨特读本》，艾珉选编，第647页。

② [美]韦德·巴斯金编《萨特论艺术》，冯黎明等译，第81页。

③ [法]贝尔纳·亨利·列维著《萨特的世纪》，闫素伟译，北京：商务印书馆2005年版，第97页。

图、康德等哲人的文类思想存在模式如出一辙。稍有不同的是，如果说柏拉图文类理论置身于强烈的社会政治功用色彩，康德文类思想浸淫于神秘的先验认识性，那么萨特文类思想则更多聚焦于文学创作主体与接受主体的自由间性关系，旨在实现介入社会的功利性与自由至上的审美性两者之间的有效融合。不止于此，更为重要的是，接受主体是创作主体存在的前提条件，没有读者，何来作者？为此，接受美学的首倡者姚斯予以高度评价道："（萨特）首次给读者恢复了名誉，将读者概念演示为一种关于阅读和写作辩证法的理论，可谓意义重大。"①所以不妨进一步认为，正是读者（他人）这一极支撑起了萨特存在哲学、文学理论及文类思想的精神之塔。

① ［德］汉斯·罗伯特·耀斯著《审美经验与文学解释学·作者序言》，顾建光等译，上海：上海译文出版社 1997 年版，第 11 页。（耀斯即姚斯，后文不再说明。——编者注）

第十一章　文类作为程式化期待

——乔纳森·卡勒结构主义诗学与文类

结构主义伴随俄国形式主义的自我调整和发展而生，因介入社会的存在哲学而兴，却又因反对介入社会而衰。当俄国形式主义发展到布拉格学派，对文本局部程序、技巧的重视被作为技巧的有机结合系统的新文本观代替时，结构主义便应运而生了。虽说结构主义不仅仅关注文学，且派别繁杂，各有侧重，但是总的理论倾向还是比较清晰的，即：通过“移心化”(decéntrement)取消了传统上作者对于文本产生及意义的支配权、主动权，借鉴索绪尔的语言学、符号学理论，转而比较纯粹地从语言形式层面探究文本及意义的来源的“结构”之核。正如托多罗夫所说：于结构主义而言，“每部作品仅被看作是抽象而普遍的结构的体现，作品只是此结构的众多实现可能性的具体体现之一。所以，换言之，这门科学不再研究实际文学(actual literature)，而是研究可能产生的文学(a possible literature)”①。文本与社会、主体人之间的联系被断绝。虽说结构主义对于“结构”为何从未有定见，然而其要义无非是强调文本及其意义产生的物质性、透明性，对抗传统上创作主体对文本及其意义占据主导角色的神秘性、神圣性。这种去主体化、反历史性与存在哲学对社会的强烈介入性不禁形成了鲜明对比，故而在 20 世纪 60 年代人们倦于存在哲学对社会的

---

① Tzvetan Todorov, *Introduction to Poetics*, trans. by Richard Howard, the University of Minnesota Press, Minneapolis, 1984, pp.6 - 7.

介入效用性之际，结构主义一跃成为人们的兴趣中心。因此，当伊格尔顿评价说结构主义是“反人道主义的”[1]的同时，让人不禁立即想到萨特于1945年发表的著名演说的名字：“存在主义是一种人道主义。”然而，时易世变，风雨跌宕，当法国“五月风暴”来袭，结构主义再也无法“躲进小楼成一统”，遂在“结构，结构，从不上街参加战斗！”的口号声中趋于式微崩解。不难想见，诞生于20世纪70年代的《结构主义诗学》，正是卡勒挽狂澜于既倒、扶大厦于将倾之举，于批判中反思，在解构中重建，创新著说，别立家数，功莫大焉！

一

为使得文学批评从长达半个世纪的、针对单篇文本的“单一的阐释作用”这一略显疲态的孱弱现状中脱身，卡勒借道结构主义实现了从“发现或派定意义”到“确立产生意义的条件”这一文学研究范式的重要转换。[2] 其期欲重建的“结构主义诗学”虽与俄国形式主义一样，也以“程式（程序）”为对象，也以此作为构成文学之所以成为文学即“文学性”之物；但差异体现为，“程式”于后者是在文学作品的语言形式层面，而于前者则是退至阅读活动的后台，即程式在阅读活动中如何助益于读出作品的意义：“恰如以某种语言说话的人吸收同化了一套复杂的语法，使之能将一串声音或字母读成具有一定意义的句子那样，文学的读者，通过与文学作品的接触，也内省地把握了各种符号程式，从而能够将一串串的句子读作具有形式和意义的一首一首的诗或一部一部的小说。”[3] 其间应用的“程式—阅读”与“语法—说话”的模式譬喻，清晰揭示出卡勒的“结构主义诗学”已经不是单纯语言学层面的“结构主义”，而是褪变为参照语言学模式的一种阅读程式诗学。传统结构主义此时只是徒具其表而已，或谓之，传

① [英]特雷·伊格尔顿著《二十世纪西方文学理论》，西安：陕西师范大学出版社1987年版，第124页。

② [美]乔纳森·卡勒著《结构主义诗学》，盛宁译，北京：中国社会科学出版社1991年版，第16页。

③ [美]乔纳森·卡勒著《结构主义诗学》，盛宁译，第16页。

统结构主义之魂此时已经附着于接受阅读行为之间。

卡勒受语言学启示,借助阅读活动建构"结构主义诗学"的行径,是基于同已有结构主义者的研究模式相异而言的。他择取了以罗兰·巴特的时装符号分析、斯特劳斯的神话分析、雅各布森的语法成分分布分析和格莱麦的结构语义学分析为批评对象,论说了现有的将语言学模式应用于文化及文学研究案例的不足。例如他评述前两者的研究范式时认为:"语言学并不能提供一个可以机械搬用的发现程序。"[①]评述后两者的研究范式时,他指出:"要架构一个从词语单元的意义引出一部或一组文本意义的模式,看来在理论上和实践上都是不可能的。"[②]卡勒对这四者的批评与其深层的文学观密不可分。他反对文学作品作为形式自足体的观点,认为"侈谈文学文本中存在着大量的平行对仗和重复,既没有意思,更无释义价值"[③];"一首诗一旦脱离了诗人的笔端,就成为一个自足的实体,从一定意义上说,这恰恰是结构主义观点的反面。如果不参照其他的诗和阅读的程式,诗是不会'创造'出来的。正是由于这些关系,诗才成其为诗"[④]。最终他得出结论说:"一首诗是以阅读程式为前提的","诗学基本上是关于阅读的理论。"[⑤]阅读程式对于文学(诗)的必要意义暗示了接受主体存在的必要性,于此亦可见出卡勒结构主义诗学对于传统结构主义的纠偏。

> 虽然结构主义总要寻找事件背后的系统和具体行为背后的程式结构,它却无论如何也离不开具体的主体。主体可能不再是意义的起源,但是,意义却必须通过他。结构和关系并不是外在客体的客观属性;它们只出现于构筑结构的过程之中。虽然个体可能并不创设这一过程,甚而也不控制这一过程……但这个过程必须通过他才能发生……[⑥]

---

① [美]乔纳森·卡勒著《结构主义诗学》,盛宁译,第91页。
② [美]乔纳森·卡勒著《结构主义诗学》,盛宁译,第135页。
③ [美]乔纳森·卡勒著《结构主义诗学》,盛宁译,第116页。
④ [美]乔纳森·卡勒著《结构主义诗学》,盛宁译,第59页。
⑤ [美]乔纳森·卡勒著《结构主义诗学》,盛宁译,第59、193页。
⑥ [美]乔纳森·卡勒著《结构主义诗学》,盛宁译,第60页。

这样，卡勒就将文学作品的置身语境恢复为形式主义（“语言知识”）和历史主义（“外在的补充经验”）的统一体。此内外统一体经接受主体的阅读活动来发挥相应作用，而接受主体之所以能够担当重任，则源于其具有内化了的“文学能力”或“阐释能力”。如同我们之所以能够说话表达或语言交流，是因为我们内化了语言语法一样，我们因为内化掌握了“阅读文学文本的一套程式”①，所以才可以将一堆语言材料当作诗歌、戏剧等文类作品来阅读，才可以将语言序列转换为文学结构，进而探寻其中的文学意义和审美效果。其实，这种内化的“文学能力”读者和作者皆有，卡勒将之视为文学阅读的知识只是权宜之策，只是因为“把它们当作读者的思维活动，比作为作者视为当然的整个文学活动范围，更容易进行研究”②。当然，方便或容易也是相对而言的，具体的现实读者的内化知识肯定是参差不齐的，受到性别、年龄、教育、阶级等不同社会因素的影响，因此“结构主义诗学”对于阅读程式、文学能力或阐释能力的探讨都是立足于“理想的读者”而非“实际的读者”，从而尽可能裨益于“确立产生意义的条件”这一宗旨的充分揭示。

至此，卡勒就将以往文学批评的结论倒置为结构主义诗学的前提条件，阅读主体成为容纳“他读诗经验中产生的一系列形式规则”、“一系列约定俗成的程式”③的载体，致力于呈现语言材料作为各类文学作品的可能性、语言序列的文学结构和文学意义的实现可能性，一言以蔽之，语言文本的可理解性。而这种可能性的提出就是卡勒重点强调的凭借文学能力或阐释能力来对语言材料进行诸如复原、归化、动机实现或逼真化之意。这四个动作名词大同小异，卡勒详细分析说明了文学能力在阅读活动中施行归化或逼真化的五种具体体现，即五种作为当前语言文本的种种文学可能性实现的参照：真实、文化逼真性、特定想像世界中的纯文学性的逼真、约定俗成的自然、扭曲模仿与反讽。

① ［美］乔纳森·卡勒著《结构主义诗学》，盛宁译，第179页。
② ［美］乔纳森·卡勒著《结构主义诗学》，盛宁译，第178页。
③ ［美］乔纳森·卡勒著《结构主义诗学》，盛宁译，第190—191、374页。

以上概要性地勾勒了卡勒结构主义诗学的框架和主旨,也是即将要专题探讨其文类思想的理论背景和语境。

二

在卡勒结构主义诗学即“关于阅读实践的理论”的思想指导下,传统文类的性质和功能也必然随之发生质的改变。

首先,在本质论上,提出文类作为内化的文学能力之一,是一种程式化期待。

卡勒认为,文类不仅仅是简单的作品分类之名,不仅仅是“语言的特殊分类,而是不同类别的期待,它们能使一种语言的语句在第二层次的文学系统中变成不同种类的符号。同样的语句出现在不同的体裁中就会有不同的意义”①。他反复强调指出,视文类为基于作品相似性的纯经验层面的归类之举,结果只会“使体裁的概念黯然失色”②。文类作为内化的文学能力之一,作为一种程式化期待,是阅读活动中确定语言文本文学结构、意义实现可能性的重要条件之一,在阅读实践中扮演着至关重要的角色。卡勒因此说道:决定语句意思的文学能力或阐释能力,“一方面包括了对语义内在联系和组织结构的一般模式的各种假设,而另一方面,它又包括阅读各类文本时读者心目中的期待,以及阅读它们所需要作出什么样的阐释”③。故而,就是谈作品所属文类的划分,也是“应该建立在一种阅读理论的基础之上”,恰当的分类应该是不同程式化期待的区别,是对读者阅读过程中意义实现可能性的定向指导,即“用于解释作品对读者提供可接受意义的范围的分类”④。与此同时,作为上述五种归化方式之一的“特定想像世界中的纯文学性的逼真”指的就是“体裁模式”⑤。

---

① [美]乔纳森·卡勒著《结构主义诗学》,盛宁译,第194页。
② [美]乔纳森·卡勒著《结构主义诗学》,盛宁译,第205页。
③ [美]乔纳森·卡勒著《结构主义诗学》,盛宁译,第148页。
④ [美]乔纳森·卡勒著《结构主义诗学》,盛宁译,第182页。
⑤ [美]乔纳森·卡勒著《结构主义诗学》,盛宁译,第216页。

为此，卡勒进一步举例说：同样一句陈述，如果出现于一首颂诗或一出喜剧中，读者就会作不同的处理。读者在阅读悲剧和阅读喜剧时对剧中人物的态度是不同的，如果他阅读的是喜剧，他则会期待全剧一定以数对美好姻缘告终。

其次，在功能论上，提出文类属性的确定是归化语言文本、实施有效阅读的首要之举。

卡勒反对作品自足体的说法，认为作品意义无法单从作品各部分的"内在特征"而生，离开接受主体的阅读期待，文本仅仅是一堆不明所以的语言材料而已。卡勒再三强调，"一首诗是以阅读程式为前提的"，"文本只对懂得如何阅读它们的人才有意义，这些人在与文学的接触过程中吸收同化了约定俗成的程式"①。读者的期待意图面对语言文本发出的规范性、约束性信息，构架了文本各部分趋向统一体的可能性范围。在读者的期待意图中，文类自身寄寓的程式化期待是重要构成成分之一，在读者吸收同化了的约定俗成的程式中间，文类知识传统必居其一，甚至是第一，因此卡勒特别说道：面对奇特、陌生的语言文本，"归化过程或恢复文学交流功能的过程的第一步，就是使书文本身变成一个阶段性的、类属性的概念"②。

最后，在缺类问题上，坚决否定缺类现象存在的合法性。

正由于上述文类在本质上不再仅仅作为一种作品分类范畴，而是充当了结构主义诗学中文学能力的重要内涵之一，作为一种程式化期待，构成为开展阅读行为的首要步骤，所以，文类就不存在所谓可有可无的问题，而是在必须存有的前提下，进一步探究诸多文类在阅读过程中所要求发挥出来的"功能性类型特征"何在，亦即：把某语言文本当作喜剧文类来进行期待与当作悲剧或史诗来期待，它们之间是具有明显不同的。此时显示出来的不同之处就是各种文类的不同程式化期待、各种文类的功能性类型特征的昭示。正为此故，卡勒坚决反对缺类说，坚持认为"证明喜剧不存在的理论是不受欢迎的。……任何引出这种结论的理论，最终必然要证明自己本身的失误，正如任何证明《李

① [美]乔纳森·卡勒著《结构主义诗学》，盛宁译，第 86 页。
② [美]乔纳森·卡勒著《结构主义诗学》，盛宁译，第 201 页。

尔王》不是悲剧的错误一样"[1]。不难理解,因为设若承认缺类现象存在,那么无疑是对卡勒建构的结构主义诗学的某种掣肘,是其理论主张中"文学能力"或"阐释能力"构成的某种缺失。顺此,卡勒设计的"理想读者"就会不免蒙上一层淡淡的阴影。

三

伊格尔顿曾经评论经典结构主义说:"结构主义是惊人地反历史的,结构主义要求分离出的心灵规律——平行、对立、转换及其他等等——在远离人类历史的具体差别的普遍性层面上活动。从这样一个天神般的高度俯视,所有的心灵都是十分相似的。在阐明一个文学本文的潜在规则系统的特点之后,结构主义者就束手无策了,不知道下一步还该做什么。对于他们来说,既没有要把作品与它所处理的现实联系起来的问题,也不存在将作品联系于使它产生的条件或者研究它的实际读者的问题,因为结构主义的基本姿态就是要把这类现实全部放入括号。"[2]相较之下,不难见出卡勒所谓"结构主义诗学"已经远离经典结构主义的理论要旨,进而主张将文本与社会、其他文本、读者、作者相联系,理论立场发生了从形式主义向历史主义的重大转折。身处此转折之间,乍看之下,卡勒在建构结构主义诗学过程中渗透和显现出来的文类思想稍嫌单薄,然而设若联系迄今文类理论发展史,卡勒文类思想的价值和意义就非同一般,其潜在意义不可小觑。

第一,卡勒文类思想推动了文类本质从规范说、先验说、虚无说、构成说到功能说的递变。众所周知,从亚里士多德开始,诸文类的丰富内涵是作为对作品的外在制约和规范而存在的,每每成为判断某作品是否符合某种文类的标准;经历漫长的围绕文类规范的论争,以康德为代表的德国古典文类理论崇尚

---

① [美]乔纳森·卡勒著《结构主义诗学》,盛宁译,第205页。

② [英]特雷·伊格尔顿著《二十世纪西方文学理论》,伍晓明译,第120页。

审美自律，将文类规范先验化、神秘化，克罗齐的直觉主义美学变本加厉，更是以极端姿态否定了“文类”存在合法性；俄国形式主义开创了现代文类理论发展新纪元，紧紧着眼作品内在成分解说文类的主导程序和自由程序，文类走进作品内部从而与作品自身融为一体。卡勒以“程式化期待”对文类本质的新定义，将文类角色从曾经的凌驾于诸作品之上，到先验存在于审美主体之中，再到作品内部的存在，发展到接受主体内化的文学能力之一，文类角色实现了从作品之外、主体之先、作品之中到读者之内的转换。文类此时从规范性角色，从作品之上，经审美主体、作品之中逐渐过渡发展到读者一极，以其功能性类型特征服务于作品意义和审美效果的生成可能性。

第二，卡勒结构主义诗学的建构推动了古典主义文类理论传统的重新在场。经典结构主义“以其对于个性的忽视，对于文学秘密的纯客观的分析方法，以及它与常识的势不两立，使文学成规声名狼藉”[①]。作为对经典结构主义的反动，卡勒建构的结构主义诗学恰恰是间接肯定和高度继承了包括古典主义文类理论在内的“文学成规”的复活与重新在场。随着康德的审美自律、克罗齐的直觉主义美学以及俄国形式主义的程序诗学似乎逐渐淡忘古典主义文类理论之际，卡勒立足读者阅读一极对于作为程式化期待的文类知识的倚重仿佛一夜之间穿越千年，以亚里士多德《诗学》为旗帜的古典主义文类理论悄然出场，并以不可或缺、毋庸置疑的效用性作为卡勒结构主义诗学体系建构的重要理论基石。卡勒或许是不经意之举，而对整个文类理论发展史来说则可谓惊涛拍岸、回响不绝！古典主义文类理论传统并未被先验说的神秘、虚无说的专制而扼杀、湮灭，半个多世纪的沉寂之后浴火重生，再次证明了其无法抹杀的存在合法性。不仅如此，古典主义文类理论的再次出场更是作为阅读主体内化的一种文学能力，文类作为程式化期待，直接表征着对古典主义文类理论规范性的首肯，直接意味着读者对古典主义文类理论的全盘接受与消化吸收。

---

① [美]乔纳森·卡勒著《结构主义诗学》，盛宁译，第119页。

第三，务必要注意卡勒文类思想处理古典主义文类理论传统过程中显现出来的模糊化、简单化倾向。这主要体现为：古典主义文类理论包罗万象，涉及文类内涵、文类界限、文类等级、文类偏长等方面，且不免分歧，而卡勒对古典主义文类理论的肯定还只是偏重于文本意义产生的条件选项，主要突出了文类自身的内涵规范层面。问题是，文类内涵并非永恒固定，俄国形式主义从主导程序与自由程序的互动性出发，对文类内涵历史发展性阐述的理论资源，卡勒并未明确提及，只是模糊性地指出了文类知识传统作为文学能力之一的期待意义，也就是说，卡勒对于文类知识传统自身复杂性、分歧性、历史性等特征至少缺乏足够论说。如此一来，难免对于文学史、文学作品意义阐释的认识产生简单化之嫌。也因此，为举例说明各文类在阅读过程中体现出来的各自不同的功能性类型特征，他把喜剧和美好姻缘的团圆结局相联结的同时，直接忽略了文学史上曾经出现过的具有团圆结局的悲剧作品的存在。因此产生的一个相关问题是：悲剧和喜剧两者各自的功能性类型特征究竟何在呢？卡勒均将诸如此类的问题搁置不论，进而大大影响了其重构结构主义诗学的理论成色。从这个意义上来看，面对理想读者的载体，古典主义文类理论传统仓促之间的再出场，其象征意义远大于实际意义。

第十二章　蹚过期待视野之流

——接受美学的文类理论之维

西方20世纪文学研究，自俄国形式主义以来，展开了大规模的对于文学批评、文学史研究范式的反思与重建，流派众多，论见蜂起，诞生于20世纪六七十年代的德国接受美学即是其中重要组成部分。以H·R·姚斯《文学史作为向文学理论的挑战》(1969)和沃尔夫冈·伊瑟尔《本文的召唤结构》(1970)、《阅读活动》(1976)"接受理论的双璧"(R·C·霍拉勃语)的这些论著为标志，拉开了以读者为理论重心尝试构建新型文学史的帷幕。而随着这一帷幕的开启，也让人对文学接受史视阈下的文类图景充满不小的期待。

一

接受美学所要批判和反对的文学批评和文学史范式有"古典主义—人文主义"范式、"历史主义—实证主义"范式、"审美形式主义"范式以及编年系列的文学史、实证主义文学史等。这些范式要么以美学维度压倒、遮蔽或罔顾历史维度，倡导所谓文本自足体；要么以历史维度代替美学维度，忽略文本自身世界，作品的美学维度与历史维度之间的断裂使得文学研究的科学性、完整性、全面性产生危机。众所周知的事实是，文学作品并非古典主义规则、标准指导下的被动产物，亦非作家或社会这些外在因素的因果对应物，文学作品之间更非简单的罗列堆叠关系。为此,在已有文学研究范式注重作品与作者、世界关系这些维度的情况下,接受美学突出强调了为文学研究所忽视的读者接受极,期图以读者接受的维度来勾连断裂了的美学与历史维度,恢复文学作品应有的健全、丰润、活性的历史存在之躯。于是,新型文学作品本质观自然成了接受美学的理论原点。姚斯指出:

> 一部文学作品,并不是一个自身独立、向每一时代的每一读者均提供同样的观点的客体。它不是一尊纪念碑,形而上学地展示其超时代的本质。它更多地像一部管弦乐谱,在其演奏中不断获得读者新的反响,使本文从词的物质形态中解放出来,成为一种当代的存在。
>
> 一部文学作品的历史生命如果没有接受者的积极参与是不可思议的。
>
> 文学作品从根本上讲注定是为这种接收者而创作的。[①]

伊瑟尔主张:“文学作品是一种交流形式”,“文学本文只有在读者阅读时才会产生反应”,“只有通过阅读,本文的意义才能产生”,“阅读是一切文学诠释过程的基本前提”。[②] 可见,姚斯侧重于强调文学作品历史本性的科学建构中读者接受的重要性,而伊瑟尔则侧重于文学作品审美意义动态生成过程中读者接受的重要性,两人之间的协作呼应本身似乎又构成了美学维度与历史维度之间的再次融合。

具体而言,在姚斯看来,文学史不仅仅存在于它与作者或社会的关系层面,而且与读者接受密不可分,文学接受史才是真正的文学史。在某作品诞生

① [德]H·R·姚斯、[美]R·C·霍拉勃著《接受美学与接受理论》,周宁等译,沈阳:辽宁人民出版社 1987 年版,第 26、24、23 页。

② [德]沃尔夫冈·伊瑟尔著《阅读活动——审美反应理论》,金元浦等译,北京:中国社会科学出版社 1991 年版,第 1、28 页。

之际，它的第一个读者的阅读理解构成了该作品历史的发端，随着一代又一代读者组织而成的历史长链，当初的审美理解也随之被充实、调整、丰富或变化。在此过程中，每一代读者接受都会受到当时共时性文学场景的影响，是以特定时段的不同期待视野来观照历史之物的。换言之，文学接受史实现了历时性与共时性的结合。不仅如此，一部文学作品的历史亦即一部文学作品审美接受史，曾经的美学与历史之间的断裂不复存在。读者接受成为文学传统与现在文学、传统评价与当下理解之间不间断的调节，成为历史与美学之间变动不居的关系之活动枢纽。

在伊瑟尔看来，作品意义绝非唯一、确定不变，“文本”只具有潜在意义可能，“作品”方为意义的实现；而从“文本”到“作品”的变迁离不开读者阅读这一环节。“文本”包含的“艺术极”源自作者，作者内设了一个“暗隐的读者”，它是对“一部作品实现其效应所必需的一切规定”，显现于文本中“召唤反应的结构网，促使读者去把握本文”[①]。而读者接受本身是一个历史范畴，受制于不同历史时刻、文化背景，必然使得“本文”包含的另外一极“审美极”的实现亦即“意义构成活动是因人而异的”。因此，作品意义的实现是一个基于读者接受历史性之上的历史动态性生成过程。

二

接受美学在强调读者接受历史性这一文学维度的过程中，文类扮演着什么样的角色呢？

第一，文类传统是文学接受史发生的前提之一。

接受美学以不同历史阶段的读者对作品差异性接受为纲领，但是读者与作品的实际关系情形仍是有必要进一步认识和分析的重要环节，而文类就提供了一个有意义的视角。文类传统作为文学接受史发生的前提之一，具体可

---

① [德]沃尔夫冈·伊瑟尔著《阅读活动——审美反应理论》，金元浦等译，第43—44页。

以从两个层面来理解。

一是文类传统是读者接受能力的重要构成部分。姚斯屡屡直接或间接指出包括文类知识在内的文学传统对于作品接受行为的关键作用，文类知识传统是读者开展接受准备时的期待视野的有机组成内容之一。例如："文学史家无法回避接受的历史过程，除非他对指导他理解与判断的前提条件不闻不问。"[①]姚斯以"以往阅读的记忆"来指称读者接受能力之内涵，强调了读者接受新作品之前必须具有"先在知识"的重要性：

> 一部文学作品，即便它以崭新面目出现，也不可能在信息真空中以绝对新的姿态展示自身。……它唤醒以往阅读的记忆，将读者带入一种特定的情感态度中，随之开始唤起"中间与终结"的期待，于是这种期待便在阅读过程中根据这类本文的流派和风格的特殊规则被完整地保持下去，或被改变、重新定向，或讽刺性地获得实现。[②]

文类知识传统以一种近乎文学传统背景或语境的角色，导引读者以一种预先性期待视野展开对于文学作品的接受，姚斯说："接受和判断这些新的文学作品，是在其他艺术作品的背景以及今天生活经验的背景上进行的。""读者可期待的视野是由传统或以前掌握的作品构成的，由一种特殊的态度构成的。这种态度接受一种（或多种）类型的调节，并消解在新作品中。"[③]

同样，伊瑟尔也从读者反应角度出发，隐隐约约看到了文类传统对于实现文本意义的使用价值。他说：读者以"游移视点"纵览全文后，凭借自身能力展开"一致性构筑"，统合文本诸因素，从而使得意义生成，其间，作为读者能力之一的文类知识传统不可忽视，即：文本向作品的转化，"取决于本文在何种程度上激活个体读者的个人领悟才能和加工才能。"而"读者构筑形象的活动便受

① ［德］H·R·姚斯、［美］R·C·霍拉勃著《接受美学与接受理论》，周宁等译，第 25 页。
② ［德］H·R·姚斯、［美］R·C·霍拉勃著《接受美学与接受理论》，周宁等译，第 28—29 页。
③ ［德］H·R·姚斯、［美］R·C·霍拉勃著《接受美学与接受理论》，周宁等译，第 51、100 页。

到其能力以及对相关系统的熟悉程度的制约。在某种极端情形下，受过教育的读者也可能对当代下等阶级的戏剧毫无所知，而恐怖剧爱好者却总是轻视古典雕塑”[①]。可见，虽然伊瑟尔并无类似姚斯的直接论说，但是不经意间仍是流露出同样的想法，即文类知识传统的掌握情况影响文本意义经读者的现实化过程。

二是文类传统是建立读者与作品之间关联的重要纽结。上述已经谈到，文类知识传统作为读者接受时的期待视野的不可或缺内容之一，并不仅仅止于读者能力一端，其要义是指向读者对于作品的阅读与反应，亦即期待视野的对象化。具体而言，不管是从读者层面看，还是从作品角度看，文类知识传统都是搭建二者关系的重要媒介。

从读者层面来说，面对一部新作品，其期待视野立马会将新作品置于以往已有作品这一大背景之中进行辨识，考量历史上是否有类似的作品，文类的可辨识性成为读者进入新作品的最大便利。所以，姚斯认为新的作品必将自然唤起“读者(听众)的期待视野和由先前本文所形成的准则”，而“类型的先在理解”是产生期待视野途径之一；[②]并且“熟悉的标准或类型的内在诗学”还可以作为帮助读者去把握、接受“历史中轮廓不清的作品”的选择之一。[③] 这一点上面其实已经有所涉及。

再从作品层面来说，面对读者，一部新作品无论是当初作者的创作动机，抑或作品的客观呈现，都借助包括文类在内的系列方式预设了态度想像或意图可能，方便作品与读者交流互动关系的顺利建立。而这一目的，没有哪个文学流派还能够比接受美学本身更在乎的了！为此，姚斯指出：文类是文学属性的应有之物，即认为文学是“一种语法或句法，自身具有相对稳定的关系，传统的和非规范化的类型，以及表达方式、风格类型和修辞格的安排”，“每一部作

---

① [德]沃尔夫冈·伊瑟尔著《阅读活动——审美反应理论》，金元浦等译，第127、174页。
② [德]H·R·姚斯、[美]R·C·霍拉勃著《接受美学与接受理论》，周宁等译，第29、28页。
③ [德]H·R·姚斯、[美]R·C·霍拉勃著《接受美学与接受理论》，周宁等译，第30—31页。

品都属于一种类型"[1]，而每一种文类名称都"包含特定的启发规定。……开辟了一条通向本文的途径"[2]，从而"导引读者的（大众的）理解，造成全面的接受"[3]。他甚至认为"一部作品的期待视野允许人们根据它对于一个预先假定的读者发生影响的种类和等级来决定它的艺术特性"[4]。

第二，期待视野对文类内涵历史发展性的再次确认。

就接受美学看来，基于读者接受影响的文学史的历史内涵体现为"第一个读者的理解将在一代又一代的接受之链上被充实和丰富，一部作品的历史意义就是在这过程中得以确定"[5]。众所周知的是，文学史之所以成为文学史，存在两个变量：一个是作品，一个是读者。接受美学强调得比较多的是后者，而对作品之变在接受美学中的存在缺乏完整的规划。换言之，在由同一个文本引发的不同历史阶段读者的接受反应与影响，终而构成一个类似排箫的结构模型之际，也应存在同一读者对不同历史阶段作品的阅读接受这一情形。若用姚斯上述所谓"管弦乐谱"的比喻来讲，也就是说，既有众多人弹奏一篇乐谱的可能，又有一个人弹奏不同乐谱的可能。接受美学的论述中对于后者总是不太显豁，含糊其辞。其实，两者是作品与读者关系的两个体现方面，后者亦可暗含于前者的历史存在之中。

就不同历史阶段读者与同一个文本关系情形来说，读者的历史性体现为不同时段的读者的接受能力或期待视野是不同的，包括文类知识传统在内的阅读背景必将因时而异。期待视野的差异方可保证读者文学史、接受文学史之成立。作为副产品，随着期待视野的差异变化，构成期待视野之一的文类知识传统在读者接受纵断面上必然显现为诸多平行的横向共时性系统。自 20 世纪初俄国形式主义伊始得到张扬的文类内涵发展性再次被予以证实和确

---

① ［德］沃尔夫冈・伊瑟尔著《阅读活动——审美反应理论》，金元浦等译，第 47、100 页。
② ［德］沃尔夫冈・伊瑟尔著《阅读活动——审美反应理论》，金元浦等译，第 65 页。
③ ［德］H・R・姚斯、［美］R・C・霍拉勃著《接受美学与接受理论》，周宁等译，第 100 页。
④ ［德］H・R・姚斯、［美］R・C・霍拉勃著《接受美学与接受理论》，周宁等译，第 31 页。
⑤ ［德］H・R・姚斯、［美］R・C・霍拉勃著《接受美学与接受理论》，周宁等译，第 24 页。

认。姚斯以“难以认识的古典主义标准观”为例说明了这一点，他说：读者接受的期待视野在历时性过程中透露出来的差异与重构，“揭示了一部作品以前理解和目前理解的诠释的差异性”[①]，因此在西方文论史、文类理论史上曾经纷纷扰扰的“古典主义在其产生之初只是开辟了观察事物、形成新经验的崭新方法”[②]。古典主义诗学标准或文类规范并非生而即为“古典主义”，其也是历史的产物。姚斯再次诠释和解构了将古典主义诗学标准机械化、永恒化、僵化的错误做法。

就不同历史阶段的作品与同一个读者关系情形来说，文类作为处理作品与作品关系的基本范畴，同一个读者在阅读接受历史上不同时期作品过程中，前时期作品奠定了初步的期待视野，也进一步构成为后续阅读的期待视野，不同时期作品的差异，不断地导致读者期待视野的发展与变化。尤其是在同类作品的阅读接受中，期待视野中的文类知识传统必将明显地发生调整与改变，以不断适应同类作品之间前后不同历史存在的特征。此时，不同历史时期同种文类的具体作品的多样化，凝聚为读者期待视野中文类知识的历史发展性特征，连接起同类作品的过去与未来。正是在这个意义上，姚斯说：“在接受维面上，文学类型同样处于史后史与史前史的辩证关系之中。”[③]“新的本文唤起了读者（听众）的期待视野和由先前本文所形成的准则，而这一期待视野和这一准则则处在不断变化、修正、改变，甚至再生产之中。变化和修正决定了它们的范围，而改变和再生产则决定了类型结构的界限。”[④]

不止于此，接受美学之文类理论维度还反对俄国形式主义的文类发展观，认为文类历史发展属性不只是文学作品形式层面的直接变迁，“形式主义理论把文学类型和形式的演变当作一种直线性过程。这实际上是作茧自缚”。“文学的历史性毕竟不完全是审美形式系统的延续和类型体制的变更。”[⑤]文类历

---

① ［德］H·R·姚斯、［美］R·C·霍拉勃著《接受美学与接受理论》，周宁等译，第35页。
② ［德］H·R·姚斯、［美］R·C·霍拉勃著《接受美学与接受理论》，周宁等译，第39页。
③ ［德］H·R·姚斯、［美］R·C·霍拉勃著《接受美学与接受理论》，周宁等译，第119页。
④ ［德］H·R·姚斯、［美］R·C·霍拉勃著《接受美学与接受理论》，周宁等译，第29页。
⑤ ［德］H·R·姚斯、［美］R·C·霍拉勃著《接受美学与接受理论》，周宁等译，第134—135页。

史发展性与其在社会生活中的功能无法分开,因此有必要重建新型文类历史发展观,重新打通美学与历史、文学与社会、作品与读者之间的罅隙。不难见出,文类历史发展性的重建不禁然遇到了起初接受美学直面的难题,也就不禁然走入了与接受美学对于传统文学史的重构类似的道路。读者自然也就肩负起了这一历史重任。姚斯如此说道:"以接受美学为基础的类型理论必须进一步补充文学与社会之间、作品与观众之间的结构关系研究。'文学大众'标准的历史系统潜在于遥远的过去,通过先在构成的作品意图以及观众理解的类型系统的期待视野,随时都可以重建这种标准的历史系统。"[①]读者对文类理论发展历史属性的介入,在文类理论史上,是对文类时代性、民族性的一大补充。设若文类知识或规范永恒不变,那么读者的期待视野就会停滞不变,在接受美学看来,文学史将不复存在,文学世界亦将从万紫千红褪变为单一衰落。所以无怪乎姚斯要指出:

> 如果一篇本文仅仅再生产了某一类型结构的因素,仅仅阻塞了表现的已有的范型,仅仅使用人们已经接受了的主题和隐喻,它就会构成一种墨守成规的文学现象,盛极一时的类型就会衰落。12世纪的英雄史诗和13世纪的寓言便是如此。这样,类型就只能具有一次性的使用价值或"消费特点"。本文越是墨守成规地重复类型,其艺术特征和历史性也就越薄弱。如果文学类型"根据历史改变自身,根据自身的改变获得历史",那么这条规律也同样适用于文学历史。[②]

而且,读者对于文类历史发展属性的介入与支持,还有助于理解规范诗学与文学创作之间的严重对立及其化解。姚斯认为,理论与实践之间的协调一致是永远无法达到的,文类规范在内的规范诗学与实际创作之间的对立与矛盾,在

① [德]H·R·姚斯、[美]R·C·霍拉勃著《接受美学与接受理论》,周宁等译,第135页。
② [德]H·R·姚斯、[美]R·C·霍拉勃著《接受美学与接受理论》,周宁等译,第112页。

读者介入的作品内在诗学的从中调节下，转化为文类规范不停建构与解构的历史驱动力，因为正如上述，读者接受的历史性无法容忍期待视野的一成不变。

除此而外，还可以从接受美学基于读者与作品主人公认同互动模式①、作品中空白与读者相互作用模式②等角度，从历史上不同时期小说作品的分析中揭示出文类内涵的历史发展性，在此从略。

第三，期待视野预示了文学经典和通俗类型文学是文类规范发展的峰谷两极。

上面已经谈到，期待视野对于读者文学史的建构具有不可小觑的功能，文学史上一部部作品，有必要不停地挑战期待视野。因为只有期待视野的重构不止，才有文学史的生生不息。就文类而言，一旦新生作品只是重复以往同类作品的因素，必将有损其艺术性和历史性，该种文类也就自然会走向衰落或灭亡。一言以蔽之，新变是接受美学建立的充要条件。但是，作为期待视野的重要组成部分，文类规范系统究竟该如何新变呢？毕竟姚斯还特地指出过：文类在发展的历史过程中，“其变异、扩展和矫正也能导致僵化，或者，由一种新的类型来压倒它”③。那么，文类该如何变化才能保持住自我呢？文类规范的历史性新变是否也有个限度问题呢？这就有必要进一步去关注接受美学有关通俗类型文学与文学经典或杰作的论说。

姚斯认为，文学史发展过程就是文学作品不停打破期待视野中包括文类传统在内的惯例的过程，“类型视野的变换是不可预知的，丰富多彩的；类型的史前史是类型可能性的尝试与检验；其历史终结是形式的僵化、麻木，或干脆放弃或误解了‘游戏原则’”④。所以，在某文类没有被其他文类代替、某文类没有转变为另一种文类的情况下，文类可能性的尝试就是该文类不停地调整自

---

① 详见［德］汉斯·罗伯特·耀斯著《审美经验与文学阐释学》，顾建光等译，第232—287页。
② 详见［德］沃尔夫冈·伊瑟尔著《阅读活动——审美反应理论》，金元浦等译，第244—254页。
③ ［德］H·R·姚斯、［美］R·C·霍拉勃著《接受美学与接受理论》，周宁等译，第112页。
④ ［德］H·R·姚斯、［美］R·C·霍拉勃著《接受美学与接受理论》，周宁等译，第119页。

身可能的结构变化的疆域范围,亦即"变异、扩展和矫正确定了类型结构的范围,一方面是打破惯例,另一方面则是惯例的再生产,从而划定了其自身的界限"①。基于此,不难得出这样几点结论:一是新作品对期待视野的不停打破,意味着包括文类规范在内的知识系统的调整。通过调整,文类不断充实或变换内涵规定;二是上述这种情况的前提是该文类不走向衰落或灭亡,不被另一种文类所代替。正是在这样的一个理论框架内,接受美学提出:一是"通俗或娱乐艺术作品的特点是,这种接受美学不需要视野的任何变化,根据流行的趣味标准,实现人们的期待"②。二是"一部杰作的伟大之处在于类型视野的变换","伟大的作品远远超越其类型的惯例……而经世杰作也并不是该类型的典范"。③

就通俗艺术作品而言,其与期待视野之间的密切配合程度已经达到了文类走向衰落或灭亡的边缘或边际,达到了文类规范发生历史变化的最低限度。就文学经典或杰作而言,根据接受美学拟定的"期待视野与作品间的距离,熟识先在审美经验与新作品的接受所需求的'视野的变化'之间的距离,决定着文学作品的艺术特性"④这一审美判断准则,不难想见,在同类作品的存在历史系列中间,某作品之所以被称为文学经典或杰作,也就说明其对所属文类的规范传统的变异、创新程度已经达到了非同一般的距离,已经达到了该文类发生新变的最大限度值。同时,文学经典之所以为文学经典,其拥有的难以撼动的文学史评价地位亦不容他人对之再任意进行扩展或变异,文类内涵的历史发展性面临戛然而止。若果真如此,这无疑将构成对于接受美学的致命威胁。这也就能有助于理解姚斯上述认为的第二个观点:文学经典非该文类的典范。中国古语有"过犹不及"之说,文学经典或通俗作品都不可能作为某文类结构内涵的代表或典型。

由此可见,接受美学以期待视野为立足点对于通俗作品和文学经典的论

---

① [德]H·R·姚斯、[美]R·C·霍拉勃著《接受美学与接受理论》,周宁等译,第 112 页。
② [德]H·R·姚斯、[美]R·C·霍拉勃著《接受美学与接受理论》,周宁等译,第 32 页。
③ [德]H·R·姚斯、[美]R·C·霍拉勃著《接受美学与接受理论》,周宁等译,第 119 页。
④ [德]H·R·姚斯、[美]R·C·霍拉勃著《接受美学与接受理论》,周宁等译,第 31 页。

说，实际上隐约呈现了以接受美学为基础的文类内涵发展幅度和范围的极限值模型，即某文类内在规范的历史变化区间是以该文类范围内的文学经典和通俗作品为上下峰谷最大值的。

三

综上所述，“文类”在接受美学理论关键词中占据着重要位置，它不仅成为接受文学史发生的前提条件之一，而且接受美学也再次确认了文类内涵发展的属性，更是首次在文类理论史上规划了文类内涵发展幅度的极限模型，三点内涵之间环环相扣，层层递进，显现了文类对于文学理论建构的积极效用。尤其是对于文类内涵发展幅度的极限模型的揭示，在文类理论史上，继以文类发展性解开文类内涵永恒性与否的论争之后，以此发展幅度的极限模型进一步烛照了文类发展性的内部机制，是对刚刚恢复文类理论存在必要性的现代文类理论发展的重要理论贡献。

当然也必须要清醒地看到，接受美学在一味倚重或夸大“读者”一极作用和能量的同时，不得不人为地回避了诸多问题。比如，作为读者接受能力之一的文类知识传统从何而来？表面上，是源自读者对于作品的不断接受；实质上，文类知识传统源于漫长的积累，源于无数作者在作品中的探索，源于批评家对于作品的总结归纳，也源于作者所置身的社会历史文化语境可能提供的素材、趣味和风尚的影响。单单读者一极解决不了这个来源问题。接受美学只好采取唯心的先验做法，为我们假设了一个理想型读者，这个读者可以将持续不断的历史进程暂时割裂，撇开来源，随时抽取来源之后的某特定历史阶段来大谈特谈自身的阅读接受能力，进而突出所需要的审美差异性。换言之，为了实现接受美学理论话语体系的成功建构，“读者”被过量承载了原本属于其他文学要素的职责。这一点学界已多有关注并明确指出，例如荷兰学者蚁布思[①]评价伊瑟

① 蚁布思又译作易布思，后文不再说明。——编者注

尔时就认为“他的基于现象学的认识论立场排斥了真实的，历史的或当代的读者。他的读者始终是理论构造物，是一个抽象，无法被我们所能想像到的任何真实读者的存在所影响或所证伪”①。

理想型读者之所以能够存在，离不开诸多方面的无条件支持，比如要是离开了文类知识传统，接受阅读行为能否顺利完成，都是一个严峻的问题。然而，接受美学由于过于全力锻铸“理想型读者”，使得它在处理文类的态度上不禁出现了自我抵牾之处。申言之，接受美学的读者借助文类传统完成接受行为的同时，却又缺乏足够科学彻底的文类意识，导致对于读者接受史的不全面、不科学的认识。文学史即文学接受史，可是不同类型的文学作品，在后世接受过程中的可供选择差异是存在巨大差异的。不能认为所有文类的作品在后世接受过程中的差异性程度和范围都是同等的。不同文类在字数体量、内涵容量以及可延展性度等方面都是有明显差别的，极端例子如一首绝句和长篇小说、多幕戏剧之间相较，前者的接受差异性和阐释弹性都会明显逊于后两者。接受美学一味借读者求新求变，枉顾历代读者之间变与不变的辩证关系，枉顾不同文类之间的异同关系，枉顾同一文类发展过程中的变与不变关系，这些多少反映出接受美学理论自我建构过程中的粗率与大意，就像有学者研究指出的那样：一方面，“每一个读者能力、知识水平、兴趣爱好等等都不是一样的，因此形成的审美期待视野也不一样，文学作品也就没有稳定的客观的意义价值了，一切都随读者的不同而改变。没有一个相对客观的标准使接受美学陷入了相对主义、虚无主义的泥潭”；一方面，“人是个性的，也是共性的，而接受美学只是强调每个人的完全的个性和差异性，却去掉了人的共性、集体性的一面，因此这必然导致接受美学理论的片面性”。② 所有这些也是在全面、客观评价其在西方文类理论发展史上地位时必须要予以注意和考虑的。

---

① ［荷兰］蚁布思著《接受理论的发展：真实读者的解放》，伍晓明译，《文艺研究》1988 年第 2 期，第 163 页。

② 周来祥等著《走向读者——接受美学的理论渊源及其独特贡献》，《贵州社会科学》2011 年第 8 期，第 16 页。

综上所述,本文以萨特自由哲学、卡勒结构主义诗学、接受美学为例探究了三种以读者为理论重心的文类理论图景,虽皆强调读者一极,仍有两点需要注意。

一是“读者”的不同属性带来文类观的差异。在萨特理论体系中,“读者”是高度理想性的;结构主义诗学出于研究策略考虑,也主张“读者”的理想性色彩;但是就接受美学而言,“读者”必须是现实、历史、具体的,唯有如此,方可保证接受文学史之可能。虽然前二者都高举理想读者,实质却又大不同:自由哲学要求的理想读者,亦即自由读者;而结构主义诗学的理想读者其实是对构成程式化期待的现实读者的严格要求,以免无法满足产生意义的条件。由此,文类规范在萨特眼中成为有害创作自由、阅读自由的物什的同时,却又成为结构主义诗学、接受美学的重要必备内容之一。

二是要注意区分读者重心转移的文论史意义与文类理论史意义的不同。虽说读者重心的转移都带动了文学理论、文类理论研究的范式转变,弥补了此前文学理论研究中“一直是最受冷落的”读者这一极的缺失,接受美学横空出世,新人耳目,“是相当新奇的发展”,[①]被誉为“引起了整个文学观念的巨大变革”,在美学史上“无疑是一块重要的里程碑”。[②] 就文类理论而言,读者重心推动了文类本质向功能说的嬗变,但是此范式转变更多是对古典主义文类理论知识传统有效性的再确认,文类本质功能说范式转变背后,文类理论知识的再生产或创新性产出严重不足。自20世纪初俄国形式主义唤醒文类合法性存在之后,文类理论似乎仍然处于恢复元气、积蓄精力、徘徊漫游的摸索状态。

---

① [英]特里·伊格尔顿著《文学原理引论》,北京:文化艺术出版社1987年版,第91页。(特里·伊格尔顿亦翻译作特雷·伊格尔顿。——编者注)

② 朱立元著《接受美学》,上海:上海人民出版社1989年版,第49页。

第十三章　文类作为世界观影响文学的中介

——卢卡契文类理论研究

与文论流派如雨后春笋般的兴起相映照，20世纪文类理论发展，继俄国形式主义之后也进入了一个多元探索的二次生长期。重生后的文类再次显现出旺盛生命力，在繁茂的文论之林中往来穿梭，不忘演绎属于自己的那抹独特景致。作为20世纪最有影响力的思想家之一，卢卡契[①]被称为欧洲20世纪文艺理论批评“四大支柱”[②]之一、“世界上除俄国以外最重要的马克思主义批评家”[③]，享有“西方马克思主义”鼻祖之美誉。[④] 高举“人道和形式是一切艺术的核心问题”[⑤]这面大旗，卢卡契“整个一生都致力于研究形式的历史”[⑥]，因此“文类”这一构成作品的独特形式载体自然而然也成为研究的焦点之一，进而得以集中管窥马克思主义文类理论在文类理论发展史上的重要地位。

---

① 卢卡契又译作卢卡奇，后文不再说明。——编者注

② ［美］雷纳·威莱克著《西方四大批评家·序》，林骧华译，上海：复旦大学出版社1983年版，第6页。

③ ［美］雷纳·威莱克著《西方四大批评家》，林骧华译，第66页。

④ 《关于卢卡契哲学、美学思想论文选译》，张伯霖等编译，北京：中国社会科学出版社1985年版，第125页。但国内有学者如马驰研究认为此观点是个误解，“实在是不恰当的”。（参见：马驰著《卢卡奇美学思想论纲》，长春：东北师范大学出版社1997年版，第281—295页。）

⑤ Georg Lukacs, *Soul and Form*, Cambridge: the MIT Press, 1974, p.114.

⑥ 《关于卢卡契哲学、美学思想论文选译》，张伯霖等编译，第66页。

一

正如上述,“形式”在卢卡契文学批评理论体系中无疑扮演着举足轻重的核心角色,甚至在一切文学艺术的特征中具有本体性地位,“制约乃至决定着其全部美学思想的系统质”①。卢卡契认为,形式具有“独立重要性”,何谓艺术?艺术就是“借形式以达意”,艺术正是“依靠形式来影响我们”②,因此“艺术作品的内容必须被转化为可以充分实现艺术效果的形式。形式正是最高的抽象物,是聚合内容的最高模式,是最大限度地强化动机的最高模式,是构形的最高模式”③。一句话,离开“形式”,艺术将无以为艺术。那么,艺术的内容来自何处呢?卢卡契提出其“念念不忘的核心比喻”④——反映理论,即艺术是对现实的反映,是“对现实反映的一种独特表象方式”⑤。

也许是受赫尔德、黑格尔等人形式观的影响,卢卡契眼中的“形式”不可机械孤立地而必须紧密结合内容才能得到正解,即:“艺术形式始终是具有一定内容的形式”,“形式的审美特性,即形式是特定内容的特定形式”。⑥ 对于文学艺术而言,形式和内容是一而二、二而一的辩证法。用卢卡契的话来说,形式和内容的这种高度同一关系化诸如形式与内容之间的对立为“自发的完整性”、“不可分割的完整性”⑦,此正是文学艺术作为审美构成物的特性所在,亦是文学艺术区别于科学、日常生活的质的体现。艺术形式与内容之间的高度

---

① 王雄著《卢卡奇与形式美学》,《文学评论》1996 年第 2 期,第 41 页。

② Georg Lukacs, *Soul and Form*, Cambridge: the MIT Press, 1974, p.114, p.80, p.3.

③ Georg Lukäcs, *Writer and Critic: And Other Essays*, edited and translated by Arthur Kahn, London: the Merlin Press Ltd., 1978, pp.50 - 51.

④ [美]雷纳・韦勒克著《近代文学批评史》(中文修订版,第七卷),杨自武译,上海:上海译文出版社 2009 年版,第 420 页。

⑤ [匈]乔治・卢卡契著《审美特性》(第一卷),徐恒醇译,北京:中国社会科学出版社 1986 年版,第 9 页。

⑥ [匈]乔治・卢卡契著《审美特性》(第二卷),徐恒醇译,北京:中国社会科学出版社 1991 年版,第 299—301 页。

⑦ Georg Lukäcs, *Writer and Critic: And Other Essays*, edited and translated by Arthur Kahn. London: The Merlin Press Ltd., 1978, p.34.

同一关系的另外一个结果就是:内容的变化必将导致形式的变化,而形式的变化势必要求有与其相符的恰当内容。所以卢卡契指出,艺术作为对现实的反映,而现实本身是历史变化的,因此"真正的历史性绝不可能只是内容的变化,而处于完全不变的形式和范畴中。正是内容的这种变化必然作用于形式"[①];新形式的产生正是源于"新内容对原有形式强制地要求一种彻底的改造"[②]。正因为如此,就不难理解卢卡契所谓"文学中真正的社会因素是形式"[③]这句话的涵义了。

然而形式与内容之间的这种高度同一和契合的关系如何实现呢?这就有必要引出卢卡契文学批评理论里另外几个关键概念:"人道"、"人的完整性"、"生活总体性"。人道就是对人之所以为人的本质特性的守持;"人的完整性"即作为人的内在与外在、自我与世界、心理与行为等和谐一致;"生活总体性"是指生活表象与本质的和谐一致。卢卡契认为自古希腊社会以后,"人的完整性"、"生活总体性"就已经丧失、破坏。标举"人道"就是形而上地维护"人的完整性"、"生活总体性"。提出这个概念的社会背景就是资本主义社会的生产方式对人性本质、"生活总体性"的戕害与扭曲。卢卡契屡屡大肆抨击资本主义社会对于完整人性,进而对于文化艺术发展的极度负面效应。例如:"资本主义的劳动分工所造成的专业化,一方面使得一些人分散地就某一个问题方面成为部分的工作者;另一方面又把文化的整体加以破坏了,把彼此之间的联系变成不可能看见的东西",致使"在资本主义社会里总的趋向是使个人原子化的意识增长起来"[④]。他甚至更为直截了当地指出:"资本主义生活方式是否定的"[⑤],"资本主义分工破坏了人的这种直接的整体性,在资本主义制度下劳动的基本倾向是使人与自身和他的活动相异化"[⑥],"敌视艺术、敌视文化的资本

---

① [匈]乔治·卢卡契著《审美特性》(第一卷),徐恒醇译,第11页。

② [匈]乔治·卢卡契著《审美特性》(第二卷),徐恒醇译,第79页。

③ 转引自:T. Eagleton, *Marxism and Literary Criticism*, Berkeley and LosAngeles: the University of California Press, 1976, p.20.

④ 《卢卡契文学论文集》(1),北京:中国社会科学出版社1980年版,第346页。

⑤ Georg Lukacs, *Soul and Form*, Cambridge: the MIT Press, 1974, p.56.

⑥ [匈]乔治·卢卡契著《审美特性》(第一卷),徐恒醇译,第31页。

主义生产方式要把人肢解、把具体的整体肢解成抽象的特殊物”[①]。“生活总体性”被解体成为“世界结构的碎片化”。[②]

因此，在资本主义社会“生活总体性”、“完整的文化”遭到毁坏之际，形式与内容的高度同一更加凸显其标志真正艺术的重要性。从人道角度讲，一方面，创作者要具有人道主义世界观，从活泼生动的社会实践中形成对现实社会的正确看法、态度和观点。所以卢卡契指出：作家“创作的艺术本质，正是他的政治、历史态度的反映，正是他的世界观的表现形式”，“作家如果同生活中生动的共同战斗、同富于变化的共同感受相隔绝，就使所有世界观问题变得抽象起来”，“没有世界观，就决不可能正确地叙述，决不可能创作任何正确的、层次匀称的、变化多端的、完善的叙事作品”。[③] 一句话，艺术形式问题绝不是纯形式或纯结构的简单问题，在它们背后“隐藏着头等重要的世界观——政治问题”[④]。真正艺术大师和那些徒具单纯熟练技巧的渺小艺术家们的本质差异亦在于此，后者缺乏正确世界观的高度指导。

另一方面，表现于作品内容上，就是要深入日常生活，挖掘丰富复杂的社会关系，塑造集普遍性与个性于一体的典型人物，从而达到表现与人类命运、时代主题密切相关的“生活总体性”，亦即审美的“具世性的反映”[⑤]。唯有如此，方可达到形式与内容的高度同一，方可发挥出文学艺术作品作为审美构成物特有的激发感染作用。所以卢卡契不停地强调：“人道，也就是对人的人性性质的热衷研究，属于每一种文学、每一种艺术的本质。”文学艺术对“人的完整性的关心”本性，使其本能地“反对一切对这种完整性进行攻击、污辱、歪曲的倾向”。[⑥] 真正的艺术都是在形而上地实现“生活的总体性”，也因此，“忘记

---

① 《卢卡契文学论文集》(1)，北京：中国社会科学出版社 1980 年版，第 283 页。
② ［匈］卢卡奇著《卢卡奇早期文选》，张亮、吴勇立译，南京：南京大学出版社 2004 年版，第 14 页。
③ 《卢卡契文学论文集》(1)，北京：中国社会科学出版社 1980 年版，第 71、73 页。
④ 《卢卡契文学论文集》(1)，北京：中国社会科学出版社 1980 年版，第 149 页。
⑤ ［匈］乔治·卢卡契著《审美特性》(第一卷)，徐恒醇译，第 396 页。
⑥ 《卢卡契文学论文集》(1)，北京：中国社会科学出版社 1980 年版，第 282 页。

世界的分裂和不充分性正是艺术能够生存和它得以自觉的前提条件"①。可见,在卢卡契看来,形式与内容的高度同一关系在美学方面保证了文学艺术的审美特性,在社会层面则被抬升到了反资本主义的历史高度。

上述卢卡契文学批评理论要义的梳理为窥测其文类理论提供了必要的铺垫。

二

卢卡契的"形式"一词与"文类"是何关系呢?除了指"文学艺术"之外,在诸如"小说形式"、"史诗形式"、"戏剧形式"之类用法上可以看出,"形式"也同时指"文类"。更为一个直接的证据显示,卢卡契对于"文类即形式"的用法是十分自觉的。② 例如他曾指出:"弄清文学种类的区别就是为了发现和创立现代资产阶级时期的形式和形式的规律。"③不复如此,"文类"(体裁、文学类别、文学类型等中译名)在卢卡契论著中的频繁出现,也进一步说明,卢卡契非常重视文类问题,文类理论在其整个文学批评理论中占有重要的一席之地,非常值得学界重视。④

那么,根据卢卡契的形式观,文类是如何体现形式与内容高度同一这一关系特性的呢?这涉及具体作品与文类的特殊关系观。从具体文学作品而言,卢卡契认为存在审美的连续性与非连续性、连续性与点在性的辩证法。连续性是指每一部艺术作品的"规定了其决定性的审美特性的东西,处于它所属的

① [匈]卢卡奇著《卢卡奇早期文选》,张亮、吴勇立译,第14页。

② 有个别学者特别指出:"必须看到,卢卡奇对'形式'一词的具体解释是多样性的,但有一点可以肯定,它不是指抒情诗、田园诗、悲剧等不同的文学体裁,而是指艺术所唤起的巨大情感力和价值的特质。"(参见王雄著《卢卡奇与形式美学》,《文学评论》1996年第2期,第42页。)本文以为这个观点值得商榷。

③ 《卢卡契文学论文选》(第一卷),北京:人民文学出版社1986年版,第36页。

④ 韦勒克研究指出,尽管卢卡契存在早期与后期思想上的"清楚的决裂",但是"某种核心而恒久的信念,贯穿于卢卡契漫长的文学生涯,始终没有改变:偏重于内容的内容与形式两分法、类型概念、三元一体的历史系统"。文类研究于卢卡契的重要性,从中亦可得证。详可参见:《近代文学批评史》(中文修订版,第七卷),杨自武译,第418页。

那种艺术类型以及门类的连续性中”[①]。各种文类自产生之日起就伴随而来一种历史的惰性，“文学、造型艺术、音乐、舞蹈、表演艺术很久以来就构成了我们通常用艺术一词加以概括的那个世界”。文学大家庭中，“除了抒情诗、叙述诗和戏剧以外，没有形成新的文学类型”[②]。与此同时，连续性背后的非连续性或点在性又体现在文学艺术的显著社会历史性，文学艺术无法回避社会生活的历史影响，各个社会历史发展阶段的特点、情状对于文学及其类型的变与不变具有客观决定性，恰如卢卡契所说：“以生产力发展为基础的整体发展是构成以下事实的依据，即在一定时期是这种艺术或门类，而在另一时期是另一种艺术或门类起着主导的作用。这种社会历史的规定是如此强烈，以致它甚至可以造成某些门类（如叙事诗）的衰亡或导致新的门类（小说）的形成。”[③]或者就某种具体文类而言，“戏剧作为一个门类从埃斯库罗斯到契诃夫、布莱希特和奥尼尔在不断的变革中才得以维持”[④]；小说也有不同国别或不同时段的小说之分。因此，在审美连续性与非连续性作用下，具体作品与文类之间发生着积极的同变互动。

> 随着每一部能够称得上是审美的作品的产生，它所适用的规则的内容和形式，如果不是像在划时代艺术家的创作中通常出现的情况那样，产生根本性的变革，那么至少也会有所变化。当然还应该补充，门类……经历着历史的变迁，……在这种“革命”中丰富了和深化了……[⑤]

从文类角度而言，卢卡契提出“内在性”范畴来指示文类于文学语境中存

① ［匈］乔治·卢卡契著《审美特性》（第二卷），徐恒醇译，第 91 页。
② ［匈］乔治·卢卡契著《审美特性》（第二卷），徐恒醇译，第 95 页。
③ ［匈］乔治·卢卡契著《审美特性》（第二卷），徐恒醇译，第 94 页。
④ ［匈］乔治·卢卡契著《审美特性》（第二卷），徐恒醇译，第 95 页。
⑤ ［匈］乔治·卢卡契著《审美特性》（第二卷），徐恒醇译，第 91 页。

在的独特审美特征。所谓"内在性",一般是"对于在自然界和社会的不同阶段上以各种方式不断出现的一种存在事实的反映"[①]。具体反映于文类,则是指文类名称不变的背后,其诸多规则、技巧、表现对象范围及方法等标志自身特性的属性在社会历史发展过程中的存在是时刻寓于千变万化的具体作品之中的,无法脱离开具体作品来孤立地认识与体验文类特征,恰如赫尔德把诸文类规则比喻为"外壳",而把每个具体作品比喻为"内核"或"果实"一样,"内核没有外壳是不能生长的",只有结合具体作品来谈文类规则的做法才是极其自然而富有实效的,不可脱离具体作品而空谈抽象、死板的规则。[②] 作品总是属于某文类的作品,文类总是显现某些特殊审美属性的作品的结合,作品与文类不可须臾割裂或分离。

总之,卢卡契把以上这种看待作品与文类之间关系的态度称之为"基于一种感性的普遍化"的"审美的意识性",[③]认为文类的审美本质即显现于"个别作品与其门类的这种相互内在性关系"[④]。亦即,文类作为形式,是特殊的审美形式,是揭橥"感性的普遍化"(亦即"具体的普遍化"[⑤])的一种审美意识形式。

文类作为一种特殊的审美意识形式,是卢卡契基于文学艺术和科学反映现实的本质区别而言的。在科学中,现象和本质、一般与个别、现象与概念、感性与理性之间都是明确分离的,现象、个别、感性之类只是达到本质、一般、理性的方法或途径,后者方为科学的旨归;而作为审美现象的文学艺术则非是如此。因而,个别作品与文类之间就绝非科学上的逻辑包含或涵盖的抽象关系,而是上述相互依存的内在性关系,否则就是离开艺术的审美领域,以科学之眼抽象地看待作品与文类之间的逻辑关系,从审美越界入科学之阈,种种文类被抽空名称背后的丰富性、具体性与生动性,褪变为抽象的概念之物。从这个意义上来说,艺术和文类又不再是两个概念,而是一回事。

---

① [匈]乔治·卢卡契著《审美特性》(第二卷),徐恒醇译,第 101 页。
② 杨周翰编选《莎士比亚评论汇编》(上),北京:中国社会科学出版社 1979 年版,第 262—263 页。
③ [匈]乔治·卢卡契著《审美特性》(第二卷),徐恒醇译,第 99 页。
④ [匈]乔治·卢卡契著《审美特性》(第二卷),徐恒醇译,第 108 页。
⑤ [匈]乔治·卢卡契著《审美特性》(第二卷),徐恒醇译,第 470 页。

卢卡契关于文类是特殊审美意识形式的观点还解决了作家世界观如何具体作用于实际文学创作的问题。尽管卢卡契一再申明，世界观与文学创作之间的影响偶尔是直接，更多时候是间接的，否定了庸俗社会学的非辩证性。他说："就司各特的情况来说，世界观和创作方法之间只有一个不很复杂的、首先是直接的关系。至于其他伟大的现实主义作家，这种关系大都是间接而复杂的。"[①]那么这种间接关系是如何具体实现的呢？这就与文类作为特殊审美意识形式有关。文类作为审美意识形式，其"具体的普遍性"特点表明：文类一方面具有形式、规则、技巧等层面的客观性、稳定性、一般性，另一方面与其显示紧密内在性关系的作品又无法摆脱社会的历史具体性，而这一点正与作家世界观的外在体现难脱干系。正因为如此，卢卡契指出：

> 优秀作家们的重要成果各异，但其共同特征在于将艺术的社会需求和微妙的艺术形式相融合，将所有具体的艺术问题与文学形式的一般规律相融合。因此，毫不奇怪，大多数作家—批评家的批评分析都关注文学类型问题。文学类型理论或多或少提供了这样一个过渡空间，让基本美学问题的一般哲学构想与作家努力寻求在作品中完美表述现实的方式这二者之间进行概念性交流。文学类型理论提供了客观性空间，也提供了为单个作品和单个作家艺术创造过程设置客观标准的空间。[②]

不难见出，文类的特殊存在（形式的客观性）使得作家世界观也无法直接作用于文学创作，必须要通过文类这一中介。这是文学审美特性的必然要求，也是文学之所以为文学的绝大前提。当然，面对文类与作品的内在性关系，卢卡契认为，世界观通过文类中介作用于创作这一过程并非单向被动的，"文类"诞生

---

① 《卢卡契文学论文集》(1)，北京：中国社会科学出版社 1980 年版，第 71 页。

② Georg Lukäcs, *Writer and Critic: And Other Essays*, edited and translated by Arthur Kahn, London: the Merlin Press Ltd., 1978, p.210.

亦与社会现实发展不无关联,"每一种文类都是对现实的特殊反映"①;也就自然不得不依赖于作家世界观外化的持续固化,即"只有当人类对与自然界处于物质交换中的社会的某种态度具有或达到持续的本质上典型的特性时,艺术(某一门类)才能形成并作为艺术而存在下去"②。因此,"文类"的诞生及其发挥中介功能,也是作家世界观作用于创作实践不断走向秩序、规范化的自觉过程。至此,或许才会正确理解韦勒克论卢卡契那句话的意思,即:"'形式'之于他,并非通常所指的意思,而实际上是等同于世界观(Weltanschauung),中立意义上的思想意识。"③

文类作为融感性与普遍于一体的审美意识形式,对于形成科学、正确的文类规则观的作用非同小可。这是自文艺复兴时期第一次"古今之争"以来求解文类规则之结最为精准、显豁的一次理论建构,值得高度重视。卢卡契在其论著中一再申明文类规则对于创作的重大意义,他说:"每个文类都有独特的、客观规则,没有一个艺术家可以毫无顾忌地漠视。"④否则,"必然会引起成问题的,甚至简直是失败的、价值低劣的作品"⑤。但是,文类作为一种审美意识形式,其规则的存在和作用方式就不是脱离开具体作品的机械性质,把种种文类规则作为与作品割裂开来的抽象概念的存在,否则此时所谓文类规则就会失去生命力,由一个审美范畴转化为逻辑范畴,成为僵化"死板的规则",对于创作和审美产生"扼杀的作用"。⑥ 正如卢卡契所言:文类与作品的相互内在性关系必然使得"门类和艺术一般的自我维持、生成和发展直接地且必然地依存于单个艺术作品的实现,反之由审美的类过程所产生的是枯竭的(陈旧化的)创作——在审美上——成为虚无"⑦。也因此,虽然"许多戏剧是严格地按照亚里

---

① Georg Lukäcs, *The Historical Novel*, N. J. : Humanities, 1974, p.241.

② [匈]乔治·卢卡契著《审美特性》(第一卷),徐恒醇译,第 201 页。

③ [美]雷纳·韦勒克著《近代文学批评史》(中文修订版,第七卷),杨自武译,第 381 页。

④ Georg Lukäcs, *Writer and Critic: And Other Essays*, edited and translated by Arthur Kahn, London: the Merlin Press Ltd., 1978, p.54.

⑤ 《卢卡契文学论文集》(2),北京:中国社会科学出版社 1981 年版,第 134 页。

⑥ [匈]乔治·卢卡契著《审美特性》(第二卷),徐恒醇译,第 108 页。

⑦ [匈]乔治·卢卡契著《审美特性》(第二卷),徐恒醇译,第 109 页。

士多德和其他经典作家的——正确的——规则编写的,许多音乐作品严格而准确地依据谱曲理论构成的,而所产生的并不是真正的戏剧或交响乐,其结果不仅在艺术实践中形成了无灵魂的学究式创作,而且在理论上也取消了形式与内容之间真正的美学关系"①。这就进一步说明:作为逻辑概念的文类规则的抽象运用有悖于文学艺术的形式与内容关系观,故而与真正的审美构成物无关,与艺术之所以为艺术无关。对于历史上包括"古今之争"在内的层出不穷的文类规则之争现象,卢卡契的文类规则观就如同釜底抽薪,刹那间化喧嚣为静谧,种种文类规则之陈年旧结一夜间涣然冰释。

三

作为古典文类规则理论的遗产之一,戏剧"三一律"曾经饱受存废争议,卢卡契倒是以比较平和的心态予以理解、接受。此问题虽是在其早期论著《心灵与形式》中提出,但与其理论成熟期的主张亦无抵牾。卢卡契也是从文学艺术中真正实现形式与内容高度同一关系观出发,围绕艺术表现内容(即生活总体性)要求进行立论的。真正艺术的人道主义内容,要求不可停留于社会生活表面来反映现实,艺术对于现实的反映非是照相式复制,艺术具有对日常生活的某种超越性,艺术当中反映出的现实必须有效剔除日常生活的琐碎、芜杂、偶然等一切"相互没有联系的、支离破碎的、混乱的东西"②。"日常生活中,我们只是表层性地经历自我",而艺术中的"存在不知空间或时间,一切事件都被置于逻辑解释的范围之外","悲剧里的一切都起作用,一切都具有相同的力量和分量。在悲剧里有一个生活可能性的限度"。这里实际上论说的就是日常生活的真实与艺术中的真实之分。艺术中反映和表现的生活是"一个背离和排斥日常生活的不同生活"。发生于艺术中的生活片断都是首尾紧密相连,"既是开始也是结束",而不像日常生活中那样头绪众多、断断续续、混杂性强。亦

① [匈]乔治·卢卡契著《审美特性》(第二卷),徐恒醇译,第149—150页。
② [匈]乔治·卢卡契著《审美特性》(第一卷),徐恒醇译,第342页。

即，艺术反映必须“要对生活的直接外表作重大的改变”：

> 一方面将一个部分提高到整体性是以割断、消除平时存在于所选择部分与其自然环境之间的一些联系为前提，另一方面增加和加强了那种把在反映中构成断面的各种因素连接起来的纽带。生活的主导因果关系基本上被保持下来，在其附近的强度提高了，直接地失去了一些广泛的中介性质，在一个空间和时间被限定的活动范围内获得了一种内在性。……从而使形式的集中不只是形式上的，而处处加强着内容的本质（典型）特征和关系，以便由此在空间和时间的特有活动范围内表现出真正的现实。①

换言之，卢卡契这里的意思无非是指艺术超越日常生活的目的在于突出艺术自身的审美特性，追求艺术的审美效果最大化。因此，反映于时间上，“形象编排的内在原则必然与日常生活的正常时间过程相反，以便通过这些情节的变更按照所要达到的激发效果来利用这一过程”。反映于空间上，“通过前后相继的事物提高到相互关联之中，使表演出来的所有因素比它们通常在生活中表现得更加明晰”②。这就是原始艺术反映和组织表现对象时重要的“集中”原则及其高级发展阶段（真正独立艺术时期）的“典型”原则。③ “典型”原则是对表现“生活总体性”、表现“统一的自身完整的生活过程”④，实现“在现象中内在地包含着本质”⑤的根本保证。基于此，卢卡契认为，“时间整一性”、“地点整一性”正是艺术地反映现实的“技术性必要条件”。“时间整一性”破坏了日常生活中事件发展的真实顺序，“把过去、现在和未来联系了起来”，从而“给予本质上并无持续性的这一时刻以暂时性持续”。“地点整一性”则“仍旧是在日

① [匈]乔治·卢卡契著《审美特性》（第一卷），徐恒醇译，第360—361页。
② [匈]乔治·卢卡契著《审美特性》（第一卷），徐恒醇译，第357—358页。
③ [匈]乔治·卢卡契著《审美特性》（第一卷），徐恒醇译，第336页。
④ [匈]乔治·卢卡契著《审美特性》（第一卷），徐恒醇译，第353页。
⑤ [匈]乔治·卢卡契著《审美特性》（第一卷），徐恒醇译，第334页。

常生活连续变化中出现的出乎意料的持续的自然象征，因而成为给戏剧赋形的一个必要的技术条件”①。两者都一致指向现实生活的完整性、总体性，为艺术反映现实的整体服务。“三一律”在卢卡契形式观、艺术观视野里，从曾经的审美之敌一夜间蜕变为审美的重要助手。虽然此时的“三一律”不比曾经的对于“一天时间”、“一个地点”或“一件事”的机械限定，更多是在大而化之的层面指示生活对象的合理安排与处理，但是仍然不容否认的是，卢卡契在西方文类理论史上第一次从艺术的审美本体高度至少是正面肯定了“三一律”存在的部分合理性，显得切中肯綮，高屋建瓴，富有信服力。

反映现实的艺术超越日常生活（尤其是资本主义日常生活），达到深刻表现生活总体性的审美特性也成为卢卡契衡量文类等级的不二标准。而众所周知，生活总体性具有鲜明的历史性、时代性，所以文类等级论又是以文类社会历史性为基础进行阐述的。这突出体现在卢卡契对于自然主义小说、政治诗、侦探小说等文类的批评上。

卢卡契将资本主义的当代文学划分为三类：反现实主义文学（如象征主义文学）、逐渐远离现实主义的文学、现实主义文学。卢卡契集中笔墨批判了自然主义到超现实主义为代表的先锋派文学的远离现实主义的特征，尤其以自然主义文学为典型揭露了其如何囿于社会历史性而完全就范于表层日常生活的弊病。卢卡契认为，以福楼拜和左拉为代表的自然主义小说家与司各特、巴尔扎克、司汤达、狄更斯以及托尔斯泰不同之处在于，后者都积极参与、亲身经历过危机四伏的资本主义产生过程，都是事件的见证者和表现者，作家与现实生活之间具有鲜活的联系，使得他们能够深入挖掘、表现丰富多彩、变化多端的日常生活背后的本质，塑造出表明人性本质的典型人物；而前者是在业已组织就绪的资本主义社会中才开始创作的，是资本主义生产方式日益趋于精细化分工后的职业作家，此时“作家已经不再参与他的时代的伟大斗争，而退化成公众生活的一个单纯的旁观者和记录者了”②。司各特等人在资本主义分工

① Georg Lukacs, *Soul and Form*, Cambridge: the MIT Press, 1974, pp.156 - 158.

② 《卢卡契文学论文集》(2)，北京：中国社会科学出版社 1981 年版，第 422 页。

之前的创作与读者之间联系紧密，作家和读者是在一起“体验”小说情节；而此时由于分工、资本的作用，艺术和读者之间被割断了联系，读者和作家一样，也只能作为旁观者“观察”。卢卡契结论认为，“体验或观察因此是资本主义两个时期的作家们对于社会的必然态度，叙述或描写则是这两个时期的基本的写作方法”[①]；“而观察、描写就正是作家头脑中由于缺乏多彩多姿的生活情况而采用的代用品”[②]。一言以蔽之，自然主义作家由于脱离社会生活，不正确的世界观指导下只能导致“停留在他们的直觉上，而不去发掘本质”[③]，用“机械的平均代替了典型与个体的辩证的统一；描写和分析替换了史诗式的场面和史诗式的情节”，“人和他周围的环境，在左拉所有的作品里，总是截然分开的”。[④]换言之，“非人的”[⑤]描写方法使得“像摄影机和录音机那样忠实记录下来的自然主义的生活表面，是僵死的，没有内部运动的，停滞的”[⑥]。自然主义文学的这种对现实生活“直接、机械的反映”无法实现真正艺术所要求的生活总体性。

作家世界观的抽象，生活总体性的缺位，无法呈现文学的典型，故而只能孳生出公式化、单调化、图式化、空洞化等不良倾向。这体现于卢卡契对于侦探小说这一新兴文类的否定性批判上。卢卡契认为侦探小说正是源于作家没有形成正确科学的世界观，无法描写人物与社会生活之间复杂多样的本质关系，无法塑造集个性与普遍性于一体的典型人物，致使文学作品中的人物只是“人的实践的抽象图式”的“抽象描写”，人物行动因而也呈现形式主义、公式化。卢卡契如此说道：

> 没有人的基本特征的显现，没有人和外在世界的事件、和事物、和自然力、和社会设施的相互关系，最惊险的事件都是空洞的，没有

① 《卢卡契文学论文集》(1)，北京：中国社会科学出版社 1980 年版，第 48 页。
② 《卢卡契文学论文集》(1)，北京：中国社会科学出版社 1980 年版，第 53 页。
③ 《卢卡契文学论文集》(2)，北京：中国社会科学出版社 1981 年版，第 11 页。
④ 《卢卡契文学论文集》(2)，北京：中国社会科学出版社 1981 年版，第 423、425 页。
⑤ 《卢卡契文学论文集》(1)，北京：中国社会科学出版社 1980 年版，第 69 页。
⑥ 《卢卡契文学论文集》(2)，北京：中国社会科学出版社 1981 年版，第 14 页。

> 内容的。但是，不要忘记：即使没有人的基本典型特征的显现，在每个行动中至少还存在着人的实践的抽象图式（即使是被歪曲的并褪了色的）。所以，图式化的惊险情节（其中只有人的图式在出没）的抽象描写，也还能暂时刺激起一般人的某种兴趣，例如过去的骑士小说和现在流行的侦探小说。[1]

他进一步深入探究认为："当某个时期的艺术性文学不能表现这个时期典型形象的丰富发展的内心生活和实践的相互关系时，读者的兴趣就逃向了抽象的图式化的代用品。"[2]如果这是从生活总体性缺位产生的虚假的客观主义来批判的话，那么卢卡契另外还从经济主观主义带来的另一种生活总体性缺位——虚假的主观主义出发，也否定了侦探小说的审美价值。他认为受经济主观主义影响的结果之一，就是现实中的阶级矛盾不断被夸大：

> 导致把现实存在的发展的矛盾和从这些矛盾中产生的政治社会的对立理解为敌人的谋叛。……苏维埃发展中思想意识上和政治上的分歧一变而为间谍活动和颠覆活动。这里犯下的可怕的不公道和非法性的恐怖到了一个可笑的庸俗化程度……现在若把这种理解变成文学的东西，庸俗化就失去了它在生活中现存的唯一诗意，也即滑稽的恐怖，并且变成了无聊乏味的公式化：在这种文学中，只要一接触到社会主义建设中的某一困难，那这一困难总是被归结为敌人的、特务的非法活动，……于是就产生了一些作品，在这些作品中，现实的争取社会主义斗争中的真正诗的紧张代之以侦探小说的虚伪的和外表的紧张，代之以及其对谁是隐蔽的破坏者……诸如此类问题的好奇心。由于这些结构、布局在于追求纯属外表的紧张，它们就不能

① 《卢卡契文学论文集》(1)，北京：中国社会科学出版社 1980 年版，第 53 页。

② 《卢卡契文学论文集》(1)，北京：中国社会科学出版社 1980 年版，第 53 页。

立足于真正的和诗的对于现实的理解之上……①

侦探小说显现出的“无聊乏味的公式化”也让审美单调化,“大多数作品刚一开始读,就可以了解其中的整个过程”②,程式化、类型化大大降低其作为文学应有的审美价值。虽然卢卡契也承认社会的上下层人士都贪读侦探小说,但是卢卡契仍然以“人民性”标准进一步否定了侦探小说的社会价值,他认为:“最低劣的”侦探小说在内的文类在群众中广泛传播“并非在那一方面真正具有什么人民性”,文学的“人民性”不只是简单数量层面的广泛传播,而是要“同人民生活保持活跃的联系,使群众自己的生活实践朝着进步方向继续发展——这就是文学的伟大社会使命”③。“人民性”内涵还是回到了“人的完整性”、“生活总体性”的维护与秉持之道。

可见,生活总体性的缺位不仅影响作家世界观形成,影响作品表现内容的丰富性与深刻性,也会降低作品高超审美效果,这还可以从卢卡契对于政治诗的否定性态度上得到证明。卢卡契坚决反对文学自足体说,反对“为文学而文学”主张,认为一切文学艺术都是对现实生活的反映,都离不开作家世界观的有效指导,他坚定地认为:“在客观上,艺术始终是社会生活的一部分。在原则上,不引起反响的、不为别人所了解的、只是自白性质的‘艺术’正如唯我主义的哲学一样,只能在疯人院存在下去。”④故而关键不在于是否承认文学与社会、作家存在关系,而是在于这种关系如何作用于文学,因此,把文学创作区分为“党的诗人”、“象牙之塔里的‘纯’诗歌的诗人”这两派是虚伪不真实的,“每个作家只要他在写作,都在谈政治,都属于一定的党派。问题只在于:以什么样的程度的自觉性来做这个”。⑤ 从这个角度而言,政治诗之所以受到抨击和

① 《卢卡契文学论文集》(2),北京:中国社会科学出版社 1981 年版,第 149—150 页。
② 《卢卡契文学论文集》(1),北京:中国社会科学出版社 1980 年版,第 80 页。
③ 《卢卡契文学论文集》(2),北京:中国社会科学出版社 1981 年版,第 28、32 页。
④ 《卢卡契文学论文集》(1),北京:中国社会科学出版社 1980 年版,第 387 页。
⑤ 《卢卡契文学论文集》(1),北京:中国社会科学出版社 1980 年版,第 249、257 页。

批判，不是由于介入日常生活实践，带有强烈倾向性，而是由于这种介入没有触及日常生活背后的深度与广度，没有触及体现日常生活内部本质的"生活总体性"、"人的完整性"，没有反映和表现出与人类整体性、根本性、本质性问题相关的内容，终而导致政治诗的审美效果逊色不已，社会感染力明显不足。

四

基于上述，不管是文类观，还是文类等级观，卢卡契文类思想无不鲜明体现出文类与社会的密切关联度。"每个作家都是时代的产儿"①，文学形式"不可能比产生它们的社会站得更高"②，文学艺术要实现社会赋予的神圣使命，首要条件是作家世界观的及时跟进；文学艺术要真正成为社会革故鼎新中的典型元素，那么文学艺术从形式到内容都必须要焕然一新。这就自然奠定了卢卡契理论视野中稳如磐石的文类发展本性。君不见，随着资本主义社会向社会主义的转变，曾经风行一时的自然主义文学"已经不适合于表现时代的重大课题"③；随着反法西斯斗争的需要，历史小说必须要从以往的浪漫主义历史小说、资产阶级没落时期的古典历史小说发展到战斗的、反法西斯的人道主义历史小说这一"新型历史小说"④；随着社会主义逐渐代替资本主义社会，古典现实主义、批判现实主义也必须发展到社会主义现实主义新形态；不仅可以从"体裁的特殊性"⑤上见出社会历史性，同样，文类的此起彼伏、此消彼长亦复如此。随着古希腊荷马史诗时代的结束，资本主义新阶段的来临，造就"被上帝遗弃的世界的史诗"⑥——小说文类异军突起，尤其是长篇小说，更是成为"最

---

① 《卢卡契文学论文集》(1)，北京：中国社会科学出版社 1980 年版，第 88 页。
② 《卢卡契文学论文集》(1)，北京：中国社会科学出版社 1980 年版，第 169 页。
③ 《卢卡契文学论文集》(1)，北京：中国社会科学出版社 1980 年版，第 36 页。
④ 《卢卡契文学论文集》(1)，北京：中国社会科学出版社 1980 年版，第 98 页。
⑤ 《卢卡契文学论文集》(2)，北京：中国社会科学出版社 1981 年版，第 554 页。
⑥ [匈]卢卡奇著《卢卡奇早期文选》，张亮、吴勇立译，第 61 页。

适合于表现发达的资产阶级社会的一种文学种类"[①]……诸如此类,不胜枚举,近乎俯拾皆是。更为重要的是,卢卡契认为,作家的文类偏长现象也可以从文类的社会现实基础找寻到答案。

例如卢卡契针对资产阶级文学和社会主义文学的作家都偏爱"自传体教育小说"的创作解释说:这是因为人的阶级属性在封建社会里无可选择、不能丢弃,或者说是天生既定,而进入资本主义和社会主义社会,社会关系之复杂,生活节奏变化之飞速,决定了个人发展前景的偶然性、非天然性以及无限可能性,因此"对于正在成长起来的个人来说,在自己身上培养出这样一种对待生活的态度以求适合于在社会中为自己取得一个相当的地位,已不是一种自然而然的事"[②]。自传体教育小说的偏重正好可以补此缺失,践行社会教化引导之审美功能。

又比如著名诗人海涅擅长诗歌创作也有其深刻的、必然性的社会历史原因。卢卡契认为这与海涅缺乏创作能力和水平丝毫无涉,而是"德国在经济上和政治上的落后决定了它的文学发展。在社会落后和国家分裂的情况下,生活中不可能产生那种通过个人遭遇直接体现出伟大的民族和社会问题的情节";"在德国一直存在着的经济和社会的落后状态严重地阻碍了这种现实主义的产生"。[③] 因而导致海涅"不可能在德国的土地上找到一个情节,一个能相应地、现实主义地、清楚地表现这个批判的情节来对德国状况进行现实主义的塑造"。海涅只能选择主观性强的抒情诗歌而非更多依赖于外在现实的、叙述性强的小说或戏剧等文类来"表现这个现实在诗人自己头脑中所引起的生动而矛盾的反映"[④]。

这里又不禁涉及戏剧、抒情诗、小说、史诗之间的划分与界限问题。卢卡契首先表达了对于西方三分法传统的看法,认为戏剧、抒情诗与小说或史诗这

---

① 《卢卡契文学论文选》(第一卷),北京:人民文学出版社 1986 年版,第 108 页。
② 《卢卡契文学论文集》(2),北京:中国社会科学出版社 1981 年版,第 126 页。
③ 《卢卡契文学论文选》(第一卷),北京:人民文学出版社 1986 年版,第 446、448 页。
④ 《卢卡契文学论文集》(2),北京:中国社会科学出版社 1981 年版,第 224—225 页。

类叙事文学之间不存在自柏拉图直到德国古典美学中的辩证演绎，不存在什么正反合关系，“它们中的每一个都是一种彼此完全异质的、为世界赋形的手段。每个形式都因为完成了各自的结构法则而似乎都是正面的”[①]。史诗与小说不同：“史诗为从自身出发的封闭的生活总体性赋形，小说则以赋形的方式揭示并构建了隐藏着的生活总体性。”[②]短篇故事与悲剧不同：前者是“高度理性的抽象”，后者是“非理性的抽象”。[③] 短篇故事与小说不同：前者的题材是“单独的事件”，后者的题材是“生活的整体”。[④] 还有诸如短篇故事与小说、短篇小说与长篇小说之间也存在不同，在此不一一赘述。卢卡契是西方几千年文学理论史、文类理论史上第一位明确否定三分法之间自柏拉图起就一直认为存在着辩证关系的伟大美学家、文艺批评家！值得注意的是，对于西方三分法辩证关系的否定，卢卡契也就自我否定了早年在《小说理论》中根据心灵与现实之间逼仄或宽绰关系对于“抽象的理想主义”、“幻灭的浪漫主义”以及“教育小说”三者辩证关系的阐述，[⑤]亦如其 20 世纪 30 年代自我反思的那样：“我的《小说论》（不管从哪方面来说都是一部反动的著作）充满着唯心主义的神秘性，对历史发展的所有分析都是错误的。”[⑥]或许是与他自己的三分法观点相呼应，卢卡契也否定了诗歌只是“主观内心世界的自我写照”的唯心看法，斩断了“正—反—合”的构成链条，认为反映理论适用于包括诗歌在内的一切文学艺术，“诗歌也是不依赖于我们的意识而存在的客观现实的反映”。区别只是在于，“在小说和戏剧中作为‘自然实体’的客观的辩证运动而展现出来的东西，在诗歌中是作为‘自然实体’本身而出现的”[⑦]。

文类之间的界限与区别对于文学创作具有重要的客观影响与制约，不容小觑。卢卡契就曾批评贝尔·霍夫曼不该把短篇故事写得像小说，也曾

---

① ［匈］卢卡奇著《卢卡奇早期文选》，张亮、吴勇立译，第 95 页。
② ［匈］卢卡奇著《卢卡奇早期文选》，张亮、吴勇立译，第 36 页。
③ Georg Lukacs, *Soul and Form*, Cambridge: the MIT Press, 1974, p.116.
④ Georg Lukacs, *Soul and Form*, Cambridge: the MIT Press, 1974, p.117.
⑤ ［匈］卢卡奇著《卢卡奇早期文选》，张亮、吴勇立译，第 66—97 页。
⑥ 《卢卡契文学论文集》(2)，北京：中国社会科学出版社 1981 年版，第 24 页。
⑦ 《卢卡契文学论文选》(第一卷)，北京：人民文学出版社 1986 年版，第 649、651 页。

批评过左拉小说《杰作》不顾题材差异而袭用巴尔扎克的短篇故事形式的失败。当然,对于文类界限影响最大的还是源自资本主义社会的生产方式。卢卡契认为,发达资本主义的分工专业化,加速了文学艺术的商品化,凸显出经济资本、市场法则对文学艺术场域内诸多关系的无形控制与掣肘。如果说此前的文学艺术还可以直接有效地面对接受者,和接受者保持鲜活联系,那么资本主义专业分工语境下的文学艺术创作则是要面对抽象的商品市场。商品市场的利润收益法则把文学艺术作品当作一般商品来对待、操作和运营。

> 资本主义的发展把每一种艺术的产品和群众之间的关系逐步地变为商品市场。……每个人都了解电影、报纸、出版社等与大资本家之间的关系,每个人都知道,音乐、艺术品买卖商以及造型艺术的经理处意味着什么。艺术与群众之间的关系不仅失去旧有的直接性,而且,一种特殊的现代化媒介参加到他们中间去了:这便是资本。而且,越来越加剧地扩展到整个艺术上面去。19 世纪,在资本主义的大海中还曾有过非资本主义的小岛、实验舞台、文学出版社以及作家创办的杂志等等。资本主义本身起初把自己推向主要是制造群众消费品的,在大多数情况下甚至是制造劣等品的艺术去了。但后来随着资本主义的普遍化,由于弄清楚了;好的艺术也可以成为一桩生意,并且经验到:最反对派的、最先锋主义的艺术也可以成为有成果的投机对象——看得远一点——,这样,这些非资本主义的岛屿便逐渐地沉没了。整个艺术都从属于资本主义;好与坏,杰作与劣等品,古典主义与先锋主义的都完全一样。①

卢卡契这里清晰揭示了发达资本主义的生产方式如何一步步走向真正文

① 《卢卡契文学论文集》(1),北京:中国社会科学出版社 1980 年版,第 390 页。

学艺术的对立面，如何一步步走向消弭各类文学艺术之间赫然的界限。为了一味追逐市场商品的高额利润，文学创作的内部美学问题顿时被外在“工艺上势利的试验”[①]无情地代替，结果“资本主义对艺术的敌对导致文学类型之间鲜明界限的消除”[②]。不难想见，文类去界限的实质也就是指：文学在资本主义生产方式下的商品化，导致文学生产不再坚守真正艺术所要求的形式与内容之间高度同一性的审美要求，变换为以资本、利润为主导的各种纯粹工艺技术形式上的创新性试验，相较于此前文学存在的形态传统产生较大幅度的变异，进而突破了既定的文类归属系统。针对这种资本主义生产方式主导下的文学“去分化”、文类“去界限”现象，卢卡契认为“只有对艺术根本问题极其娴熟的作家”、“只有坚强的灵魂”[③]能够实现抵抗，亦即只有树立了坚定而正确世界观的作家才可以坚持文学与社会生活的紧密联系，以彰显真正的“人民性”、人道主义为己任，“尊重当今和未来读者的判断”，“认真地寻找与适合内容的形式”[④]，让文学艺术回归应有的审美本性的轨道。卢卡契因此批评说：

> 思想上对于资本主义的庸俗的投降就反映在对待文类的虚无主义态度之中；资本主义生活外在表面的混乱无秩序，人类关系的迷恋，公众反应对于文学产品形式的决定性影响的消失——针对这些情况，大多数现代作家不再进行任何反抗；他们原封不动地接受这些情况(尽管是咬紧牙关)。而且，许多作家甚至张开双臂欢迎加剧资本主义生活的非人道化的新花样，把它们视作“新鲜刺激”，来为“全

① Georg Lukäcs, *Writer and Critic: And Other Essays*, edited and translated by Arthur Kahn, London: The Merlin Press Ltd., 1978, p.193.

② Georg Lukäcs, *Writer and Critic: And Other Essays*, edited and translated by Arthur Kahn, London: The Merlin Press Ltd., 1978, p.190.

③ Georg Lukäcs, *Writer and Critic: And Other Essays*, edited and translated by Arthur Kahn, London: The Merlin Press Ltd., 1978, p.190.

④ Georg Lukäcs, *Writer and Critic: And Other Essays*, edited and translated by Arthur Kahn, London: The Merlin Press Ltd., 1978, p.211.

新"艺术提供基础。因此,他们情不自禁地加速文学形式的解体、文类的混淆不清。①

恰如上述,世界观借文类这一中介来影响文学创作,所以,文学创作中去文类界限现象的发生亦可以追根溯源至作家世界观的根本缺陷。

五

在发达资本主义历史语境之下,卢卡契始终坚持真正的文学艺术或理想的文学艺术这一本体追求作为自己的立论前提,其提出的文学艺术的形式观、文类观等无不烙上鲜明的席勒、黑格尔、克罗齐甚至萨特等人美学思想的痕迹,至关重要的区别在于,卢卡契以社会历史因素中和了唯心主义的先天不足,进而使得自身文类思想得以提升、完善,更加趋于科学、全面、客观。立足文艺审美特性以区别于日常生活、科学活动,在作家世界观、社会现实、文学作品形式与内容、文类、文艺作品审美感染效果诸文学要素之间,作家科学世界观来自于对社会现实广度和深度的认识,借助于文类的"具体的普遍性"审美特征这一中介,进而为文学作品表现"生活总体性"、"人的完整性"内容提供保障,实现文学作品形式与内容的高度同一性,发挥出文学作品应有的审美感染力。于是,在文学与社会现实之间就自然存在两项必要环节:作家世界观与文类。这是作为马克思主义美学、文艺理论杰出代表的卢卡契对文学理论、文类理论的重大发现和伟大理论贡献!

另外,卢卡契虽然高度重视文学艺术与社会现实的紧密关系,但是设若缺少了作家正确世界观的养成,文学艺术与社会现实的紧密关系只是空谈,而作家正确世界观的养成自然涵括了作家对社会现实的高度重视与全面认识,这就深刻反映出卢卡契文艺思想、文类思想建构中对审美主体中心地位的突出

---

① Georg Lukäcs, *Writer and Critic: And Other Essays*, edited and translated by Arthur Kahn, London: The Merlin Press Ltd., 1978, p.210.

与强调。不过值得提醒的是，审美主体世界观作用的一味强调又必然导致外在社会性对文学内在审美性的遮蔽：仅仅拥有正确世界观，一个作家未必就肯定能将之体现于自己创作表现的对象，这里还有赖于作家文学方面的素养与积淀。卢卡契曾经不无感慨地说过："在资本主义的土壤上是不可能完全克服浪漫主义思想的。"[①]此处对于作家正确世界观作用的一味夸大致使卢卡契亦难免浪漫主义之嫌，颇有几分反讽的意味。

当然，自古希腊伊始，文类与社会现实之间的关系就一直不曾中断过，无论是前柏拉图时期文类与日常生活的密切联系，柏拉图驱逐抒情诗人，亚里士多德对于悲剧、喜剧的定义，抑或是"古今之争"期间文类的民族性、时代性标准，狄德罗重建的符合自然的审美标准，俄国形式主义的历史性程序诗学等等，无不或明或暗地横亘着社会历史性的线索。卢卡契与他们的质的区别在于：始终坚守审美特性这一理论原点，紧密依凭具体作品来对待文类的存在及其特征。因而他没有将文类超越于具体作品之上、之外，教条、机械地使用，也没有片面陷于作品之中孤立、割裂地对待文类，而是将文学艺术形式与内容高度同一的审美特性投射到文类这一独特形式之上，将文类与具体作品融通为一。可以说，在迄今西方文类理论史上，从未有过像卢卡契以这般唯物的文类观彻底化解文类规则观这一顽疾！从未有过像卢卡契这般彻底解决文类的审美身份问题！卢卡契文类思想闪耀出令人信服的高度科学性、旺盛生命力的光芒！

不过卢卡契包括文类思想在内的整个文艺、美学思想带有浓重的资本主义历史语境色彩，也就自然带有非常强烈的个人世界观倾向，从而影响在个别具体问题上的客观公允与科学辩证。例如，既然高度认可文学、文类和社会历史的紧密联系性，那么就应该理智、平静地对待文类的新生、变化现象，因为这是不可逆转的历史潮流。然而从上述论述中不难看到，卢卡契在对待诸如侦探小说、自然主义小说的态度上不免偏激。这就产生了一个悖论："一方面他

① 《卢卡契文学论文集》(2)，北京：中国社会科学出版社 1981 年版，第 224 页。

肯定艺术形式是随着现实及人们对现实的认识而变化的,但是另一方面他又否定了这样产生出来的新的艺术形式。"①亦可以想见,20 世纪 30 年代卢卡契与布莱希特之间发生的论争有其必然性。文学艺术对于社会现实生活的揭露与反映可以而且必然是多元与多样的,不能人为划一、以一去多。与之相关的一个问题就是,卢卡契一直欲以文学艺术的审美自由对抗资本主义社会带来的诸多异化,所以屡屡宣称"真正的文学"、"能够称得上是审美的作品"、"真正的艺术"之类概念,导致"真正"一词在其论著中出乎意料而又在意料之中地高频出现。这就形而上地为读者预设了一个文学艺术的"理想国"。这就充分说明,卢卡契自 20 世纪初伊始对于古希腊荷马史诗时代所怀有的"完美"、"理想"情结始终不曾改变。例如他于 1936 年写作发表的文章中仍然写道:"任何诗意的创造都不能在那里恢复荷马史诗中的人与自然之间的关系、人与那些如今已变成了商品的物件之间的关系。"②这从侧面也暴露出卢卡契文类思想中保守反动的一面。无怪乎有学者如此说道:卢卡契"在信仰上是个共产主义者,在批评方法上是一个辩证唯物主义者;虽说如此,他的眼睛却一直都坚决盯着过去看"③。美国学者 E. 巴尔评论指出:"任何美学——无论是充满政治意识的,还是力图把握艺术作品的社会动力的——总要参阅乔治·卢卡契极其重要的著作。"④同理,若是通览西方文类理论发展史,自是无法跳过卢卡契这座有着无限醉人景致的理论高峰!或许这也是倾注毕生精力于"形式"研究与思考的世纪巨擘,在冥冥之中与"文类"注定的一份缘分吧!

① 马驰著《卢卡奇美学思想论纲》,长春:东北师范大学出版社 1997 年版,第 297 页。

② 《卢卡契文学论文集》(2),北京:中国社会科学出版社 1981 年版,第 345 页。

③ [美]斯太因勒著《卢卡契的文艺思想》,周煦良译,《现代外国哲学社会科学文摘》1960 年第 7 期,第 18 页。

④ 《关于卢卡契哲学、美学思想论文选译》,张伯霖等编译,北京:中国社会科学出版社 1985 年版,第 122 页。

第十四章　解构主义漩涡中的文类

——德里达文类思想探析

自德国古典美学矢志寻求文学的审美独立性伊始，文学批评与理论发展日渐呈现出内倾的离心化趋向，斩断了作品意义探究与作家传记及心理的外部关联，诸如俄国形式主义、英美新批评的文本语言形式研究转向，接受美学的读者重心转向，皆可为证。结构主义亦规避与意义的正面接触，转而述说作品意义产生之可能性条件。然而，随着1966年一篇名为《人文科学话语中的结构、符号和游戏》的演说面世，法国哲学家雅克·德里达(Jacques Derrida)开创并因而“得名”[①]的解构主义运动，洪波涌起，变本加厉，作品意义的确定性等一系列传统文论命题又被推至风口浪尖，在解构主义的漩涡中间面临解体分裂的危机。自然，作为文论基本范畴的“文类”也无法置身事外。德里达的文类思想揭开了文类理论发展至后现代主义时代呈现出来的别样画面。

一

众所周知，20世纪五六十年代正是标榜自由的萨特存在哲学风靡整个欧洲、如日中天的时候，从德里达诸论中频繁出现的“萨特”字眼，不难看出，存在

① Hans Bertens, *Literary Theory: the Basics*, London: Routledge, 2001, p.131.

哲学的主导观念及其文学文本无疑给予了德里达巨大影响。[①] 德里达从青年时期就无比关注文学与自由的关系问题，无比信奉“文学是一种允许人们以任何方式讲述任何事情的建制”。但在当时殖民统治、种族歧视等具体时代背景之下，文学自由表达不能不是一个令人绝望的空想和无比“天真”的奢望。为此，德里达在文学内容自由层面遇挫的情形之下只好借道文学形式——语言哲学的思考，曲折而间接地探究自由问题。用德里达自己的话来说，即“大概是基于我十分向往却又总是渺茫地高高在上地看待的文学作品所面临的那种无能与禁止，我的兴趣不久便转向要么是关于文学的一般形式问题，要么是对言语与书写的关系提出质疑的哲学机制的问题”[②]。

那么德里达在语言形式层面的自由是如何实现的呢？这就必须要从形而上学或逻各斯中心主义(logocentrisme)说起。“逻各斯”(logos)在西方传统中一般代表本体、规律、法则之类，意义众多；德里达所谓的逻各斯中心主义是指西方哲学中从古希腊开始的一种运思方式，即二元对立，诸如本体与现象、理性与感性、逻各斯与事物、所指与能指、本源与事物等等的对立划分，在此二元对立中，前者总是占据关系中的主动与优势，存有鲜明的等级序列。逻各斯中心主义体现于言语与书写(文字)的关系上，就是在场形而上学、言语(语音)中心主义(phonocentrisme)，即：从柏拉图、亚里士多德开始就认为，言语和人的

---

① 论者一般都注意强调胡塞尔对于德里达的主要影响，其实萨特存在主义的影响也很大，不容忽视。据美国学者斯蒂芬·哈恩《德里达》(吴琼译，北京：中华书局 2014 年版)以及英国学者克里斯蒂娜·豪威尔斯《德里达》(张颖等译，哈尔滨：黑龙江人民出版社 2002 年版)研究指出：在德里达读书期间，存在主义哲学家在法国正是如日中天的公众人物，德里达对于萨特等人的认同自 20 世纪 40 年代身为中学生时即开始。就学术生涯起点来说，萨特和德里达都是选择了胡塞尔批判研究，即萨特《自我的超越》(1936)、德里达 1962 年翻译并评介《几何学的起源》，其中评介部分后以《声音与现象》(1967)单独出版；前此，1954 年德里达硕士学位论文为《胡塞尔哲学中的发生性问题》。而且，通过德里达 1968 年写作的论文《人的终结》(后收入《哲学的边缘》，1972)中的论述内容，亦不难见出“德里达对萨特文本的细节非常熟悉”(豪威尔斯《德里达》，第 32 页)。特别值得一提的是，德里达《声音与现象》与萨特《自我的超越》二者还有德里达早年不愿承认的部分主旨上的相似性，直到 1996 年，暮年的德里达态度才稍有改变，承认萨特著作的观点曾经“在他少年时很令他兴奋，但后来他却完全忘记了”(豪威尔斯《德里达》，第 178 页)。

② [法]雅克·德里达著《文学行动》，赵兴国等译，北京：中国社会科学出版社 1998 年版，第 3、6—7 页。译文略有变动。

思想之间、语音能指与意义所指之间的关系是直接、透明、同一的,“言语与存在绝对贴近,言语与存在的意义绝对贴近,言语与意义的理想性绝对贴近”[①],言语保证了思想或意义的直接在场,言语是心灵的符号。而文字则是言语的记录,是思想或意义的在场无法实现而不得不采取的权宜之举,文字的中介使得意义不在场,变得不直接、不确定。如果说“言语是自然的,或至少是思想的自然表达”,那么文字只是言语的附属物,“不是自然的”,“是强加给语言的宿命的暴力”。[②] 如果说言语是心灵、思想的符号,那么文字就只是言语这个符号的符号。可见,在逻各斯中心主义面前,文字之于言语、语音具有不言自明的劣势或欠缺。或如索绪尔所言:“语言和文字是两种不同的符号系统,后者唯一的存在理由是在于表现前者。”[③]

卡勒曾经说过:“如果干涉了言说的优势地位,就会破坏整个形而上学大厦。”[④]对此,德里达期图通过建立一种新的文字(痕迹)学来推翻和颠覆由逻各斯中心主义带来的言语(语音)中心主义,进而否定逻各斯中心主义的正当性、合理性。于是,德里达一方面有针对性地批评了卢梭、胡塞尔、海德格尔等人学说所表征的形而上学特征,一方面则分析指出,逻各斯中心主义崇尚的纯粹在场的理念包括两种情形:纯粹象形字代表的“被指代物向它的完全模仿的呈现”和语音或言语代表的符号的“自我呈现”,即“能指每每消失在所指出现之前”。[⑤] 由于纯粹象形字与模仿对象具有较强贴近关系,不属于传统符号学所要求的能指与所指之间的差异或“对立”[⑥]关系性质,所以,德里达的新文字学必须集中以语音代表的符号系统为鹄的,拆解附着其上的能指与所指之间的紧密关联。

---

① [法]雅克·德里达著《论文字学》,汪堂家译,上海:上海译文出版社 2005 年版,第 15 页。

② [法]雅克·德里达著《论文字学》,汪堂家译,第 210—211 页。

③ [瑞士]费尔迪南·德·索绪尔著《普通语言学教程》,高名凯译,北京:商务印书馆 1980 年版,第 47 页。

④ [美]乔纳森·卡勒著《雅克·德里达》,[英]约翰·斯特罗克编《结构主义以来》,渠东等译,沈阳:辽宁教育出版社 1998 年版,第 201 页。

⑤ [法]雅克·德里达著《论文字学》,汪堂家译,第 438—439 页。

⑥ [瑞士]费尔迪南·德·索绪尔著《普通语言学教程》,高名凯译,第 102 页。

德里达选择了结构主义所依据的索绪尔结构主义语言学为切入点,进一步加以发挥改造,以其矛攻其盾。无怪乎有学者敏锐指出:“后结构主义虽然继续着结构主义对于语言的关注。但是它俩的语言观已大相径庭。”[①]德里达认为,既然索绪尔认为语音“能指与所指的联系是任意的”[②],而非固定、先天,而诸能指之间又是借助差异性对立原则得以分开独立的,那么可以进一步推想的是:诸能指之间的差异实质上可以无限而未有穷尽;再者,一旦遭遇到同音异形字时,能指之间的差异并不能得到有效显示。[③] 索绪尔语言符号学的自身漏洞与缺陷就为德里达创立“延异”这个重要范畴奠定了重要学理基础,进而达到一箭双雕的作用,即:“延异”(différance)一方面在意义层面以延宕、差异二义描述了前者所说的能指之间差异的无限性,进而意义的获得不停被延宕;一方面又从语音层面见证了其与 différence 同音异形的情形,“这种差异无法听清”的能指关系局面支持德里达得出了另外一个期望已久的结论,即“并不存在着语音文字、不存在纯粹的和严格意义的语音文字。……它们几乎无法承受符号本身这一概念”[④]。或如卡勒所言,即:“(延异)既指作为指意条件

---

① Hans Bertens, *Literary Theory: the Basics*, London: Routledge, 2001, p.120.

② [瑞士]费尔迪南·德·索绪尔著《普通语言学教程》,高名凯译,第 102 页。

③ 非常有趣的是,索绪尔在贬低文字之际也察觉到了书面文字的同形异音现象以及德里达借以立论的言语活动中的同音异形现象。索绪尔指出,同音异形现象在表意文字体系中不及表音文字体系中来得复杂,“引起令人烦恼的后果”:汉字之类的表意文字,“在谈话中,如果有两个口说的词发音相同,他们有时就求助于书写的词来说明他们的思想。但是这种代替因为可能是绝对的,所以不致像在我们的文字里那样引起令人烦恼的后果。汉语各种方言表示同一观念的词都可以用相同的书写符号。”(索绪尔《普通语言学教程》,第 51 页)似乎索绪尔已经同样意识到了表音文字体系中能指之间差异的相对性特征。不同的是,德里达后来只是有过之而无不及,将相对性绝对化了。不止于此,索绪尔还在论说语言(语音)能指的差异性特征时,不无画蛇添足地补充交待:“这种情况在另一个符号系统——文字——里也可以看到,我们可以拿来比较,借以阐明这整个问题。”(索绪尔《普通语言学教程》,第 165—166 页)对此做法,乔纳森·卡勒提出了郑重批评:“索绪尔求助文字的例子来解释语言单元的性质,这进一步扭曲了赋予言语居先地位而使文字依赖于它的等级图式。”“索绪尔称不应作为语言学研究对象的文字,结果却最好不过地阐明了语言单元的性质。言语作为文字的一种形式,作为显形于文字中的基本语言机制被理解。索绪尔的理论把局面颠倒过来了:说是使文字成为言语之一派生形式,成为寄生于它的再生模式的等级,被翻了个个儿,言语反被呈现,被解释为文字的一种形式。”(乔纳森·卡勒《论解构》,陆扬译,北京:中国社会科学出版社 1998 年版,第 85—86 页)索绪尔理论的漏洞客观上给予了德里达实施解构策略的缝隙和机会。

④ 《后现代性的哲学话语:从福柯到赛义德》,汪民安等主编,杭州:浙江人民出版社 2000 年版,第 69 页。

的某种先已存在的'被动'的差异，又指某种产生各种差异的散播行为。"[①]总之，在"延异"的支持下，曾经作为言语、语音附属物、衍生物的"多余性"的文字，一跃而成为第一性的、根本性的，"文字先于言语而又后于言语，文字包含言语"[②]。

由此亦可见出，在德里达那里，"延异不是一个概念，不简单地是一个词，也即是，它一般不表现为安静的、在场的和自我指涉的概念和语音物质统一体"，"它既没有存在也没有本质"，"既不属于通常意义上的声音，也不属于通常意义上的文字。……位于声音和文字之间"[③]。"延异"变身为一种时刻变化中的行为状态，即"踪迹的嬉戏或延异，它没有意义，它不是，它不属于，没有支撑，没有深度，在这个无底的棋盘上存在置于嬉戏中"[④]。诸如此类无不是表明一点，新文字学凭借"延异"超越了逻各斯中心主义传统，至此，解构主义完成了对逻各斯中心主义(语音中心主义)的彻底颠覆。德里达"质疑了自柏拉图以来整个西方哲学中基本的形而上学假设"[⑤]，西方哲学和文化进入了解构主义历史新阶段。

于是，言语、语音并无优越性可言，文字、书写、痕迹之类才是根本的，借用德里达的原话，就是"没有所指可以逃脱构成语言的指称对象的游戏，所指最终将陷入能指之手。文字的降临也就是这种游戏的降临。今天，这种游戏已经盛行起来，它抹去了人们认为可以用来支配符号循环的界限，它吸引了所有可靠的所指，削减了所有的要塞、所有监视语言原野的边疆哨所。严格说来，这等于摧毁了'符号'概念以及它的全部逻辑"[⑥]。"延异"导致的结果是诸文本内部能指之间自治的、无限的、形式主义的差异游戏，延异的无休止性以一个个能指为纽结构成了一个个多向性的能指"束"，每个文本则变成了许许多多

① [美]乔纳森·卡勒著《论解构》，陆扬译，第81页。
② [法]雅克·德里达著《论文字学》，汪堂家译，上海：上海译文出版社2005年版，第348页。
③ 《后现代性的哲学话语：从福柯到赛义德》，汪民安等主编，第75、70页。
④ 《后现代性的哲学话语：从福柯到赛义德》，汪民安等主编，第86页。
⑤ David Carter, *Literary Theory*, Harpenden: Pocket Essentials, 2006, p.109.
⑥ [法]雅克·德里达著《论文字学》，汪堂家译，第8页。

个能指"束"的织品或织体(tissu);又因为能指差异游戏是永远无尽、立体开放性的,那么传统的意义或思想则像种子一般被"撒播"于能指"束"的琳琅满目的交织之中,意义永远处于实现的过程之中,意义永远在路上。意义相较于传统而言,不再是稳定、固定或不变的。延异的自由无限性,不仅抹除了意义或思想在传统阅读中先验存在的位置,也因为文本观的改变致使书的模式发生了变革,即对"以自我转动的卷轴形式结集的整体知识","以圣经或百科全书形式表现的可自我关闭的整体的怀疑"。[①] 最终,延异的这种无限自由性、极度开放性也就实现颠覆了传统的能指与所指的等级地位,能指间的形式上的差异游戏成为全部,所指已经遥不可及或杳然无踪,文本变得亦不再拥有边界,没有中心,难寻意义,无始无终。一切曾经的理性秩序被非理性的能指之间的自由游戏所取代。传统逻各斯中心主义大厦在延异面前轰然崩塌。

当然,不同于现实社会的民主与自由,文学形式层面的自由游戏(free play)仍旧还是发生于想像空间的,是一种属于主观世界的意识自由。对德里达来说,主观意识的自由或许是现实逼迫之下退而求其次的策略选择,抑或是寻求现实自由与民主道路的先导吧。[②]

二

待明白了解构主义的要义,就为探析德里达的文类思想提供了必要的理论参照系。不容置疑的是,文类是德里达解构主义重要对象之一,且不论字里行间多处涉及文类问题,20 世纪 80 年代德里达的一篇专文《文类法则》就足可为证。总体说来,德里达解构主义对于文类的态度是复杂的,肯否兼具之间,不免露出几多自相矛盾的症状。

德里达解构主义对于文类的否定方面体现在:

---

① [法]雅克·德里达著《书写与差异》,张宁译,北京:三联书店 2001 年版,第 8 页。

② 关于德里达解构主义背后的社会历史因由,黄其洪先生在其著《德里达论艺术》中有比较集中而到位的阐述(吉林美术出版社 2007 年版,第 45 页),可参见。

一是解构主义文本观取消了文学分类亦即文类范畴本身存在的必要性。文本由词语组成，每个词语的能指又与其他文本的词语的能指相差异而存在，延异行为借无边无际、永无止境的能指间的自由游戏，将文本变成为开放性的无限多样的能指"束"的交织体，"对德里达而言，文本不再是一个能生产意义的结构，而是变身一堆不分主次、游移不定的符号"①。解构主义的文本观彻底结束了传统文本的存在模式，作为文字痕迹交织体的新文本无法再作为具有始终、主题、边界的传统文本而纳入类别视阈。因为"'类型'和'文学史'这两个集合的概念，再无确定性了；因为对德里达来说，一切本文都是一种独一无二的表现，而不是一种受控制的前后联系(前后联系是文学史的前提)，也不能按体裁(类型的前提)分成许多许多可以区别的小类"②。作为示范，德里达有一本评论黑格尔和热奈特的批评之作《丧钟》(Glas)，论者对此如此说明：

……(取自黑格尔和热奈特)文本的双重排列被卷入了一场无限制的"增补性"游戏，它在任何地方都不能被归纳为意义和真理的某一特别认定的声音和某种自我呈现的根源。对这一文本的任何给定的段落——不论是黑格尔的、热奈特的、德里达的原话，还是某个其他的幽灵般的互文的"在场"——提问是谁在言说，这完全是无的放矢。因为就根本不存在什么最后的定论，也不存在由作者控制的有助于最终裁定文本的语言或声音。《丧钟》的许多部分提出的论点(显然)应归在德里达的名下，它们恰好存在于文本间相互引证和暗示的这种无有歇息的游戏中。因此《丧钟》并不是一本"书"，至少在这一术语的传统意义上说，即认为一本书的统一原则就在于它总是会把我们引回到作者意图的某个特别源头，《丧钟》算不上是一本书。③

---

① Hans Bertens, *Literary Theory: the Basics*, London: Routledge, 2001, pp.135 - 136.

② [波兰]罗里・赖安等著《当代西方文学理论导引》，李敏儒等译，131—132 页。

③ [英]克里斯托弗・诺里斯著《德里达》，吴易译，北京：昆仑出版社 1999 年版，第 70 页。

所以,文学分类在解构主义新文本观面前不再必要,进而文类范畴本身亦沦为多余之物。因而德里达一直拒绝分类:"'延异'的主题在'结构'概念上与静态的、共时性的、分类学的和非历史的主题是不相调和的。""替补和某种匮乏的骚扰打破了文本的界限,禁止它的形式化完备和封闭性,或者,至少禁止将它的主题、所指和意义集中分类。"[①]

二是解构主义秉持的自由开放策略,否定了文类范畴、文类等级、文类规则等传统的存在意义和价值。德里达解构主义目的鲜明地指向以逻各斯中心主义为特征的西方哲学传统,矢志打破和颠覆逻各斯中心主义恪守的二元对立及其凸显的等级制度,即:"在古典哲学对立中,我们所处理的不是面对面的和平共处,而是一个强暴的等级制。在两个术语中,一个支配着另一个(在价值论上、在逻辑上,等等),或者其中之一有着高高在上的权威。要消解对立,首先必须在某一给定阶段推翻等级制。"[②]逻各斯中心主义传统一味倾心本质、本体、本源,大有抹煞现象、事物差异之弊,解构主义坚持以延异开展的能指间自由无限的开放性游戏,来达到颠覆和摧毁逻各斯中心主义传统的目的,以意义多样性、文本无限性的多元思维瓦解传统二元对立中的等级制,于是后者视野中曾经的普遍性、稳定性、永恒性、权威性之类褪变为虚无的文学神话。然而以往熟知的文类范畴、文类等级、文类规则等无不是打上鲜明的逻各斯中心主义的烙印,例如人们习惯使用"悲剧"、"小说"这些文类名称来囊括中外古今的某些文本而极少关注这一部分文本出于社会历史性而产生的差别,所以作为反动,在古希腊悲剧之外,又经过正名论争产生出了家庭悲剧、市民戏剧之类;悲剧与喜剧的等级划分自是再熟悉不过的二元等级划分;由亚里士多德开创的古希腊古典主义文类规则理论到了文艺复兴和新古典主义时期,围绕是否继续永恒有效而激起的"古今之争"波澜蔚然大观,至今仍旧似乎是记忆犹新。可见,逻各斯中心主义之于西方文类理论传统的影响不可谓不深矣!而

---

① 《一种疯狂守护着思想——德里达访谈录》,何佩群译,上海:上海人民出版社 1997 年版,第 77、92 页。

② 《一种疯狂守护着思想——德里达访谈录》,何佩群译,第 88 页。

两者的渊源亦不可谓不深矣！西方文类理论的主流传统具有显著而突出的逻各斯中心主义的特征，围绕文类理论而进行的种种抗争在解构主义看来，都可以视作对于逻各斯中心主义的解构尝试。

正因为如此，德里达一再申明抽象概念或范畴的局限性而张扬具体事物的多样性、异质性、差异性特征，他数次以“哲学”、“文学”概念为例说明：

> 哲学与一种有限的历史相联，与一种语言、一种古希腊的发明相联：它首先是一种古希腊的发明，其次经历了拉丁语与德语“翻译”的转化等等，它是一种欧洲形态的东西，在西欧文化之外存在着同样具有尊严的各种思想与知识，但将它们叫做哲学是不合理的。因此，说中国的思想、中国的历史、中国的科学等等没有问题，但显然去谈这些中国思想、中国文化穿越欧洲模式之前的中国“哲学”，对我来说则是一个问题。①
>
> 文学(littérature)是一个具有某种欧洲历史的概念。可能很多非常伟大的思想文本或诗文本不属于这个“文学”范畴。我不知道比如说是否可以去谈非欧洲的“文学”。我恐怕会重复刚才对待哲学的同一姿态。②
>
> “文学”这一称谓是十分近期的一种发明。以前，书写对诗歌或美文学来说并不是必不可少的，著者所有权、个人署名也是如此。……确定我们叫作现代文学的那套法规或惯例并不是必须要诗歌作品去遵循。希腊或拉丁语诗歌、那些非欧洲的东拉西扯的作品，在我看来，严格讲并不属于文学。③

诸多抽象的文类范畴又何尝不是这种情形呢?！抽象的文类概念以其普

---

① ［法］雅克·德里达著《书写与差异》，张宁译，第 10 页。
② ［法］雅克·德里达著《书写与差异》，张宁译，第 20 页。
③ ［法］雅克·德里达著《文学行动》，赵兴国等译，第 7 页。

遍、理性、稳定等逻各斯中心主义色彩，大有遮蔽现实文学经验之丰富感性与多样性之虞。纷纷扰扰的“中国无悲剧”命题与之相关，学者提出的“理论文类”与“历史文类”之别与之相关，诸如“英国戏剧”、“法国戏剧”、“19世纪戏剧”之类附加定语于文类名称之前的加缀做法亦与之难脱干系。德里达倡导的解构主义要义之一就是给予诸如文类范畴这样的武断行为以强有力的否定。

德里达解构主义中对于文类夹杂肯定的思想体现在：

一是在文本归属（participation）多样性问题上，德里达认为，文本与文类之间的关系非封闭、固定、排他性的“属于”（belonging），而只是一种开放性参与的“归属”。此种“归属”关系使得某文本既可以入乎其中，作为某文类的情形之一，又可以出乎其外，作为其他某种文类的情形之一。文本以其自身话语特征通过一次又一次的“再标记”（re-mark），可以自由从容地游走于各种归属活动之中，诸文类的抽象规则对于文本的类别划分并无绝对的控制力。为此，德里达一再强调：“不同的类型存在是可能的，不同的类型或某一总体类型相互重叠和交叉也是可能的，……就再标定而言，它可能采取各种各样的形式，也可能从属于截然不同的类型。”“每一文本必须归属某一个或某几个类型，不存在不归属于任何类型的文本，总存在一种或几种类型，但是这种归属永远也不会是属于。”[①]文本归属的多样性又必然导致另外一个结果，即纯粹文类的虚无或文类界限的取消，即不存在某种固定、封闭、理想性文本，一对一地专属（belonging）某种文类，以作文类间的界定与比较；诸多文类亦无法以其规则管控或制约文本归属上的活跃性和多样性，任一文本都可以轻松无虞地引发某文类文本集合的分裂解体。所以，德里达得出结论说，“类型法则的法则”必然“是一种交叉重叠原则，一种混杂原则，一种相互寄生性机制”。[②] 为了印证自己的观点，德里达借助阐说布朗肖的作品《白日的疯狂》指出：封面上的“故事”这一文类名称对于作品无任何实质性影响，而且作者布朗肖竟然可以“在其作

---

① [法]雅克·德里达著《文学行动》，赵兴国等译，第165—166页。

② [法]雅克·德里达著《文学行动》，赵兴国等译，第163页。

品的不同译本及不同版本中经常修正文学类型的意义”，一会儿保留“故事”之名，一会儿予以删除；再有，此作品“既没有开头，也没有结尾，既没有内容，也没有边缘”，“它是一个没有主题的叙述（故事），一个没有发自外部动因的叙述（故事），同时也是没有内在属性的叙述（故事）。它是一个不可能进行叙述的叙述（故事）”，“所叙述的一切都对故事本身非常陌生，超越了所有叙述的范畴”。[①] 另外，文本归属多样性的极致就是不可归类性，德里达通过《白日的疯狂》认为：“这个文本的结构似乎在游戏所有类型理论和历史都公认的范畴和概念，其目的是颠覆类型分类的确定性，分解它们的分类方法，瓦解其经典分类词汇的所谓稳定性。”[②]文本与文类之间新型多样性关系的揭示，打破了传统文类世界体现出来的秩序与理性特征，“我们在一眨眼间能见到的东西只是法则的疯狂，即也是秩序的疯狂，理性的疯狂，意味和意义的疯狂”，“法则疯狂了”，成了文类的“自我画像”。[③] “疯狂”的非理性再次消解了文本与文类之间的稳固联系以及文类自我定义的合法性和可行性。

不止于此，德里达还借助批评奥斯汀言语行为理论（Speech Act Theory），认为诸如“不同的类型要加以区分”、“我决不会把不同类型混为一谈”的表述，其意义并非确定无疑。这是因为：语音中心主义即意味着对在场、言说主体的绝对依赖，语境是一次性的。这也就是德里达一再批判的“在场”的封闭性、死亡性：

> 在场的历史是关闭的，……完全的在场具有作为在意识对自己绝对在场的无限本性，绝对知的实现就是“无限”的结束，这个结束只能在一种没有分延的声音中的观念统一，逻辑和意识的统一。形而上学的历史是绝对的要自言自语。这种历史，在绝对无限显现为自身死亡时，它是关闭的。一种没有分延的声音，一种无书写的声音绝

① ［法］雅克·德里达著《文学行动》，赵兴国等译，第169、174、170页。
② ［法］雅克·德里达著《文学行动》，赵兴国等译，第164页。
③ ［法］雅克·德里达著《文学行动》，赵兴国等译，第191—192页。译文略有变动。

对是活生生的，而同时又是绝对死亡的。[①]

然而文字却是可以无数次予以重复的，而随着文字的重复，每次文字置身的历史语境则必然随之发生变化。德里达指出：虽然奥斯汀言语行为理论认为言语意义该由语境决定，但是，奥斯汀可能没有想到：包括语言或非语言、口头或书写的一切符号“皆可以被引用（cited），置于引号内；从而挣脱每个既定的语境，以一种绝对不饱和的方式产生无限多的新语境。而这并不是说符号在语境之外仍然是有效的，恰恰相反，是说只存在没有任何绝对固定中心的语境”[②]。因此根据语言的可重复性特点，这些句子应该随着语境、句类的不同而有理解上的差异。我们无法准确判断它们属于描述句、叙述句或中性句，因而这样的言语行为“发生的语境是开放的”，所以“对这两句话的阐释是无限的。它们形成了一个开放的、从本质讲也是难以预料的话语阐释序列”[③]。再次推翻了文类界限的正当性、确定性。殊不知，德里达解构主义要打破的是一切界限，例如他认为“在哲学与非哲学之间并不存在一种静态的、明晰的界限”。“这个界限永远不是给定的”[④]；他还反问道：“当我看到某人以学科的名义，平静地把一个话语归类为，例如哲学的或非哲学的时候，我总是很觉惊讶或好笑。我认识到这样做是有用的，但有什么用处呢？对谁有用呢？”[⑤]

二是在关于作品纯粹独创性或独特性问题上，德里达认为这只是个“形而上学的臆说”[⑥]，文学作品自身并不存在纯粹独特性这样的纯粹、绝对的封闭物，作为作品构成的核心或起源，来隔离、区分作品与作品。可见，所谓作品的纯粹独特性想法，同样是逻各斯中心主义的产物。不止于此，在关于文学本

---

① [法]雅克·德里达著《声音与现象》，杜小真译，北京：商务印书馆2010年版，第131页。

② Jacques Derrida, *Margins of Philosophy*, trans. Alan Bass, Sussex: the Harvester Press, 1982, p.320.

③ [法]雅克·德里达著《文学行动》，赵兴国等译，第158页。

④ [法]雅克·德里达著《书写与差异》，张宁译，第9页。

⑤ 《一种疯狂守护着思想——德里达访谈录》，何佩群译，第224页。

⑥ [法]雅克·德里达著《文学行动》，赵兴国等译，第16页。

质、本体问题上，德里达亦认为这自然属于逻各斯中心主义对文学的影响。追问文学本质或本体，追问作品纯粹独特性，就是对本体与现象、中心与边缘、本源与事物、本体与现象、逻各斯与事物之类二元对立传统的认可。故而德里达以解构主义一再申明"类似文学真实本身的东西将永远是成问题的。……没有内在的标准能够担保一个文本实质上的文学性。不存在确实的文学实质或实在。如果你进而去分析一部文学作品的全部要素，你将永远不会见到文学本身"；"是什么东西会容许我们判断这篇文本属于'文学'，文学又究竟是什么呢？答案恐怕不会出现"；"没有任何文本实质上是属于文学的。文学性不是一种自然本质，不是文本的内在物"。[①] 通过解读分析卡夫卡的作品《在法的面前》，德里达还指出说：就像作品中的"人"要想见到"法"，但是一再遭到"卫兵"的阻扰而最终死去一样，文学之"法"（本体、本质）亦如法之"法"，永远不可见，"卫兵"们就如同众多作品，一次次永远无止境地"延异"文学之"法"的最终出现。文学之"法"因此和法之"法"一样，"人们永远无法靠近它"，"它永远是隐秘的"，"法是存在着的乌有"，人与文学之"法"之间"没有认知的关系"[②]，文学本质或本体不可寻、无处寻。

一言以蔽之，文学作品的纯粹独特性或文学本质之类绝非客观存在，作品独特性无法与一般性相分离，独特性永远是"'共有'的独特性"[③]；所谓独特性只是指的是独特地去实现独特与一般的辩证统一，作品永远只是独特性与一般性的结合体。而文类即属于体现文学一般性的范畴之一。就文学写作来说，作者必须借助于一般性的语言文字、围绕抽象性主题、依托属于某种文类等来达到个性表达；既按照一般性文学之"法"入手写作，更要依赖独特性来完成不可替代的作品整体。而就文学阅读来说，阅读的背后则是作品在不同语境中的重复出现，阅读中作品的这种重复则构成了文学史，因此，在作者于历史的某个特定时刻创造出某作品之后，作品就进入了不同时空的重复阅读接

---

① [法]雅克・德里达著《文学行动》，赵兴国等译，第 39、147、11 页。
② [法]雅克・德里达著《文学行动》，赵兴国等译，第 140—141 页。
③ [法]雅克・德里达著《文学行动》，赵兴国等译，第 35 页。

受,进而突出文学作品的历史性特征。设若文学作品存在所谓的纯粹独特性,那么它就是无法重复接受的,就是反历史性的,亦就只能成为历史中孤立、割裂的一个点而已,这恰恰是反文学、反历史的。文学作为书写艺术,其可重复性即其历史性体现,尽管作品存在的社会历史时空变换,基于支撑文学的一般共同物,其仍然是可读的。德里达如此说道:"文学文本的语义学与主题学带有、'采取'——按这个词在英语或法语中的意义——某种形而上学。这一内容本身能够划分层次,通过主题、语态、形式、不同的体裁而进行。"①作品虽然"只发生一次","作品的日期与署名,使得对历史、环境和风格的关注成为必需",但是这种独特性"完完全全是属于历史的",即"它能够在语境的整体中扎下根基,又能够即刻地将非饱合的语境转向语境重构"。也就是说,"它们能够被移植到不同的语境之中而继续具有意义和效力"。所以,"绝对的独特性就永远成不了事实,成不了客体或存在物本身","独特性决不是一次性的,决不像一个点或拳头那样是封闭的"。具体到阅读行为过程中,德里达进一步详细解释说:"我们拥有非常稳定的语境因素(并非天然的、普遍的和不能改变的,而是相当稳定的,且因此也是能够使之不稳定的),这些可资利用的因素通过语言的能力、通过专有名称的经验和仍具相同功能的类属结构的经验等等,允许进行读解、改造和转换等"。作品"要变成可读的,它就必须被分割了去加入与归属。然后,它被分割了并在体裁、风格、环境、意义、意义的概念通则中担当起它的角色"。因此,"'最好的'阅读应专心致力于作品最特有的方面,同时还要考虑到历史环境、考虑到共有的东西……属于体裁与风格的东西。任何作品的独特性都在于它独特地表现独特性与一般性两个方面"。② 德里达特地还专门采用一个专门术语"副署性反应"③来指称阅读对于作者原来一次性署名开展的这种重复性历史接受行为。

从上述不难见出,在德里达解构主义思想中,文类扮演着肯否交加的自相

① [法]雅克・德里达著《文学行动》,赵兴国等译,第16页。
② [法]雅克・德里达著《文学行动》,赵兴国等译,第30—35页。
③ [法]雅克・德里达著《文学行动》,赵兴国等译,第36页。

矛盾的角色，既从否定逻各斯中心主义的角度自然否定了文本与文类的固定联系、文类等级和界限的合法性，又为了主张文本归属多样性和取消封闭性、本源性的文学本质、文本独特性而给予了文类存在的必要性、合法性地位。尤其是文本与文类归属关系上，更是集中而典型地体现出了解构主义的自我消解性，可谓：是亦归属关系，非亦归属关系。

三

德里达文类思想上显现出来的自相矛盾性也是解构主义本身无法摆脱的难言之痛。正如不少学者研究反复指出的那样："解构理论本身就包含着一个矛盾：解构理论离不开它所批驳的形而上学和语言学系统，解构理论事实上也在自由运用它以前的术语和概念。""要想确立一种能够超越逻各斯中心主义的新的语义学或意义科学，是件不可能的事情。"[①]虽然德里达亦曾主动坦言自己无法不依赖这些形而上学的概念系统，如"既然这些概念对我们目前动摇包括这些概念在内的那笔遗产必不可少，我们就不要轻易抛弃这些概念"。"它们是必要的，至少在目前情况下，如果没有这些概念，我们的一切工作都难以想像。"[②]但是德里达意欲拔自己头发离开地球的做法是确实的。不过，也应清楚地看到，在对文类的肯否定态度上明显有一个时间先后关系，以 20 世纪 70 年代为界，此前的德里达在《声音与现象》、《论文字学》、《书写与差异》等论著中倾向于否定，而此后的德里达在诸如《立场》、《撒播》、《哲学的边缘》、《在法的面前》、《类型法则》论著中则更多倾向于肯定。文类思想上的自相矛盾恰恰预兆了德里达作为哲学家、思想家、文学批评家的历史发展性、个体复杂性。

复就作为本文论题的文类思想而言，德里达解构主义的横空出世，也确实在西方文类理论发展史上具有里程碑式的意义。举其荦荦大者，在宏观层面

---

① [美]乔纳森·卡勒著《雅克·德里达》、[英]约翰·斯特罗克编《结构主义以来》，渠东等译，第 204 页。

② [法]雅克·德里达著《论文字学》，汪堂家译，第 18 页。

上,西方文类理论史上一直纷纷扰扰的文类规则之争、文类界限之争、文类等级之争,到了德里达这里似乎可以做一个彻底的总结,即以解构主义之眼来看,这些纷争实质就是逻各斯中心主义与反逻各斯中心主义之争,模糊繁杂且略显混乱的西方文类理论发展史顿时似乎变得澄澈、透明、单纯起来。杂乱堆积在西方文类理论史身上厚厚的遗产似乎顿时变得明朗、有秩序、有条理起来。尽管康德、克罗齐等人似乎也想给文类理论传统来一个了结,但是不免先验神秘和武断鲁莽,相较于德里达,后者的学理性更胜一些,亦就更具说服力一些。其次,就微观层面来看,在西方文类理论史上,德里达首次基于现实具体的先锋派作品(马拉美、布朗肖、乔伊斯、乔治·巴塔耶、保罗·策兰、卡夫卡、热内等)详细分析并揭示了去文类界限、文类杂糅的特性,为更好更深入更全面地管窥后现代主义提供了不可多得的样本,也因此,足可显示出解构主义在哲学史、文学史、文类理论史进程中的不可小觑的历史地位。此前尽管有诸如卢卡契探究过文类杂糅的问题,但是其尚是着眼资本主义市场资本的外在因素,非如德里达紧紧着眼文本内部来得更加客观、具体、可信。

当然,除了上述德里达文类观总体上存在自相矛盾的问题之外,在肯否的单独每一方面亦有不少值得进一步斟酌之处。例如文本与文类之间归属关系的多样性,与认可这种归属关系的历史相对稳定性并非对立矛盾关系,否则难免陷入绝对相对主义。去文类等级在理论上、理想性上确无可指摘处,但是文类等级在文学批评实践中的效用却不容忽视,因为文类等级并不是一个纯粹哲学现象,其背后还隐藏着复杂的社会历史、批评理论的文类取向等背景因素,如我国古代文学传统中的诗文与小说、戏曲的等级现象就与封建统治者的意识形态控制不无关联。所以,仅从逻各斯中心主义一端就全然废弃文类等级正当存在的做法亦失公允。去文类界限亦然,绝对界限没有,相对界限若是再无,那么写作和阅读如何继续?前解构主义的漫长历史时期的文学实践足可证明这一点,即:相对清晰的文类界限于文学创作和阅读都还是必要的,否则就是反文学、反人类的非理性之举。之所以如此,与德里达当时倾心的特殊文学作品对象群关系甚深,正如学者指出的:“五六十年代不只是符号学方兴未艾的时期，还是先锋派运动甚嚣尘上的时代，……德里达深深地浸淫于先锋派的文学潮流中，特别是那些纯粹的唯美的和形式主义倾向的作品给他以极大诱惑，纪德、布朗肖、乔伊斯、法国新小说，以及保罗·策兰的诗，构成了他的主要的文学经验，这也深刻影响了他对文学和符号的看法。”[①]“德里达在这类作家那里找到了知音，他们的作品是对解构精神的共鸣。”[②]德里达解构主义可以为自圆其说而以偏概全，作为研究者却不可犯同样的毛病。值得提醒的一点是，所有这些存在问题归根结底无不与解构主义过度张扬的非理性特征密切相连。无论是能指自治的自由游戏、延异、语境开放性，还是意义的不确定性、文学本体与独特性的不可知性、文本归属多样性、文类法则的疯狂性等等，无非是一遍又一遍地强调非理性、摒弃理性。出现的诸如此类的问题业已证明：对人类、对文学，只有恰当地处理好理性与非理性之间的历史张力，处理好文类普遍性与作品丰富性之间合理张力，人类方可更加美满，文学方可更加安宁。从理性极端滑入到非理性极端，都无法避免伤他与自伤兼有的轻率与冒失。正如有学者反思的那样：“‘延异’无休止的显现不仅影响了德里达及其追随者们所解构的文本，也影响了他们自己的解构。它还将影响我们对于那些解构所做的所有论说。从‘延异’和无止境的不确定性中逃离是绝无可能的。”[③]解构主义以“一场并不成功的反理性运动”[④]在文论史上再次为我们敲响了警钟！

万物孳乳，人文昌明；文类代存，其命维何？！幸甚至哉，其命维新。

---

① 陈晓明著《德里达的底线》，北京：北京大学出版社2009年版，第227页。

② 汪堂家著《汪堂家讲德里达》，北京：北京大学出版社2008年版，第111页。

③ Hans Bertens, *Literary Theory: the Basics*, London: Routledge, 2001, p.135.

④ 陆扬著《德里达·解构之维》，武汉：华中师范大学出版社1996年版，第213页。

结 语

以上诸章,按照西方文论发展的主要阶段或代表性人物,逐一论述了“文类”这个“最古老的文艺学的问题”的理论内涵,意在勾勒出西方文类理论演进变迁的梗概和框架,为丰富和建构文学理论话语中的文类篇章提供有益的资源和参照,同时也从“文类”的独特维度,管窥西方文论史的别样风姿,加深和推进对于西方文论的认识与研究。

概而言之,西方文类理论的发展演进粗略地可以划分为古典、现代和后现代三个阶段。古典阶段又包括草创与定型两个时期,具体而言:草创是指柏拉图及前柏拉图时期。这一时期对于文类问题的探索带有显著的神性和哲学化色彩,文类问题更大程度上只是附庸的衍生物。定型是指亚里士多德奠定了西方文类理论发展的基本内涵图式,构成了此后或传承、或批判、或转型的理论原点。现代阶段包括反思、转型、开拓三个时期,具体而言:反思指包括文艺复兴、新古典主义以及启蒙主义时期在内的较长时间内,发生的针对古典文类理论图式进行的论辩或重建的尝试。转型是指德国古典美学和克罗齐的直觉主义美学高举“感性”大旗,对亚里士多德建构的古典主义文类理论进行的重述与重塑行为。激进者如克罗齐,更是近乎为“文学”观改弦易辙,以便彻底摒弃“文类”范畴。开拓指德国形式主义以降诸多文论流派面对“文类”的重新出场,各自构建的斑斓多样的文类理论图景,与古典主义文类理论遥相呼应,相映生辉,蔚然大观。后现代阶段则是指解构主义思潮对于“文类”的透析、过滤与增殖，以反逻各斯中心主义考量、叩问整个西方文类理论传统，过度的非理性又不禁让人激荡起关乎文类新运命的思考。

伴随西方文类理论发展演进的几大阶段，文类性质观大致经历了规范性、虚无性、构成性、功能性、集合性的认识递变。在古典主义诗学里，文类扮演着诗学规范的角色，指导创作，支撑批评。发生于文艺复兴与新古典主义时期的“古今之争”从某种程度上来说，就是关于文类规范有效性、合法性的论争。德国古典美学引领的哲学和美学转型，以其强烈的主观先验性涵括了文类的存在特征，即以主观神秘的存在昭示客观物质层面的虚无；克罗齐则以直觉的强烈主观个性直截了当地取消作为类属概念的“文类”，意欲将“文类”驱逐出“文学”家园。俄国形式主义立足“陌生化”手段，紧扣文学内部形式“程序”，借道“文类”打造富于历时性的理论品质以求自赎，将文类性质观引入构成性的新阶段。此后的结构主义诗学、存在主义、接受美学等都将“文类”及其理论传统视为与文学接受者密切相关的物什，功能性地作用于每个理论流派的诗学体系。即便如在“西方马克思主义”鼻祖的卢卡契那里，“文类”也是功能性地作为作者世界观影响文学创作的中介而存在。德里达的解构主义诗学呈现出复杂矛盾的文类观，文类性质最终只是退居类属概念这一隅而已，难免逼仄尴尬之际，“文类”性质又似乎回归了本色、初心。

除了文类性质观问题，文类学诸多命题在西方文类理论发展中的显现亦不均衡，诸如文类等级、文类划分、文类界限、文类发展、文类规则等命题相对而言占据的论说分量较大，而像文类起源、文类偏长、缺类现象等命题只是个别触及，吉光片羽。特别是文类等级现象，在文类理论发展的每个阶段都是主导性话题，贯穿了从柏拉图到德里达整个的文论发展时空，文类等级判定标准层出不穷，琳琅满目，位列等级之巅的文类亦是不停变换。甚至可以说，单单一个文类等级的理论谱系，即可构成西方文论发展的一个缩影。

自然，文类与文论息息相关，休戚与共。不同文论发展阶段或个体诗学体系,都会在探讨文类理论过程中烙下难以磨灭的印记。换言之,不同文论流派或个体诗学体系,无不时刻形塑和规约着文类的理论形态及其内涵。宏观上,西方文论从模仿说、表现说、客体形式说、接受说这般的文学观变迁,文论的整个研究中心也发生了从作者、作品到读者的转移,文类理论发展受此风动波振,亦大致显现出类似的走向与趋势;微观层面,文类问题探究必须置于具体思潮或个体诗学之中予以观照方才成为可能,具体思潮或个体诗学亦因为文类问题的探究而别出新意。设若离开柏拉图的理念说、灵魂说、正义说,缺乏了解柏拉图精致的理论体系之瓮,就无法进行文类等级、文类偏长、文类划分等命题的科学阐述。正是出于对狄德罗文类理论的细心爬梳与建构,才发现狄德罗企图建立以自然为最高审美准则的文类理论体系,丰富了对于狄德罗文论的研究与认识。世人皆知克罗齐、解构主义之类反对文学分类,可经过研究之后的事实是,文学分类于二者是一种自相矛盾的复杂存在,必须要关注到研究对象的深刻性。如果不是专题进行文类理论史研究,把康德与文类相连,近乎匪夷所思。尤其是揭示出俄国形式主义与文类之间两者互为救赎的关系,无论是对俄国形式主义的研究,抑或在现代文类理论发展史上,都具有不可小觑的理论创新意义。再比如在萨特存在哲学高举的自由大旗之下,文学成为现实"处境"的浓缩与升华,作家、作品、读者三者关系成为萨特自由哲学中"我"与"他人"关系的绝妙演绎,从而文类规则被视为对作家和读者自由的戕害而划归文学异化的范畴。

"文类问题及其理论毫无疑问关乎到某些最核心、最重要的文学批评和文学史的问题。"①"文类"作为诗学密钥,不仅与所涉具体文论流派或个体之间形成了良性互动,而且其作为文学理论基本问题所具有的基础性,对于诸多文论其他问题也形成了巨大的辐射与渗透,启发开掘之功无穷。例如在亚里士多德文类思想研究过程中,围绕"情节"成分这一核心,由史诗与悲剧两大文类的

---

① Joseph P. Strelka, "*Preface*", in *Theories of Literary Genre*, ed. Joseph P. Strelka, University Park and London: the Pennsylvania State University Press, 1978, p. ix.

界限异同的论说，延伸推导出“情节整一性”作为“文学性”内涵的重要观点，更是研究得出了喜剧高于讽刺诗的等级观。通过以狄德罗为代表的18世纪启蒙主义运动时期文类理论的总结归纳，将文学批评史上轰轰烈烈的“莎评”现象置于文类理论发展史进程考察，提出“莎评”现象的大量出现，是借助莎士比亚来改变和替代长期以荷马、“三大悲剧诗人”为作品基础，言说文类理论的古老传统。再如卢卡契文类理论中，正是由于“文类”具有揭示“感性的普遍化”的高度统一形式与内容的特性，回答了作家、文类、作品三者之间如何协同付诸创作实践的现实问题，提出“文类”正是作家世界观影响文学创作的中介。诸如此类，使得西方文类理论发展史研究不再是文类与文论之间单向或双向的考察运动，而变成了多向的立体碰撞，或许这也是西方文论从柏拉图到德里达一路精彩的又一见证吧。

必须承认，若要出色完成自古希腊到当代的文类理论梳理的任务，并非易事，本课题也只是尽量择其荦荦大者而论之，肯定难免不少缺憾。例如古罗马时期的文类理论研究尚未单列，客观上自然存在不少困难，因为“古罗马文艺批评研究是一个艰深的课题，时间跨度长，涉及面宽”[①]，但是并不意味着其没有内容或无足轻重，正如有学者研究指出的那样：“后代欧洲起初正是主要通过古罗马来认识古典时代的，17世纪时的欧洲古典主义和贺拉斯的诗学的影响就是一个很好的例证。了解古罗马的文艺批评思想，有助于我们更全面、更深入地认识欧洲文艺思想的渊源。”[②]古罗马文学及其批评理论是后世认识了解希腊古典文艺不可或缺的桥梁。只是由于“几乎自始至终，罗马文人的写作总有其政治企图”，“务实是它相当重要的禀性”，这种重政轻文的风气大大制约了这一时期文学以及批评理论的正常发展，同时缘于“罗马文学归根到底是模仿性的”[③]，古希腊文学成就的光芒也形成了对于古罗马的某种遮蔽，有道是“当人们要为某种文艺理论追本溯源或为某个文艺理论观点引经据典时，自然

---

① 王焕生著《古罗马文艺批评史纲·序言》，南京：译林出版社1998年版。

② 王焕生著《古罗马文艺批评史纲》，南京：译林出版社1998年版，第315页。

③ [美]哈罗德·N.福勒著《罗马文学史》，黄公夏译，郑州：大象出版社2013年版，第3、304页。

首先想到的是或者更多地想到的是古希腊文艺理论”[①]。

下面拟基于《古罗马文艺批评史纲》（王焕生著）借以概览一下当时所涉文类理论情形。

首先，古罗马时期人们的创作是有显著文类意识的。这不仅体现在当时繁多的不同文类的创作实践上，也体现于作者自我的清醒认识上。共和时代的普劳图斯在其剧作《安非特律昂》的开场词中写道：“我给你们提供一部悲喜剧。我怎么也无法把它写成纯粹的喜剧，因为剧中人物有国王和神明。怎么办呢？剧中又有奴隶角色，因而我只能给你们写出一出悲喜剧。”按照古希腊文类规范，从戏剧主人公身份自我判定了剧作的文类归属。又如帝国时代的马尔提阿利斯充满戏谑的口吻与朋友图卡谈及从事“铭辞”这种文类的写作缘由时如此写道：

> 我开始写作史诗，你也写：我不再写作，
> 　以免成为你的竞争对手。
> 我们的塔利娅把脚伸进悲剧厚底靴，
> 　你也立即穿起曳地长裙。
> 我开始弹奏竖琴，模仿卡拉布里亚音调，
> 　你纠缠着夺去了我的琴拨，
> 我写讽刺诗，你也仿效卢基利乌斯；
> 　我玩耍轻松的哀歌，你也要玩。
> 还有什么更微不足道，我开始写铭辞，
> 　你又想从我这里夺走桂冠。
> 请留下一点什么你无意投笔的东西，
> 　包揽一切不适宜，图卡，把它留给我。

① 王焕生著《古罗马文艺批评史纲·序言》，南京：译林出版社 1998 年版。

诗篇始终一一明确列出了史诗、悲剧、抒情诗、讽刺诗与铭辞等如许文类名称，轻松娴熟，自觉明了。

其次，力主学习继承古希腊诗学传统之际，间或涌动着勇于变法的思想潜流。共和时期的卢基里乌斯、西塞罗等人就反对一味模仿古希腊而枉顾建立古罗马自身传统，虽然西塞罗仍然坚持古希腊文类理论传统张扬的清晰界限观，认为众多文类“都有自己的特点，互相区别。例如如果悲剧里包含喜剧因素，则被视为失误，喜剧里如果包含悲剧因素，也是一样，其他诗歌类型同样具有自己的风格和众所周知的特征”。奥古斯都时期的贺拉斯更是一边谆谆教导作家们“应当日日夜夜把玩希腊的范例”，谨守古希腊文类规范传统，一边喊出我们要“敢于不落希腊人的窠臼”，“有时候喜剧也发出高亢的声调”，首肯文类规范的破格出新。帝国时代的昆提利安及其学生小普林尼坚决反对单纯模仿古人，倡导一种正常的古今观，即“我属于那种既称赞古代作家，又不像有些人那样轻视当代才能的人”。这股思想之流必然为文类的新生及其规则的破立奠定和提供理论前提和土壤条件。

最后一点，随之而来的就是，新文类带来文类命题的新探讨。例如卢基里乌斯着眼文类界限问题，认为诗篇(poesis)与诗歌(poema)的不同在于，前者的篇幅要远远长于后者。最值得一提的是帝国时代思考文类问题现象的相对集中的发生，引人关注。例如马尔提阿利斯崇尚创作要描写生动的现实生活，酷爱写作一种叫作“铭辞”(epigramma)的短制诗歌，认为其反映的是鲜活的社会状况，“每一页诗篇只散布人的气息”，进而反对“神话史诗”这种文类的创作，贬之为“无聊的娱乐”(vana ludibria)。尽管与其同时代的神话史诗诗人斯塔提乌斯于言语间流露出“铭辞”只是“微不足道的小诗”的批评，卢基里乌斯坚持以鲜活现实的内容标准，认为文类等级并不在篇幅大小：

伽鲁斯，你认为我的才能微不足道，
　因为我写这样的诗歌，喜欢短小。
这我承认，你倒是创作了十二卷巨制，

叙述普里阿摩斯的宏伟战争，你伟大？
我们描写布鲁图斯之子和活着的郎戈，
伽鲁斯，你写作伟大的巨人，却是泥塑。

不仅如此，马尔提阿利斯还郑重指出，“铭辞”自有其独立性，不可与神话史诗、悲剧等文类相混淆：

请相信我，弗拉库斯，有的人不明白
什么是铭辞，以为就是玩笑和戏言。
有人才更玩耍，描写疯狂的特柔斯的早餐，
残忍的提埃斯特斯啊，或你的晚宴，
或者代达洛斯给儿子安上翱翔的翅膀，
或者波吕斐摩斯放牧西西里羊群。
一切夸张与我的书卷相距遥远，
我的诗神不穿疯狂的悲剧长裙。

在文类偏长与兼善问题上，马尔提阿利斯继承了柏拉图的专搞一行、反对兼善的主张，通过讽刺一位“多才多艺”的人间接表达了自己的观点：

你美妙地朗诵，美妙地诉讼，阿提库斯，
写作美妙的历史，美妙的诗歌。
美妙地编写拟剧，美妙地构思铭辞；
你是美妙的文法家，美妙的星象家；
你美妙地歌唱，美妙地舞蹈，阿提库斯；
你是美妙的竖琴家，美妙的球艺家。
尽管你写不出任何好作品，但一切都美妙，
你想知道我怎样称呼你：空乏的大忙人。

此时期为新生文类的等级和存在合法性而努力辩护的还有如小普林尼，当别人批评其写作的“十一音节体诗”过于直率放纵而显得粗俗时，他从诗歌于人的独立性、诗歌发展的多元化以及良好审美效果的角度予以回击，他说：“诗人的心灵应该纯洁，/诗人的诗歌却可能另样，/率直的玩笑甚至可能赋予/轻松的内容以光泽和情趣。”另外如讽刺诗人尤维那利斯，反对那些脱离现实生活的哀歌、长袍剧等神话诗歌类型，大力主张写作讽刺诗，他从文学与社会发展的关系出发，深刻阐发了自己选择写作讽刺诗这一文类的必要性与必然性。他列数了当时社会暴露出来的种种不良现象，认为“各种恶习都已达到极限”，因此他说：“当你看到这一切，怎能忍住不提笔讽刺！”“难道我不认为这些更适合维努西亚的灯光？/难道我会放过这些绝妙的好题材……”“维努西亚的灯光”代指的也是讽刺诗的意思。难能可贵的，且富于如此现实深度地揭示出社会之于文类的可谓亘古不变的影响，给本不丰裕的古罗马文类理论陡然平添上令人惊艳的一笔。

综上不难发现，古罗马时期的文类理论大体遵从古希腊文类理论传统，夹杂有自我立法的创新吁求，在文类界限、文类等级等问题上也贡献了具有古罗马特色的理论阐述，对文艺复兴和新古典主义时期的文类理论发展影响甚巨，部分观点近乎原封不动地穿越移植。

回顾西方文类理论几千年来的发展历程，可谓一波三折，此起彼伏。克罗齐加之其上的历史阴霾总是难以彻底挥却。20 世纪 70 年代，仍有西方学者不由感叹：“的确，即便是在文学圈，‘种类’或‘文类’的观念在今天已经很不流行了。”[①]至今“我们仍然缺乏任何的足以超越亚里士多德和贺拉斯的理论基础”[②]。英国著名文学理论家阿拉斯泰尔·福勒在 20 世纪 80 年代也曾撰文指出：“文类涵盖了文学传统和规约的全部领域”，“一切文学组织都涉及文类”，

---

① Rosalie L. Colie, *The Resources of Kind: Genre-Theory in the Renaissance*, ed. Barbara K. Lewalski, Berkeley and Los Angeles: the University of California Press, 1973, p.1.

② Johannes A. Huisman, "*Generative Classifications in Medieval Literature*", in *Theories of Literary Genre*, ed. Joseph P. Strelka, University Park and London: the Pennsylvania State University Press, 1978, p.123.

“我们这个时代众多最优秀的批评都涉及文类”，大力呼吁“复兴文类研究”，以解决文学研究所面临的种种内部危机。[①] 同样是来自英国的文学研究学者大卫·达夫于新旧世纪之交回顾现代文类理论发展历程之后，不无忧虑地指出：“文类理论还有许多方面有待进一步探究。”[②]唯愿本研究能够为复兴与推进当前文类理论研究进程提供些许裨益。

① ［英］阿拉斯泰尔·福勒著《文学的类别：文类和模态理论导论》，杨建国译，第 306、29、307 页。

② David Duff, *Modern Genre Theory*, ed. London: Longman, 2000, p.17.

主要参考文献

（一）外文类

Adrian Marino, "*A Definition of Literary Genres*", in *Theories of Literary Genre*, ed. Joseph P. Strelka, PA: Pennsylvania State University Press, 1978.

David Carter, *Literary Theory*, Harpenden: Pocket Essentials, 2006.

Gary Day, *Literary Criticism: A History*, Edinburgh: Edinburgh University Press, 2010.

Georg Lukacs, *Soul and Form*, Cambridge: the MIT Press, 1974.

Georg Lukäcs, *Writer and Critic: And Other Essays*, edited and translated by Arthur Kahn, London: the Merlin Press Ltd., 1978.

Georg Lukäcs, *The Historical Novel*, N. J. : Humanities, 1974.

Hans Bertens, *Literary Theory: the Basics*, London: Routledge, 2001.

John Dryden, *An Essay of Dramatic Poesy*, Oxford: Clarendon Press, 1894.

John Frow, *Genre*, New York: Routledge, 2006.

Jacques Derrida, *Margins of Philosophy*, trans. Alan Bass, Sussex: the Harvester Press, 1982.

Modern Genre Theory, ed. David Duff, London: Longman, 2000.

Rosalie L. Colie, *The Resources of Kind: Genre-Theory in the Renaissance*, ed. Barbara K. Lewalski, Berkeley and Los Angeles: the University of California Press, 1973.

The Norton Anthology of Theory and Criticism (second edition), New York: W. W. Norton & Company, 2010.

Tzvetan Todorov, *Introduction to Poetics*, trans. by Richard Howard, Minneapolis: the University of Minnesota Press, 1984.

T. Eagleton, *Marxism and Literary Criticism*, Berkeley and Los Angeles: the University of California Press, 1976.

Joseph P. Strelka, *Theories of Literary Genre*, ed. University Park: the Pennsylvania State University Press, 1978.

(二) 资料类

《古希腊抒情诗选》,水建馥译,北京:人民文学出版社 1988 年版。

[古希腊]荷马著《奥德修纪》,杨宪益译,上海:上海译文出版社 1979 年版。

[古希腊]荷马著《荷马史诗·伊利亚特》,罗念生、王焕生译,北京:人民文学出版社 1994 年版。

《阿里斯托芬喜剧六种》,《罗念生全集》(第四卷),上海:上海人民出版社 2004 年版。

[古希腊]柏拉图著《辩护词》,水建馥译,西安:西安出版社 1998 年版。

[古希腊]柏拉图著《柏拉图全集》(全四卷),王晓朝译,北京:人民出版社 2003 年。

[美]韦德·巴斯金编《萨特论艺术》,冯黎明等译,上海:上海人民美术出版社 1989 年版。

[俄]别林斯基著《别林斯基文学论文选》,满涛等译,上海:上海译文出版

社 2000 年版。

[俄]什克洛夫斯基等著《俄国形式主义文论选》,方珊等译,北京:三联书店 1989 年版。

[法]狄德罗著《狄德罗文集》,王雨等编译,北京:中国社会科学出版社 1997 年版。

[法]茨维坦·托多罗夫编选《俄苏形式主义文论选》,蔡鸿滨译,北京:中国社会科学出版社 1989 年版。

[法]让-保尔·萨特著《萨特读本》,艾珉选编,北京:人民文学出版社 2005 年版。

[法]让-保罗·萨特著《萨特文学论文集》,施康强等译,合肥:安徽文艺出版社 1998 年版。

《狄德罗美学论文选》,北京:人民文学出版社 1984 年版。

《伏尔泰论文艺》,丁世中译,北京:人民文学出版社 1993 年版。

《马克思、恩格斯、列宁、斯大林论德国古典哲学》,北京:商务印书馆 1972 年版。

[匈]卢卡奇著《卢卡奇早期文选》,张亮、吴勇立译,南京:南京大学出版社 2004 年版。

《卢卡契文学论文选》(第一卷),北京:人民文学出版社 1986 年版。

《关于卢卡契哲学、美学思想论文选译》,张伯霖等编译,北京:中国社会科学出版社 1985 年版。

《卢卡契文学论文集》(1),北京:中国社会科学出版社 1980 年版。

《卢卡契文学论文集》(2),北京:中国社会科学出版社 1981 年版。

《莎士比亚著名悲剧六种》,朱生豪译,济南:山东文艺出版社 1992 年版。

周靖波主编《西方剧论选》,北京:北京广播学院出版社 2003 年版。

陆梅林、李心峰主编《艺术类型学资料选编》,武汉:华中师范大学出版社 1997 年版。

伍蠡甫主编《西方文论选》(上下),上海:上海译文出版社 1979 年版。

苗力田主编《亚里士多德全集》(全十卷),北京:中国人民大学出版社 1993 年版。

杨周翰编选《莎士比亚评论汇编》(上下),北京:中国社会科学出版社 1979 年版。

李瑜青、凡人主编《萨特哲学论文集》,潘培庆等译,合肥:安徽文艺出版社 1998 年版。

沈志明、艾珉主编《萨特文集》,北京:人民文学出版社 2000 年版。

(三) 研究类

[古希腊]亚理斯多德、[古罗马]贺拉斯著《诗学・诗艺》,罗念生等译,北京:人民文学出版社 1962 年版。

[古希腊]亚里士多德著《诗学》,陈中梅译注,北京:商务印书馆 1996 年版。

[古希腊]柏拉图著《文艺对话集》,朱光潜译,北京:人民文学出版社 1963 年版。

[古希腊]柏拉图著《理想国》,郭斌和、张竹明译,北京:商务印书馆 1986 年版。

[古希腊]柏拉图著《理想国》,王扬译,北京:华夏出版社 2008 年版。

[古罗马]朗吉努斯、[古希腊]亚里士多德、[古罗马]贺拉斯著《美学三论》,马文婷等译,北京:光明日报出版社 2009 年版。

[瑞士]埃米尔・施塔格尔著《诗学的基本概念》,胡其鼎译,北京:中国社会科学出版社 1992 年版。

[瑞士]费尔迪南・德・索绪尔著《普通语言学教程》,高名凯译,北京:商务印书馆 1980 年版。

[德]尼采著《悲剧的诞生》,周国平译,北京:三联书店 1988 年版。

[德]恩斯特・卡西尔著《语言与神话》,于晓等译,北京:三联书店 1988 年版。

[德]卡尔·雅斯贝尔斯著《大哲学家》(修订版,上下),李雪涛等译,北京:社会科学文献出版社 2010 年版。

[德]艾尔弗雷德·韦伯著《西洋哲学史》,詹文浒译,上海:华东师范大学出版社 2007 年版。

[德]莱辛著《汉堡剧评》,张黎译,上海:上海译文出版社 1998 年版。

[德]莱布尼茨著《人类理智新论》,陈修斋译,北京:商务印书馆 1982 年版。

[德]康德著《判断力批判》,邓晓芒译,杨祖陶校,北京:人民出版社 2002 年版。

[德]爱克曼辑录《歌德谈话录》,朱光潜译,北京:人民文学出版社 1978 年版。

[德]黑格尔著《美学》(全三卷),朱光潜译,北京:商务印书馆 1979 年版。

[德]席勒著《审美教育书简》,张玉能译,南京:译林出版社 2009 年版。

[德]亨利希·海涅著《论德国宗教和哲学的历史》,海安译,北京:商务印书馆 1974 年版。

[德]弗·威·约·封·谢林著《艺术哲学》(上下册),魏庆征译,北京:中国社会出版社 1997 年版。

[德]谢林著《先验唯心论体系》,梁志学等译,北京:商务印书馆 1976 年版。

[德]沃尔夫冈·伊瑟尔著《阅读活动——审美反应理论》,金元浦等译,北京:中国社会科学出版社 1991 年版。

[德]H·R·姚斯、[美]R·C·霍拉勃著《接受美学与接受理论》,周宁等译,沈阳:辽宁人民出版社 1987 年版。

[德]汉斯·罗伯特·耀斯著《审美经验与文学解释学》,顾建光等译,上海:上海译文出版社 1997 年版。

[法]雨果著《论文学》,柳鸣九译,上海:上海译文出版社 1980 年版。

[法]布瓦洛著《诗的艺术》(修订本),任典译,北京:人民文学出版社 2009

年版。

[法]罗杰·法约尔著《批评:方法与历史》,怀宇译,天津:百花文艺出版社 2002 年版。

[法]蒂费纳·萨莫瓦约著《互文性研究》,邵炜译,天津:天津人民出版社 2003 年版。

[法]斯太尔夫人著《论德国的文学与艺术》,北京:人民文学出版社 1981 年版。

[法]贝尔纳·亨利·列维著《萨特的世纪》,闫素伟译,北京:商务印书馆 2005 年版。

[法]洛朗·加涅宾著《认识萨特》,顾嘉琛译,北京:三联书店 1988 年版。

[法]让-伊夫·塔迪埃著《20 世纪的文学批评》,史忠义译,天津:百花文艺出版社 1998 年版。

[法]让-保尔·萨特著《存在与虚无》,陈宣良等译,北京:三联书店 1987 年版。

[法]西里奈利著《20 世纪的两位知识分子:萨特与阿隆》,陈伟译,南京:江苏人民出版社 2001 年版。

[法]让·贝西埃等:《诗学史》(上下册),天津:百花文艺出版社 2002 年版。

[法]雅克·德里达著《文学行动》,赵兴国等译,北京:中国社会科学出版社 1998 年版。

[法]雅克·德里达著《论文字学》,汪堂家译,上海:上海译文出版社 2005 年版。

[法]雅克·德里达著《书写与差异》,张宁译,北京:三联书店 2001 年版。

[法]雅克·德里达著《声音与现象》,杜小真译,北京:商务印书馆 2010 年版。

[美]M. H. 阿伯拉姆著《简明外国文学词典》,曾忠禄等译,贺祥麟校,长沙:湖南人民出版社 1987 年版。

[美]凯瑟琳·埃弗雷特·吉尔伯特、[德]赫尔穆特·库恩著《美学史》(上下),上海:上海译文出版社 1989 年版。

[美]佛朗·霍尔著《西方文学批评简史》,张月超译,南京:南京大学出版社 1987 年版。

[美]雷纳·韦勒克著《近代文学批评史》(中文修订版,全八卷),杨自伍译,上海:上海译文出版社 2009 年版。

[美]弗雷德里克·詹姆逊著《语言的牢笼·马克思主义与形式》,钱佼汝等译,南昌:百花洲文艺出版社 1997 年版。

[美]A. 丹图著《萨特》,安延明译,北京:中国社会科学出版社 1992 年版。

[美]威廉·巴雷特著《非理性的人》,段德智译,上海:上海译文出版社 2012 年版。

[美]迈克尔·格洛登等主编《霍普金斯文学理论和批评指南》(第 2 版),北京:外语教学与研究出版社 2011 年版。

[美]乔纳森·卡勒著《结构主义诗学》,盛宁译,北京:中国社会科学出版社 1991 年版。

[美]门罗·C. 比厄斯利著《西方美学简史》,高建平译,北京:北京大学出版社 2006 年版。

[美]斯蒂芬·哈恩《德里达》,吴琼译,北京:中华书局 2014 年版。

[美]乔纳森·卡勒著《论解构》,陆扬译,北京:中国社会科学出版社 1998 年版。

[美]哈罗德·N. 福勒著《罗马文学史》,黄公夏译,郑州:大象出版社 2013 年版。

[美]雷纳·威莱克著《西方四大批评家》,林骧华译,上海:复旦大学出版社 1983 年版。

[英]斯塔斯著《批评的希腊哲学史》,庆泽彭译,上海:华东师范大学出版社 2006 年版。

[英]鲍桑葵著《美学史》,张今译,北京:商务印书馆 1985 年版。

[英]巴恩斯著《亚里士多德的世界》,史正永等译,南京:译林出版社 2010 年版。

[英]阿拉斯泰尔·福勒著《文学的类别:文类和模态理论导论》,杨建国译,南京:南京大学出版社 2018 年版。

[英]锡德尼、扬格著《为诗辩护·试论独创性作品》,钱学熙等译,北京:人民文学出版社 1998 年版。

[英]艾玛·阿·里斯特编著《达·芬奇笔记》,郑福洁译,北京:三联书店 2007 年版。

[英]A. 杰弗逊、[英]D. 罗比等著《现代西方文学理论流派》,李广成译,北京:北京大学出版社 1992 年版。

[英]特雷·伊格尔顿著《二十世纪西方文学理论》,伍晓明译,西安:陕西师范大学出版社 1987 年版。

[英]特里·伊格尔顿著《文学原理引论》,北京:文化艺术出版社 1987 年版。

[英]克里斯蒂娜·豪威尔斯《德里达》,张颖等译,哈尔滨:黑龙江人民出版社 2002 年版。

[英]克里斯托弗·诺里斯著《德里达》,吴易译,北京:昆仑出版社 1999 年版。

[英]约翰·斯特罗克编《结构主义以来》,渠东等译,沈阳:辽宁教育出版社 1998 年版。

[波兰]塔塔尔凯维奇著《古代美学》,理然译,南宁:广西人民出版社 1990 年版。

[波兰]沃拉德斯拉维·塔塔科维兹著《中世纪美学》,褚朔维等译,北京:中国社会科学出版社 1991 年版。

[波兰]罗里·赖安等编《当代西方文学理论导引》,李敏儒等译,成都:四川文艺出版社 1986 年版。

[意]克罗齐著《美学原理·美学纲要》,朱光潜等译,北京:外国文学出版

社 1983 年版。

《朱光潜全集》，合肥：安徽教育出版社 1988 年版。

[意]贝尼季托·克罗齐著《作为表现的科学和一般语言学的美学的历史》，王天清译，北京：中国社会科学出版社 1984 年版。

[意]马里奥·维尔多内著《未来主义：理性的疯狂》，黄文捷译，成都：四川人民出版社 2000 年版。

[苏]巴赫金著《文艺学中的形式方法》，邓勇等译，北京：中国文联出版公司 1992 年版。

[荷兰]D.W.佛克马、E.贡内-易布思著《二十世纪文学理论》，林书武等译，北京：三联书店 1988 年版。

[加]诺思罗普·弗莱著《批评的剖析》，陈慧等译，天津：百花文艺出版社 1998 年版。

[比利时]J. M. 布洛克曼著《结构主义：莫斯科—布拉格—巴黎》，李幼蒸译，北京：商务印书馆 1980 年版。

[日]今道友信等著《存在主义美学》，崔相录等译，沈阳：辽宁人民出版社 1987 年版。

[澳]理查德·哈兰德著《从柏拉图到巴特：西方文艺思想史》，韩晗译，北京：中央编译出版社 2014 年版。

[匈]乔治·卢卡契著《审美特性》（第一卷），徐恒醇译，北京：中国社会科学出版社 1986 年版。

[匈]乔治·卢卡契著《审美特性》（第二卷），徐恒醇译，北京：中国社会科学出版社 1991 年版。

朱光潜著《西方美学史》（上下），北京：人民文学出版社 1979 年版。

蒋孔阳著《德国古典美学》，北京：商务印书馆 1980 年版。

张隆溪著《二十世纪西方文论述评》，北京：三联书店 1986 年版。

朱立元著《接受美学》，上海：上海人民出版社 1989 年版。

陆扬著《德里达·解构之维》，武汉：华中师范大学出版社 1996 年版。

马驰著《卢卡奇美学思想论纲》,长春:东北师范大学出版社1997年版。

《一种疯狂守护着思想——德里达访谈录》,何佩群译,上海:上海人民出版社1997年版。

王焕生著《古罗马文艺批评史纲》,南京:译林出版社1998年版。

蒋孔阳、朱立元主编《西方美学通史(全七卷)》,上海:上海文艺出版社1999年版。

《后现代性的哲学话语:从福柯到赛义德》,汪民安等主编,杭州:浙江人民出版社2000年版。

张政文著《从古典到现代——康德美学研究》,北京:社会科学文献出版社2002年版。

杜小真著《存在和自由的重负》,济南:山东人民出版社2002年版。

胡经之主编《西方文艺理论名著教程》(上下卷,第2版),北京:北京大学出版社2003年版。

董学文主编《西方文学理论史》,北京:北京大学出版社2005年版。

汝信主编《西方美学史》(全四卷),北京:中国社会科学出版社2005年版。

王柯平著《〈理想国〉的诗学研究》,北京:北京大学出版社2005年版。

黄其洪著《德里达论艺术》,长春:吉林美术出版社2007年版。

赵一凡著《从胡塞尔到德里达:西方文论讲稿》,北京:三联书店2007年版。

章安祺等著《西方文艺理论史——从柏拉图到尼采》,北京:中国人民大学出版社2007年版。

汪堂家著《汪堂家讲德里达》,北京:北京大学出版社2008年版。

柳鸣九著《自我选择至上——柳鸣九谈萨特》,北京:东方出版社2008年版。

陈晓明著《德里达的底线》,北京:北京大学出版社2009年版。

赵一凡著《从卢卡奇到萨义德:西方文论讲稿续编》,北京:三联书店2009年版。

王一川主编《西方文论史教程》，北京：北京大学出版社 2009 年版。

朱立元主编《当代西方文艺理论》（第三版），上海：华东师范大学出版社 2014 年版。

杨冬著《文学理论：从柏拉图到德里达》（第 3 版），北京：北京大学出版社 2015 年版。

王柯平、[澳]本尼特兹主编《柏拉图诗学新探》，北京：北京大学出版社 2016 年版。

后记

拙著主体部分的完成已多有时日，就是迟迟没有写作后记的计划。一来毕竟还是要以研究的主体文字为主，读者诸君自然不会以后记有无或美丑，就对一本书草率作出评价；二来不到正式出版之日，后记过早出现，自觉亦不是太合时宜。近日接到出版社来电，后记可以提上议事日程了，于是不得不紧张并思考起来。

屈指算来，我从事文类理论研究将近20年了，首先得感恩业师姚文放先生当年的精心指导，让我走上文类理论研究之路，至今乐此不辍。原以为学术研究是世界上最辛苦的事儿，朋友们也是经常打趣：文章怎么那么轻松写出来的？20年来再回看，其实生活的每一条路都是各有各的辛苦，套用一句流行语来说，那就是：世上道路千万条，条条都离不开辛劳。问题的关键或这些道路之间的区别在于：辛劳的过程与结果。我是幸运的，在历次的后记中，我无不强调这一点，没有生我养我的家庭环境，就不会有我经常写作后记的机会。我的父母都是地道的中国农民，可是他们不论如何忙碌操劳，都不忘尽可能给我一个读书学习的时间和空间。即使在“力尽不知热，但惜夏日长”的农忙时节，母亲都会按时为我做好每顿饭，早上看着我吃好去上学，我放学一回家就会吃到早已做好的午饭、晚饭。那时的我，真的不能明白身为农民的父母能为他们的孩子稳定安排好一日三餐，是多么不易的一件事，长大后，世事经历渐多，方才意识到这样一个日常细节之于孩子成长的不可替代的重大意义。大学毕业后，我在扬州成家立业，幸运的是，我的岳父母同样为我提供了这样一个时空，让我能够全身心投入到读书研究之中，他们从早到晚，日复一日，年复一年……岁月不居，逝者如斯，而今我愈发强烈感受到这份看似平淡的家庭之爱里所蕴含着的动人光辉！

生命赐予我的这样的时空接力，让我从事学术研究的辛劳过程便变得比较聚焦，只剩下了学术研究本身。天生禀赋之于学术研究固然重要，其实最终拼的还是精力和时间。当你可以心无旁骛执着耕耘其间，辛劳之后定会有甘甜回报。此著是接着博士学位论文之后的扩展研究，将此前关注的文类理论基本问题放置于从柏拉图到德里达的漫长文论发展史中予以钩玄探赜。毕竟是业已经历了一段写作的锻炼，这次研究的过程自然多了不少会心愉悦之处。可是学术研究过程永远是甘苦纠缠一体的双螺旋结构。记得2011年7月赴美访学，当时完成了柏拉图的文类思想研究，准备赴美后继续亚里士多德的研究。何曾想到：美好的规划终究敌不过柏拉图思想唯心主义之可爱与惊艳，亦是迟迟难以从自己构建的柏拉图文类思想的精致之瓮中自拔，可谓沉醉不已。整整半年，这项课题没有前进半字。写作德里达时更是苦不堪言，原典文献的阅读就近一年……这里真的要由衷地感谢各位前辈先生们，正是有他们成果的指引相助在前，后来人的相关研究才会拥有更多克服困难和障碍之勇气和信心。有时我在想：是不是学术研究的境界也会有三个阶段，例如苦中无乐、苦中作乐、苦中添乐呢？

2020年岁末我由扬州到了金陵工作，人移事易，应该说也改变了这本著作的命运。若非师妹周敬芝对工作的满腔热忱,此书计划断不是在南京付梓。生活也似乎跟我开了个可喜的玩笑,若非师妹周敬芝对工作的尽职尽责,此书也断不会获得国家出版基金项目的资助,因为我从未有过此申报念头。人与人之间的信任,开出了双赢之花朵。在此,还是值得一提的完美插曲。

每一本著作都凝结着一段难忘的时光,每一篇后记都是一首唱不完的歌。

感恩一路来所有关心我成长发展的各位领导、师长、同道和朋友们!

献给我的家人,特别是小女千叶,这个虎年的夏天,祝福她……

是为后记。

陈　军

壬寅端午日于玄武湖畔